MW01711366

Interdit

Interdit

Médiéval • Tome 2

Elizabeth Lowell

Traduit de l'anglais par
Lauriane Crettenand et Sophie Beaume

ÉDITIONS
POCHETTE

Copyright © 1993 Two of a Kind, Inc.
Titre original anglais : Forbidden
Copyright © 2013 Éditions AdA Inc. pour la traduction française
Copyright © 2016 Éditions Pochette Inc.

Cette publication est publiée en accord avec HarperCollins Publishers, New York, NY
Tous droits réservés. Aucune partie de ce livre ne peut être reproduite sous quelque forme que ce soit sans la permission écrite de l'éditeur, sauf dans le cas d'une critique littéraire.

Éditeur : Nycolas Doucet
Traduction : Lauriane Crettenand et Sophie Beaume
Révision linguistique : Féminin pluriel
Correction d'épreuves : Nancy Coulombe, Catherine Vallée-Dumas, Audrey Faulkner
Conception de la couverture : Catherine Bélisle
Images de la couverture : © Thinkstock
Mise en pages : Catherine Bélisle

ISBN papier : 978-2-89765-147-3
ISBN numérique : 978-2-89765-148-0
ISBN ePub : 978-2-89765-149-7
Première impression : 2016
Dépôt légal : 2016
Bibliothèque et Archives nationales du Québec
Bibliothèque Nationale du Canada

Éditions Pochette Inc.
1385, boul. Lionel-Boulet,
Varennes (Québec) J3X 1P7, Canada
Téléphone : 450 929-0296
Télécopieur : 450 929-0220
www.ada-inc.com
info@ada-inc.com

Diffusion
Canada : Éditions AdA Inc.
France : D.G. Diffusion
Z.I. des Bogues
31750, Escalquens — France
Téléphone : 05.61.00.09.99
Suisse : Transat — 23.42.77.40
Belgique : D.G. Diffusion — 05.61.00.09.99

Imprimé au Canada

Québec
Crédit d'impôt livres
Gestion SODEC

Participation de la SODEC.
Nous reconnaissons l'aide financière du gouvernement du Canada par l'entremise du Fonds du livre du Canada (FLC) pour nos activités d'édition.
Gouvernement du Québec — Programme de crédit d'impôt pour l'édition de livres — Gestion SODEC.

Pour Marjorie Braman,
dont le sens de l'humour a égayé
une tâche éditoriale d'ordinaire fastidieuse.

1

Dans l'obscurité il viendra à toi.

Les mots de la terrible prophétie résonnaient dans l'esprit d'Ambre tandis qu'elle regardait l'homme nu et puissant que Sir Erik avait déposé, inconscient, à ses pieds.

Les flammes des bougies vacillèrent, comme appelées par le vent d'automne qui s'engouffrait par la porte ouverte de la chaumière. L'ombre et la lumière jouaient sur le corps de l'étranger, soulignant la force de son dos et de ses épaules. La neige brillait dans sa chevelure presque noire, et des gouttes de pluie glacée luisaient sur sa peau.

Ambre frissonna, comme si c'était elle qui était ainsi dévêtue. Elle leva les yeux vers Erik sans dire un mot. Ses grands yeux d'or posaient les questions qu'elle ne pouvait formuler.

Mais cela n'avait pas d'importance, car Erik n'avait pas de réponses. Il n'avait que le corps inerte de cet étranger qu'il avait trouvé dans un lieu sacré.

— Le connaissez-vous ? demanda-t-il sèchement.

— Non.

— Je pense que vous vous méprenez. Il porte votre marque.

Erik retourna l'homme. L'eau et la lueur des bougies glissèrent sur son torse musclé, mais ce ne fut pas la force virile et brute de l'homme qui arracha un cri de surprise à Ambre.

Ce fut le morceau d'ambre qui flamboyait, contrastant ainsi avec le noir intense des poils de son torse.

En prenant bien garde à ne pas toucher l'étranger, Ambre s'agenouilla à ses côtés, une bougie à la main. Elle voulait étudier le talisman. D'élégantes runes avaient été gravées dans la pierre précieuse. Elles confiaient le porteur du pendentif à la protection des Druides.

— Retournez le pendentif, dit-elle à voix basse.

Erik s'exécuta. De l'autre côté du talisman, des mots latins, transcrits en forme de croix, proclamaient la grandeur de Dieu et demandaient Sa protection. C'était une prière chrétienne que portaient souvent les chevaliers partis en Terre Sainte combattre les Sarrasins.

Ambre soupira de soulagement. L'étranger n'était pas un sorcier noir venu sur les Terres contestées pour y semer la terreur. Pour la première fois, elle considéra l'étranger comme un homme, et non comme un objet qu'on lui amenait pour qu'elle y décèle vérité ou traîtrise.

Où qu'elle porte son regard, la puissance de cet homme la narguait. C'en était déroutant. Seuls ses cils, épais et légèrement recourbés, et ses lèvres superbement dessinées pouvaient témoigner d'une quelconque délicatesse.

L'étranger était beau comme l'est un guerrier. Il avait la beauté d'un orage plutôt que la beauté d'une fleur. Sur son corps, des ecchymoses, des coupures et des éraflures récentes se mêlaient à des cicatrices survenues lors d'autres combats plus anciens. Ces marques sur son corps ne diminuaient pas son aura de pouvoir viril, mais au contraire le rehaussaient.

Bien qu'il n'ait pas d'autres possessions que son talisman, pas même de quoi se couvrir, Ambre savait que c'était un homme sur lequel on pouvait compter.

— Où l'avez-vous trouvé ? demanda-t-elle.

— À Stone Ring.

— Comment ? s'écria-t-elle en relevant vivement la tête.

Elle avait du mal à y croire.

— Vous m'avez très bien entendu.

Ambre attendait des explications, mais Erik se contentait de la fixer avec le regard déterminé d'un loup.

— Ne m'obligez pas à vous questionner, dit-elle, exaspérée. Parlez !

Les traits durs d'Erik se changèrent en un sourire amusé. Il enjamba le corps de l'étranger pour fermer la porte, mettant un terme à l'errance du vent froid automnal dans la pièce.

— Vous auriez du vin chaud pour un vieil ami ? demanda-t-il en souriant. Et une couverture pour couvrir l'étranger ? Il fait trop froid pour rester ainsi à découvert, qu'il soit un ami ou un ennemi.

— Bien sûr, monseigneur. Vos désirs sont des ordres.

La causticité de la voix d'Ambre était aussi incontestable que son affection sous-jacente. Sir Erik était le fils et l'héritier d'un grand comte écossais, mais curieusement, elle s'était toujours sentie à l'aise avec lui… malgré le fait qu'elle-même ne fût pas de haute naissance et qu'elle n'eût pas plus de famille que le vent sauvage de l'automne.

Erik retira sa belle cape. Il couvrit l'étranger de la lourde et chaude laine indigo. Le tissu suffisait tout juste à le couvrir.

— Il est bien grand, dit-il d'un air absent.

— Encore plus grand que vous, dit Ambre depuis l'autre côté de la chaumière.

— Le chevalier qui a mis cet homme à terre doit être un guerrier puissant.

Erik la regarda, les yeux plissés, lorsqu'elle revint rapidement vers lui, les bras chargés de l'épaisse couverture de fourrure qui recouvrait habituellement son lit.

— Si on en croit les indices, il a été mis à mal par la foudre, dit Erik distinctement.

Soudain, la vaporeuse chemise de nuit d'Ambre s'enroula autour de ses chevilles. Elle trébucha. Elle serait tombée sur l'étranger, si Erik ne l'avait rattrapée. Il la remit sur pied et la relâcha tout aussi rapidement.

— Pardonnez-moi, s'empressa-t-il de dire.

Bien qu'il ne l'ait touchée qu'un bref instant, elle ne pouvait cacher le malaise qu'elle ressentait.

— Ce n'est rien, dit-elle. Il vaut mieux que ce soit vous qui me touchiez plutôt que cet étranger.

Malgré ses mots rassurants, Erik la regardait attentivement. Il voulait être sûr que le désarroi que son contact lui avait causé n'était que fugace.

— Je ne sais pourquoi je ne ressens aucune douleur lorsque je vous touche, dit Ambre. Dieu sait pourtant que votre cœur n'est pas aussi pur qu'il le devrait.

Le sourire qui apparut sur les lèvres d'Erik fut aussi bref que le malaise d'Ambre l'avait été.

— Pour vous, Ambre l'Inaccessible, mon cœur est aussi pur que la neige à tomber.

Elle rit doucement.

— C'est peut-être parce que nous avons passé notre enfance à partager les leçons de Cassandra.

— Oui, peut-être…

Il sourit de nouveau, presque tristement cette fois-ci. Puis, il se pencha au-dessus de l'homme immobile pour l'envelopper de la couverture de laine.

Ambre couvrit ses propres épaules. Elle avait froid. Elle attisa le feu qui brûlait doucement au milieu de la pièce et, bientôt, les flammes réchauffèrent toute la chaumière, et leur lumière dansait sur ses longues nattes dorées. Elle suspendit un chaudron sur le trépied posé au-dessus du feu.

— Et les compagnons de cet homme ? demanda-t-elle.

— Ils se sont dispersés dans le vent, ainsi que leurs chevaux. Stone Ring ne doit pas aimer les Normands, dit-il en souriant férocement.

— Quand cela est-il arrivé ?

— Je l'ignore. Bien que les empreintes soient profondément dessinées, elles avaient été largement effacées par la pluie. Il ne restait du chêne frappé par la foudre qu'une souche noire et des cendres.

— Rapprochez-le du feu, ordonna-t-elle. Il doit mourir de froid.

Erik le transporta avec une facilité hors du commun, comme si l'homme n'était pas plus lourd qu'une plume. La danse des flammes faisait ressortir l'or de la chevelure et de la barbe d'Erik.

Les cheveux de l'étranger, eux, restaient d'un noir soutenu. Il était rasé de près, bien qu'arborant la moustache, également noire.

— Il respire ? s'enquit-elle.

— Oui.

— Son cœur…

— Il bat aussi fort qu'un étalon au galop, l'interrompit Erik.

Ambre soupira. Son soulagement était anormalement intense à l'égard d'un étranger.

C'était pourtant ainsi qu'elle se sentait.

— Avez-vous envoyé un de vos écuyers chercher Cassandra ? demanda-t-elle.

— Non.

— Pourquoi ? demanda-t-elle, surprise. Cassandra est bien meilleure guérisseuse que moi.

— Mais vous êtes bien meilleure voyante.

Ambre prit discrètement une profonde respiration. Elle redoutait ceci depuis qu'Erik avait déposé l'étranger à ses pieds. Elle passa lentement sa main sous sa cape et sa chemise de nuit.

Bien qu'elle possédât beaucoup de bracelets et de colliers, de pinces et de décorations pour les cheveux de valeur en ambre, il n'y avait qu'un seul bijou qu'elle ne quittait jamais, pas même pour dormir. C'était une chaîne, un fil d'or finement torsadé. Un pendentif en ambre transparent de la moitié de la paume de sa main était suspendu à une boucle dorée. De minuscules runes y étaient gravées.

Ce pendentif antique, inestimable et mystérieux, lui avait été donné à sa naissance. Au cœur de la pierre précieuse, la lumière du soleil captive étincelait doucement, rieuse et brûlante, définie par contraste, par les fragments d'obscurité également prisonniers de l'esquille d'or.

Ambre, le pendentif au creux des mains, murmura des mots anciens. La chaleur de son corps pénétra la pierre mystérieuse tandis que son souffle en caressait la surface. Soudain, une brume s'éleva. Elle avait insufflé toute sa chaleur à la substance.

Elle se pencha vivement au-dessus du feu, le pendentif à peine hors de portée des flammes. Lorsque la brume se dissipa enfin, la pierre scintilla de lumière et d'ombres aux formes changeant constamment.

— Que voyez-vous ? demanda Erik.

— Rien.

Il grogna d'impatience et jeta un regard à l'étranger, toujours inerte. Seul le caractère anormal de son sommeil prouvait qu'il n'était pas indemne.

— Vous devez bien voir quelque chose, marmonna Erik. Même moi, je sais lire dans l'ambre quand je…

— De la lumière, interrompit Ambre. Un cercle. Ancien. La ligne gracieuse d'un sorbier. Il y a quelque chose au pied de l'arbre…

Sa voix se brisa. Elle leva les yeux vers Erik. Son regard était tel l'ambre en pleine nuit : sombrement doré, indéchiffrable.

— Stone Ring et le sorbier sacré, dit-il, sûr de lui.

Ambre haussa les épaules. Erik attendait la suite.

— Il y a beaucoup de cercles sacrés, finit-elle par dire. Beaucoup de sorbiers qui poussent, beaucoup de formes d'ombres.

— Vous le voyez tel que je l'ai trouvé.

— C'est impossible. Le sorbier est *à l'intérieur* de Stone Ring.

— Justement. C'est là que j'ai trouvé l'étranger.

La remarque calme d'Erik la fit frissonner. Incrédule, elle se tourna vers l'étranger, toujours emmitouflé dans le lourd tissu, la fourrure… et mille formes d'ombres.

— À l'intérieur ? murmura-t-elle en se signant rapidement. Mon Dieu, qui peut-il bien être ?

— Un des Érudits, sans doute. Personne d'autre n'aurait pu passer entre les pierres sacrées.

Ambre regarda l'étranger, comme si elle pensait trouver sur son visage des runes qui lui révèleraient son identité. Mais elle ne vit que ce qu'elle savait déjà. Il avait les traits durs, très masculins.

Cela l'attirait, inexplicablement. Seul l'ambre avait eu un effet aussi puissant sur elle auparavant.

Elle voulait respirer le souffle de l'inconnu, s'imprégner de son odeur unique, absorber sa chaleur… Elle voulait savoir de quoi il était fait, savourer sa masculinité…

Elle voulait le toucher.

Elle n'en revenait pas. Elle, Ambre l'Inaccessible, voulait risquer la douleur en touchant un étranger.

— Le sorbier était-il en fleurs ? demanda Erik.

Elle le regarda avec méfiance.

— Cela fait mille ans qu'il n'a pas fleuri, dit-elle. Pourquoi le ferait-il pour cet étranger ?

— Qu'avez-vous vu d'autre dans le pendentif ? se contenta-t-il de demander.

— Rien.

— Et vous vous plaigniez que je ne répondais pas à vos questions…, marmonna-t-il. Très bien. Qu'avez-vous *ressenti* ?

— J'ai senti…

Erik attendit. Longtemps. Trop longtemps.

— Pour l'amour de Dieu ! Parlez-moi ! insista-t-il.

— Je ne sais pas comment l'exprimer. C'était juste une sensation, comme si…

— Comme si ? continua-t-il.

— Comme si j'étais au bord d'une falaise et que je n'avais qu'à ouvrir mes ailes pour m'envoler.

Erik sourit, partagé entre les souvenirs et le plaisir anticipé.

— C'est un sentiment agréable, n'est-ce pas ? demanda-t-il avec douceur.

— Seulement pour ceux qui ont des ailes, rétorqua-t-elle. Or, je n'en ai pas. Je ne ferais que tomber et m'écraser au pied de la falaise.

Le rire d'Erik emplit la petite chaumière.

— Ah, ma chère amie, dit-il enfin. Si cela ne risquait pas de vous faire mal, je vous prendrais dans mes bras comme si vous étiez une enfant.

— Vous êtes un bon ami, dit-elle en souriant. Venez. Portez cet homme dans mon lit. Il se reposera jusqu'à ce que Cassandra puisse s'en occuper.

Erik ne répondit pas, se contentant de la regarder avec curiosité.

— Je ne voudrais pas risquer de perdre un homme capable de passer entre les pierres sacrées à cause du froid, expliqua-t-elle.

— Je comprends. Mais il me serait plus facile d'ordonner sa mise à mort s'il n'était pas considéré comme un invité chez vous. Et dans votre lit qui plus est.

Ambre le fixa, choquée.

Le sourire qu'il lui adressait était aussi froid que le vent qui soufflait au-dehors.

— Pourquoi condamneriez-vous un étranger trouvé dans le bosquet sacré ?

— Je le soupçonne d'être un chevalier de Duncan de Maxwell, venu espionner nos terres.

— Alors la rumeur dirait vrai ? Un Normand aurait accordé à son ennemi saxon le droit de régner sur le château de Stone Ring ?

— En effet, répondit amèrement Erik. Mais Duncan n'est plus l'ennemi de Dominic. Le Fléau Écossais lui a juré allégeance à la pointe d'une épée.

Ambre détourna le regard. Elle n'avait pas besoin de toucher Erik pour connaître l'étendue de sa rage.

Duncan de Maxwell, le Fléau Écossais, était un homme à la fois bâtard et sans terres. On ne pouvait rien changer à sa bâtardise, mais, en revanche, Dominic le Sabre lui avait accordé le droit à la propriété en lui offrant de régner sur le château de Stone Ring et des terres qui l'entouraient.

Or, Stone Ring faisait partie des propriétés d'Erik.

Erik, qui avait combattu hors-la-loi, bâtards et cousins ambitieux pour obtenir le droit de gouverner les diverses terres de Lord Robert dans les Terres contestées. Et il allait certainement devoir se battre encore… C'était ainsi, dans les Terres contestées : la propriété revenait toujours au plus fort.

— Quels vêtements avez-vous trouvés avec l'étranger ? s'enquit-elle.

— Je l'ai trouvé tel quel. Nu.

— Alors ce n'est pas un chevalier.

— Tous les chevaliers ne sont pas revenus du combat contre les Sarrasins couverts d'or et de pierres précieuses.

— Certes, mais même le chevalier le plus pauvre possède une armure, des armes, un cheval et des habits, protesta-t-elle. Quelque chose !

— Il possède quelque chose.

— Quoi donc ?

— Le pendentif. Le reconnaissez-vous ?

Ambre secoua la tête. Sa chevelure semblait brûler aussi intensément que le soleil.

— Avez-vous déjà vu ou entendu parler d'une telle chose ? insista-t-il.

— Non.

Erik laissa échapper un soupir explosif qui était aussi un juron.

— Cassandra en saura peut-être plus, hasarda-t-elle.

— J'en doute.

La pièce semblait froide malgré le feu qui brûlait. Ambre avait l'impression qu'un piège se refermait sur elle. Doucement, mais sûrement.

Erik s'en était remis à elle comme souvent auparavant. Il cherchait à connaître la vérité sur un homme qui ne pouvait ou ne voulait la dire lui-même. Par le passé, Ambre avait appris tout ce qu'elle pouvait de toutes les manières possibles.

Même par le toucher.

La douleur qu'elle ressentait chaque fois qu'elle touchait un être humain était un faible prix à payer pour remercier le fils d'un comte qui avait été si généreux envers elle. Toucher un homme ne l'avait jamais effrayée auparavant.

Pourtant, ce soir-là, elle tremblait de peur.

La prophétie qui avait accompagné sa naissance frémissait dans l'air, comme la corde d'un arc que l'on vient de lâcher… et Ambre craignait la mort qu'allait provoquer sa flèche invisible et fatale.

Cependant, elle voulait toucher l'étranger. Ce désir se faisait de plus en plus pressant, oppressant même, lui permettant à peine de respirer. Elle avait besoin de le connaître. Jamais elle n'avait eu tant besoin de connaître quelque chose — pas même son vrai nom, ses parents perdus, ou son héritage caché.

Ce besoin féroce l'effrayait plus que tout. L'étranger l'appelait dans son silence, fredonnait à son oreille d'une voix que nul ne pouvait entendre, l'attirait d'une force telle qu'elle ne pouvait l'ignorer.

— Cassandra en sait plus que vous et moi réunis, dit-elle fermement. Nous devons l'attendre.

— À votre naissance, Cassandra vous a nommée Ambre. Vous pensez que c'était un caprice ?

— Non, murmura-t-elle.

— Cassandra savait que vous seriez capable de maîtriser l'ambre d'une manière qu'elle ne pourrait jamais égaler.

Ambre détourna son regard de celui, intense, d'Erik.

— Niez-vous que cet étranger porte votre marque ?

Elle demeura silencieuse.

— Bon Dieu, marmonna-t-il, pourquoi êtes-vous si difficile ?

— Bon Dieu, répliqua-t-elle, pourquoi êtes-vous si borné !

Surpris par la colère inhabituelle d'Ambre, il la regarda, ahuri.

— Connaissez-vous le nom de cet homme ? demanda-t-elle.

— Si je le savais, je n'aurais pas à…

— Vous souvenez-vous de la prophétie de Cassandra ? l'interrompit Ambre.

— Laquelle ? rétorqua-t-il. Cassandra répand ses prophéties comme un chêne perd ses feuilles saisies par le gel.

— Vous parlez comme quelqu'un qui n'a jamais regardé plus loin que le bout de son épée…

— Le maître d'armes a toujours admiré l'ampleur de ma portée, riposta Erik en souriant.

— Discuter avec vous, c'est comme se battre contre des ombres, dit-elle, frustrée.

— Cassandra avait pour habitude de dire *ceci*, bien plus qu'elle ne disait de jeter des perles aux pourceaux. Elle étant la sagesse, et moi le pourceau, bien sûr.

Pour une fois, Ambre ne se laissa pas déstabiliser par son esprit vif et ses mots sarcastiques.

— Écoutez-moi, le pressa-t-elle. Écoutez ce que Cassandra a prédit le jour de ma naissance.

— Je connais la…

Mais Ambre parlait déjà. Les mots jaillissaient de sa bouche, contant la prophétie qui était née avec elle pour jeter une ombre sur sa vie.

— *Un homme sans nom pourrait te réclamer, cœur, corps et âme. Alors, une vie riche pourrait se déployer, mais la mort inéluctablement viendra frapper.*

» *Dans l'obscurité, il viendra à toi. Si tu le touches, tu connaîtras cette vie possible et cette mort qui sera.*

» *Fais-toi alors comme le soleil, caché dans l'ambre, non touché par l'homme et ne le touchant pas non plus.*

» *Sois interdite.*

Erik, l'air sombre, regarda tour à tour l'étranger et la jeune fille. Elle était effectivement comme le soleil capturé dans l'ambre, pareille à des éclats d'or qui se détachent nettement sur une vérité sombre : un simple contact avec un autre être humain pouvait lui affliger une douleur incommensurable.

Et pourtant, il lui demandait de toucher l'étranger. Il n'avait pas le choix.

— Je suis désolé, dit-il, mais si des espions de Dominic le Sabre ou du Fléau Écossais rôdent sur les terres de Stone Ring, je dois le savoir.

Ambre acquiesça lentement.

— Et par-dessus tout, je dois savoir où se trouve le Fléau Écossais, continua-t-il. Dès que Duncan de Maxwell sera mort, les propriétés de Lord Robert dans les Terres contestées seront à l'abri des menaces.

Ambre hocha de nouveau la tête, sans pour autant toucher l'homme inerte qui reposait à ses pieds.

— Nul homme n'arrive à l'âge de cet étranger sans un quelconque nom, dit-il rationnellement. Même les esclaves, les serfs et les manants ont un nom. Il est idiot de croire à la prophétie de Cassandra.

Le pendentif flamboyait dans les mains d'Ambre comme si des flammes y étaient captives. Elle le fixa. Mais elle y voyait toujours la même chose. Un anneau sacré. Un sorbier sacré.

L'obscurité.

— Puisqu'il le faut, murmura-t-elle enfin.

Elle serra les dents pour se prémunir contre la douleur à venir, s'agenouilla près du feu et posa sa paume contre la joue de l'étranger.

Le plaisir soudain qu'elle ressentit fut si intense qu'elle retira brusquement sa main en poussant un cri. Puis, en se rendant compte de ce qu'elle venait de faire, elle approcha doucement sa main de l'étranger pour le toucher de nouveau.

Spontanément, Erik se posta derrière elle comme pour la protéger de davantage de souffrance. Puis, il se maîtrisa et se contenta de l'observer, les lèvres pincées sur sa courte barbe fauve. Il n'aimait pas causer du mal à Ambre, mais il aimait encore moins l'idée de tuer un étranger inutilement.

La deuxième fois qu'Ambre toucha l'étranger, elle ne tressaillit pas. Elle se pencha même délicatement plus près de lui. Les yeux clos, fermée au reste du monde, elle savourait le plaisir le plus pur qu'elle ait jamais connu.

C'était comme être plongée dans un océan de douces flammes, caressée par la chaleur, au cœur de la lumière.

Et au-delà de la chaleur dorée de l'océan, le savoir reposait dans l'obscurité.

Il attendait.

Ambre poussa un petit cri. Elle connaissait très peu d'hommes qui soient aussi sûrs de leurs propres prouesses au combat. Parmi eux comptaient Dominic le Sabre, Duncan de Maxwell et Erik.

« C'est un grand guerrier qui repose sous ma main. Il est à la fois lumière et obscurité, plaisir et souffrance, âme sœur et ennemi mortel… »

— Ambre.

Elle ouvrit lentement les yeux. À en croire l'expression d'Erik, ce n'était pas la première fois qu'il prononçait son nom pour la sortir de ses pensées. Il l'observait de ses yeux fauves. Son inquiétude pour elle était tangible, et touchante. Elle se força à sourire malgré l'agitation qui l'animait sous son apparence calme.

Elle devait tant à Erik. Son père lui avait offert un toit, de quoi se vêtir, des hommes pour s'occuper de la terre, et la terre qui occupait les hommes. Erik lui faisait confiance, comme si elle faisait partie du clan, alors qu'elle n'était qu'une pauvre enfant abandonnée sans aucune famille.

Et elle allait trahir sa confiance pour un étranger qui pourrait se révéler être son ennemi.

Mais ayant touché l'étranger, Ambre ne pouvait se résoudre à le laisser entre les mains d'Erik. Il le conduirait à la mort, elle en était certaine. Elle ne le lui remettrait pas avant d'être sûre qu'il était bien celui qu'elle craignait.

Et encore…

« Il pourrait aussi être un simple étranger, un inconnu. »

Cette pensée était aussi réconfortante qu'un feu en plein hiver.

« Oui ! Un étranger. D'autres chevaliers sont venus s'installer dans les Terres contestées. Ils m'ont même conté les épreuves qu'on leur avait fait subir dans le creuset sarrasin. Ils avaient l'air sûrs de leur propre puissance.

» Cet homme pourrait être l'un d'eux.

» Il devait être l'un d'eux. »

— Ambre ?

— Laissez-le ici, dit-elle d'une voix rauque. Il m'appartient.

Elle avait tellement envie de le toucher encore ! Elle recula sa main à contrecœur. Le vide qui s'empara d'elle était atroce. Jusqu'à maintenant, jamais elle n'aurait dit qu'elle se sentait seule. Mais c'était pourtant ce qu'elle ressentait désormais.

Erik poussa un profond soupir de soulagement. Toucher l'étranger avait certes déstabilisé Ambre, mais cela ne l'avait visiblement pas fait souffrir.

— Dieu doit avoir entendu mes prières, dit-il.

Ambre l'interrogea du regard.

— J'ai besoin de guerriers compétents, expliqua-t-il. Le Fléau Écossais n'est qu'un des nombreux problèmes que je dois affronter.

— Qu'y a-t-il d'autre ? demanda Ambre, inquiète.

— Des Scandinaves ont été repérés au nord de Winterlance. Et mes chers cousins recommencent à s'impatienter.

— Envoyez-les combattre les Scandinaves !

— Non, ils s'allieraient avec eux pour attaquer les terres de mon père, dit-il avec un petit sourire amer.

Ambre se força à ne pas regarder l'étranger. Si un guerrier aussi puissant que Dominic le Sabre ou le Fléau Écossais combattait avec Erik plutôt que contre lui, ils pourraient ensemble mettre un terme à la guerre qui déchirait les Terres contestées.

Cependant, il y avait peu d'espoir de réconciliation entre le grand seigneur normand ou son vassal écossais et Lord Robert du Nord.

— Comment s'appelle mon nouveau guerrier? demanda Erik.

— Je lui demanderai lorsqu'il se réveillera.

— Pourquoi est-il venu dans les Terres contestées?

— Ce sera ma deuxième question.

— Où allait-il?

— Cela sera la troisième.

— Vous n'avez pas appris grand-chose en le touchant, grogna-t-il.

— Non.

— Son sommeil n'est pas naturel.

Ambre hocha la tête.

— Est-il envoûté? insista-t-il.

— Non.

Erik haussa les sourcils devant la rapidité de sa réponse.

— Vous avez l'air bien sûre de ce que vous avancez.

— Je le suis.

— Pourquoi?

Ambre, l'air renfrogné, fouilla sa mémoire. Les certitudes qui avaient afflué en elle lorsqu'elle avait touché l'étranger étaient différentes de celles qu'elle avait obtenues par le passé. Elle n'avait eu absolument aucun mal à découvrir son caractère : il était féroce, fier, généreux, passionné, déterminé, audacieux...

Pourtant, elle n'avait capté aucune image, aussi chaotique ou imprécise soit-elle, des heures, des jours, des semaines ou des années qui avaient précédé sa venue à Stone Ring. Aucune raison d'être, aucune signification ne déchirait les ténèbres de sa conscience. Aucun visage, qu'il soit bien-aimé ou haï.

Comme si l'étranger n'avait pas de souvenirs.

Sans s'en rendre compte, elle se rapprochait à nouveau de lui. Elle le toucha, se forçant à faire fi du plaisir comme elle avait appris à ignorer la souffrance. Arrachant un à un les pétales de ces sensations captivantes jusqu'alors inconnues, elle se mit en quête des souvenirs de l'étranger.

Il n'y en avait aucun. Son esprit n'était fait que de douces lueurs qui disparaissaient peu à peu.

On aurait dit un nouveau-né.

— Je ne sens rien de corrompu en lui, dit-elle enfin. C'est comme toucher un nourrisson.

Erik grommela.

— Le plus gros nourrisson que j'aie jamais vu !

Ambre retira sa main.

— Que pouvez-vous me dire d'autre ? demanda Erik.

Elle serra si fort les poings qu'elle se fit presque mal. Elle ne voulait pas partager ses peurs avec Erik et, pourtant, ses questions se rapprochaient de plus en plus de la cause de son malaise. Une peur qu'elle reconnaissait chaque fois qu'elle la refusait.

« Grand guerrier, ennemi mortel et âme sœur à la fois.

» Non ! J'ignore qui il est !

» Je sais seulement que c'est un homme sans nom très sûr de ses talents de guerrier. »

— D'habitude, vous posez les questions, et la personne que je touche y répond. Et je peux savoir s'il dit vrai, dit-elle doucement. Cette fois-ci, c'est… différent.

Erik regarda l'étranger, inconscient, puis Ambre, qui lui semblait presque une étrangère à présent.

— Vous allez bien ? demanda-t-il doucement.

Elle sursauta.

— Oui.

— Vous avez l'air perdue.

Elle eut du mal à sourire, mais y parvint.

— C'est de le toucher, dit-elle.

— Je suis désolé.

— Ne le soyez pas. Dieu ne nous envoie rien que nous ne saurions supporter.

— À moins de mourir en essayant, dit-il sèchement.

Le sourire d'Ambre s'effaça tandis que les mots de la prophétie résonnaient de nouveau en elle.

La mort inéluctablement viendra frapper.

2

Le parfum des pins embaumait la chaumière d'Ambre. Les bougies vacillaient dans leurs chandeliers au-dessus du lit, jetant une lumière dorée sur l'homme sans nom. Un homme captif plongé dans un sommeil sans rêves.

Ambre était certaine qu'il ne rêvait pas. Cela faisait deux jours qu'elle lui appliquait des onguents sur le corps et qu'elle lui insufflait sa chaleur. Elle n'avait rien perçu de nouveau dans l'obscurité de sa mémoire. Mais le plaisir qu'elle ressentait en le touchant était resté aussi fort que la première fois.

Tout en s'occupant de lui, elle parlait à l'étranger. Elle essayait de l'atteindre, par les mots, la chaleur de sa peau contre la sienne, ou par le pouvoir guérisseur de l'ambre et des pins.

— Mon sombre guerrier, chuchota-t-elle comme maintes fois auparavant. Comment êtes-vous arrivé à Stone Ring ?

Ses mains massaient d'abord un bras puissant, puis l'autre, sculptant ses muscles, fermes malgré son état de relâchement. La toison noire qui recouvrait ses avant-bras luisait d'huiles sous la lueur des bougies. Ses poignets étaient retenus par de grosses cordes. Elle n'aimait pas le voir ainsi retenu au cadre du lit. Elle toucha pensivement l'un de ses liens, sans toutefois le dénouer.

Erik avait exigé que l'étranger soit attaché, ou bien il ferait venir l'un de ses écuyers pour veiller sur elle en permanence. Elle avait choisi les liens, car elle voulait être seule si l'homme se réveillait et qu'il se révélait être l'ennemi qu'elle redoutait.

Ambre ignorait ce qu'elle ferait si cela se produisait. Elle se refusait à y penser, car il n'existait pas de solution au dilemme que cela causerait.

« Ennemi et âme sœur à la fois. »

— Étiez-vous à pied ? Étiez-vous seul ?

Pas de réponse. Seulement le rythme lent de la large poitrine de l'homme qui se soulevait et s'abaissait.

— Vos yeux sont-ils gris de glace et d'hiver, comme ceux de Dominic le Sabre ? Ou sont-ils plus noirs, comme on le dit de ceux du Fléau Écossais ? Ou bien êtes-vous un troisième guerrier, inconnu, revenu de terre sarrasine avec la certitude de votre propre puissance ?

Aucune altération dans la respiration profonde et régulière de l'étranger.

— Je prie pour que vous soyez un inconnu…, murmura-t-elle.

Elle soupira et reprit son ouvrage, caressant doucement le torse puissant de l'homme. Sa toison masculine l'intriguait et lui plaisait à la fois. Elle aimait lisser cet enchevêtrement piquant sous ses doigts, sentir sa résistance et sa caresse amusante sous ses paumes.

— Avez-vous retiré vos vêtements afin de pénétrer dans le cercle sacré et de dormir sain et sauf au pied du sorbier ?

L'homme laissa échapper un murmure.

— Oui, dit-elle avec enthousiasme. Oh, oui, mon guerrier. Venez dans la lumière dorée. Laissez l'obscurité derrière vous.

Bien que l'homme ne répondît pas, Ambre exultait. Il émergeait enfin lentement, très lentement, de son sommeil anormal. Elle ressentit son plaisir à être ainsi touché, caressé, aussi clairement que s'il l'avait dit.

Pourtant, toujours aucun souvenir ne lui parvenait de sa part. Pas d'images, pas de noms, pas de visages.

— Où vous cachez-vous, mon sombre guerrier ? demanda-t-elle. Et pourquoi ?

Elle écarta du front de l'étranger d'épaisses mèches de sa chevelure noire et souple.

— Quoi que vous craigniez, vous devez vous réveiller bientôt. Ou vous serez à jamais perdu dans des ténèbres qui ne prendront fin qu'avec votre mort.

L'étranger demeura silencieux. Comme si elle avait imaginé son murmure un instant auparavant.

Elle se releva péniblement. Dans la coupelle d'encens fixée au mur, le morceau de gemme en forme de larme était presque consumé. Elle alluma un autre précieux fragment prélevé dans sa réserve d'ambre médicinal. Une volute fine et parfumée de fumée s'éleva dans les airs.

Le corps de l'étranger tressaillit, mais il ne se réveilla pas. Elle soupira. Et s'il ne se réveillait jamais ? C'était ce qui arrivait trop souvent à ceux qui étaient frappés par une pierre, une longue épée ou le sabot d'un cheval. Ils tombaient dans un sommeil sans rêves, sans jamais plus se réveiller.

« Ça ne peut arriver à cet homme. Il est à moi ! »

L'intensité de ses sentiments la surprit. Elle se mit à faire les cent pas dans sa chaumière, mal à l'aise. Au bout d'un moment, elle se rendit compte que l'aurore dardait des lances de lumière entre les volets. Au-delà des murs, les coqs chantaient leur victoire sur la nuit qui se mourait.

Ambre jeta un œil au-dehors par une fente là où les volets ne se rejoignaient pas. L'orage automnal qui avait été la perte de l'étranger avait traversé la terre. Dans son sillage somnolait un monde nouveau, scintillant de rosée et de possibilités.

D'ordinaire, à cette heure-là, Ambre était dans le jardin, à ramasser les herbes qu'elle faisait pousser pour Cassandra et elle. Ou bien elle était au marais pour voir si les volées d'oies sauvages avaient commencé, et avec elles, la certitude de l'hiver approchant.

Mais ce jour-là n'avait rien d'ordinaire. Il n'y avait rien eu d'ordinaire depuis l'instant même où elle avait touché l'homme sans nom et découvert qu'elle était née pour être l'âme sœur de cet homme.

Elle retourna près du lit et posa délicatement ses doigts sur la joue de l'étranger. Il était toujours pris dans les filets de cet étrange sommeil.

— Mais plus aussi profondément, je crois. Quelque chose change…

Dehors, les coqs s'étaient tus, indiquant à Ambre que le soleil se levait comme à son habitude.

— Si vous vous réveillez, je vais vous faire peur. Je dois être aussi dépenaillée qu'un jardin en hiver.

Ambre se nettoya le visage avec une bassine d'eau chaude et du savon aux essences naturelles de pin. Elle enfila une chemise propre en lin, remit ses bas rouges en place et passa une épaisse robe de laine douce.

Cette robe était également un cadeau de Lord Robert, par l'intermédiaire de son fils Erik, pour la remercier de fournir sa maisonnée en fines herbes séchées. La broderie dorée du col contrastait joliment avec la couleur indigo de la laine. La robe était doublée de lin jaune, qui se voyait par transparence le long de ses manches et sur l'ourlet de la robe.

Lorsqu'elle eut fini de s'habiller, le tissu dessinait parfaitement les courbes de ses seins, de sa taille et de ses hanches. Elle retroussa le bout de ses manches et les retint avec un ruban, afin de ne pas être gênée dans ses mouvements.

Elle noua également une ceinture faite de trois rangées de cuir doré autour de sa taille. Au bout de chaque extrémité des liens de cuir, des anneaux d'ambre brillaient de nuances d'or. Un fourreau, également fait de cuir doré, pendait à sa taille. Il contenait une dague d'argent dont la poignée renfermait un seul et unique œil d'ambre rouge sang.

Après avoir pris un peigne en bois de sorbier, elle se dépêcha de retourner auprès de l'étranger. Un simple toucher lui confirma qu'il était toujours plongé dans son sommeil anormal. Et qu'il se débattait comme une truite pour rejoindre la lumière attrayante du soleil.

Ambre le secoua légèrement. Aucune réponse, si ce n'est un marmonnement insignifiant. Elle demeura près du lit et démêla ses longs cheveux d'or tout en le regardant avec inquiétude.

— Vous vous rapprochez du soleil à chaque battement de cœur, dit-elle, pleine d'espoir. Je vous en prie, réveillez-vous et dites-moi qui vous êtes.

L'étranger bougea nerveusement la tête, et sa main tressaillit. Ambre le toucha de nouveau, mais rien n'avait changé.

Elle était aussi agitée que le sommeil de l'étranger. Elle faisait les cent pas, peignait sa chevelure, tournait en rond. Elle finit par ouvrir les volets les plus proches du lit pour regarder dehors. Il n'y avait personne sur le petit chemin qui menait à sa chaumière isolée depuis Stone Ring.

Elle poussa encore les volets et tressa ses cheveux, indifférente à l'air vivifiant qui s'engouffrait dans la pièce. Ses gestes étaient maladroits. Elle était trop impatiente, trop anxieuse. Le peigne lui échappa des mains pour tomber sur le sol couvert de paille, près du lit. Elle referma vivement les volets.

— Quel tracas, ces cheveux, marmonna-t-elle.

Alors qu'elle se penchait pour ramasser son peigne, sa longue chevelure tomba sur la main droite attachée de l'étranger. Soudain, elle sentit de longs doigts puissants se refermer sur elle, la faisant prisonnière.

Elle se figea. Puis, elle se tourna lentement vers les yeux couleur noisette qui n'étaient qu'à quelques centimètres des siens.

« Ils ne sont pas gris. Ils sont différents de ceux de Dominic le Sabre. Merci, mon Dieu ! Mon cœur ne s'est pas épris d'un homme déjà marié. »

— Qui êtes-vous ? demanda une voix virile et profonde.

— Vous avez retrouvé vos esprits ! Vous avez dormi deux jours, et je craignais…

— Deux jours ? l'interrompit-il.

— Vous ne vous rappelez pas ? lui demanda-t-elle doucement en caressant la main qui la retenait prisonnière. Il y a eu un orage.

Elle attendit qu'il réponde, pleine d'espoir.

— Je ne me souviens de rien, dit-il enfin.

Ambre ne doutait pas de la véracité de ses mots. Tout ce qu'elle avait ressenti en touchant l'étranger était la profondeur de sa confusion.

— Je ne me souviens… de rien ! s'écria l'homme avec violence. Au nom du Christ, que m'est-il arrivé ?

La peur était mêlée à la confusion dans sa voix. Il essaya de se lever, pour se rendre compte qu'il était pieds et poings liés. Il pouvait seulement bouger ses doigts et sa tête. Il fut si surpris qu'il lâcha subitement les cheveux d'Ambre, avant de se mettre à tirer sur les cordes qui retenaient son bras droit.

Son bras fort, celui qui portait son épée.

— Tout va bien, dit Ambre en essayant d'attraper sa main.

— Je suis attaché ! Suis-je un prisonnier ?

— Non, c'est juste…

— Que se passe-t-il, bon sang !

Elle toucha la main crispée de l'homme. Elle ressentit sa fureur d'être attaché, le désarroi de n'avoir aucun souvenir, la peur de sa propre impuissance. Mais aucun désir de lui faire du mal.

— Je ne vous veux aucun mal, dit-elle d'un ton apaisant. Vous avez été longtemps inconscient, et malade.

Elle aurait aussi bien pu parler au vent. Les muscles de l'homme se tendaient sous l'effort. Le cadre en bois du lit craquait violemment, et les cordes lui mordaient la peau, mais aucune ne céda.

Un grondement sauvage s'éleva de sa gorge. Son corps se cabra, et les couvertures tombèrent tandis qu'il se débattait pour se libérer. Les cordes pénétrèrent sa peau jusqu'au sang. Il continuait à se battre.

— Non, hurla Ambre, arrêtez !

Elle se jeta sur l'étranger et s'agrippa à lui comme s'il était un cheval sauvage, essayant de l'immobiliser avant qu'il ne se blesse davantage.

Stupéfait d'être ainsi maintenu par une femme douce et parfumée à l'opulente chevelure d'or, l'homme arrêta un instant de se débattre.

C'était tout ce qu'Ambre demandait. Elle déposa un baiser sur son torse nu. Il s'immobilisa, surpris. Puis, elle posa ses doigts sur ses lèvres pour mettre fin à ses cris.

— Restez tranquille, mon sombre guerrier. Je vous libérerai.

Il fut parcouru d'un frisson. Une souffrance intense martelait sa tête à chacun des battements de son cœur. Lentement, à force de volonté, il se força à ne plus se débattre contre ses liens.

La sensation des mains de la jeune femme sur sa peau nue le fit frissonner de nouveau, tout comme la caresse de ses doux cheveux sur son entrejambe. Son cœur s'emballa. Et ça n'avait rien à voir avec sa lutte pour se libérer…

Puis, il vit la dague d'argent ancienne qu'elle avait tirée de sa ceinture.

— Non ! s'écria-t-il d'une voix enrouée.

Puis, il prit brusquement conscience qu'elle allait l'utiliser sur les cordes, pas sur lui. Poussant un grognement, il arrêta de se débattre. Lorsque la force de son sang ralentit, son mal de tête s'apaisa.

Ambre leva la tête de son ouvrage et sourit d'un air encourageant.

— Je suis désolée que vous ayez été attaché. Vous n'étiez… pas vous-même.

« Qui que vous soyez. »

— On ne savait pas ce que vous feriez en vous réveillant, ajouta-t-elle.

L'homme soupira longuement lorsque sa main droite fut libre. Les autres liens ne résistèrent pas longtemps à la dague. Il fut libre en un rien de temps.

— Je suis désolée, répéta Ambre. Erik a insisté pour que vous soyez attaché, pour ma sécurité. Mais je sais que vous ne me ferez pas de mal.

L'homme se contenta de secouer la tête. L'espace de quelques respirations, il resta allongé à regarder Ambre, essayant de comprendre ce qui lui était arrivé.

Tout ce dont il était sûr, c'était que moins il bougeait, moins sa tête le faisait souffrir.

— Malade ? demanda-t-il enfin. J'ai été malade ?

Ambre hocha la tête.

— Quel genre de mal laisse un homme sans mémoire, sans souvenirs... pas même celui de son propre nom !

Ambre frissonna. Elle rengaina sa dague, les mains tremblantes.

« Ce ne peut être ce qu'a prédit Cassandra.

» Je n'ai pas été imprudente. Je n'ai pas été stupide.

» Il ne peut être un homme sans nom. »

Mais il l'était.

— Vous ne vous souvenez pas de votre nom ?

— Non, ni de rien d'autre, mais de...

— Oui ? demanda Ambre impatiemment.

— L'obscurité. Mille ombres noires.

— C'est tout ?

L'étranger paraissait ahuri. Il battait des cils en frottant ses poignets endoloris par les cordes, fixant le plafond comme s'il regardait quelque chose que seul lui pouvait voir.

— Une lumière dorée, dit-il lentement, une douce voix qui m'appelle, qui m'attire dans la nuit, sentant le pin et le mélèze.

Ses yeux noisette tachetés de gris, de vert et de bleu regardèrent intensément Ambre. Sa main l'attrapa si rapidement qu'elle fut captive sans se rendre compte qu'il avait bougé. Ses doigts glissèrent dans ses cheveux jusqu'à son crâne. Il la tenait avec douceur cette fois, mais si fermement qu'elle n'avait aucune chance de s'échapper.

Mais elle ne voulait pas s'échapper. Un plaisir nouveau s'emparait d'elle. Elle avait touché l'étranger de nombreuses fois, mais jamais *il* ne l'avait touchée. La différence était exaltante... bien qu'elle sache parfaitement que les émotions de l'homme sans nom étaient telle une tempête imprévisible et qu'il pouvait perdre la maîtrise de soi à tout moment.

Lentement, l'homme entraîna Ambre sur le lit, à côté de lui. Il enfouit son visage dans ses cheveux, inhalant profondément son parfum. Elle laissa ses lèvres effleurer sa joue et son torse, comme elle l'avait souvent fait durant les longues heures où elle l'avait soigné.

— C'était vous, dit-il d'une voix rauque.

— Oui.

— Est-ce que je vous connais ?

— Vous ne connaissez que ce qui est dans votre esprit, dit-elle. Me connaissez-vous ?

— Je crois que je n'ai jamais vu de femme aussi belle. Pas même...

Sa voix grave s'évanouit, et il fronça sévèrement les sourcils.

— Qu'y a-t-il ? demanda Ambre.

— Je ne me souviens pas de son nom.

— Le nom de qui ?

— De la plus belle femme que j'aie jamais vue. Avant vous.

Tandis que l'étranger parlait, Ambre avait délibérément posé ses paumes sur la peau nue de ses épaules. Une image floue lui parvint : celle d'une femme à la chevelure de feu et aux yeux émeraude clairvoyants.

L'image disparut, sans qu'il se souvienne du nom à mettre sur ce visage si délicat. Il secoua la tête et jura, frustré.

— Laissez-vous le temps de guérir, dit-elle. Votre mémoire vous reviendra.

Il l'attrapa soudain par les épaules, enfonçant ses doigts puissants dans sa peau.

— Je n'ai pas le temps ! Je dois… je dois… Mordieu, je ne m'en souviens plus !

Les yeux d'Ambre se remplirent de larmes lorsque la souffrance de l'homme l'envahit. C'était un homme dont l'honneur était la plus grande qualité. Il avait fait des serments qui devaient être honorés.

Mais il ne se rappelait plus à qui il avait donné sa parole.

Pas plus qu'il ne se souvenait de l'objet de ses serments.

Elle laissa échapper un cri, car la douleur de l'étranger, sa peur et sa rage, étaient aussi siennes tant qu'elle le touchait.

La pression sur ses épaules se relâcha instantanément. Des mains endurcies par la bataille se mirent à la caresser plutôt que de s'enfoncer dans sa douce chair.

— Pardonnez-moi, dit-il d'une voix enrouée. Je ne voulais pas vous faire de mal.

Ses doigts, étonnamment doux, survolèrent ses cils pour essuyer ses larmes. Surprise, elle ouvrit les yeux.

Le visage de l'étranger était très proche du sien. Malgré sa propre agitation, il s'inquiétait pour elle. Elle le voyait aussi bien que les grands cils noirs épais qui encadraient ses yeux noisette.

— Vous… vous ne m'avez pas fait mal, dit-elle. Pas comme vous l'entendez.

— Vous pleurez.

— C'est votre souffrance. Je la ressens très vivement.

Il haussa ses sourcils noirs. Puis, il caressa sa joue du revers de la main très délicatement. Ses larmes chaudes brûlaient contre sa peau.

— Ne pleurez pas, gentille fée.

Ambre sourit malgré ses larmes.

— Je ne suis pas une fée.

— Je ne vous crois pas. Seule une créature imprégnée de magie pouvait me tirer de ces ténèbres sauvages.

— Je suis l'élève de Cassandra la Sage.

— Ceci explique cela, dit-il. Vous êtes une sorcière.

— Pas du tout ! Je suis seulement une Érudite.

— Ce n'était pas une critique. J'aime beaucoup les sorcières guérisseuses.

— Vraiment ? demanda Ambre, surprise. Vous en avez connu beaucoup ?

— Une. Ou était-ce deux ? ajouta-t-il d'un ton incertain.

Sa maîtrise de soi menaçait de s'effondrer lorsqu'il se rendit compte qu'il n'avait aucun souvenir, même si élémentaire.

— N'essayez pas de vous battre ainsi, dit Ambre. Cela ne fait qu'empirer les choses. Ne le sentez-vous pas ?

— Il est difficile de ne pas se battre, siffla-t-il. Me battre est ce que je fais de mieux !

— Comment le savez-vous ?

L'homme s'immobilisa, songeur.

— Je ne sais pas, dit-il enfin. Mais je sais que c'est vrai.

— Il est aussi vrai qu'un homme qui se bat contre lui-même ne peut gagner.

L'étranger absorba cette triste vérité en silence.

— Si vous devez vous souvenir, vous vous souviendrez.

— Et sinon ? demanda-t-il franchement. Serai-je pour toujours un homme sans nom ?

Ses mots étaient trop similaires à la sombre prophétie qui avait hanté la vie d'Ambre.

— Non ! s'écria-t-elle. Je vais vous donner un nom. Je vous appellerai… *Duncan.*

L'écho de ce nom horrifia Ambre. Ce n'était pas le nom qu'elle avait voulu prononcer. Pas du tout.

« Il ne peut être Duncan de Maxwell. Je refuse de le croire. Je préfère qu'il reste un étranger sans nom pour toujours ! »

Mais il était trop tard. Elle lui avait donné un nom.

Duncan.

Elle retenait son souffle, une main agrippée à celle de l'homme. Elle attendait sa réponse.

Il semblait réfléchir, hésiter, se concentrer…

Puis plus rien. Tout s'évanouit, comme un écho qui a trop longtemps retenti.

— Duncan ? demanda-t-il. Est-ce ainsi que je me nomme ?

— Je ne sais pas, dit-elle d'un air malheureux. Mais cela vous sied. Duncan signifie « sombre guerrier ».

Il plissa les yeux.

— Votre corps porte des marques de bataille, dit-elle en touchant les cicatrices sur sa poitrine, et votre chevelure a la teinte si captivante de l'obscurité.

La légère caresse de ses doigts attisait et captivait Duncan, l'encourageant à accepter son étrange réveil à un monde à la fois familier et à jamais changé.

Et qu'il soit étrange ou familier, il était trop fourbu pour se battre encore. La longue remontée depuis les ténèbres avait réduit à néant toute sa puissance.

— Promettez de ne plus m'attacher si je dors encore, dit-il d'une voix rauque.

— Je vous le promets.

Duncan regarda la jeune femme passionnée qui le regardait avec tant d'inquiétude. Les questions se bousculaient en lui, trop de questions pour qu'il ait l'esprit clair.

Trop de questions sans réponse.

Il ne se souvenait peut-être pas des détails de sa vie avant qu'il ne s'éveille ici, mais il n'avait pas tout oublié. Dans le passé, il avait appris qu'une attaque frontale n'était pas toujours la meilleure approche pour assiéger un poste fortifié.

Et de toute façon, il n'avait pour l'instant pas assez de force pour s'attaquer ne serait-ce qu'à un papillon. Chaque fois qu'il rassemblait ses forces pour se battre, son mal de tête l'aveuglait de souffrance.

— Reposez-vous un peu, l'encouragea Ambre. Je vais vous faire du thé pour atténuer votre migraine.

— Comment savez-vous que j'ai mal à la tête ?

Ambre ramassa les couvertures qui étaient tombées, sans répondre. Ses cheveux détachés glissèrent de nouveau sur Duncan. Avec un soupir agacé, elle balaya la lourde masse en arrière, mais des mèches s'échappèrent encore.

— Votre chevelure est comme de l'ambre, dit Duncan en caressant l'une de ses mèches. Douce et précieuse.

— C'est mon nom.

— Précieuse ? dit-il en souriant peu à peu.

Il avait un sourire à faire fondre la neige fondue et à faire ressortir les sturnelles en pleine nuit. Ambre en eut le souffle coupé.

— Non, dit-elle en riant. Je m'appelle Ambre.

— Ambre…

Le regard de Duncan passa de sa longue chevelure à ses yeux d'or lumineux.

— Oui, dit-il. Précieuse Ambre.

Il relâcha la mèche de ses cheveux, caressa son poignet et laissa tomber sa main sur la lourde couverture de fourrure.

L'absence du toucher de Duncan fut comme un feu qu'on éteint. Ambre dut ravaler ses protestations.

— Ainsi, je suis Duncan, et vous êtes Ambre, dit-il après un moment. Pour l'instant…

— Oui, murmura-t-elle.

Elle aurait éperdument aimé appeler Duncan par un autre nom.

Pourtant, elle savait que cela ne l'aurait pas empêchée de craindre ce que pouvait être son véritable nom. Elle, nommée simplement Ambre, ne savait que trop bien ce que c'était de ne pas avoir de véritable nom, de véritable héritage.

« Ce sont peut-être seulement mes peurs qui me jouent des tours. Qui dessinent des ombres de monstres sur un mur vide.

» Ai-je peur qu'il soit Duncan de Maxwell simplement parce que je veux tant qu'il soit quelqu'un d'autre ?

» N'importe qui d'autre. »

— Où suis-je ? demanda Duncan.

— Chez moi.

Il regarda autour de lui, observant la vaste pièce au-delà d'Ambre. Au milieu brûlait un feu dont la fumée s'échappait par un trou dans le toit de chaume. Un fumet appétissant s'élevait de la petite marmite suspendue au-dessus des flammes. Les murs avaient été blanchis à la chaux et le sol, recouvert de paille fraîche. Il y avait des fenêtres aux volets fermés sur trois murs, et sur le quatrième, une porte.

Duncan inspecta le lit à baldaquin avec attention : lin, laine douce et fourrure luxueuse, riches rideaux de soie ouverts pour la journée. Tout près se trouvait une table, ainsi qu'une chaise, une lampe à huile et, étonnamment, ce qui semblait être d'anciens manuscrits.

Duncan reporta son regard sur la jeune femme qui l'avait soigné, une femme familière et inconnue à la fois.

Les habits d'Ambre étaient comme le reste : magnifiques, riches, doux, chauds et colorés. À ses poignets et à son cou, des gemmes d'ambre brillaient dans des tons riches de jaune foncé et d'or.

— Vous vivez bien mieux que la plupart des villageois, dit-il.

— J'ai de la chance. Erik, l'héritier de Lord Robert du Nord, veille sur moi.

L'affection d'Ambre envers Erik se sentait dans sa voix et dans son sourire. L'expression de Duncan s'assombrit, lui conférant toute l'apparence du formidable guerrier qu'il était.

Ambre se demanda soudain si elle ne l'avait pas détaché un peu trop vite.

— Êtes-vous sa maîtresse ? s'enquit-il.

Ambre ne comprit pas l'abrupte question tout de suite. Puis elle rougit.

— Non ! Lord Robert est un…

— Je ne parle pas de Robert, l'interrompit-il brusquement. Erik. Celui dont le seul nom vous fait sourire.

Ambre sourit de plus belle.

— La maîtresse d'Erik ? répéta-t-elle. Il ne pourrait pas s'empêcher de rire, s'il entendait une chose pareille. Nous nous connaissons depuis notre plus tendre enfance.

— Donne-t-il d'aussi beaux cadeaux à toutes ses amies d'enfance ? demanda froidement Duncan.

— Nous étions tous deux des élèves de Cassandra la Sage.

— Et alors ?

— Alors la famille d'Erik m'a prise sous son aile.

— Et pas à n'importe quel prix, dit-il ostensiblement.

— Leurs cadeaux, bien que très généreux, ne compromettent pas la fortune de Lord Robert, répliqua-t-elle sèchement.

Alors qu'il s'apprêtait à ouvrir la bouche pour la questionner davantage, Duncan se rendit compte qu'il réagissait avec bien trop de jalousie, alors qu'il venait à peine de rencontrer cette jeune femme.

« Ou dois-je l'être ? »

Après tout, il s'était réveillé nu dans son lit. Elle n'avait pas hésité à le toucher de ses mains. Elle n'avait ni rougi ni détourné le regard lorsque les couvertures avaient glissé pour révéler toute sa nudité. Et elle n'avait pas semblé pressée de le recouvrir.

Mais comment demander délicatement à une jeune femme si elle était sa promise, sa femme, ou sa maîtresse ?

Ou, Dieu le protège, sa *sœur* ?

Duncan grimaça. L'idée qu'Ambre et lui puissent être liés par le sang l'horrifiait.

— Duncan ? Vous souffrez ?

— Non.

— Vous êtes sûr ?

Il émit un grognement.

— Dites-moi…

Sa voix et son courage s'évanouirent. Mais pas la chaleur sensuelle qui bouillonnait en lui.

— Oui ? l'encouragea Ambre.

— Sommes-nous parents ?

— Non, dit-elle immédiatement.

— Merci, mon Dieu.

Ambre paraissait surprise.

— Cassandra fait-elle partie de ceux que vous appelez les Érudits ? demanda-t-il pour changer de sujet avant qu'Ambre ne puisse parler.

— Oui.

— Est-ce une peuplade, un clan ou une religion ?

Ambre se demanda d'abord si Duncan ne jouait pas avec elle. Tout homme retrouvé à l'intérieur de Stone Ring, endormi au pied du sorbier sacré devait être l'un des Érudits !

Cette pensée l'apaisa. Elle avait entendu beaucoup de choses sur Duncan de Maxwell, le Fléau Écossais, mais jamais on n'avait fait la moindre allusion à la possibilité qu'il soit un Érudit.

Qui qu'ait été par le passé l'homme qu'elle avait nommé Duncan, il était maintenant un autre homme, dont toute Érudition passée lui avait été arrachée par un coup de foudre.

Elle se concentra, essayant de trouver les mots justes pour décrire sa relation avec Cassandra, Erik et les quelques autres Érudits qu'elle avait rencontrés. Elle ne voulait pas que Duncan la regarde avec superstition ou avec peur, comme le faisaient certains des villageois.

— Beaucoup d'Érudits ont des liens du sang, mais pas tous, dit-elle lentement. C'est une sorte de discipline, comme une école, mais tous ceux qui essaient d'apprendre n'ont pas des aptitudes égales.

— Comme les chiens de chasse, les chevaux ou les chevaliers ? demanda Duncan après un moment de réflexion.

Elle ne parut pas comprendre.

— Certains seront toujours meilleurs que les autres dans leur domaine, dit-il simplement. Très peu se détachent vraiment du lot.

— Exactement, dit-elle, soulagée que Duncan ait compris. Ceux qui ne peuvent apprendre disent que ceux qui le peuvent sont maudits, ou bénis. Souvent maudits.

Duncan revêtit un sourire ironique.

— Mais c'est faux, dit-elle. Nous sommes simplement tels que Dieu nous a créés. Différents.

— Oui, j'ai rencontré des gens comme ça. Différents.

D'un air absent, Duncan serra sa main droite comme pour saisir une épée. Il avait fait ce geste sans y penser, un geste qui lui était tout aussi naturel que de respirer. Il ne s'en rendit même pas compte.

Contrairement à Ambre.

Elle se souvenait de ce qu'elle avait entendu à propos du Fléau Écossais, un guerrier qui avait été vaincu au combat une seule fois, et par l'usurpateur normand tant haï, Dominic le Sabre. En échange de sa propre vie, Duncan avait juré allégeance à son ennemi.

La rumeur disait que Dominic l'avait battu avec l'aide de sa femme et sorcière, une Druide de la Vallée.

Ambre revit le visage qu'elle avait découvert dans l'esprit embrumé de Duncan : une chevelure de feu et des yeux d'un vert exceptionnellement intense.

Le vert des Druides de la Vallée.

« Mon Dieu, se pouvait-il qu'il soit Dominic le Sabre, l'ennemi juré d'Erik ? »

Observant attentivement les yeux de Duncan, Ambre essaya de se dire qu'ils étaient gris, mais c'était honnêtement impossible. Verts, peut-être. Ou bleus. Ou marrons. Mais pas gris.

Ambre poussa un long soupir. Pourvu qu'elle ne se trompe pas !

— Où avez-vous rencontré ces hommes différents ? demanda-t-elle. Ou étaient-ce des femmes ?

Duncan ouvrit la bouche, mais aucun mot n'en sortit. Il grimaça devant la preuve évidente de sa perte de mémoire.

— Je ne sais pas, dit-il, catégorique. Mais je sais que je les ai rencontrés.

Ambre s'approcha de lui et posa sa main sur la sienne, celle qui avait voulu saisir une épée.

— Leurs noms ? demanda-t-elle d'une voix douce.

Seul le silence lui répondit, suivi d'un juron.

Elle ressentait la frustration et la colère grandissante de Duncan, mais aucun visage, aucun nom, rien qui ne ramène ses souvenirs du néant.

— Étaient-ils vos amis ou vos ennemis ? demanda-t-elle calmement.

— Les deux, grogna-t-il. Mais pas… pas tout à fait.

Il serra le poing. Ambre tenta de détendre ses doigts avec douceur. Il retira brusquement sa main pour se taper la cuisse.

— Bon sang ! rugit-il. Quel genre de misérable pleutre ne peut se souvenir ni de ses amis, ni de ses ennemis, ni même de ses serments ?

La douleur traversa Ambre, la douleur de Duncan qui était, étrangement, la sienne.

— Vous avez prêté serment ? demanda-t-elle à voix basse.

— *Je… je ne sais pas !*

Ses mots étaient presque un hurlement.

— Doucement, mon sombre guerrier, dit-elle.

En parlant, elle caressait les cheveux et le visage de Duncan, comme elle l'avait fait pendant de longues heures lorsqu'il était perdu dans son étrange sommeil.

Dès qu'elle le toucha, il tressaillit. Mais après avoir plongé son regard dans celui d'Ambre, troublé et doré, il grogna et se détendit, acceptant ces tendres caresses qui cherchaient à l'apaiser.

— Dormez, Duncan, je sens bien votre épuisement.

— Non, dit-il d'un air grave.

— Vous devez vous laisser guérir.

— Je ne veux pas retomber dans ces ténèbres.

— Ce ne sera pas le cas.

— Et si vous avez tort ?

— Je vous ramènerai à nouveau.

— Pourquoi ? demanda-t-il. Qui suis-je pour vous ?

Ambre hésita devant la question directe. Puis, elle sourit, un sourire doux-amer étrange, en se remémorant les mots de la prophétie de Cassandra qui résonnaient tels des coups de tonnerre lointains.

Dans l'obscurité, il viendra à toi.

Et il était venu.

Elle avait touché un homme sans nom, et il avait réclamé son cœur.

Ambre ne savait pas si elle pouvait façonner les évènements afin que la vie, comme la mort, découle de son acte imprudent. Elle ne savait qu'une seule chose, et elle en était aussi certaine que le soleil se levait le matin pour se coucher le soir.

— Quoi qu'il arrive, chuchota-t-elle, je vous protègerai sur ma vie, coûte que coûte. Nous sommes… unis.

Duncan plissa les yeux en prenant conscience qu'elle venait de prêter serment, un serment aussi fort que celui que scellent les seigneurs entre eux. La férocité avec laquelle elle était prête à le défendre contre les ténèbres qui avaient englouti sa mémoire le rassura. Il sourit.

Elle semblait si fragile ! Ce rayon de soleil, cette brise parfumée, cette douce chaleur.

— Êtes-vous la nouvelle impitoyable Boadicée, qui mène les hommes au combat ? plaisanta-t-il.

Ambre secoua la tête en souriant légèrement.

— Je n'ai jamais brandi d'épée. Elles me semblent bien peu maniables.

— Les fées ne sont pas faites pour brandir des épées. Elles ont d'autres armes.

— Mais je ne suis pas une fée.

— C'est ce que vous dites.

Un sourire aux lèvres, Duncan suivit du plat de la main la longue chute de cheveux défaits d'Ambre.

— Il est étrange de penser que vous êtes à moi et que je suis à vous…, murmura-t-il.

Ambre ne corrigea pas le malentendu, car il y avait une légère différence dans sa façon de la toucher… Cela avivait un feu doux et secret en elle.

— Seulement si vous le souhaitez, murmura-t-elle à son tour.

— Je ne peux croire que j'oublierais une créature aussi belle et étrange que vous…

— C'est parce que je ne suis pas belle.

— À mes yeux, vous êtes aussi belle que l'aube après une longue nuit d'hiver.

La conviction authentique qu'elle sentait dans la voix et les yeux de Duncan était confirmée par son toucher. Il ne lui faisait pas seulement des compliments courtois. Il avait dit ce qui était pour lui la simple vérité.

Elle frémit lorsque son pouce dessina le contour de ses lèvres entrouvertes. Il sentit sa réaction et sourit malgré le mal de tête qui était revenu et faisait battre le sang à ses tempes. C'était un sourire viril et triomphant, comme s'il venait de trouver la réponse à une question qu'il n'avait osé formuler.

L'autre main de Duncan glissa au plus profond de sa chevelure, la caressant tout en la maintenant captive de son emprise. Ses caresses provoquèrent en elle d'étranges sensations. Avant qu'elle n'ait pu mettre un nom dessus, elle se retrouva collée à lui, ses lèvres sur les siennes, la langue de Duncan dans sa bouche.

La surprise l'emporta sur les autres sentiments qui la traversaient follement. Instinctivement, elle se débattit, essayant de s'arracher à l'étreinte de Duncan.

Ses bras la serrèrent plus fort dans un premier temps, avant qu'il ne desserre sa prise sur elle, juste assez pour pouvoir parler.

— Vous avez dit être à moi.

— J'ai dit que nous étions *unis*.

— Oui, jeune dame. C'est ce que j'avais en tête. L'union.

— Je voulais dire… C'est…

— Oui ?

Avant qu'Ambre ne puisse répondre, les jappements excités d'une meute de chiens de chasse emplirent la clairière qui entourait sa chaumière. Elle sut sans même regarder au-dehors qu'Erik était venu voir comment allait l'étranger qu'il avait laissé à ses bons soins.

Il serait furieux qu'elle lui ait désobéi en détachant l'homme sans nom.

3

Duncan se dépêcha de se relever, et le regretta instantanément. Le martèlement dans sa tête le faisait atrocement souffrir.

— Allongez-vous, dit Ambre rapidement. Ce n'est qu'Erik.

Il la regarda d'un air méfiant, mais il céda à la pression de ses mains sur ses épaules et obtempéra.

Des gloussements et des hurlements indignés leur parvinrent de la cour. Les chiens d'Erik avaient trouvé les poules. Lorsqu'Ambre ouvrit la porte, le maître-chien soufflait dans son cor pour les ramener à l'ordre.

Le chien le plus jeune n'obéit pourtant pas. Il venait de découvrir une vieille oie. Sûr de sa victoire, le chien avançait en jappant de joie. Le jars arqua son long cou, abaissa la tête, déploya ses ailes et siffla d'un air menaçant.

Le chien avançait toujours.

— Erik, dit-elle, rappelez-le !

— Ça lui fera du bien.

— Mais…

Le chien élancé à poil dur attaqua. L'aile droite du jars s'abattit avec force, envoyant le chien à terre. Surpris, et gémissant de douleur, le chien se dépêcha de se relever et de rejoindre la meute, la queue entre les jambes.

Erik rit si fort que cela dérangea le faucon pèlerin perché sur le pommeau de sa selle. Les clochettes d'argent fixées aux jets de cuir autour des pattes de l'oiseau tintaient énergiquement, traduisant son agitation. Le faucon ouvrit ses ailes fines et élégantes en poussant un cri perçant.

Le sifflement par lequel répondit Erik était tout aussi aigu et sauvage que celui de l'oiseau. Celui-ci pencha la tête et siffla de nouveau. Cette fois, le cri était différent, et Erik y répondit pareillement.

Le faucon referma ses ailes et retrouva son calme.

Les écuyers et les chevaliers qui chassaient avec Erik échangèrent de brefs regards. Son étrange relation avec les animaux sauvages était source de nombreuses spéculations parmi ses gens. Bien que personne n'osât le traiter de sorcier en face, c'était le bruit qui courait entre les hommes.

— Calme-toi, ma beauté, dit-il doucement.

Il caressa l'oiseau de sa main nue. L'autre était recouverte d'un gant de cuir qui le protégeait lorsque le rapace se posait sur son poignet.

— Robbie, dit-il au maître-chien. Emmenez les chiens et mes hommes dans la forêt. Vous troublez la tranquillité d'Ambre.

Ambre ouvrit la bouche pour le contredire. Un regard d'Erik la fit taire. Sans un mot, elle attendit que chiens, chevaux et hommes disparaissent dans la forêt dans un fracas de bruits et de mouvements.

— Comment se porte l'étranger ? demanda Erik sans détours.

— Mieux que votre chien.

— Peut-être que Trouble obéira la prochaine fois que Robbie fera retentir le cor de chasse.

— J'en doute. Les jeunes mâles ont beaucoup d'entrain et peu d'esprit.

— Je me sentirais insulté, si je n'étais pas adulte moi-même, dit Erik.

— Vous êtes adulte ? plaisanta Ambre en écarquillant les yeux. Depuis quand, monseigneur ?

Un sourire passa sur le beau visage d'Erik. Il attendit en silence qu'Ambre parle de l'homme pleinement adulte qui reposait dans sa chaumière.

— Il s'est réveillé, dit-elle.

La main d'Erik se posa sur le pommeau de l'épée qu'il portait en permanence.

— Quel est son nom ? demanda Erik.

— Il ne s'en souvient plus.

— Quoi ?

— Il ne se souvient d'aucun nom de son passé, pas même le sien.

— Il est aussi rusé qu'un renard, dit-il, catégorique. Il se sait entre des mains ennemies et…

— Non, l'interrompit Ambre. Il ne sait s'il est saxon ou normand, serf ou seigneur.

— Est-il ensorcelé ?

Ambre secoua la tête. Le poids soudain de ses cheveux sur ses épaules lui rappela qu'elle n'avait pas encore eu le temps de les attacher correctement. Impatiemment, elle rejeta la tête en arrière et elle tira le capuchon de sa cape pour les cacher.

— Je ne ressens rien de compulsif chez lui, dit-elle.

— Qu'avez-vous ressenti d'autre ?

— Courage. Force. Honneur. Générosité.

Erik haussa les sourcils.

— Un saint, dit-il sèchement. Quelle surprise.

Ambre se sentit rougir en repensant au désir que Duncan avait eu pour elle, et qui n'avait rien de celui d'un saint.

— Il y avait aussi de la confusion, de la douleur et de la peur, ajouta-t-elle vivement.

— Alors il est humain. Comme c'est décevant.

— Vous êtes diabolique, Erik, fils de Robert du Nord !

— Merci, dit-il en souriant. Il est bon que ma vraie nature soit appréciée.

Ambre ne put se retenir de rire.

— Quoi d'autre ? demanda-t-il.

Son enthousiasme s'évanouit.

— Rien.

— Quoi ?

— Rien.

Le faucon ouvrit les ailes comme pour refléter l'irritation de son maître.

— Pourquoi est-il sur les Terres contestées ? demanda sèchement Erik.

— Il ne s'en souvient pas.

— Où allait-il ?

— Il ne sait pas, dit-elle.

— Doit-il allégeance à un seigneur ou est-il un homme libre ?

— Il ne sait pas.

— Pour l'amour de Dieu ! siffla Erik. Est-ce un demeuré ?

— Non ! Il ne se souvient de rien, voilà tout.

— L'avez-vous interrogé en le touchant ?

Ambre soupira profondément, puis opina légèrement.

— Qu'avez-vous ressenti ? la pressa-t-il.

— Quand il essaie de se souvenir, il y a de la confusion. S'il persiste, il y a une lumière aveuglante, une vive douleur…

— Comme un éclair ?

— Peut-être, dit-elle.

Les yeux d'Erik se plissèrent pour former deux fentes d'ambre.

— Que se passe-t-il ? demanda-t-il après un moment de réflexion. Vous n'avez jamais autant douté.

— Vous ne m'aviez jamais amené un homme retrouvé inconscient à Stone Ring auparavant, rétorqua-t-elle.

— C'est un reproche ?

— Je suis désolée, soupira-t-elle. Je n'ai pas beaucoup dormi depuis que vous l'avez amené. Ça a été très dur de le ramener des ténèbres.

— Oui, je vois ça aux ombres sous vos yeux.

Elle sourit d'un air las.

— Ambre ? Est-il ami ou ennemi ?

Ainsi, il avait posé la question qu'elle avait tant redoutée.

— Ami, murmura-t-elle.

Puis, l'honnêteté et l'affection la poussèrent à ajouter :

— Jusqu'à ce qu'il retrouve la mémoire. Il redeviendra alors ce qu'il était avant que vous ne me l'ameniez. Ami ou ennemi, ou homme libre qui ne doit rien, à aucun seigneur.

— C'est tout ce que vous pouvez me dire ?

— Ce n'est pas un criminel ou une bête qui attaquerait les siens. Il a été gentil avec moi malgré sa peur.

Erik grogna.

— Mais ?

— Mais s'il retrouve la mémoire, il se peut qu'il ne nous considère pas comme des amis. Ou il peut se révéler être un cousin longtemps égaré, content de rentrer à la maison. Lui seul pourra le dire.

— S'il retrouve la mémoire…

Erik caressa en silence le dos de son faucon pèlerin en songeant aux possibilités qui s'offraient à lui. Un certain malaise ne cessait de revenir dans ses pensées. Quelque chose n'allait pas. Il le savait.

Mais il ne savait pas quoi.

— Va-t-il retrouver la mémoire ? demanda-t-il à Ambre.

— Je ne sais pas.

— Devinez, dit-il brusquement.

Ambre frissonna. Elle n'aimait pas penser à ce qui arriverait si Duncan retrouvait la mémoire. S'il était ennemi et âme sœur à la fois…

Elle serait déchirée.

Elle ne voulait pas non plus penser à ce que ressentirait Duncan s'il ne retrouvait pas la mémoire. Il serait agité, violent. Il deviendrait fou de ne jamais se souvenir des noms, de n'avoir honoré ses serments. Un homme coupable de parjure.

Il serait déchiré.

Son sang se glaça. Elle n'aurait souhaité pareil déshonneur à un ennemi, et encore moins à l'homme qui avait volé son cœur avec un toucher, un sourire, un baiser…

— Je…

Sa voix se brisa.

— Un indice ? demanda Erik, troublé par les yeux d'or d'Ambre qui semblaient possédés.

— Je ne sais pas, dit-elle d'une voix tremblante. Tant de mal pourrait advenir, et si peu de bien…

Une vie riche pourrait se déployer, mais la mort inéluctablement viendra frapper.

— Je devrais peut-être ramener l'étranger à Stone Ring, dit Erik.

— Non.

— Pourquoi cela ?

— Il porte de l'ambre sacré. Il est à moi.

La certitude catégorique qu'il décela dans sa voix le surprit, et l'inquiéta.

— Et s'il retrouve la mémoire ? demanda-t-il.

— Alors il retrouvera ses souvenirs.

— Vous pourriez être en danger.

— C'est la volonté de Dieu.

Erik sentit la colère monter en lui. Le faucon poussa un cri, et son cheval piétina nerveusement en piaffant d'impatience. Erik réfréna sa monture et calma son faucon sans pour autant détourner son regard de celui d'Ambre.

— Cela n'a aucun sens, dit-il enfin. J'enverrai mes hommes chercher l'étranger dès que nous aurons fini de chasser.

Elle leva la tête d'un air de défi.

— Comme vous voudrez, *monsieur.*

— Bon sang, êtes-vous possédée ? Je veux seulement vous protéger d'un homme sans nom.

— Il a un nom.

— Vous m'avez dit qu'il ne se souvenait pas de son nom.

— En effet, rétorqua-t-elle. Je lui en ai donné un.

— Quel est-il ?

— Duncan.

Erik ouvrit la bouche, avant de la fermer brusquement. Il serrait les dents.

— Expliquez-vous, demanda-t-il.

— Je devais pouvoir m'adresser à lui. « Le sombre guerrier » lui va bien.

— Duncan, dit Erik d'un ton qui ne trahissait aucun sentiment.

— Oui.

Au loin, un cor de chasse résonna, indiquant que les chiens étaient lancés après les oiseaux, les incitant à s'envoler pour que les faucons que les chevaliers avaient à leur bras les prennent en chasse. Le pèlerin perché sur la selle d'Erik glapit doucement, reconnaissant l'appel à une chasse qui lui avait été refusée.

Au-dessus de leurs têtes, le cri d'un émerillon annonça qu'un autre faucon était en vol. Erik leva la tête, scrutant le ciel éclatant de ses yeux aussi perçants que ceux des rapaces.

Un petit faucon plongeait comme une flèche noire, ses jets d'argent bleuté brillant au soleil. Bien que le plongeon de l'oiseau se terminât derrière une butte rocheuse, Erik n'avait aucun doute quant à sa réussite.

— Cassandra aura des perdrix avant que j'aie des colverts, dit-il. Marian vole avec sa grâce fatale habituelle.

Ambre ferma les yeux et soupira discrètement de soulagement qu'Erik ne parle plus de l'étranger qu'elle avait nommé « Duncan », sujet qui la mettait mal à l'aise.

— Cassandra viendra vous voir pour dîner, dit Erik. Et moi aussi. Soyez présente. Assurez-vous que l'homme que vous appelez « Duncan » soit là aussi.

Ambre se surprit à regarder droit dans les yeux topaze froids du loup qui vivait chez son ami d'enfance. Elle leva le menton et le regarda en plissant les yeux, avec un regard d'ambre aussi froid que le sien.

— Bien, monsieur.

Un sourire passa sous sa barbe or foncé.

— Avez-vous toujours du chevreuil fumé ?

Elle hocha la tête.

— Bien, dit-il. J'aurai faim.

— Vous avez toujours faim.

En riant, Erik incita le pèlerin à monter sur son poignet avant de talonner légèrement sa monture pour galoper vers la forêt. Le soleil illumina la robe gris tempête de son cheval et le feu doré de ses cheveux.

Ambre les regarda jusqu'à ce qu'ils disparaissent derrière la butte rocheuse. Alors qu'elle se tournait pour rentrer dans sa chaumière, l'émerillon s'éleva dans le vent, à la recherche d'une nouvelle proie. Ambre dressa la tête, attentive. Mais aucun son de sabots ne se fit entendre. Contrairement à Erik, Cassandra attendrait la fin de la chasse pour venir lui parler.

Soulagée, elle rentra et ferma doucement la porte. Puis, tout aussi tranquillement, elle abaissa un gros morceau de bois en travers. Tant qu'elle ne le relevait pas, personne ne pourrait entrer sans forcer.

— Duncan ? demanda-t-elle doucement.

Pas de réponse.

La peur lui glaça le sang. Elle courut jusqu'au lit et tira le rideau.

Duncan était couché sur le côté, l'air détendu, les yeux fermés. Elle tendit la main et lui toucha le front. Il dormait profondément d'un sommeil normal.

Le contraste entre les épaules puissantes de Duncan et la dentelle fine de la literie la fit sourire. Elle repoussa tendrement ses cheveux de son front, savourant la chaleur et la douceur de sa peau.

Duncan bougea, mais il ne se retourna pas. Au contraire, il semblait chercher ce contact. Sa main trouva aveuglément la sienne, tourna autour avant de s'en saisir. Lorsqu'elle voulut s'écarter, son étreinte se resserra. Elle sentait qu'il se réveillait.

— Non, chuchota-t-elle en caressant sa joue de sa main libre. Dormez, Duncan. Guérissez.

Il se replongea dans le sommeil, sans pour autant lâcher sa main. Elle retira ses chaussures et s'assit au bord du lit, luttant contre la fatigue qu'elle avait gardée à distance durant les longues journées et les longues nuits depuis qu'on avait déposé Duncan nu sur le pas de sa porte.

Elle ne pouvait pas dormir maintenant. Elle devait réfléchir, planifier, trouver l'unique fil dans la pelote emmêlée de leur destin qui mènerait à une vie riche plutôt qu'à une mort certaine.

« Tant de choses dépendent de sa mémoire. Ou de son absence de mémoire.

» Tant de choses dépendent de la prophétie.

» Oui. La prophétie. Je dois m'assurer que rien d'autre ne se réalise. Je crains que mon cœur ne soit perdu, mais pas mon corps, pas mon âme.

» Cela doit rester ainsi. Je ne dois pas le toucher. »

Pourtant, alors même qu'elle essayait de se raisonner, une protestation s'éleva en elle. Toucher Duncan était le plus grand plaisir qu'elle, l'Inaccessible, ait jamais connu.

« Il m'est interdit.

» Non… Seul le toucher des amants est interdit entre nous. Alors mon corps restera mien.

» Vierge.

» La prophétie ne se réalisera pas. »

La lassitude finit par avoir raison d'elle. Ses paupières se fermèrent, et elle bascula, s'endormant avant même que sa tête ne touche le lit. Alors que son poids la poussait à côté de Duncan, il se réveilla légèrement, la serra contre lui, et replongea dans un sommeil curatif.

Enveloppée dans les bras qui lui étaient interdits, Ambre jouit du sommeil le plus paisible de toute sa vie.

Elle ne se réveilla que lorsque le hurlement harmonieux d'un loup s'éleva dans le crépuscule. Elle eut tout d'abord une sensation de paix extraordinaire. Puis celle d'une chaleur solaire derrière elle. Enfin, elle prit conscience que le corps nu de Duncan était tendrement collé au sien, et que sa main droite, celle de l'épée, était sur son sein.

Une chaleur étrange l'envahit. Elle se sentit alors rougir, tellement fort que ses joues la brûlaient. Elle essaya de se défaire délicatement de l'étreinte de Duncan, mais il laissa échapper un grognement de protestation ensommeillé en resserrant sa main sur son sein. La sensation qui l'envahit alors lui coupa le souffle.

« Non ! C'est exactement le genre de contact qui nous est interdit !

» Mon Dieu, pourquoi est-ce si agréable ? »

Le loup hurla de nouveau, appelant ses semblables à chasser dans le crépuscule.

Aussi vite qu'elle le put, elle se glissa hors du lit. Duncan menaçait de se réveiller, mais elle l'apaisa à force de légères caresses et de mots doux, jusqu'à ce qu'il soit de nouveau profondément endormi.

Soulagée, elle se dépêcha de s'éloigner du lit. Elle devait être seule pour parler avec Erik et Cassandra. Ce serait plus sûr pour Duncan de cette manière.

Elle jeta une cape de laine verte sur ses épaules et la ferma avec une grande broche d'argent en forme de croissant de lune. D'anciennes runes étaient inscrites le long du croissant, conférant grâce et caractère à l'argent usé. Lorsqu'elle sortit dans la lueur du soir après avoir retiré la barre de bois, la broche scintilla comme si elle attirait la lumière pour affronter la nuit qui tombait.

À peine eut-elle refermé la porte derrière elle que Cassandra apparut sur le chemin qui sortait de la forêt. Elle était à pied et portait une robe écarlate brodée de fils verts et bleus, mais dans le crépuscule, toutes les couleurs semblaient presque noires.

Ses cheveux pâles, presque incolores, étaient tressés et dissimulés sous une coiffe d'un beau tissu rouge maintenu par un anneau de fils d'argent tressés. Les manches de sa robe étaient longues et largement évasées aux poignets.

Comme Ambre, Cassandra n'avait pas de famille. Pourtant, elle avait tout d'une lady de haute lignée. Plus vieille et plus sage qu'Ambre, Cassandra l'avait élevée comme sa propre fille. Toutefois, Cassandra ne s'approcha pas d'elle pour enlacer l'enfant qu'elle avait élevé. Elle n'était pas venue la voir en tant qu'amie et mentor, mais plutôt en tant que sage du château de Stone Ring.

Ambre sentit l'appréhension s'emparer d'elle.

— Où est Erik ? demanda Ambre en regardant au-delà de Cassandra.

— J'ai demandé à te voir seule un instant.

Ambre sourit, semblant bien plus confiante qu'elle ne l'était en réalité.

— La chasse de Marian a-t-elle été fructueuse ? demanda-t-elle.

— Très. Et la vôtre ?

— Je ne suis pas allée chasser.

— Je voulais parler de ta quête d'information concernant l'homme qu'Erik a trouvé assoupi à Stone Ring, dit Cassandra avec douceur.

Sans un mot de plus, elle regarda Ambre de ses yeux gris perçants. Ambre dut se maîtriser pour ne pas s'agiter ou marmonner les premiers mots qui lui venaient à l'esprit. Parfois, les silences de Cassandra étaient aussi déstabilisants que ses prophéties.

— Il ne s'est réveillé que ce matin, dit Ambre, et un court moment seulement.

— Quels ont été ses premiers mots ?

Ambre, la mine renfrognée, fouilla sa mémoire.

— Il m'a demandé qui j'étais, dit-elle enfin.

— En quelle langue ?

— La nôtre.

— A-t-il un accent ?

— Non.

— Continue.

Ambre avait l'impression d'être interrogée sur sa leçon, telle une élève. Mais elle ne savait pas de quelle leçon il s'agissait, et elle ne connaissait pas les réponses aux questions. Quoi qu'il arrive, elle craignait la vérité.

— Il a demandé s'il était prisonnier, dit-elle.

— Vraiment ? Étrange question, de la part d'un ami.

— Pas du tout, rétorqua Ambre. Erik l'avait attaché pieds et poings liés à mon lit.

Cassandra se contenta de marmonner. Ambre ne souffla mot.

— Tu n'as pas grand-chose à dire, dit Cassandra.

— Je suis vos enseignements, Érudite, répondit-elle d'un ton formel.

— Pourquoi es-tu si distante ?

— Pourquoi m'interrogez-vous comme une étrangère captive entre les murs d'un donjon ?

Cassandra soupira et lui tendit la main.

— Viens, dit-elle. Marche avec moi à cette heure qui n'est ni le jour ni la nuit.

Ambre écarquilla les yeux. Cassandra offrait rarement de toucher quiconque, encore moins Ambre, pour qui le contact était souvent douloureux, et toujours pénible.

« Sauf celui de l'étranger. Le toucher avait été un pur bonheur. »

— Cassandra, murmura-t-elle. Pourquoi ?

— Tu as l'air de fuir quelque chose, ma fille. Touche-moi et vois que je ne suis pas une de ceux qui te poursuivent.

Avec hésitation, Ambre effleura la main de Cassandra. Comme toujours, une sensation d'une intelligence intense et d'une profonde affection l'envahit.

— Je ne veux que ton bonheur, Ambre.

La véracité de ses mots se répandit à travers leur contact comme un ruban écarlate.

Un sourire doux-amer se dessina sur le visage d'Ambre lorsqu'elle retira sa main. Elle doutait que Cassandra sache quel bonheur c'était pour elle de toucher Duncan.

Et si elle l'avait su, Ambre doutait qu'elle aurait voulu que son élève continue.

Lorsque la femme sage se tourna et avança pour parcourir d'un pas lent la clairière baignée de lumière lunaire, Ambre la suivit, marchant aux côtés de Cassandra.

— Parle-moi de l'homme que tu as choisi d'appeler Duncan.

Ses mots étaient aussi doux que le crépuscule, mais l'ordre sous-jacent ne l'était pas du tout.

— Quoi qu'il ait été avant d'atterrir à Stone Ring, il n'en a aucune connaissance, dit-elle.

— Et toi ? Que sais-tu ?

— J'ai vu des marques de bataille sur son corps.

— Sombre guerrier…

— Oui, murmura Ambre. Duncan.

— Est-ce une brute, alors ?

— Non.

— Comment peux-tu en être aussi sûre ? Un homme attaché ne peut pas faire grand-chose, à part essayer de se libérer par la force, ou par la ruse.

— J'ai coupé ses liens.

Cassandra laissa échapper un soupir audible et se signa.

— Pourquoi ? demanda-t-elle d'une voix tendue.

— Je savais qu'il ne me voulait pas de mal.

— Comment ? demanda Cassandra, craignant la réponse alors même qu'elle posait la question.

— Comme d'habitude. Je l'ai touché.

Les mains serrées, Cassandra vacillait comme un saule dans le vent.

— Quand il est venu à toi, s'enquit-elle d'une voix tendue, faisait-il nuit ?

— Oui, répondit Ambre.

Dans l'obscurité, il viendra à toi.

— As-tu donc perdu la tête ? demanda Cassandra, visiblement horrifiée. N'as-tu rien retenu ? *Fais-toi alors comme le soleil, caché dans l'ambre, non touché par l'homme et ne le touchant pas non plus. Sois interdite.*

— Erik a exigé que je touche l'étranger.

— Tu aurais dû refuser.

— C'est ce que j'ai fait. Puis, Erik a fait remarquer qu'aucun homme ne devient adulte sans nom. Ainsi, la prophétie n'a pas…

— Ne prétends pas apprendre au faucon à voler, l'interrompit Cassandra avec fureur. L'homme connaissait-il son propre nom à son réveil ?

— Non, mais cela pourrait changer à tout moment.

— Mon Dieu, j'ai élevé une idiote imprudente !

Ambre aurait voulu se défendre, mais elle ne savait quoi dire. Lorsqu'elle était loin de Duncan, l'imprudence de ses propres actes lorsqu'elle l'avait touché la consternait.

Pourtant, quand elle était avec lui, rien d'autre ne semblait possible.

Elles retournèrent d'un même pas vers la chaumière. Elles s'arrêtèrent en même temps.

Erik se tenait devant elles.

— Êtes-vous fier de vous ? lui demanda amèrement Cassandra.

— Et bonsoir à vous aussi, dit-il. Qu'ai-je fait pour mériter cela de la bouche d'une Érudite ?

— Ambre a touché un homme sans nom qui lui est venu dans l'obscurité. Et j'ajouterais, qui lui a été amené par un jeune comte n'ayant pas plus d'esprit qu'un mur de pierre sèche !

— Et qu'aurais-je dû faire ? demanda Erik. Le vider comme un saumon qu'on se prépare à saler ?

— Vous auriez pu attendre que je…

— Vous ne régnez pas sur le château de Stone Ring, madame, l'interrompit froidement Erik. Moi, oui.

— À peine, dit Cassandra avec un sourire.

Erik soupira bruyamment.

— Je respecte votre sagesse, Cassandra. Mais je ne suis plus sous vos ordres comme un quelconque écuyer, s'emporta Erik.

— Oui. Et c'est ainsi que doivent être les choses.

— Nous sommes au moins d'accord sur ce point, dit Erik en souriant. Puisque nous ne pouvons défaire ce qui a été fait, que suggérez-vous ?

— Nous devons essayer d'influencer les évènements pour que la vie en découle, et non la mort.

Erik haussa les épaules.

— La mort suit toujours la vie. C'est naturel pour la vie, comme pour la mort.

— Comme il est naturel que mes prophéties soient exactes.

— Les conditions de la prophétie ne sont pas réunies, fit-il remarquer.

— Il est venu à elle…

— Oui, oui, l'interrompit-il avec impatience. Mais son cœur, son corps et son âme ne lui appartiennent pas !

— Je ne peux pas parler pour son corps et son âme, rétorqua Cassandra. Mais son cœur est déjà sien.

Erik regarda Ambre avec surprise.

— Est-ce vrai ?

— Je comprends les trois conditions de la prophétie mieux que personne. Et les trois ne sont pas réunies.

— Peut-être devrais-je le vider comme un saumon, après tout, grommela Erik.

— Cela pourrait vous nuire en même temps, dit Ambre avec un aplomb qu'elle était loin de ressentir.

— Comment cela ?

— Vous devez aller au nord pour défendre Winterlance contre les pilleurs scandinaves. Or, si vous ne restez pas ici, vos cousins s'empareront de Stone Ring.

Erik se tourna vers Cassandra.

— Vous n'avez pas besoin de prophétesse pour connaître les ambitions de vos cousins, dit-elle sèchement. Ils étaient si persuadés que Lady Emma allait mourir sans laisser d'héritier à Lord Robert qu'ils avaient déjà commencé à se battre entre eux pour savoir qui allait régner sur Stone Ring, Sea Home, Winterlance et sur les autres terres de Lord Robert.

Sans un mot, Erik regarda Ambre.

— Duncan se considère comme un grand guerrier, lui dit-elle. Il pourrait vous être très utile.

Elle l'observa. L'écoutait-il vraiment ou ne faisait-il que l'amadouer ? Elle ne pouvait le dire sans le toucher. Au clair de lune, ses yeux avaient la lueur voilée de ceux d'un loup.

— Continuez, dit Erik à Ambre.

— Laissez-lui le temps de guérir. Si sa mémoire ne lui revient pas, il vous jurera allégeance.

— Alors vous pensez que c'est un homme libre, saxon ou écossais, à la recherche d'un seigneur puissant ?

— Ce ne serait pas le premier chevalier à vous rejoindre.

— C'est vrai, concéda-t-il.

Cassandra allait encore protester, mais Erik l'en empêcha.

— Je vous accorde deux semaines, le temps que j'enquête sur le passé de l'étranger, dit-il à Ambre. Mais seulement si vous répondez à une question.

Ambre retint son souffle et attendit.

— Pourquoi vous souciez-vous de ce qui arrivera à l'homme que vous appelez Duncan ? lui demanda-t-il.

Le calme de sa voix contrastait avec l'intensité de ses yeux.

— Quand j'ai touché Duncan…

Sa voix se brisa.

Erik attendit.

Elle serra les poings dans ses longues manches et réfléchit. Comment dire à Erik qu'il avait à portée de main l'un des meilleurs guerriers nés du ventre d'une femme ?

— Duncan n'a pas de souvenirs précis, dit-elle lentement. Et je serais pourtant prête à jurer qu'il est l'un des meilleurs guerriers ayant jamais porté une épée. Guerriers parmi lesquels vous comptez, Erik, vous que les hommes nomment « l'Invaincu » presque aussi souvent qu'ils vous traitent de « Sorcier ».

Cassandra et Erik se regardèrent longuement.

— Avec Duncan à vos côtés, vous pourriez défendre les terres de Lord Robert à la fois contre les Scandinaves, les Normands et vos cousins, continua-t-elle.

— Peut-être, répondit-il, mais j'ai bien peur que votre grand guerrier n'appartienne à Dominic le Sabre ou au Fléau Écossais.

— C'est possible. *Mais pas si la mémoire ne lui revient pas.* Alors il sera à vous.

Erik et Cassandra étudièrent en silence la suggestion d'Ambre.

— Une petite chose si impitoyable, dit enfin Erik en la regardant, un sourire aux lèvres. Vous auriez fait un excellent faucon.

Il rit.

Mais pas Cassandra.

— Es-tu sûre que Duncan ne retrouvera pas la mémoire ? demanda-t-elle.

— Non, répondit Ambre.

— Et s'il la retrouve ?

— Il sera alors soit un ami, soit un ennemi. S'il est un ami, Erik aura à ses côtés un chevalier sans pareil. C'est un risque qui vaut la peine d'être pris, non ?

— Et s'il est un ennemi ? demanda Erik.

— Au moins vous n'aurez pas sur la conscience le meurtre lâche d'un homme frappé par la foudre.

Erik se tourna vers Cassandra.

— Madame ?

— Je n'aime pas cela.

— Pourquoi ?

— La prophétie, dit-elle sèchement.

— Que voulez-vous que je fasse ? demanda-t-il.

— Que vous ameniez l'étranger dans les Terres contestées et que vous le laissiez trouver son propre chemin.

— Non ! ne put se retenir de crier Ambre.

— Pourquoi pas ? demanda Cassandra.

— *Il est à moi.*

La férocité de sa voix surprit les deux autres. Erik glissa un regard vers Cassandra. Elle fixait Ambre comme si c'était la première fois qu'elle la voyait.

— Dis-moi, dit-elle avec prudence. Quand tu l'as touché, qu'as-tu ressenti ?

— Le lever du soleil, murmura Ambre.

— Quoi ?

— C'était comme un lever de soleil après une nuit aussi infinie que le temps.

Cassandra ferma les yeux et se signa.

— Je vais consulter mes runes, dit-elle.

Ambre soupira de soulagement et se tourna vers Erik, pleine d'espoir.

— J'attendrai deux semaines, pas plus, dit-il. Si votre Duncan se révèle être mon ennemi…

— Oui ? murmura-t-elle.

Erik haussa les épaules.

— Je le traiterai comme n'importe quel hors-la-loi que je trouve rôdant sur mes terres. Je le pendrai sur place.

4

Un léger bruit s'éleva. Duncan sursauta à ce son inattendu et se retourna brusquement. À ce mouvement, sa nouvelle tunique colla à son corps, faisant ressortir ses muscles sous un drapé de lin pâle et d'ombres. Tandis qu'il se tournait, sa main droite plongea vivement sur son côté gauche, ses doigts empoignant l'épée qui n'était pas là.

La porte de la chaumière s'ouvrit. Ce n'était qu'Ambre. Sa main se détendit.

— Vous ne faites pas plus de bruit qu'un papillon, dit-il.

— C'est un triste jour pour les papillons. Il pleut à seaux dehors.

Elle secoua sa cape à capuche avant de l'enlever et de la pendre à une patère pour la faire sécher. Elle avait plié sur son bras une deuxième cape, qu'elle avait pris soin de garder au sec. Lorsqu'elle se retourna vers Duncan, il était en train d'enfiler un pourpoint. L'onéreuse laine verte était ornée de rubans brodés d'or, de rouge et de bleu au niveau des ourlets.

— On dirait un comte, dit-elle avec admiration.

— Un comte aurait une épée.

Elle sourit malgré la peur qui ne la quittait pas depuis qu'elle avait parlé avec Erik quatre jours plus tôt. Chaque jour, Duncan révélait son héritage guerrier de maintes façons, mais jamais autant que lorsqu'il se faisait prendre par surprise.

Et chaque jour, la peur grandissait en elle. Elle ne supportait pas de songer à ce qu'Erik ferait si Duncan se révélait être le Fléau Écossais et non un chevalier hardi à la recherche d'un noble seigneur à servir.

— *S'il est mon ennemi… je le pendrai sur place.*

— Ces vêtements sont-ils plus confortables que les autres ? demanda-t-elle.

Duncan s'étira et bougea les épaules pour tester la largeur et la résistance du tissu. Le pourpoint était certes serré, mais moins que le premier qu'Ambre lui avait donné. Il avait eu du mal à passer sa tête dans l'ouverture du col. Quant à son torse et ses épaules, ils s'étaient avérés trop puissants pour le bout de tissu.

— C'est beaucoup mieux, dit-il. Mais je crains qu'il ne cède au combat.

— Nous sommes vos amis, dit-elle avec hâte. Nul besoin de se battre.

Duncan resta silencieux un moment. Puis, il fronça les sourcils, comme s'il cherchait un souvenir qui n'était plus là.

— J'espère que vous avez raison, jeune dame. C'est seulement que je ressens…

La gorge serrée, Ambre attendit.

Marmonnant un juron, Duncan abandonna sa quête parmi ses souvenirs obscurs, qui le tourmentaient et se moquaient de lui en s'éloignant un peu plus chaque fois qu'il s'approchait.

— Quelque chose ne va pas, dit-il, catégorique. Je ne suis pas à ma place. Je le sais aussi sûrement que je sais que je respire.

— Cela ne fait que quelques jours que vous vous êtes réveillé. La guérison prend du temps.

— Du temps. Du temps ! Pour l'amour de Dieu, je n'ai pas le temps de rester ainsi comme un écuyer qui attend que son seigneur se soit remis d'une nuit de folies. Je dois…

Les mots de Duncan s'arrêtèrent brutalement, comme tranchés par une épée. Il ne savait pas ce qu'il devait faire.

C'était pire que si un renard lui avait rongé les organes vitaux.

Frustré, il tapa son poing dans sa main et se détourna d'Ambre. Bien qu'il ne dise plus un mot, la tension émanait de lui comme la chaleur d'un feu dans une cheminée.

Lorsqu'Ambre se rapprocha de lui, ses narines se dilatèrent à la senteur fraîche de son parfum.

— Soyez en paix, Duncan.

Une main chaude et délicate caressa son poing. Il tressaillit imperceptiblement, surpris. Elle avait fait bien attention à ne pas le toucher depuis qu'il lui avait volé ce baiser avide. Tout comme lui s'était gardé de la toucher.

Mais il devait rester méfiant. Il n'avait aucun moyen de savoir qui avait été Ambre pour lui dans le passé ni ce qu'elle allait représenter dans le futur. Ils pouvaient très bien avoir été des amants séparés par des serments contradictoires.

Pourtant, à l'instant où il ressentait sa caresse, il sut pourquoi il ne l'avait plus touchée. Le torrent de passion et de désir qu'elle éveillait en lui ne ressemblait en rien à ce qu'il avait pu ressentir pour une femme auparavant.

Il comprenait cet élan de passion. Il était en présence d'une femme dont seul le parfum suffisait à le durcir dans une vive poussée de sang. Mais le désir furieux était aussi nouveau et inattendu que sa perte de mémoire.

Il savait qu'il n'avait jamais ressenti une telle passion pour quiconque, car chaque fois qu'il était confronté au toucher d'Ambre, sa réaction et la surprise qui l'envahissait étaient d'une intensité sans pareille. Tout comme le fait de chercher son épée lui prouvait qu'il en avait porté une par le passé.

— Duncan, murmura Ambre.

— Duncan, répéta-t-il de façon acerbe. Je suis un sombre guerrier, alors ? Mais je n'ai pas d'épée sur moi, ni de lourde armure froide pour me protéger lorsque le danger rôde.

— Erik…

— Oui, l'interrompit-il. Erik le tout-puissant, votre protecteur. Le grand comte qui a décrété que je ne serais pas armé pendant quinze jours, tandis que son écuyer veille toujours aux alentours, à portée de votre cri.

— Egbert le Paresseux ? demanda Ambre. Est-il toujours là ?

— Il somnole dans la remise. Cela dérange les poules de partager leur coq.

— Regardez-moi, dit-elle en changeant de sujet. Que je vois comment vous va le pourpoint.

Lentement, Duncan s'exécuta.

Ambre ajusta un cordon ici et là et tira sur le tissu pour effacer un pli, avant de lui tendre la belle cape indigo qu'elle avait ramenée du château de Stone Ring.

— Pour vous, dit-elle.

Duncan baissa la tête pour se plonger dans les yeux d'or qui le regardaient avec tant de ferveur.

— Vous êtes bien aimable envers un homme sans nom, sans passé et sans avenir, dit-il d'un air sombre.

— Nous en avons déjà parlé, en vain. Sauf si… Vous souvenez-vous de quelque chose ?

— Pas comme vous l'entendez. Pas de noms. Pas de visages. Pas de faits. Pas de serments. Pourtant je sens… je *sens* que quelque chose de grandiose et de dangereux à la fois m'attend, tout proche, à peine hors de ma portée.

La main gracile d'Ambre se posa de nouveau sur son poing. Elle ne sentit aucun souvenir surgir de son passé. Les images obscures qui peuplaient son esprit tournaient et s'évanouissaient, seulement pour renaître, infimes et moqueuses. Tout était pareil.

Notamment l'appétit sensuel qu'il avait pour elle, et qui imprégnait tout son être aussi profondément que les ténèbres de sa mémoire perdue.

Savoir son ardeur provoqua une étrange chaleur en elle. C'était comme si un feu invisible s'animait au creux de son ventre, attendant seulement que le souffle du désir de Duncan s'enflamme enfin et se révèle.

Elle devait retirer sa main et ne plus l'approcher. Mais sa main ne bougea pas. Ce contact était une drogue douce et subtile. La joie qu'il lui procurait aurait dû la terrifier et pourtant, elle ne faisait que l'attirer de plus en plus.

— La vie est grandiose et dangereuse, dit-elle à voix basse.

— Vraiment ? Je ne m'en souviens pas.

Les émotions à peine retenues de Duncan la transperçaient avec force, mélange cinglant de frustration, de colère et d'impatience.

Elle dut se faire violence pour ne pas passer ses doigts dans les cheveux de Duncan et ne pas l'enlacer jusqu'à ce que le plaisir de sa caresse surpasse toutes ses émotions. Pourtant, elle ne pouvait s'empêcher de le toucher, ne serait-ce qu'un peu.

Un tout petit peu.

Elle parcourait le contour de son poing puissant du bout des doigts.

— Ainsi vous ne vous sentez pas bien ici ? demanda-t-elle d'un air malheureux.

Duncan baissa la tête vers cette jeune femme qui n'avait rien fait pour mériter sa colère, mais beaucoup pour avoir sa gratitude. Son poing se délia lentement. Tout aussi lentement, il attrapa la main droite d'Ambre. Son corps tressaillit légèrement à son contact.

— Ne craignez rien, fée dorée. Je ne vous ferai aucun mal.

— Je sais.

La certitude de sa voix se reflétait dans ses yeux. Il appréciait trop la confiance qu'elle lui accordait pour lui demander pourquoi elle était aussi sûre d'elle. Il leva sa main à sa bouche pour y déposer un baiser.

Le son du soupir que poussa Ambre suffit à emballer le cœur de Duncan. Il n'avait eu l'intention que de baiser sa main, mais sa réaction l'attirait irrésistiblement. Il tint délicatement sa main dans sa paume tandis que sa bouche trouvait son pouls, sur son poignet, qu'il effleura du bout des lèvres à plusieurs reprises.

Lorsqu'il entrouvrit les lèvres pour suivre la veine fragile de la pointe de sa langue, le sang d'Ambre afflua pour répondre à sa caresse. Le désir jaillit en lui comme l'éclair d'un orage invisible.

Cependant, il n'altéra en aucun cas la douceur de sa caresse. Il ne se souvenait que trop bien de la retraite d'Ambre lorsqu'il avait essayé d'être plus audacieux.

— Duncan, murmura-t-elle, je…

Sa voix s'évanouit lorsqu'un frisson sensuel la parcourut. Que Duncan la touche était un plaisir intense en toutes circonstances. Mais savoir toute la force de sa passion alors qu'il l'embrassait si tendrement… c'était comme être enveloppée dans un feu délicat et dévorant.

Il leva les yeux vers elle et plongea son regard dans celui de la jeune femme, qui restait pour lui aussi mystérieuse que son propre passé.

— Vous venez à moi comme un faucon à son maître, dit-il d'une voix grave. Vous brûlez pour moi, et moi pour vous. Étions-nous amants dans le passé dont je ne me souviens pas ?

Ambre retira vivement sa main avec un petit cri et lui tourna le dos.

— Je n'ai jamais été votre amante, dit-elle d'une voix tendue.

— C'est difficile à croire.

— Ce n'en est pas moins vrai.

— Je ne peux y croire ! siffla-t-il. Nous sommes trop fortement attirés l'un par l'autre. Vous savez quelque chose de mon passé que vous ne voulez me confier.

Elle secoua la tête.

— Je ne vous crois pas, répéta-t-il.

Elle se retourna vers lui si vivement que sa robe tournoya dans l'air.

— Comme vous voudrez, dit-elle avec colère. Avant de venir sur les Terres contestées, vous étiez un prince.

Duncan était trop choqué pour pouvoir parler.

— Vous étiez un propriétaire foncier, continua-t-elle.

— Que diable faites…

— Vous étiez un traître, dit-elle impitoyablement.

Stupéfait, il se contenta de la regarder.

— Vous étiez un héros. Vous étiez un chevalier. Vous étiez un écuyer. Vous étiez un prêtre. Vous étiez un seigneur. Vous étiez…

— Assez ! l'interrompit Duncan.

— Eh bien ? demanda-t-elle.

— Eh bien quoi ?

— L'une de ces affirmations est vraie.

— Vraiment ?

— Qu'auriez-vous pu être d'autre ? dit-elle en haussant les épaules.

— Un serf, ou un marin, dit-il d'un ton acerbe.

— Non. Vous n'avez pas assez de corne dans les mains pour cela. Ni le caractère borné. Bien que je me demande ces temps-ci…

Subitement, Duncan rit.

Elle sourit sans le vouloir.

— Vous voyez ? J'aurais beau vous dire n'importe quoi, ça n'a rien à voir avec le fait de *savoir*. Vous devez découvrir qui vous êtes par vous-même. Personne ne peut le faire pour vous.

Duncan cessa de rire. Il demeura silencieux un instant.

La tentation de le toucher et de découvrir ce qu'il ressentait la submergeait presque. Elle lutta contre son propre désir, son propre besoin.

Et elle perdit la bataille.

Ses doigts effleurèrent la joue rasée de près de Duncan.

Colère.

Confusion.

Une perte si grande qu'elle ne pouvait être décrite, seulement ressentie, comme le tonnerre d'un orage lointain qui vibre dans l'air.

— Duncan, murmura-t-elle douloureusement. Mon sombre guerrier.

Il la regarda, les yeux plissés, brillants comme ceux d'un animal pris dans un piège.

— Vous battre contre vous-même ne fait que vous blesser davantage, dit-elle. Laissez-vous vous habituer à la vie que vous avez désormais.

— Comment le pourrais-je ? demanda-t-il d'une voix rêche. Dois-je abandonner la vie que j'ai laissée derrière moi ? Même si un seigneur attend que j'honore mon serment ? Même si j'ai une épouse ? Des héritiers ? Une terre ?

Lorsqu'il parla de seigneur et de terre, Ambre sentit sa mémoire vibrer étrangement dans l'obscurité. Il n'avait pas eu la même réaction en évoquant femme et enfants.

Elle fut si profondément soulagée que ses genoux faillirent se dérober sous elle. L'idée que Duncan puisse être lié à une autre femme avait été jusqu'alors comme une lame enfoncée dans son cœur. Elle prenait enfin conscience de l'ampleur de sa crainte, alors même qu'elle était effacée par la certitude inexprimable qui reposait au-delà de la mémoire élusive de Duncan.

« Mon Dieu, faites qu'il ne retrouve pas la mémoire. Plus il aura de souvenirs, plus j'aurai peur.

» Peur qu'il soit un ennemi, et non un ami.

» Mon âme sœur.

» Duncan est venu à moi dans l'obscurité de la nuit. Il doit rester dans cette obscurité.

» Ou mourir. »

Mais cette pensée lui était encore plus insupportable que celle qu'il soit vivant et lié à une autre femme.

Les battements d'ailes rapides de l'émerillon amenèrent l'oiseau promptement vers le leurre que Duncan faisait tourner à la force de son bras avec des gestes puissants et réguliers.

— Bravo ! s'écria Ambre en tapant des mains tant elle était excitée. Vous avez dû faire tourner le leurre beaucoup de fois auparavant.

Le leurre tressaillit légèrement avant de reprendre son mouvement régulier.

Ambre regretta immédiatement ses mots. Elle avait refusé de parler du passé de Duncan de quelque façon que ce soit ces cinq derniers jours. Et sa mémoire n'était pas revenue… alors que cela faisait neuf jours maintenant qu'il s'était réveillé.

Après cela, Duncan se concentra seulement sur le cercle régulier que décrivait le leurre, appelant le prédateur ailé à descendre du ciel nuageux. Sans prévenir, le petit faucon plongea sur eux, frappa le leurre à une vitesse mortelle, et s'installa au sol pour se nourrir, ouvrant des ailes protectrices au-dessus de sa « proie ».

Ambre appela l'émerillon à elle avec des sifflements perçants, l'attirant avec un morceau de viande. Après quelques protestations, l'oiseau capitula enfin et vint se poser sur son poignet.

— Ne boude pas, ma beauté, dit-elle doucement. Tu t'en es très bien sorti.

Elle défroissa les jets pour qu'ils pendent de manière égale sur son gant.

— Assez bien pour mériter une véritable chasse ? demanda Duncan.

— Vous semblez aussi impatient qu'un faucon, dit-elle en souriant.

— Je le suis. Je n'ai pas l'habitude de rester enfermé dans une chaumière avec pour seule compagnie une jeune femme méfiante et mes pensées… Ou mon absence de pensées, ajouta-t-il avec ironie.

Ambre grimaça.

Bien qu'elle lui ait maintes fois répété qu'il devait se reposer, manger et encore se reposer, Duncan n'avait que faire de sa prescription. Quand la pluie froide tombait, il tournait certes comme un fauve en cage, mais il était aisé de l'empêcher de sortir.

Cependant, ce jour-là, lorsque le brouillard s'était levé pour laisser place aux rayons du soleil, il lui avait été impossible de le garder à l'intérieur.

— J'avais peur, dit-elle.

— De quoi ? Je ne suis pas fait de glace, je ne fonds pas au soleil ou sous la pluie.

— J'avais peur des ennemis.

— De qui ? demanda-t-il promptement.

— Les Terres contestées sont… au cœur de grandes disputes. Des chevaliers sans terre, des bâtards ambitieux, des fils cadets, des hors-la-loi… Tous traînent dans les parages, à la recherche d'une proie.

— Vous êtes pourtant allée seule au château de Stone Ring pour me ramener des vêtements.

Ambre haussa les épaules.

— Je n'ai pas peur pour moi. Aucun homme n'oserait me toucher.

Duncan avait l'air sceptique.

— C'est vrai, dit-elle. Dans les Terres contestées, tout le monde sait qu'Erik fera pendre tout homme qui me toucherait.

— Je vous ai touchée.

— En plus, vous vous plaigniez de devoir vous vêtir du linge de lit, comme un Sarrasin…, dit-elle en changeant de sujet.

Duncan jura dans la langue qu'il avait apprise en Terre sainte.

— Qu'est-ce que ça veut dire? demanda-t-elle, curieuse.

— Vous ne voulez pas le savoir.

— Oh, soupira-t-elle. Quoi qu'il en soit, je voulais m'assurer que tous les effets de l'orage s'étaient dissipés avant de vous laisser sortir.

— Tous? rétorqua Duncan.

— Presque tous, dit-elle aigrement. Si je devais attendre que vous soyez de bonne humeur… eh bien, aussi bien attendre qu'on m'enveloppe dans un linceul et qu'on me conduise à ma tombe!

Duncan la regarda de ses yeux couleur noisette avec défiance, mais il eut la décence de reconnaître qu'elle avait raison. Il avait été d'humeur massacrante depuis le matin, depuis qu'il était sorti de ses rêves qui foisonnaient d'ombres et de sensualité.

— Je suis désolé, dit-il. C'est assez pénible comme ça de ne pas me souvenir de mon passé. Mais qu'il se mette en travers de mon présent et de mon futur, c'est plus que je ne peux supporter.

— Vous avez un avenir ici, si vous le souhaitez.

— En tant que propriétaire foncier ou écuyer?

Elle hocha la tête.

— C'est généreux de votre part, dit-il.

— Je n'y suis pour rien. C'est Erik. Il est le seigneur du château de Stone Ring.

Duncan fronça les sourcils. Il n'avait pas encore rencontré le jeune seigneur, mais il doutait de bien s'entendre avec lui. Ambre l'aimait un peu trop à son goût.

Comme toujours, l'intensité de sa possessivité envers Ambre tracassa Duncan, mais il ne pouvait rien y faire. Tout comme il était incapable de savoir pourquoi il se sentait ainsi.

« Nous devions être amants. Ou bien nous voulions l'être. »

Il attendit, étudiant sa propre réaction à cette pensée. Prudemment. Implacablement.

Mais il ne se passa rien. Absolument rien.

Il ne ressentait aucune sensation, ni notion de bien ou de mal, comme cela avait été le cas quand il avait constaté qu'il n'avait pas d'épée. Ou quand il avait eu la certitude que jamais il n'avait éprouvé auparavant pour une femme ce qu'il ressentait si fortement pour Ambre.

— Duncan ? demanda-t-elle doucement.

Il cligna des yeux et sortit de ses pensées.

— Je ne pense pas que je serais heureux ici en tant que propriétaire foncier ou écuyer, dit-il lentement.

— Alors que voulez-vous ?

— Ce que j'ai perdu. Quoi que ce soit.

— Sombre guerrier…, murmura-t-elle. Vous devez vous défaire du passé.

— Ce serait comme mourir.

L'air malheureux, Ambre se détourna de lui et enchaperonna l'émerillon. L'oiseau toléra le capuchon avec calme, satisfait de son vol et d'avoir goûté au sang.

— Même le plus farouche des faucons accepte d'être retenu sans se plaindre, dit-elle.

— Il sait qu'il sera relâché tôt ou tard, rétorqua Duncan.

Ambre se dirigea vers les écuries qui bordaient la chaumière. L'écuyer, Egbert, qui était plus un garçon qu'un homme, se leva lentement, s'étira, puis lui ouvrit la porte afin qu'elle entre. Une fois l'émerillon à l'intérieur, elle ferma la porte derrière elle et renvoya le rouquin Egbert à son oisif décompte de moutons.

Dès que Duncan et elle furent hors de la vue de l'écuyer, Ambre se tourna vers son compagnon. Elle posa délicatement sa main sur la sienne.

— Si vous ne pouvez avoir le passé, dit-elle à voix basse, que désirez-vous le plus au monde ?

La réponse fut immédiate.

— Vous.

Ambre s'immobilisa. La joie et la peur luttaient en elle à armes égales, la déstabilisant.

— Mais cela ne sera pas, continua-t-il posément. Tant que je ne saurai pas si je me suis engagé auprès d'une autre, je ne vous prendrai pas.

— Je ne crois pas que vous soyez uni à une autre.

— Moi non plus. Mais je suis né d'une union adultère, dit-il expressément. Je ne laisserai pas derrière moi de fils bâtard qui devrait toujours supplier pour se faire une place dans ce monde, ni de fille bâtarde qui serait condamnée à devenir la putain d'un noble.

— Duncan, murmura-t-elle, comment le savez-vous ?

— Quoi donc ?

— Que vous êtes un bâtard. Que l'un de vos parents a commis l'adultère.

Il ouvrit la bouche, mais aucun mot n'en sortit. Il secoua brutalement la tête comme pour parer un coup.

— Je ne sais pas, grogna-t-il. Je ne sais pas !

Mais il l'avait su. Ne serait-ce qu'un court instant. Ambre le sentait aussi clairement que la chaleur de son corps.

Pendant un bref moment, les ténèbres avaient perdu un peu de leur pouvoir sur lui. Quelques étoiles éclatantes avaient jeté une faible lueur dans la nuit dense qui enveloppait le passé de Duncan.

— *Pourquoi ne puis-je pas me rappeler?* demanda-t-il sauvagement.

— Laissez faire le temps, dit-elle doucement. Vous ne pouvez vaincre les ténèbres. Vous ne pouvez que vous glisser entre elles.

Elle sentit la tension quitter le corps de Duncan avant même qu'il ne s'en rende compte. Elle retira sa main de la sienne et ouvrit la porte de la chaumière. Avant qu'elle n'ait pu passer le seuil, Duncan la tira en arrière.

Surprise, elle se tourna vivement vers lui. Il lui soutenait le menton de sa main puissante avec une délicatesse surprenante. Elle ferma les yeux un instant pour savourer la douceur qui émanait de leur contact. Son inquiétude pour elle était comme le soleil printanier : chaud, sans être brûlant.

Et la passion derrière cette inquiétude était un torrent de feu sauvage.

— Je ne voulais pas vous rendre malheureuse, dit-il.

— Je sais, murmura-t-elle en rouvrant les yeux.

Elle était si proche de lui qu'elle distinguait les éclats de vert, de bleu, d'or et d'argent qui créaient la couleur noisette de ses yeux.

— Alors pourquoi ces larmes dans vos yeux? demanda-t-il.

— Parce que j'ai peur pour vous, pour moi, pour nous.

— Parce que je ne me souviens pas?

— Non. Parce que vous pourriez vous souvenir.

Il inspira vivement.

— Pourquoi? Que pourrait-il y avoir de mal à cela?

— Et si vous étiez marié?

— Je ne pense pas. Je sentirais une absence comme je sens celle de mon épée.

— Et si vous deviez allégeance à un seigneur normand ? demanda Ambre avec désespoir en essayant d'étouffer la passion qu'elle lisait dans les yeux de Duncan.

— En quoi cela serait-il important ? Les Saxons et les Normands sont en paix.

— Cela pourrait changer.

— Et le ciel pourrait tomber, aussi.

— Mais si vous êtes l'ennemi de Lord Robert ? Ou d'Erik ?

— Erik vous aurait-il amené un ennemi ? contra Duncan.

Elle voulut parler, mais il l'interrompit.

— Et si j'étais simplement un chevalier revenu de la Terre sainte à la recherche d'un seigneur à servir ?

Les mots de Duncan pénétrèrent Ambre comme des éclairs délicats, déchirant même les ténèbres, ne serait-ce qu'un bref instant.

Le sourire d'Ambre trembla fébrilement.

— Avez-vous combattu les Sarrasins ?

— Je… Oui !

Son sourire étincela sous l'obscurité soyeuse de sa moustache. Un souvenir lui revenait.

— Je les ai combattus dans un lieu nommé… Bon sang ! Il m'échappe à nouveau !

— Il vous reviendra…

— Mais je me suis battu. Je le sais, dit-il. Aussi clairement que je sais que je veux ceci.

Il se pencha vers elle jusqu'à ce que ses lèvres touchent les siennes, intensément. Lorsqu'elle voulut s'écarter, il resserra son emprise et l'enlaça doucement.

— Un seul baiser, c'est tout ce que je demande. Un baiser pour l'homme que vous avez tiré des ténèbres.

Ambre se raidit, mais elle ne pouvait résister à la passion de Duncan, pas plus qu'elle ne pouvait combattre la sienne.

— Nous ne devrions pas, dit-elle.

— Je sais, murmura-t-il en souriant.

— C'est dangereux.

— Mais c'est si agréable…

Ambre essaya de se défendre, mais elle ne pouvait pas. C'était effectivement très agréable d'être dans les bras de son sombre guerrier…

— Ouvrez vos lèvres pour moi, chuchota Duncan contre sa bouche. Laissez-moi goûter votre nectar aussi délicatement qu'une abeille se délecte d'une violette.

— Duncan…

— Oui, comme ceci…

Cette fois-ci, Ambre ne fut pas surprise de sentir la chaleur palpitante de la langue de Duncan qui se glissait dans sa bouche. Au contraire, ce fut sa retenue qui la surprit. Elle sentait la passion en lui. C'était comme une mer déchaînée qui menaçait de faire chavirer sa volonté.

Tout son corps était tendu, brûlant. Il tremblait d'un désir ardent. Pourtant, son baiser était léger, c'était un souffle de chaleur, une pression fragile qui allait et venait comme une douce flamme.

Sans le savoir, Ambre poussa un doux gémissement et entrouvrit sa bouche davantage. Elle voulait plus que ce que Duncan avait offert. Ses mains durcies par la guerre bougeaient délicatement sur son corps, l'attirant de plus en plus près, l'invitant à se rapprocher du feu qui brûlait dans ses reins.

— Duncan, murmura-t-elle.

— Oui ?

— Vous avez le goût du soleil et de l'orage à la fois.

Il retint son souffle tandis que son cœur s'emballait.

— Vous avez le goût du miel épicé, dit-il. Je veux en savourer chaque goutte.

— Et je veux que vous le fassiez, avoua-t-elle.

Le souffle de Duncan se fit rauque. Sa bouche s'empara de la sienne avec plus de fougue, à la recherche d'une union plus profonde. Ses bras enserrèrent sa chair souple contre son corps jusqu'à ce qu'elle sente chaque soupçon de sa force. Ses mains puissantes berçaient ses hanches sur un rythme aussi ancien que le désir et aussi nouveau pour elle que l'aube d'un nouveau jour.

Après un long moment, Duncan releva la tête et respira profondément.

— Mon corps vous connaît. Il vous répond comme à personne d'autre.

Ambre trembla et lutta contre les torrents de passion qui se mêlaient en elle, celui de Duncan et le sien. Leurs désirs s'alliaient jusqu'à devenir une rivière en crue, et elle se tenait sur les rives qui menaçaient de s'effondrer, prête à tomber à tout moment.

— Combien de fois sommes-nous restés allongés dans le noir, côte à côte, nos corps joints et suants de désir ? demanda-t-il.

Elle voulut parler, mais la sensation des mains de Duncan sur ses seins lui vola ses pensées.

— Combien de fois vous ai-je déshabillée, combien de fois ai-je embrassé vos seins, votre ventre, la douceur laiteuse de vos cuisses ?

Un gémissement de désir fut sa seule réponse.

— Combien de fois ai-je écarté vos jambes pour m'insérer dans votre chaleur impatiente ?

— Duncan, dit-elle, fourbue. Nous ne devons pas.

— Non, jeune dame. Pourquoi ne pas refaire ce que nous devons avoir fait tant de fois auparavant ?

— Nous n'avons…

Son souffle se fractionna.

— Jamais.

— Toujours, riposta Duncan.

— Mais…

Il attrapa délicatement la lèvre inférieure d'Ambre avec les dents, la faisant taire. Lorsqu'il glissa sa main sous sa cape, et que, du bout des doigts, il tourmenta ses tétons, qui durcissaient sous sa caresse, ses genoux cédèrent.

— Le désir est une route que nous avons souvent empruntée ensemble, dit Duncan en se penchant sur ses seins, un sourire aux lèvres. C'est pourquoi nos corps se répondent ainsi, si rapidement.

— Non, c'est…

La voix d'Ambre se brisa lorsqu'elle sentit la pression des lèvres chaudes de Duncan sur ses seins. Ses dents l'effleurèrent délicatement, et elle manqua de défaillir tant elle était submergée.

— Duncan, dit-elle d'une voix brisée, vous êtes un feu, vous me brûlez.

— C'est vous qui me consumez.

— Nous devons arrêter de nous toucher.

Duncan sourit sombrement.

— Quand il sera temps. Mais je vais d'abord éteindre le feu dans votre corps. Et vous éteindrez le mien.

Tremblante, Ambre eut la vision soudaine de leurs corps nus, collés, sans tissu pour émousser la joie intense de son contact, rien d'autre entre eux que la chaleur sensuelle de leur souffle tandis qu'elle donnait son corps à son sombre guerrier.

Un homme sans nom pourrait te réclamer, cœur, corps et âme.

— Non ! s'écria-t-elle soudain. C'est trop dangereux !

Les mains puissantes se refermèrent davantage sur elle, la retenant prisonnière alors qu'elle aurait dû s'arracher à leur étreinte.

— Laissez-moi partir ! cria-t-elle.

— Je ne peux pas.

— Vous le devez !

Duncan plongea son regard dans celui d'Ambre. Ce qu'il vit dans ses yeux sauvages l'étonna tant qu'il la relâcha. Elle s'écarta immédiatement de lui, se rendant inaccessible.

— Vous avez peur, dit-il, à peine capable d'y croire.

— Oui.

— Jamais je ne vous ferai de mal, précieuse Ambre. Vous devez le savoir. N'est-ce pas ?

Ambre recula, ignorant la main que lui tendait Duncan.

Il tourna les talons en jurant et repartit, furieux, dans la cour.

5

— Le jeune Egbert m'a dit que vous vouliez venir avec moi à Sea Home pour voir mes hommes s'entraîner au combat, dit Erik.

— Oui, dirent Ambre et Duncan d'une seule voix.

Ils se trouvaient tous trois à l'entrée de la chaumière. À quelques mètres d'eux, Egbert attendait patiemment sous la pluie, tenant les chevaux qu'Ambre et Duncan allaient monter. Un des chevaux restants tapa du sabot et s'ébroua, gêné par un filet de pluie qui coulait le long de sa jambe.

Erik jeta un regard à Duncan avant de se tourner vers Ambre.

— Vous n'avez jamais tenu à regarder mes hommes s'entraîner auparavant, dit-il.

— Comme Duncan, je me lasse des quatre murs de ma chaumière, dit-elle d'une voix ferme. Les pluies d'automne peuvent être ennuyeuses.

Erik se tourna de nouveau vers l'homme. Duncan lui adressa un sourire qui manquait d'aisance.

— La sorcière et moi — pardonnez-moi, dit Duncan sardoniquement, l'*Érudite* et moi sommes las des jeux d'ombres, des questions sans réponses et de la compagnie d'Egbert.

L'écuyer en question poussa un soupir sincère. Il était fatigué de toujours être sur ses gardes avec cette sorcière au caractère bien affirmé et ce guerrier au tempérament marqué… et exécrable.

— Alors c'est d'accord, dit Erik en s'éloignant de la porte de la chaumière. Allons à Sea Home.

Ambre tira sa capuche sur sa chevelure et traversa l'herbe qui miroitait de grosses gouttes d'eau. La fumée du bois et des feux de tourbes s'élevait dans le petit matin, se frayant un chemin entre les gouttes d'eau, trop fines pour être de la pluie et trop consistantes pour être de la brume.

Lorsqu'Ambre s'approcha, Egbert tira le tissu qui protégeait la selle d'une petite jument à la robe noisette. Il ne l'aida pas à se mettre en selle, car pour ce faire, il aurait dû la toucher. Or, Egbert savait qu'aucun homme ne touchait Ambre sans qu'elle l'ait invité à le faire.

Duncan ignorait ces choses-là. Il jeta un regard incrédule au jeune écuyer, s'avança vers eux, et souleva Ambre pour la mettre en selle avant même que les autres hommes ne se rendent compte de son geste.

Erik sortit son épée de son fourreau, avant de voir qu'Ambre ne protestait pas. Il les regarda tous deux d'un air suspicieux.

Lorsqu'il la relâcha, Duncan laissa ses mains la caresser délicatement, savourant les formes de sa taille, de ses hanches, effleurant ses cuisses.

— Merci, dit-elle.

Elle avait le souffle court et les joues rouges. Le désir que Duncan ressentait pour elle se faisait plus intense à chaque toucher, à chaque regard. Il grandissait de jour en jour dans l'intimité forcée de la petite chaumière.

Au début, il avait été furieux qu'Ambre craigne ainsi son désir. Mais il avait passé outre cette colère, et désormais, il était farouchement décidé à la séduire, et en soi, sa détermination faisait son effet sur la jeune fille. Au lieu d'apaiser les feux de leur désir mutuel, la présence d'Egbert avait intensifié l'intimité de l'ordinaire. Caresses volées, petits sourires apparents puis cachés, les longs doigts de Duncan se refermant sur sa main plus délicate alors qu'elle enlevait une marmite du feu… Tout cela avait nourri leur passion. L'air lui-même vibrait de leur désir.

Ambre n'avait jamais rien ressenti de tel jusqu'alors. Elle avait l'impression d'être une harpe dont la main d'un maître pinçait les cordes pour la première fois. Chaque fois que Duncan la touchait, elle se sentait vibrer, et des harmonies tourmentées s'élevaient en elle dans des endroits inattendus. L'emballement de son cœur se mêlait à l'étrange sensation de fondre au plus profond d'elle-même. Son souffle se faisait court et sa peau, délicieusement sensible.

Parfois, un seul regard vers Duncan suffisait à l'envahir d'une douce lassitude, et à transformer ses os en miel. C'était le cas à ce moment-là, alors qu'il se mettait en selle avec la grâce d'un chat sautant sur une clôture. Sa main caressa l'encolure de sa monture comme pour la rassurer.

Ambre inspira doucement, douloureusement. Elle devait apaiser les ardeurs de son corps, qui réclamait le seul homme qu'elle ne pouvait avoir. Pourtant, elle ne pouvait s'empêcher de penser à ses yeux quand il la regardait, ou à ses lèvres quand il prononçait les mots qui l'enflammaient.

Combien de fois vous ai-je déshabillée, combien de fois ai-je embrassé vos seins, votre ventre, la douceur laiteuse de vos cuisses ?

— Vous allez bien ? demanda Erik.

— Oui, dit-elle faiblement.

— Vous n'en avez pas l'air.

Il se tourna vers Duncan, l'air acerbe.

— Personne ne touche Ambre sans sa permission. Est-ce que c'est clair ?

— Pourquoi ? s'enquit Duncan.

— Elle est interdite.

La surprise se lut brièvement sur le visage de Duncan, mais il se maîtrisa immédiatement.

— Je ne comprends pas, dit-il avec prudence.

— Vous n'avez pas à comprendre, rétorqua Erik. Ne la touchez pas, c'est tout. Elle n'en a pas envie.

— Vraiment ? demanda-t-il en souriant.

— Oui.

— Dans ce cas, je ferai ce que madame désire.

Avec un sourire énigmatique et sensuel, Duncan guida son cheval et attendit qu'Erik mène leur départ dans la grisaille humide du matin.

Erik se tourna vers Ambre.

— Ne l'avez-vous pas prévenu de ne pas vous toucher ? demanda-t-il.

— Ce n'était pas la peine.

— Pourquoi ?

— Même depuis qu'il est éveillé, son contact ne m'est pas désagréable.

— Étrange.

— Oui.

— Cassandra le sait-elle ?

— Oui.

— Qu'a-t-elle dit ?

— Elle consulte ses runes.

— Jamais Cassandra n'aura autant travaillé sur une prophétie, grogna-t-il.

— Non, en effet.

— Bon sang, pas étonnant que Duncan veuille s'éloigner de cette chaumière, marmonna Erik.

Ambre le regarda de biais de ses yeux dorés, mais sans rien dire.

— Vous êtes aussi bavarde qu'une carpe.

Elle hocha la tête.

Et ne dit pas un mot.

Avec un juron impatient, Erik prit les rênes de son cheval et l'éperonna pour prendre la tête du petit cortège. Deux chevaliers et leurs écuyers traversèrent la prairie pour se joindre à eux. Les hommes portaient des cottes de mailles sous leur cape. Ils avaient également un heaume sur la tête, et à leurs bras, un long bouclier en forme de larme que les Saxons avaient adopté de leurs conquérants normands. Les deux chevaliers montaient des étalons de guerre.

Duncan passa son regard sur eux avant de se tourner vers Erik.

— Malgré les vêtements qu'on m'a donnés, je me sens subitement aussi nu que lorsqu'on m'a retrouvé, dit-il sèchement.

— Pensez-vous que vous portiez une armure autrefois ? lui demanda Erik.

— Je le sais.

Le ton de Duncan ne laissait aucun doute quant à sa certitude.

— Je me demande si l'homme qui m'a trouvé n'aurait pas volé mon armure pour la peine de m'avoir recueilli, ajouta-t-il.

— Il ne l'a pas fait.

— Vous semblez sûr de vous.

— Je le suis. C'est moi qui vous ai trouvé.

Duncan haussa son sourcil droit d'un air interrogateur.

— Ambre m'a dit que vous étiez celui qui m'a amené à elle.

Au signal d'Erik, les chevaliers tournèrent et quittèrent la cour de la chaumière. Après un moment, Erik freina son cheval pour se mettre à la hauteur de Duncan.

— Votre mémoire revient-elle ?

— Par fragments seulement.

— De quoi vous souvenez-vous ?

Bien que polie, la question était un ordre. Les deux hommes le savaient.

— J'ai affronté les Sarrasins, dit Duncan. Mais je ne sais où, ni quand.

Erik hocha la tête. Cela ne le surprenait pas.

— Je me sens nu sans armes ni armure, dit Duncan. J'ai des talents pour la chasse au faucon.

— Vous savez monter à cheval, ajouta Erik.

Duncan parut surpris, puis pensif.

— Étrange. Je pensais que c'était naturel pour tout le monde.

— Pour les chevaliers, les écuyers et les guerriers, oui, dit Erik. Pour les serfs, les manants, les marchands et autres, non. Quelques prêtres savent monter. Mais une minorité, souvent issue de familles bien nées.

— Je doute que je sois un prêtre.

— Pourquoi cela ? Beaucoup de prêtres-guerriers ont combattu les Sarrasins pour l'Église et le Christ.

— Mais l'Église désire, exige même, le célibat !

Presque machinalement, il se tourna vers Ambre, qui chevauchait seule derrière eux.

Elle surprit son regard et lui sourit.

Il lui rendit son sourire, l'observant avec une convoitise qu'il ne pouvait cacher. Même dans cette bruine grise, elle semblait attirer la lumière pour devenir elle-même une présence dorée qui réchauffait tout ce qui l'entourait.

Il aurait voulu être libre de chevaucher à ses côtés, pour sentir sa jambe effleurer la sienne. Il adorait la voir rougir lorsqu'il la touchait, entendre son souffle s'accélérer et sentir l'excitation cachée de sa sensualité.

— Non, dit Duncan en se tournant à nouveau vers Erik. Le célibat n'est pas pour moi. Jamais.

— N'y pensez même pas, dit Erik d'une voix glaciale.

Duncan regarda le jeune comte avec méfiance.

— Penser à quoi, monseigneur ?

— À séduire Ambre.

— Aucune femme ne se laisse *séduire* sans le permettre.

— Ambre est surnommée « l'Inaccessible ». Elle est totalement innocente. Elle n'aurait aucune idée de ce que veut un homme avant qu'il ne soit trop tard.

Duncan rit. Erik en fut choqué.

— Aucune demoiselle vierge ne serait aussi sensuellement consciente d'un homme, dit-il, amusé.

Le choc d'Erik laissa place à une colère froide.

— Comprenez-moi bien, Duncan, Homme Sans Nom, dit-il sèchement. Si vous séduisez Ambre, vous devrez m'affronter en duel. Et vous mourrez.

Duncan demeura silencieux un instant. Puis, il regarda Erik avec calme et circonspection, comme un homme que le combat n'avait jamais effrayé.

— Ne m'obligez pas à vous combattre, finit par dire Duncan. Car je gagnerai. Votre mort chagrinerait Ambre, et je n'ai aucun désir de lui causer une telle tristesse.

— Alors gardez-vous de la toucher.

— Comme elle le voudra. Si elle est, comme vous le dites, inaccessible, ce ne sera pas difficile. Elle ne répondra pas à mes avances.

— Ne lui en faites aucune, dit Erik durement.

— Pourquoi ? Elle a largement dépassé l'âge de se marier et pourtant, elle n'est ni fiancée ni réservée à un seigneur.

Duncan s'interrompit, puis ajouta :

— Si ?

— Fiancée ? Non.

— Est-elle la maîtresse d'un seigneur, alors ?

— Je viens de vous le dire, Ambre est vierge.

— Est-elle vôtre ? insista Duncan.

— Mienne ? Ne m'avez-vous donc pas écouté ? Elle est…

— Vierge, l'interrompit-il. Oui. C'est ce que vous dites.

Duncan fronça les sourcils. Pourquoi Erik était-il si convaincu qu'Ambre était vierge alors que lui était persuadé du contraire ?

— Vous-même, la désirez-vous ? demanda Duncan après un moment.

— Non.

— C'est difficile à croire.

— Pourquoi ?

— Ambre est… extraordinaire. Aucun homme ne peut la regarder sans la vouloir.

— Je le peux, dit Erik avec franchise. Je n'ai pas plus de désir charnel pour Ambre que j'en aurais pour une sœur.

Duncan le regarda, surpris.

— Nous avons été élevés ensemble, expliqua-t-il.

— Alors pourquoi vous opposez-vous à ce que je la touche ? Avez-vous prévu de la marier ? Veut-elle se faire nonne ?

Erik secoua la tête.

— Laissez-moi m'assurer que je comprends bien, dit Duncan avec précaution. Vous n'avez aucun désir pour Ambre.

— Aucun.

— Vous n'avez prévu aucun mariage pour elle.

— Non.

— Pourtant, vous m'interdisez de la toucher.

— Oui.

— Est-ce parce que je n'ai aucun souvenir de celui que j'étais avant de me réveiller dans sa chaumière ?

— C'est parce qu'Ambre est ce qu'elle est. Interdite.

Sur ces mots, il éperonna son cheval pour rejoindre ses chevaliers. Il ne parla plus à Duncan du trajet, jusqu'à ce qu'ils atteignent enfin les hameaux et les champs de chaume qui entouraient Sea Home.

Lorsque le groupe de cavaliers fut dans le premier cercle de palissades qui défendaient Sea Home, Erik retourna son cheval et fit signe à Ambre et Duncan de le rejoindre sur une petite colline qui surplombait les terrassements. De cette position privilégiée, ils découvrirent que l'on reformait les défenses de la demeure pour qu'elles égalent celle d'un véritable château. De nombreux hommes travaillaient par ce jour humide, tirant des pierres sur des traîneaux, transportant des rondins, renforçant les murs de pierre.

Plus loin, on érigeait une autre palissade de terre et de bois au pied d'une butte rocheuse qui surplombait le marais et l'étendue salée de l'estuaire. En haut de la butte, le domaine seigneurial était presque invisible derrière les murs de pierre récemment élevés de ce qui deviendrait le château. Corps de garde et tourelles, parapets et mur d'enceinte, douve et pont-levis… tout était visible, que ce soit sous sa forme grossière ou sous-achevée.

Au-delà des cercles défensifs, on ne distinguait presque rien. On ne voyait que la brume épaisse, les canaux d'eau salée qui luisaient obscurément et l'herbe battue par la pluie. La présence de l'océan, dissimulé par la brume, se sentait dans l'air. La baie que défendait Sea Home était large, peu profonde et bordée d'un marais salant à marée haute, qui n'était plus qu'un marécage boueux à marée basse. L'eau fraîche de la mer traversait le marécage, tandis que de petits ruisseaux s'y déversaient depuis la campagne verdoyante et irrégulière.

— Cela vous plaît ? demanda Erik à Ambre lorsque Duncan et elle le rejoignirent.

— Le travail a avancé si vite, dit-elle. Je n'en reviens pas. La dernière fois que je suis venue, il y avait à peine une palissade pour protéger la demeure.

L'importance du bâtiment en ébullition n'avait pas échappé à Duncan. Les hommes fortifiaient Sea Home aussi vite qu'ils pouvaient traîner des rondins, des pierres et des paniers de terre.

— Une fois que les défenses seront finies, je ferai entièrement reconstruire le château en pierres de taille, dit Erik. Puis, je remplacerai les palissades extérieures par des murs de pierre et rajouterai des palissades de bois et de terre au-delà des murs d'enceinte intérieurs et extérieurs.

— Ce sera grandiose, dit Ambre.

— Sea Home ne mérite pas moins. Quand je me marierai, ce sera ma résidence principale.

— Lord Robert vous a-t-il choisi une épouse convenable ? s'enquit-elle.

Duncan chercha la moindre trace de jalousie dans sa voix. Erik n'était peut-être pas attiré par Ambre comme l'est un homme par une femme désirable, mais il avait du mal à croire qu'Ambre ne soit pas attirée par le beau comte.

Pourtant, il ne détecta rien dans sa voix ou son expression, si ce n'est une simple affection pour lui.

— Non, répondit Erik. Il est difficile de trouver une femme qui réponde aux besoins des rois à la fois écossais et anglais.

Duncan remarqua la colère qui pointait dans la voix d'Erik. Elle se révélait chaque fois que le jeune comte était confronté à la réalité du pouvoir d'Henri, le roi d'Angleterre.

— Qu'adviendra-t-il du château de Stone Ring, quand vous vous marierez ? demanda Ambre. Je ne peux l'imaginer sans vous.

— Vous serez en sécurité avec Cassandra et mon sénéchal au château, dit-il.

— Ah, vous avez donc enfin choisi un sénéchal ?

— Non. Je n'ai trouvé personne en qui je pourrais confier en toute sérénité un domaine aussi riche que Stone Ring. Jusqu'à ce que j'en trouve un ou que je me marie…, dit-il en haussant les épaules.

— Vous allez me manquer.

Ambre avait parlé si doucement qu'Erik faillit ne pas l'entendre.

Duncan l'entendit parfaitement. Cette nouvelle marque d'affection entre Ambre et Erik l'agaça.

— Je vivrai toujours une partie de l'année à Stone Ring et Winterlance. Marié ou pas.

Ambre sourit simplement, secoua la tête et dit :

— Vous avez fait un travail remarquable avec Sea Home.

— Merci. Parler aux chevaliers qui revenaient de Terre sainte m'a donné beaucoup d'idées.

— Sans parler des Normands, ajouta Duncan. Ce sont des maîtres dans la construction de murs d'enceinte.

— Oui. Mais je n'ai pas l'intention de perdre ma terre au profit des usurpateurs normands.

— Vous pensez que vous aurez bientôt des ennuis ?

— Pourquoi cette question ? dit Erik d'un ton brusque.

— On dirait que vos ouvriers ont travaillé longuement et durement cet été.

Erik observa Duncan. Rien dans son attitude ou dans ses yeux ne suggérait qu'il posait ces questions dans un but secret.

Loin de là. Duncan était l'un des hommes les plus ouverts qu'Erik ait jamais rencontrés. Il aurait beaucoup parié sur l'honnêteté de cet étranger.

Il l'avait même déjà fait.

Laisser Duncan avec Ambre avait été un risque calculé, malgré la présence constante d'Egbert à leurs côtés. Mais rien durant ces jours de proximité forcée n'avait suggéré que Duncan était un loup normand déguisé en mouton saxon sans nom.

— De toutes les propriétés de mon père, Sea Home est la plus vulnérable à l'ingérence des Normands, dit Erik avec franchise. Mes cousins la convoitent aussi.

— Parce qu'elle garde l'entrée maritime des Terres contestées ? demanda Duncan.

— Vraiment ? demanda Erik avec douceur. Vos yeux voient loin dans ce brouillard de nuages et de pluie.

Ambre regarda Erik avec prudence. Lorsqu'il empruntait ce ton doux, il était sage de trouver à se cacher.

— Je ne vois pas d'autre raison d'avoir un château ici, au bord d'un marais salant improductif, dit Duncan. Il n'y a pas de falaises, pas de rivière, pas de remparts naturels, rien pour vous protéger contre l'ennemi si ce n'est ce que vous construisez.

— La stratégie faisait visiblement partie de votre apprentissage dans le passé que vous avez oublié, dit Erik.

— Tous les meneurs devraient savoir comment choisir le lieu et l'heure de leurs batailles.

— Étiez-vous un tel homme ? Meniez-vous les autres plutôt que de les suivre ?

Craignant de ne rien dire et craignant de *parler* à la fois, Ambre retint sa respiration en attendant la réponse de Duncan.

— Je pense… oui, dit-il.

— Vous n'avez pas l'air sûr, rétorqua Erik.

— Il est difficile d'être sûr sans souvenirs, dit Duncan d'un air frustré.

— Si vous vous en souvenez, dites-le-moi. J'ai besoin d'hommes qui sachent mener les autres.

— Pour défendre le château de Stone Ring ?

— Oui, répondit Erik. Les Scandinaves le convoitent autant que Winterlance.

— Et Sea Home est convoitée par les Normands.

— Tout comme Stone Ring.

Ambre frissonna. Le défi dans la voix d'Erik était subtil, mais sans ambiguïté. Les souvenirs de sa conversation avec lui le soir où il avait trouvé Duncan résonnaient en elle.

« Alors la rumeur dirait vrai ? Un Normand aurait accordé à son ennemi saxon le droit de régner sur le château de Stone Ring ?

» En effet. Mais Duncan n'est plus l'ennemi de Dominic. Le Fléau Écossais lui a juré allégeance à la pointe d'une épée. »

— Votre père a de la chance d'avoir un fils aussi fort, dit Duncan. C'est dans la nature des hommes de se battre pour défendre leur honneur, Dieu et leurs terres.

— Surtout une terre comme Sea Home, confirma Erik. C'est la plus riche des propriétés de mon père. Les prés engraissent de nombreux troupeaux de vaches et de moutons, la mer livre des poissons frais toute l'année, les terres agricoles sont fertiles et le gibier d'eau abonde dans le marais ainsi que les cerfs dans la forêt.

Erik aimait vraiment sa terre. Duncan le comprit et en ressentit une pointe de jalousie.

— Ce serait bon d'avoir une terre, dit-il doucement.

— Ah non, grogna Erik en feignant le désespoir. Un autre goujat en armure qui veut me piquer Sea Home !

— Sea Home ? Non, dit Duncan en souriant. La terre du château de Stone Ring est plus à mon goût. Plus haute, plus rocheuse, plus sauvage.

Ambre ferma les yeux. Pourvu qu'Erik le voit comme elle le voyait ! Un homme honnête disant la vérité à ceux qu'il considérait comme des amis.

— Je préfère le vent salé et le cri des oiseaux de mer, dit Erik.

— Vous les avez, ainsi que le château de Stone Ring.

— Tant que je parviens à les tenir, oui. Dans les Terres contestées, l'avenir d'un homme ne tient qu'à la force de son bras.

— Ce que je vois dans vos yeux m'indique que cette mise à l'épreuve n'est pas pour vous déplaire, dit Duncan en riant.

— La même lueur brille dans vos yeux, rétorqua Erik.

Ambre rouvrit les yeux et poussa un soupir de soulagement. Erik taquinait Duncan comme un ami.

— Oui, dit Duncan, j'apprécie toujours un bon combat.

— Non, l'interrompit fermement Ambre. Je ne tolèrerai pas ça.

— Quoi donc ? demanda Erik d'un air innocent.

— Vous projetez de convier Duncan à vos jeux de bataille.

— Le voulez-vous ? demanda Erik à Duncan.

— Donnez-moi une épée, et je vous montrerai de quoi je suis capable.

La peur envahit Ambre. Sans réfléchir, elle se jeta en avant et saisit le poignet de Duncan. Sa chaleur et sa virilité la submergèrent. Elle ignora sa réaction, car la peur était tout aussi forte en elle.

— Non, l'intima-t-elle. Vous avez failli mourir dans cet orage. Il est trop tôt pour que vous vous battiez, sauf en cas d'extrême nécessité.

Duncan plongea son regard dans les yeux anxieux de la jeune femme. Il sentit une tension quitter son corps. Elle avait évité de le toucher pendant des jours et pourtant, elle l'aimait profondément. Son émotion lui apparaissait si clairement qu'il dut lutter pour ne pas l'embrasser et effacer les lignes inquiètes qui crispaient son doux visage et sa bouche sensuelle.

— Ne vous inquiétez pas, précieuse Ambre, murmura-t-il contre sa joue. Je ne laisserai des chevaliers mal formés au combat triompher sur moi.

Elle sentait clairement la joie, la passion et la confiance extrême de Duncan par son toucher. Il n'avait pas le moindrement peur de se mesurer à ce qu'Erik avait à lui offrir.

Il attendait même cela avec impatience, comme un loup affamé qui observe un troupeau.

Elle lâcha son poignet à contrecœur. Toutefois, elle laissa ses doigts s'attarder sur sa peau avec un désir qui se lisait dans les profondeurs sombres de ses yeux.

Ce désir n'échappa pas à Duncan. Une chaleur soudaine enflamma son bas-ventre. Ses doigts entrelacèrent les siens avec passion. Il avait tant besoin de ce contact !

Erik les observait, à la fois émerveillé et mal à l'aise.

— Vous me l'aviez dit, dit-il à Ambre, mais je n'osais y croire. Le toucher ne vous est pas douloureux. Cela vous… plaît.

— Oui. Beaucoup.

Le regard d'Erik passa du visage d'Ambre, où se mêlaient plaisir et malheur, à celui de Duncan. Là, le défi et le plaisir s'associaient. Ce mélange faisait de lui à la fois un guerrier et un amant.

— J'espère, dit Erik à Ambre sans détour, que Cassandra aura fini de déchiffrer ses runes avant que je n'aie à trancher entre ce qui vous plaît et la sécurité des Terres contestées.

La peur assaillit Ambre de nouveau. Elle ferma les yeux sans rien dire.

Mais elle ne retira pas sa main de celle de Duncan.

Soudain, l'un des chevaliers d'Erik cria dans la brume. Duncan et lui se retournèrent comme un seul homme. Quatre chevaliers sortaient des écuries et galopaient dans leur direction. Erik connaissait trois des chevaliers. Pas le quatrième.

Duncan se redressa vivement, avant de se pencher légèrement en avant, comme pour mieux distinguer les quatre silhouettes à travers le brouillard. Trois des cavaliers lui étaient inconnus.

Cependant, lorsqu'il vit le quatrième, les ténèbres de son esprit s'écartèrent pour laisser place à un souvenir qui n'en était pas vraiment un.

6

Les nuages se dissipèrent, permettant aux rayons du soleil de se déverser sur la terre détrempée. Le vert de l'herbe et des arbres devint incandescent. Les pierres pâles luisaient désormais comme des perles, tandis que la richesse de l'ébène se révélait sous les feuillages. Partout, les gouttes d'eau roulaient avec douceur, faisant scintiller la terre comme si elle riait secrètement.

Ambre ne partageait pas l'amusement de la terre. Elle avait senti frémir la mémoire de Duncan, comme un dragon qui se réveille du fond des ténèbres.

— Qui est le quatrième homme ? demanda-t-elle à Erik.

— Je ne sais pas, dit-il.

— Renseignez-vous.

Son ton exigeant surprit Erik. En revanche, ce qui étonna Duncan fut la sensation de ses ongles qui s'enfonçaient dans son poignet.

— Quelque chose ne va pas ? s'enquit Erik.

Ambre se rendit compte, un peu tard, de ce qu'elle venait de faire. Si le quatrième homme appartenait effectivement au passé de Duncan et que Duncan était l'ennemi qu'elle craignait, elle l'avait mis en danger avec sa demande imprudente.

— Non, dit-elle en essayant de paraître calme. Je suis simplement lasse de voir de nouveaux guerriers dans les Terres contestées.

— Alfred aussi, dit sèchement Erik.

Le sourire d'Ambre n'était qu'un pâle reflet de ses sourires habituels, mais seul Duncan le remarqua.

Car lui seul savait qu'elle plantait ses ongles dans sa peau.

— Qui est Alfred ? demanda-t-il.

— L'un de mes meilleurs chevaliers. C'est celui qui monte l'étalon blanc, à côté de l'étranger.

— Alfred, répéta Duncan en prenant soin de mémoriser l'homme.

— Alfred le Rusé, corrigea Ambre.

— Vous ne lui avez jamais pardonné de vous avoir traitée de sorcière, dit ironiquement Erik.

— L'Église l'a cru.

— Le prêtre était un vieil idiot, dit Erik en haussant les épaules.

— Ce « vieil idiot » a posé ses mains sur moi.

Erik se tourna vers elle si promptement que son cheval parut alarmé.

— Que dites-vous ?

— Le prêtre voulait s'allier avec le diable à travers moi, par un contact charnel. Quand je me suis refusée à lui, il a essayé de prendre par la force ce que je ne voulais céder.

— Bon Dieu ! siffla Duncan.

Erik ne pouvait parler, sous le choc. Ses traits se figèrent brusquement, et sa bouche ne fut plus qu'une ligne quasi invisible.

— Je pendrai ce maudit prêtre, si je le retrouve, jura-t-il doucement.

La bouche d'Ambre s'étira en un sourire effrayant.

— Vous ne le trouverez pas de ce côté du monde.

— Que voulez-vous dire ?

— Il y a quelques années, le prêtre est venu à Stone Ring en pensant à mal. Il a été frappé par la foudre, qui l'a emmené avec elle en enfer. Lui que l'enfer fascinait tant… C'est du moins ce que m'a dit Cassandra…

— Ah. Cassandra. Quelle femme sage, dit Erik avec un sourire carnassier.

— Le prêtre, demanda Duncan d'un air sévère, il ne vous a pas fait de mal ?

— J'ai utilisé la dague qu'Erik m'avait donnée.

Duncan se souvenait de la dague qu'elle avait utilisée pour défaire ses liens.

— Je n'avais pas tort de me montrer méfiant, n'est-ce pas ? demanda-t-il avec une pointe d'ironie dans la voix.

Ambre lui sourit, un sourire aussi chaud que le précédent avait été froid.

— Jamais je ne vous ferai de mal, Duncan. Ce serait comme me blesser moi-même.

— Mais moi, intervint Erik, je n'ai pas ce problème. Je ferai certainement « du mal » à tout homme qui prendrait Ambre de force.

Duncan observa les yeux de loup du jeune comte.

— Vous différencierez, Sir Erik, dit Duncan d'un ton tranchant, l'homme qui retient et celui qui est retenu.

Ambre regarda sa propre main. Ses doigts serraient toujours le poignet de Duncan, ses ongles s'enfonçant dans sa chair.

— Je suis désolée, dit-elle en retirant sa main.

— Précieuse Ambre, murmura Duncan.

Il avança la main vers elle en souriant. Sans hésiter, elle la saisit.

— Vous pourriez me transpercer de lames d'argent, dit-il, je ne ferais que demander davantage de vos douces caresses.

Elle se mit à rougir et rit, ignorant le regard inquiet d'Erik et l'incrédulité qui se lisait sur le visage de trois des chevaliers qui trottaient vers eux.

— Comprenez-vous, désormais ? demanda Duncan à Erik.

Erik ne pouvait pas rater le défi dans sa voix.

— Vous n'avez aucune prétention familiale ou de clan ou de devoir envers Ambre, aucune responsabilité ni intention, si ce n'est celle de vous assurer qu'elle soit protégée, continua-t-il. Quand j'aurai retrouvé la mémoire, je revendiquerai le droit de la courtiser pour en faire ma femme.

— Et si vous ne retrouvez pas la mémoire ? demanda Erik.

— Elle doit me revenir.

— Vraiment ? Pourquoi ?

— Tant que j'ignore quelles promesses j'ai faites par le passé, je ne peux en faire de nouvelles. Pourtant je le dois.

— Pourquoi ?

— Pour Ambre, dit simplement Duncan. Je dois l'avoir. Mais je ne l'épouserai pas tant que je ne me connaîtrai pas moi-même.

— Ambre ? dit Erik en se tournant vers elle.

— J'ai toujours été sienne. Et je le serai toujours.

Erik ferma les yeux un instant. Quand il les rouvrit, ils étaient durs et froids.

— Que faites-vous de l'avertissement de Cassandra ? demanda-t-il avec douceur.

— Il y a trois conditions. Seule une s'est accomplie. Et cela restera ainsi.

— Vous semblez sûre de vous.

— Je le suis.

Ambre sourit amèrement. Elle savait que Duncan ne la ferait pas sienne sans se souvenir de son passé.

Et s'il s'en souvenait, elle craignait qu'il ne puisse l'avoir.

Ennemi et âme sœur.

— Je me demande si les prophéties peuvent être divisées, et ainsi anéanties, marmonna Erik. Ou si cela importe…

— Vous tournez en rond, dit-elle.

— Vous le faites tous les deux, intervint Duncan.

Ils l'ignorèrent.

— La mort frappera toujours, dit Erik. La vie riche est toujours une possibilité. Souvenez-vous-en, Ambre, lorsque vous devrez choisir entre le marteau et l'enclume.

Sur ce conseil énigmatique, Erik se tourna pour faire face aux chevaliers qui arrivaient à ses côtés.

Duncan les observa se saluer en silence. Il regarda trois d'entre eux brièvement, mais sans grande curiosité.

Le quatrième était différent. Duncan l'étudia intensément, presque certain de l'avoir déjà rencontré. Presque certain, mais pas tout à fait.

Il aurait aimé le questionner, mais une forte sensation de danger lui scellait les lèvres. Depuis qu'il était revenu de Terre sainte, c'était la deuxième fois qu'il ressentait pareil avertissement au plus profond de lui.

Mais quand avait été la première fois ? Il ne s'en rappelait pas, mais il était persuadé que cela avait effectivement eu lieu.

Quoi qu'il en soit, si le quatrième chevalier le reconnaissait, il n'en laissait rien paraître. La seule fois où il avait posé sur lui ses yeux pareils à du cristal noir, son regard avait été pénétrant. Mais à part cela, il n'avait montré aucun intérêt pour lui.

Duncan ne pouvait pas en dire autant. Il ne pouvait s'empêcher de fixer le chevalier, et les traits qu'on devinait sous son heaume. Ses cheveux blonds et ses hautes pommettes creusées ravivaient ses souvenirs.

« Des bougies et des voix qui chantent.

» Une épée que l'on sort de son fourreau. »

Non, pas une épée. Autre chose.

Quelque chose de vivant.

« Un homme ? »

Duncan secoua sauvagement la tête pour forcer son souvenir à rester vivace plutôt que de retomber dans les ténèbres.

« Des flammes vertes. »

Non, pas des flammes…

« Des yeux ! »

Des yeux aussi verts que le printemps. Des yeux qui brûlaient de mille ans d'espoir, l'espoir d'une Druide de la Vallée.

Et d'autres yeux. Les yeux d'un homme.

« Des yeux aussi noirs que l'enfer.

» La lame d'un couteau entre mes cuisses. »

Duncan fut parcouru d'un frisson. Il se serait bien passé d'un tel souvenir — l'instant où il avait senti la lame d'un ennemi glisser entre ses cuisses, menaçant de le castrer s'il bougeait.

Il plissa les yeux pour observer de nouveau le quatrième chevalier. L'homme avait des yeux aussi noirs que l'enfer.

« Était-il autrefois mon ennemi ?

» L'est-il toujours ? »

Méfiant, Duncan demeura immobile, attentif au message que les ténèbres cédaient avec réticence. Seules deux certitudes contradictoires lui vinrent.

« Ce n'est pas mon ennemi.

» Il représente un danger pour moi. »

Duncan se redressa sur sa selle, se forçant à détourner le regard du chevalier inconnu. En bougeant, il se rendit compte qu'il tenait la main d'Ambre comme si elle était une épée qu'il était prêt à brandir.

— Je suis désolé, dit-il à voix basse pour qu'elle seule l'entende. Je vous ai écrasé les doigts.

— Vous ne m'avez pas fait mal, dit-elle fébrilement.

— Vous êtes pâle.

Ambre ne dit rien. Comment faire savoir à Duncan que ce n'était pas sa poigne qui lui causait sa douleur, mais le tressaillement de ses souvenirs ? Ses pensées s'agitaient autant qu'une volée d'oiseaux dans les filets d'un chasseur.

« Pas maintenant !

» Pas avec tant de chevaliers alentour. Si Duncan est l'ennemi que je crains, il sera tué sous mes yeux.

» Et je deviendrai folle. »

Juste avant de la relâcher, Duncan porta sa main à sa bouche. Lorsque son souffle et sa moustache caressèrent sa peau, elle ressentit un plaisir si intense qu'elle se mit à trembler.

Elle l'ignorait, mais son visage retrouva subitement toutes ses couleurs. Ses yeux brûlaient comme les flammes d'une bougie prise dans des gemmes dorées et translucides. Elle ne se rendit pas compte non plus que, lorsque Duncan cessa de la toucher, elle se pencha vers lui avec un désir inconscient.

Le quatrième chevalier vit tout cela. Il eut l'impression qu'on lui avait glissé la lame d'un couteau entre les cuisses. Jamais il ne l'aurait cru s'il n'avait vu la scène de ses propres yeux.

Ses doigts longs et puissants s'enroulèrent autour du pommeau de son épée tandis que ses yeux noirs observaient Duncan.

— Je vous ai trouvé deux guerriers, monseigneur, dit Alfred. Son écuyer et lui sont en mission, mais il est prêt à rester à vos côtés pour combattre les hors-la-loi un moment.

Erik regarda le quatrième chevalier.

— Deux ? demanda-t-il. Je n'en vois qu'un, même s'il est assez grand pour deux. Comment vous appelez-vous ?

— Simon.

— Simon… J'ai deux hommes d'armes prénommés Simon.

Simon hocha la tête. C'était un nom assez courant.

— Qui est le dernier seigneur que vous avez servi ? demanda Erik.

— Robert.

— Il y a beaucoup de Robert.

— Certes.

Erik se tourna vers Alfred. Les traits du chevalier étaient durs, mais il était excellent sur un champ de bataille.

— Ce n'est pas un bavard, n'est-ce pas ? dit-il. A-t-il prêté serment ?

— Il s'exprime assez bien avec l'épée noire qu'il porte à la taille, répondit Alfred. Il a mis Donald et Malcolm à terre avant qu'ils ne comprennent ce qui leur arrivait.

Erik se retourna vers Simon.

— Impressionnant, dit-il. Vous avez déjà combattu ?

— Oui.

— Où ?

— À la Guerre sainte.

Erik hocha la tête. Cela ne le surprenait pas.

— Votre lame ressemble aux armes sarrasines.

— Elle boit le sang des hors-la-loi aussi facilement que celui des Turcs, dit calmement Simon.

— Et celui des Scandinaves ? demanda Erik en souriant.

— Cela ne fait aucune différence pour ma lame.

— Eh bien, nous avons beaucoup de hors-la-loi ici.

— Vous en avez trois de moins qu'avant.

Erik haussa ses sourcils fauves, surpris et amusé à la fois.

— Depuis quand ?

— Deux jours.

— Où cela ?

— Près d'un arbre frappé par la foudre et d'un ruisseau s'écoulant d'une crevasse dans le versant d'une montagne, dit Simon.

— C'est la frontière des terres de Lord Robert, dit Erik.

Simon haussa les épaules.

— On aurait plutôt dit une terre inhabitée.

— Cela va changer.

En silence, Erik observa le chevalier un long moment. Ses habits et ses armes étaient bien usés mais de bonne fabrique, et les lignes du cheval qu'il montait étaient excellentes.

— Avez-vous une armure ? demanda-t-il.

— Oui. Elle est dans la salle d'armes de votre château, dit Simon en souriant étrangement. C'est ce qui m'a fait rester.

— La salle d'armes ? Comment cela ?

— Je voulais en savoir plus sur l'homme qui bâtit un baraquement et une salle d'armes avant de construire des appartements pour son propre confort.

— Votre accent indique que vous avez passé du temps en terre normande, dit Erik après un moment.

— Il est difficile de faire autrement. Ils ont tant de terres.

— Trop de terres, dit Erik en grimaçant. Pourquoi êtes-vous parti ?

— Le continent est trop stable. Il n'y a rien d'autre à faire pour un chevalier sans terre que d'aiguiser son épée et de rêver de jours meilleurs.

Erik se tourna vers Alfred en riant, et hocha la tête pour lui signifier qu'il acceptait Simon.

— Et l'autre homme ? demanda-t-il.

— Le Scandinave poursuit des hors-la-loi, répondit Alfred.

— Un Scandinave ?

— Il en a le physique, bien qu'il parle notre langue. Il s'appelle Sven. Il est pâle comme un spectre, et se bat également comme un spectre… Je n'ai jamais vu un homme aussi difficile à mettre à terre, à part vous peut-être.

— Il peut bien *être* un fantôme en ce qui me concerne, rétorqua Erik. Du moment qu'il hante les hors-la-loi et non mes vassaux.

Alfred rit avant de désigner Duncan d'un signe de tête.

— Je vois que je ne suis pas le seul à avoir déniché des guerriers.

Erik ne répondit pas, se contentant de regarder à son tour Duncan. Puis il regarda Ambre. Bien qu'il ne dise rien, elle le connaissait assez bien pour comprendre qu'elle ne devrait pas protester, ni discuter ce qu'il était sur le point de dire.

— C'est un homme peu commun, dit Erik avec calme. Il y a bientôt quinze jours, je l'ai trouvé près de Stone Ring.

Un murmure parcourut le rang de chevaliers, suivi de vifs mouvements tandis qu'ils se signaient.

— Il était à l'article de la mort, continua-t-il. Je l'ai amené à Ambre. Elle l'a soigné, mais pas sans coût. Il n'a aucun souvenir de sa vie avant de venir dans les Terres contestées.

Il fit une pause, avant de dire de manière explicite :

— Pas même son nom.

Les yeux de Simon devinrent deux fentes noires tandis qu'il observait tour à tour Duncan, Erik, puis Ambre. Contre toutes les nuances de gris formées par le brouillard et les nuages, Ambre brûlait comme un rayon de soleil.

— Pourtant, il devait bien avoir un nom, continua Erik. Ambre a vu des marques de bataille sur son corps et elle a senti les ténèbres qui occultaient ses souvenirs. Elle l'a nommé le « sombre guerrier » — Duncan.

Une certaine tension traversa Simon, qui se tendit imperceptiblement, comme s'il se préparait à combattre, ou à fuir.

Personne ne le remarqua, si ce n'est Duncan, qui avait observé du coin de l'œil cet étranger aux cheveux clairs et aux yeux noirs. Cependant, ce n'était pas lui que Simon regardait, mais Ambre.

— Êtes-vous surtout habile avec les herbes et les potions ? lui demanda-t-il.

La question était polie et le ton agréable, mais la noirceur froide de ses yeux n'était ni l'un ni l'autre.

— Non, répondit Ambre.

— Alors pourquoi vous l'avoir amené ? N'y a-t-il pas de femmes sages qui guérissent les hommes dans les Terres contestées ?

— Duncan portait un talisman d'ambre, dit-elle, et toutes les choses d'ambre m'appartiennent.

Simon paraissait perplexe.

Duncan également.

— Je croyais que vous m'aviez donné le talisman quand j'étais inconscient, dit-il à Ambre, l'air soucieux.

— Non. Pourquoi pensiez-vous cela ?

Duncan secoua la tête, perplexe.

— Je ne sais pas.

Sans hésitation, Ambre porta sa main à la joue de Duncan.

— Essayez de vous souvenir de la première fois que vous avez vu le pendentif, murmura-t-elle.

Duncan s'immobilisa. Des fragments de souvenirs jaillissaient dans son esprit, mais ils étaient aussi vagues et insaisissables que des feuilles mortes emportées par un vent d'automne.

Des yeux inquiets, ceux d'une Druide de la Vallée.

L'éclat doré de l'ambre.

Un baiser sur sa joue.

« Dieu te bénisse. »

— J'étais persuadé qu'une jeune femme m'avait donné ce talisman…

La voix de Duncan se transforma en juron étouffé. Il tapa du poing sur le pommeau de sa selle, si fort qu'il effraya sa monture.

— Je préfèrerais n'avoir aucun souvenir plutôt que d'être ainsi tourmenté par des ombres insaisissables ! dit-il sauvagement.

Ambre retira sa main de la peau de Duncan. Sa rage était tel un tison en suspens au-dessus de sa chair, menaçant de la faire souffrir si elle continuait à le toucher tant qu'il était si furieux.

Erik lança un regard dur à Ambre.

— Qu'y a-t-il ? demanda-t-il.

Elle secoua la tête.

— Ambre ? demanda Duncan.

— Une femme vous a donné le talisman. Une femme aux yeux verts, des yeux de Druide de la Vallée.

Ces mots parcoururent les chevaliers comme une brise agitée balaie le marécage.

« Druide de la Vallée. »

— Il a été ensorcelé, dit craintivement Alfred en se signant.

Ambre ouvrit la bouche pour protester, mais Erik fut plus rapide.

— Oui, il semblerait, dit-il doucement. Cela expliquerait bien des choses. Mais Ambre est certaine que Duncan n'est plus sous l'influence du sort auquel il aurait pu être soumis, quel qu'il soit. N'est-ce pas, Ambre ?

— Oui, dit-elle promptement. Il n'est pas l'instrument du diable, sinon il n'aurait pu porter le talisman d'ambre.

— Montrez-leur, ordonna Erik.

Sans un mot, Duncan délaça sa chemise et en sortit le pendentif d'ambre.

— Il y a une croix d'un côté. C'est une prière de chevalier pour demander la protection de Dieu, dit Erik. Voyez, Alfred, et sachez que Duncan appartient à Dieu et non à Satan.

Alfred fit avancer son cheval jusqu'à ce qu'il puisse voir le pendentif qui balançait au poing massif de

Duncan. Les lettres incisées de la prière formaient une croix à double barre. Lentement, douloureusement, Alfred lut à voix haute les premiers mots de la prière.

— Comme vous l'avez dit, monseigneur. C'est une prière courante.

— Les runes de l'autre côté constituent également une prière sollicitant la protection, dit Ambre.

— L'Église ne m'a pas enseigné les runes, dit Alfred en haussant les épaules. Mais je vous connais, Ambre. Si vous dites qu'il n'y a aucun mal dans ces runes, je le crois.

— Très bien, dit Erik. Alors accueillez Duncan comme votre égal. Ne le craignez point à cause de ce qu'il a vécu. C'est son avenir qui importe. Et cet avenir est à mes côtés.

Le silence se fit tandis qu'Erik regardait les chevaliers tour à tour. Tous hochèrent la tête pour montrer qu'ils acceptaient Duncan comme l'un des leurs, à l'exception de Simon, qui se contenta de hausser les épaules, comme si cela lui importait bien peu.

Ambre soupira longuement, discrètement. La rumeur qu'elle soignait un homme inconnu s'était répandue dans la campagne ces douze derniers jours. Elle en était consciente. Pourtant, Erik avait pris le risque d'annoncer de but en blanc aux chevaliers que Duncan avait oublié son passé. Ils auraient très bien pu se retourner contre lui et le chasser en pensant qu'il était l'instrument d'une magie noire.

Erik lui fit un clin d'œil, comme s'il avait entendu ses pensées agitées. C'était sa manière de lui rappeler qu'il était fort capable de prédire la réaction des hommes.

— Voyons ce que nous avons pour nos futurs combats, dit Erik. Alfred, avez-vous testé vous-même les capacités de Simon ?

— Non, monseigneur.

Erik se tourna vers Duncan.

— Voulez-vous porter à nouveau une épée ?

— Oui, avec joie !

— Non ! dit Ambre presque simultanément. Vous êtes toujours en train de guérir du mal qui…

— Arrêtez, interrompit Erik. Je ne lui propose pas un véritable combat, seulement un exercice.

— Mais…

— Mes chevaliers et moi-même devons savoir de quoi sont capables les hommes qui se battent à nos côtés, continua-t-il en ignorant sa tentative d'interruption.

Elle regarda droit dans les yeux topaze d'Erik. Toute discussion serait inutile. Elle le savait. Elle protesta pourtant.

— Duncan n'a pas d'épée.

Avec une grâce décontractée qui prouvait sa force et son talent, Erik tira sa propre épée et l'offrit à Duncan.

— Utilisez la mienne, dit Erik.

C'était un ordre.

— Ce serait un honneur, dit Duncan.

À l'instant même où il attrapa l'épée, un changement subtil s'opéra en lui. C'était comme si on avait levé un voile pour révéler le guerrier plein d'assurance sous les riches atours dont il était paré. Duncan testa l'équilibre et la portée de la lame ; l'arme miroitait et fendait l'air avec des sons tranchants.

Erik observa Duncan et eut envie de rire, par pur plaisir. Ambre avait raison. Duncan était bien un guerrier parmi les guerriers, celui qui se démarque parmi les hommes égaux.

— C'est une bien belle arme, dit Duncan après une minute. La plus belle que j'aie jamais tenue. J'essaierai de lui faire honneur.

— Simon ? demanda Erik avec affabilité.

— J'ai ma propre épée, monsieur.

— Alors tirez-la, chevalier. Il est grand temps d'entendre la musique de l'acier contre l'acier !

Le sourire de Simon, aussi aiguisé qu'une lame, inquiéta Ambre. Elle se mordit la lèvre nerveusement. Donald et Malcolm avaient beau ne pas être aussi doués que certains chevaliers d'Erik, c'étaient des hommes forts, courageux et tenaces.

Et Simon les avait vaincus aisément.

— Pas de sang, pas d'os cassés, dit brusquement Erik. Je veux seulement voir votre façon de combattre. Me suis-je bien fait comprendre ?

Duncan et Simon hochèrent la tête.

— Nous battons-nous ici ? s'enquit Simon.

— Plus bas. Et vous vous battrez à pied, ajouta Erik. Le cheval de Duncan ne vaut pas les vôtres.

Le champ de bataille qu'Erik avait choisi était une prairie dont le chaume d'automne avait été adouci par la pluie. Sous les épais nuages, la brume oscillait comme des flammes d'argent.

Duncan et Simon mirent pied à terre, jetèrent leurs capes sur leur selle et marchèrent jusqu'à la prairie. L'odeur du chaume nourri de soleil et détrempé de pluie envahissait l'air. Lorsqu'ils atteignirent une bande de terre suffisamment plane et sèche, ils se tournèrent l'un vers l'autre.

— Je demande pardon pour toute blessure que je pourrais infliger, dit Simon, et j'offre également mon pardon pour toute blessure que je recevrais.

— Bien, dit Duncan. Je fais de même.

Simon sourit et tira son épée de son fourreau avec une grâce et une vitesse aussi déconcertante que l'apprêt noir de sa lame.

— Vous êtes très rapide, dit Duncan.

— Et vous êtes très puissant, dit Simon avec un étrange sourire. C'est un combat auquel je suis habitué.

— Vraiment ? Peu d'hommes sont aussi puissants que moi.

— Mon frère l'est. C'est l'un des deux avantages que j'ai sur vous aujourd'hui.

— Quel est l'autre ? demanda Duncan en levant sa lame pour rencontrer celle de Simon.

— Le savoir.

Les deux lames se touchèrent rituellement dans un bruit de métal sourd, puis glissèrent pour se séparer. Les deux hommes, face à face, décrivirent un cercle, feintant sans cesse, à la recherche d'une faiblesse chez l'adversaire.

Tout à coup, Simon fit un bond en avant, tel un félin, et envoya à pleine vitesse le plat de sa lame sur Duncan. C'était cette même attaque éclair qui avait eu raison de Donald et de Malcolm.

Au tout dernier moment, Duncan pivota et brandit son épée empruntée. L'acier rencontra l'acier avec un choc terrible. Puis, Duncan fouetta l'air de sa lame, comme si elle était aussi légère qu'une plume. Simon dut basculer en arrière pour éviter l'arme.

Bon nombre d'hommes seraient tombés à la suite d'un tel déséquilibre. Mais Simon parvint à se rattraper et à donner simultanément un coup à Duncan, le frappant aux jambes du plat de son épée.

Peu de guerriers auraient pu rester debout après une telle attaque. Mais Duncan faisait partie de ces hommes-là. Il grogna et pivota sur un pied, tournant avec la force de l'attaque. Son mouvement atténua la puissance du coup.

Avant que Simon ne puisse profiter de son avantage, Duncan tenta une attaque indirecte avec sa lourde épée. Le mouvement était inattendu, car il exigeait une force de bras et d'épaule très rare.

Simon évita l'attaque avec une grâce féline. Les deux épées se rencontrèrent avec puissance, et le choc retentit dans toute la prairie. Les deux épées restèrent croisées un long moment, chaque homme luttant pour prendre l'avantage sur l'autre.

Enfin, inévitablement, Simon céda face à la puissance supérieure de Duncan. Il recula d'un pas, puis de deux et continua à reculer ainsi.

Duncan le suivit avidement.

Trop avidement.

Soudain, Simon fit un écart, et Duncan se retrouva déséquilibré. Il posa un genou à terre et bondit rapidement pour éviter Simon, qui lançait un nouvel assaut. Il se releva juste à temps pour lever son épée et répondre à l'attaque. Les épées s'entrechoquèrent avec fracas. Les lourdes lames se croisèrent de nouveau et restèrent ainsi, comme enchaînées l'une à l'autre.

Pendant un bref instant, les deux hommes restèrent arc-boutés, le souffle court. Des panaches de fumée s'élevaient de leur bouche au-dessus des épées croisées. À chaque respiration qu'ils prenaient, ils inspiraient le parfum âpre des récoltes passées, de la terre mouillée et de l'herbe fumée.

— On dirait l'odeur du meilleur foin du château de Blackthorne, non ? demanda Simon nonchalamment.

« Blackthorne. »

Le mot pénétra Duncan comme un poignard, tranchant les ténèbres pour atteindre la vérité qui s'y cachait. Mais avant qu'il n'ait pu voir cette vérité, les ténèbres se refermèrent sur la plaie, guérissant la déchirure qui avait transpercé l'obscurité comme si elle n'avait jamais existé.

Désorienté, Duncan secoua la tête.

C'était tout ce dont Simon avait besoin. Il fit un écart sur le côté à la vitesse de la lumière, décroisant les épées, et porta à Duncan un coup qui lui coupa le souffle. Un instant plus tard, il le faisait trébucher au sol.

Simon s'agenouilla promptement aux côtés de son opposant vaincu. Il se pencha sur lui et parla instamment, sachant qu'il n'avait pas beaucoup de temps avant que les autres ne les rejoignent pour voir comment il allait.

— Vous m'entendez ? demanda Simon.

Duncan hocha la tête, car il n'avait plus de souffle pour parler.

— La sorcière a-t-elle dit vrai ? demanda Simon. Vous n'avez aucun souvenir de votre vie passée ?

Duncan hocha douloureusement la tête.

Simon se détourna de lui pour lui cacher son expression féroce.

« Pourvu que Sven revienne bientôt. J'ai trouvé celui que nous cherchions.

» Mais il est encore perdu.

» Sorcière de malheur. Voler la mémoire d'un homme.

» Et sourire ! »

7

— Un homme aussi habile que vous devrait toujours porter une arme, dit Simon. Erik pourrait sûrement vous en donner une dans toute cette armurerie ?

Duncan massa son diaphragme d'un air piteux. Le coup que Simon lui avait porté la veille le faisait toujours souffrir.

— Pour l'instant, j'ai l'impression d'être aussi doué qu'un débutant, dit-il.

Simon rit.

Puis Duncan se joignit à lui. Il ressentait une affinité avec le chevalier blond, aussi forte qu'inattendue.

— J'avais l'avantage dans notre combat, dit Simon. J'ai passé ma vie à combattre un homme de votre carrure. Alors que vous avez peu de pratique contre un homme aussi rapide que moi. À part, peut-être, Sir Erik ? Cet homme a une certaine grâce dont je me méfie.

— Je ne l'ai jamais vu se battre. Ou alors je ne m'en rappelle pas, ajouta Duncan d'un air sombre.

— Si vous ne l'avez jamais vu se battre depuis que vous vous êtes réveillé en Terres contestées, alors vous ne l'avez jamais vu se battre, dit Simon dans un souffle.

— Que dites-vous ?

— Rien d'important, dit Simon.

Il faisait le tour de la salle d'armes, cataloguant l'équipement en admirant, à contrecœur, la prévoyance d'Erik. Le jeune seigneur serait un ennemi redoutable, s'ils en arrivaient là.

Et ce serait certainement le cas.

Des gens approchaient. Les sons annonciateurs de leur venue flottaient dans le château à moitié fini comme une brume invisible. D'abord, la voix grave d'un homme leur parvint, puis le rire harmonieux d'une femme. Erik et Ambre.

Simon vit Duncan se tourner vers la porte avec impatience. Il enrageait.

« Sorcière du diable.

» Duncan tombe dans son piège comme un chien affamé se jette sur des restes. »

— Vous voilà, lui dit Erik en pénétrant dans la pièce. Alfred m'a dit que vous seriez ici, à observer la réparation de vos armes.

— J'admire le talent de votre armurier, dit Simon en regardant du coin de l'œil Ambre courir vers Duncan. Jamais je n'avais vu pareil ouvrage depuis les Sarrasins.

— C'est de cela dont je voulais vous parler.

— Des réparations de mon haubert ?

— Non. Des armes sarrasines. Vous avez dit quelque chose à propos de leurs archers hier qui m'a intrigué.

Simon se força à se concentrer sur Erik plutôt que sur la femme qui semblait si innocente et qui, pourtant, était si pétrie de mal qu'elle pouvait voler la mémoire d'un homme sans hésitation ni regret.

— Quoi donc, monseigneur ?

— Leurs guerriers tiraient-ils vraiment depuis leurs chevaux au galop ?

— Oui.

— Avec précision ? À distance ?

— Oui, répondit Simon. Et aussi vite que la grêle qui tombe.

Erik plongea son regard dans les yeux noirs de Simon. Les souvenirs qu'il avait de la guerre expliquaient indubitablement selon lui les compétences sinistres et effrayantes de l'homme.

— Comment faisaient-ils ? demanda Erik. L'archer doit être à terre pour pouvoir charger une arbalète.

— Les Sarrasins utilisaient un arc. Il était deux fois plus petit que les arcs anglais, et pourtant, il tirait des flèches avec la force d'une arbalète.

— Comment est-ce possible ?

— C'est une question que D…, commença Simon avant de masquer son erreur en toussotant. C'est une question que mon frère et moi nous sommes souvent posée.

— Qu'en avez-vous conclu ?

— Les Sarrasins courbaient et recourbaient leurs arcs pour doubler ou redoubler leur force sans la peine qu'est le poids de l'arbalète.

— Comment ? demanda Erik.

— Nous ne savons pas. Chaque fois que nous avons essayé de nous en fabriquer, l'arc se brisait.

— Bon sang, que ne ferais-je pas pour une poignée d'arcs sarrasins ! s'écria Erik.

— Vous auriez aussi besoin d'archers sarrasins, dit sèchement Simon. Il y a une astuce pour les utiliser que les guerriers étrangers ne savent maîtriser. Au final, les épées et les piques chrétiennes faisaient bien l'affaire.

— Oui, mais pensez à l'avantage que constitueraient ces arcs.

— La traîtrise est mieux.

Surpris, Erik fixa Simon.

Duncan également.

— Mon frère, continua Simon, m'a souvent dit qu'il n'y a pas meilleur moyen de prendre une position fortifiée que par la traîtrise.

— Quel homme astucieux, votre frère, marmonna Erik. A-t-il survécu à la Guerre sainte ?

— Oui.

— Est-ce lui que vous cherchez dans les Terres contestées ?

L'expression de Simon s'assombrit.

— Pardonnez-moi, monseigneur, dit-il doucement. Ce que je cherche sur ces terres reste entre Dieu et moi.

Pendant un instant, Erik marqua une pause. Puis, il sourit faiblement et se tourna vers le haubert que l'on venait de pendre dans la salle d'armes.

— C'est un beau haubert, dit-il.

— Votre armurier a réparé la cotte de mailles si adroitement qu'elle est comme neuve.

— Le talent de mon armurier est connu dans toutes les Terres contestées, dit Erik.

— Je comprends aisément pourquoi. Va-t-il faire une épée, un poignard et un haubert en cotte de mailles à Duncan pour qu'il puisse aller au combat ?

— Il le faudra, dit sèchement Erik. Aucun des hauberts forgés sur ces îles ne saurait convenir à ses épaules si larges.

— Si, il y en a un qui m'irait, dit Duncan d'un air absent.

— Vraiment ?

— Celui de Dominic le Sabre.

Ambre le fixa intensément. Mais elle ne dit rien, car elle craignait les conséquences qui découleraient de ses souvenirs.

Simon le regardait avec la même intensité, mais ne posa aucune question, pour la même raison.

Erik, cependant, ne craignait pas que Duncan retrouve la mémoire.

— Alors vous avez vu cet infâme Normand ? s'enquit-il.

— Oui.

— Quand ?

Duncan ouvrit la bouche pour répondre, avant de se rendre compte qu'il n'en savait rien.

— Je l'ignore, dit-il. Je sais seulement que je l'ai déjà vu.

Erik jeta un coup d'œil à Ambre. Elle lui rendit son regard en silence.

— Votre mémoire revient-elle ? continua Erik.

Simon et Ambre retinrent leur souffle.

— Par fragments seulement.

— Qu'est-ce que cela signifie ?

Duncan haussa les épaules et fit la grimace — son corps contusionné le faisait toujours souffrir. Il toucha sa poitrine avec des doigts impatients.

« Dommage qu'elle ne soit pas là pour enlever ma douleur avec ses baumes et ses lotions. »

Lorsqu'il entendit ses propres pensées, Duncan se figea. Qui était-*elle* ?

« Des yeux verts.

» L'odeur d'herbes druidiques.

» De l'eau chaude pour un bain.

» Le parfum de son savon. »

— Duncan ? Votre mémoire revient-elle ? insista Erik.

— Avez-vous déjà vu le reflet de la lune sur un étang ? demanda Duncan avec une férocité réfrénée.

— Oui.

— Jetez-y un seau de pierres et regardez de nouveau le reflet de la lune. Voilà ce qu'il me reste de mes souvenirs.

En entendant l'amertume de sa voix, Ambre eut follement envie de le toucher, de l'apaiser, de lui apporter le repos sensuel qui compenserait la douleur de la perte.

— Je me souviens d'avoir vu le Loup des Druides de la Vallée, continua-t-il. Mais je ne sais pas quand, ni où, ni comment, ni pourquoi, ni même à quoi il ressemble !

— Le Loup des Druides de la Vallée, murmura Erik. On l'appelle donc vraiment ainsi. J'avais entendu des rumeurs…

— Quelles rumeurs ? s'enquit Ambre, très désireuse de changer de sujet.

— Que l'épée du roi d'Angleterre était devenue le Loup des Druides de la Vallée.

Ambre semblait perplexe.

— L'une des prophéties de Cassandra était juste, une nouvelle fois, dit Erik.

— Laquelle ?

— Deux loups qui se tournent autour, un vieux, mais pas l'autre. Deux loups qui se testent l'un l'autre tandis que la terre retient son souffle et attend…

— Attend… quoi ? demanda Simon.

— La mort. Ou la vie.

— Vous ne m'en aviez pas parlé, intervint Ambre.

— Vous aviez des problèmes avec votre propre prophétie, répondit-il sèchement.

— Quel loup gagne le combat ? s'enquit Simon.

— Les prophéties de Cassandra ne sont pas ainsi, dit Erik. Elle voit la croisée des chemins, mais pas la route qui est empruntée.

Ambre se détourna en frissonnant. Elle ne voulait pas entendre parler des prophéties de Cassandra.

— Duncan ? dit-elle.

Il émit un son interrogateur, n'écoutant qu'à moitié. L'une des armes pendues au mur de la salle d'armes avait attiré son attention.

— Viendrez-vous avec moi à Whispering Fen ? demanda-t-elle. Cassandra m'a demandé d'aller voir si les oies sont arrivées.

C'est alors qu'elle vit quelle arme avait retenu l'attention de Duncan. Son cœur se retourna tant la peur était vive en elle. Elle se posta devant lui et posa sa main sur sa joue.

Un plaisir intense l'envahit.

Des souvenirs noirs s'agitèrent.

— Duncan, dit-elle à voix basse.

Il cligna des yeux et se concentra sur Ambre plutôt que sur l'arme, dont l'épaisse chaîne et la lourde boule hérissée de pointes avaient bouleversé ses souvenirs dans l'obscurité de sa mémoire.

— Oui, jeune dame ?

Les lèvres d'Ambre tremblaient légèrement, à la fois de plaisir et de douleur. Son plaisir à elle. Sa douleur à lui.

— Venez avec moi, à Whispering Fen, dit Ambre d'une voix douce. Vous avez eu suffisamment de batailles.

Duncan regarda au-delà de ses cheveux dorés éclatants en direction de la chaîne grise en acier accrochée au mur.

— Oui, dit-il. Mais en ont-elles eu assez de moi ?

Duncan passa le bras au-dessus d'Ambre pour décrocher l'arme de son support, avec une aisance qui faisait penser que le lourd instrument était aussi léger qu'une plume.

— Je prends cela avec moi, dit-il.

Ambre se mordit la lèvre en voyant ce qui reposait entre les mains de Duncan.

Simon le vit également. Il se prépara discrètement à la bataille qui viendrait si l'étang de ses souvenirs s'immobilisait suffisamment pour que les fragments de lumière deviennent une image nette du passé.

Erik se contenta de l'observer. Il ne s'était pas rendu compte qu'il avait tiré sa propre épée, avant de sentir sa froideur et son poids dans sa main.

— Le fléau d'armes, dit-il d'un ton neutre. Pourquoi avoir choisi cela dans toute l'armurerie ?

Surpris, Duncan regarda l'arme qui semblait si bien épouser sa main.

— Je n'ai pas d'épée, dit-il simplement.

— Et alors ?

— Il n'y a pas meilleure arme que le fléau pour un homme qui n'a pas d'épée sur un champ de bataille.

Simon et Erik hochèrent lentement la tête en signe d'approbation.

— Puis-je l'emprunter ? demanda Duncan. Ou est-ce l'arme favorite de l'un de vos chevaliers.

— Non, dit Erik d'une voix douce. Vous pouvez le garder.

— Merci, monsieur. Les poignards sont pratiques pour les combats au corps à corps ou pour couper un rôti, mais un homme a besoin d'une arme à la portée plus large pour se battre réellement.

— Prévoyez-vous de vous battre bientôt ? demanda Erik.

Un sourire aux lèvres, Duncan fit glisser la chaîne entre ses doigts avec un bruit de ferraille, évaluant le poids et la longueur du fléau d'armes.

— Si je vois des hors-la-loi prêts à mourir prématurément, dit-il, je ne voudrais pas les décevoir parce que je n'aurais pas d'arme.

Simon rit franchement.

Erik sourit comme le loup qu'il était réputé être.

Les trois hommes se jaugèrent en silence. Ils se reconnaissaient et appréciaient de partager tous les trois le sang chaud des combattants.

Soudain, Erik donna une grande tape sur les épaules de Simon et de Duncan comme s'ils étaient frères, par le sang autant que par les actes.

— Avec des hommes comme vous à mes côtés, je n'aurai pas peur d'affronter le Loup des Druides de la Vallée en personne, dit-il.

Le sourire de Simon s'évanouit.

— Le Fléau Écossais a essayé. Et il a échoué.

Pendant un instant, Duncan devint si immobile qu'on aurait dit que son cœur avait cessé de battre.

Celui d'Ambre s'était arrêté. Puis il se remit à battre frénétiquement.

— Duncan ? demanda-t-elle d'un ton suppliant. Pourquoi ne pas aller tout de suite au marais ?

Il ne répondit pas tout de suite, respirant lentement…

Puis, il soupira, et ses doigts se refermèrent sur le fléau d'armes, si fort que l'on aurait dit que l'acier allait céder sous la pression de sa main.

— Oui, jeune dame, dit-il à voix basse. Je viens avec vous.

— Il se peut qu'une tempête se lève avant le coucher du soleil, prévint Erik.

Duncan joua du bout des doigts avec une mèche de cheveux d'Ambre en souriant affectueusement.

— Avec Ambre à mes côtés, je ne manque jamais de soleil.

Elle lui rendit son sourire, bien que ses lèvres tremblaient toujours. Elle avait si peur pour lui qu'elle craignait de crier.

— Voulez-vous laisser cela ici ? demanda-t-elle en désignant le fléau d'armes.

— Non. Désormais, je peux vous défendre.

— Ce n'est pas nécessaire. Il n'y aura pas de hors-la-loi si près de Sea Home.

Faisant fi des autres personnes présentes dans la salle, Duncan se pencha vers elle et effleura sa chevelure dorée du bout des lèvres. Il respira son parfum et plongea son regard dans ses yeux dorés.

— Je ne veux pas prendre de risques, précieuse Ambre, murmura-t-il. Si on vous blessait, je crains de saigner pour vous.

Bien qu'il ait parlé à voix basse, Simon l'avait clairement entendu. Il regarda Ambre avec une rage difficile à cacher.

« Sorcière de malheur. Voler la mémoire d'un homme et sourire ! »

— Duncan, chuchota Ambre.

Son murmure était un soupir. Elle prit la main de Duncan entre les siennes, ignorant la masse froide de la chaîne.

— Dépêchons-nous, mon sombre guerrier. J'ai déjà préparé un dîner à emporter et demandé à ce qu'on prépare deux chevaux.

— Trois, corrigea Erik.

— Venez-vous avec nous ? demanda Ambre, surprise.

— Moi, non. Egbert, oui.

— Ah, Egbert, bien sûr. Eh bien, nous n'aurons qu'à l'ignorer.

Duncan regarda par-dessus son épaule avec précaution, ne voulant pas effrayer leur monture. Ils s'étaient éloignés de leur lieu de pique-nique, abandonnant Egbert, assoupi ; son cheval et celui de Duncan qui paissaient tranquillement. Ambre avait insisté pour qu'ils ne prennent que sa jument pour rejoindre le marais en douce.

Le chemin qui quittait les doux champs de Sea Home devint vite rude, surtout pour un cheval supportant le poids de deux personnes. Duncan avait parfois douté de la route à suivre car, par endroits, le chemin semblait impraticable. Mais à bien y regarder, il y avait toujours étonnamment un autre chemin plus accessible.

Toutefois, cela suffisait à le rendre nerveux. Visiblement, le cheval n'appréciait pas non plus. Ou peut-être était-il seulement mal à l'aise de transporter deux passagers.

— Aucun signe de lui, dit Duncan en regardant de nouveau devant lui.

— Pauvre Egbert, dit Ambre, mais elle semblait amusée plutôt que compatissante. Erik va être furieux.

— Le « pauvre Egbert » dort de l'autre côté de cette crête, marmonna Duncan. Il est tranquillement allongé dans un champ baigné d'un soleil qui ne sait pas que l'été est fini. Est-ce donc un destin si dur ?

— Seulement si Erik le découvre.

— Si l'écuyer est aussi malin qu'il est paresseux, il ne dira pas à Erik qu'il s'est endormi.

— Si Egbert était si malin, il ne serait pas aussi paresseux.

Duncan éclata de rire et resserra son emprise autour de la taille d'Ambre. Il tenait les rênes de la main gauche, et les mains d'Ambre étaient nonchalamment posées sur ses bras, comme si elle appréciait le simple contact de son corps.

— Quoi qu'il en soit, nous lui avons laissé votre monture, dit Ambre. Et l'ordre de nous attendre.

— Vous êtes sûre qu'il sait lire ?

— Mieux qu'il n'écrit, selon Cassandra.

— Il sait écrire ? demanda Duncan, surpris.

— Oui, mais mal. Erik désespère de le rendre un jour assez doué pour pouvoir compter les récoltes, les animaux ou les taxes d'un château.

— Alors, pourquoi ne le renvoie-t-il pas à son père ?

— Egbert n'en a pas, dit-elle. Erik l'a trouvé sur un chemin de campagne. Son père avait été tué par un arbre tombé en travers de la route.

— Erik a-t-il pour habitude de recueillir des hommes errants et de s'occuper d'eux ?

— S'ils ne peuvent pas s'occuper d'eux-mêmes, quelqu'un doit le faire.

— Est-ce pour cela que vous vous êtes occupée de moi ? demanda-t-il. Par devoir et compassion ?

— Non.

Ambre se souvint de ce qu'elle avait ressenti la première fois qu'elle avait touché Duncan. L'intense plaisir qui l'avait envahie l'avait tant surprise qu'elle avait retiré sa main d'un coup. Avant de le toucher à nouveau.

Et d'y perdre son cœur.

— C'était différent avec vous, dit-elle doucement. Vous toucher m'a donné du plaisir.

— Cela est-il toujours le cas ?

Le rouge révélateur qui monta aux joues d'Ambre répondit à sa question.

— J'en suis ravi, dit-il. Absolument ravi.

Doucement, en pressant légèrement le corps délicat de la jeune femme, Duncan serra Ambre tout contre lui. Son désir pour elle, toujours présent dans son esprit, inondait son corps d'excitation. Pourtant, sa conscience réfrénait ce désir ardent.

Il ne devait pas la séduire avant d'avoir plus de réponses aux questions obscures de son passé.

Des serments inconnus le hantaient.

Et pourtant… et pourtant.

Il était étonnamment agréable de se promener sur cette terre automnale au crépuscule. Les doux rayons du soleil couchant réchauffaient son visage tandis qu'une fée d'ambre se détendait dans l'étreinte de ses bras.

— Le soleil, murmura Ambre. Quelle splendeur inattendue.

Elle leva la main pour repousser le capuchon de laine qui recouvrait sa tête. Le tissu indigo tomba en plis sur sa nuque et ses épaules, permettant à la chaleur dorée du soleil de l'inonder.

— Oui, souffla Duncan. C'est magnifique.

Mais c'était Ambre, et non le soleil, que Duncan louait ainsi.

— Votre chevelure, murmura-t-il. Comme mille reflets de lumière dorée. Je n'ai jamais rien vu d'aussi beau.

Ambre retint son souffle. Elle était parcourue d'un frisson. Le désir de Duncan l'appelait. Elle aurait aimé s'envelopper de sa force et de sa chaleur comme d'une cape vivante, repousser le monde extérieur, se donner à lui dans un silence secret que personne au monde ne pourrait violer. C'était tout ce dont elle avait envie.

Pourtant, elle ne devait pas se donner à lui.

Cœur, corps et âme.

— Ambre, murmura Duncan.

— Oui ? dit-elle en essayant de réprimer un frisson.

— Rien. C'est juste que j'aime murmurer votre nom dans votre chevelure éclatante.

Le plaisir se déversa en elle. Sans réfléchir, elle porta sa main à la joue de Duncan. La sensation légèrement rêche de sa peau, là où sa barbe était à peine naissante, lui plaisait. La force de son bras autour de sa taille lui plaisait. La chaleur et l'élasticité de sa poitrine lui plaisaient.

Duncan lui plaisait infiniment, jusqu'aux tréfonds de son âme.

— Il n'existe aucun homme comme vous.

Ambre ne sut qu'elle avait énoncé sa pensée à voix haute que lorsqu'elle sentit un frisson parcourir le corps puissant de Duncan.

— Nulle femme ne vous égale, chuchota-t-il en embrassant la paume de sa main.

Lorsqu'il se pencha pour poser sa joue contre la chevelure d'Ambre, le parfum délicat du soleil et des arbres le pénétra. Elle sentait l'été et la chaleur, les pins sylvestres et le vent sec.

Son parfum était unique. Il ne pouvait s'en lasser.

Ambre l'écoutait attentivement. Elle sentit l'hésitation dans son souffle, le plaisir intense qu'il prenait de sa simple présence, et elle désira plus que jamais être libérée de sa prophétie.

Mais c'était impossible.

— La chaleur ne durera pas, c'est dommage, dit-elle d'une voix hésitante.

Duncan émit un son interrogateur tandis qu'il frottait son nez contre une mèche de cheveux qui tombait dans le cou d'Ambre.

— Erik avait raison, dit-elle d'un ton saccadé, presque apeuré. Une tempête se prépare. Mais elle ne fait que rendre la lumière du soleil encore plus précieuse.

Duncan releva la tête à contrecœur et regarda au nord. Une couche épaisse de nuages menaçait, retenue par le vent du sud. Au-dessus d'eux, le ciel était un bol de saphir arqué sur les montagnes, dont les sommets rocheux étaient recouverts d'un capuchon nacré de nuages.

— Il n'y aura pas de tempête avant le coucher du soleil, dit Duncan.

Ambre ne dit rien.

— Peut-être avons-nous même jusqu'au lever de la lune, ajouta-t-il, mais j'en doute.

Il regarda de nouveau par-dessus son épaule. Derrière eux, un creux étroit traversait les montagnes accidentées qui s'élevaient entre Sea Home et Stone Ring. C'était l'entrée de Ghost Glen, le vallon Fantôme, surnommé ainsi à cause des arbres à l'écorce pâle qui s'accrochaient à ses flancs abrupts, et du gémissement envoûtant des vents d'automne.

Aucun cavalier n'avait suivi Ambre et Duncan sur l'arête qu'ils venaient de descendre et aucun cavalier n'était visible devant eux, où terre et mer se rencontraient pour former Whispering Fen. Le chemin qu'ils allaient prendre pour rejoindre le marais n'était pas tracé. Seule la jeune femme d'ambre, qui épousait si parfaitement l'espace entre les bras de Duncan, le connaissait.

Ils n'avaient vu aucun signe de vie ou d'habitation de ce côté de l'arête. Il n'y avait pas de routes, pas de fumée s'élevant d'une clairière, pas de champs labourés, pas de clôtures en pierre sèche, pas de parcs à cerfs, pas de traces de hache sur les arbres. Petit, encaissé, envahi par les conversations translucides d'un ruisseau, Ghost Glen n'abritait ni hameau, ni ferme, ni chemin. C'était seulement une forêt ancestrale empreinte d'un silence primitif.

La terre était à la fois sauvage et étrangement innocente, à l'écart des conflits des Terres contestées. Si Duncan n'avait remarqué les tas de pierres érigés par une main humaine dans des clairières isolées, il aurait juré que personne n'avait jamais mis les pieds ici.

Pourtant, des individus avaient vécu ici autrefois. Certains les appelaient des « Druides ». D'autres les traitaient de « sorciers ». D'autres encore soutenaient qu'ils n'étaient pas des êtres humains, mais des diables ou des dieux.

Et certains — les seuls à connaître la vérité — appelaient ces gens disparus les « Érudits ».

— Egbert ne nous suivra pas, dit Ambre en sentant que Duncan se retournait une nouvelle fois.

— Comment pouvez-vous en être sûre ? Il est certes paresseux, mais pas aveugle. Nous avons laissé une trace de notre passage.

Elle hésita. Comment expliquer à Duncan l'alliance de savoir et d'instinct qui la rendait si certaine qu'ils étaient à l'abri de toute intrusion ?

— Egbert ne peut nous suivre, dit-elle enfin. Même s'il n'avait pas peur, il ne serait pas capable de voir où nous sommes allés.

— Pourquoi cela ?

— Parce qu'il n'est pas Érudit, dit-elle simplement.

— Qu'est-ce que ça change ?

— Egbert verrait des obstacles sur la route et rebrousserait chemin, persuadé que personne ne peut passer comme nous l'avons fait.

Duncan sentit un souffle froid descendre son échine. Il se rappelait que certaines parties du trajet avaient semblé infranchissables… à première vue.

— C'est pour cela que je vous ai demandé de laisser votre cheval, ajouta-t-elle.

— Parce qu'il n'est pas Érudit ? répliqua-t-il d'un air pince-sans-rire.

Elle rit et secoua la tête. Le soleil courait et brillait comme de l'ambre liquide sur sa chevelure.

— Whitefoot a l'habitude, dit Ambre. Elle va où je la guide.

— Vous voyez un chemin, dit Duncan.

Ce n'était pas une question, mais elle y répondit tout de même.

— Je suis une Érudite. Toutefois, soupira-t-elle, Cassandra dit que je ne suis pas très Érudite et que je ne le serai jamais à moins de m'y tenir et de ne plus vagabonder dans des lieux sauvages.

— Comme celui-ci ?

— Oui.

Duncan regarda les traits tendres du visage d'Ambre. Pourquoi avait-il réussi, lui, à voir à la fois l'obstacle et le chemin ? Il voulait le lui demander, mais elle reprit la parole.

— Malgré mes carences d'étudiante, j'ai absorbé assez d'Érudition pour suivre certains chemins d'antan. Ghost Glen est mon endroit favori. Je ne l'avais jamais partagé avec personne. Jusqu'à aujourd'hui.

Ses mots calmes pénétrèrent Duncan comme un orage lointain que l'on ressent autant qu'on l'entend, comme le tremblement de la terre.

— Ambre ?

La voix de Duncan était grave, douloureuse, presque rauque. Elle sentit un certain appétit sensuel s'agiter en lui. Elle ressentit également un désir sans nom qui l'imprégnait aussi sûrement que le soleil imprègne le jour.

— Qu'y a-t-il ? murmura-t-elle en se tournant vers lui.

— Pourquoi m'avez-vous amené ici ?

— Pour compter les oies de Cassandra.

Ses yeux noisette cherchaient son visage.

— Des oies ?

— Oui. À l'automne, elles viennent ici depuis le nord, traînant l'hiver derrière elles comme un sombre étendard.

— Il est un peu tôt pour qu'elles viennent, non ?

— Si, admit-elle.

— Alors pourquoi les chercher ?

— Parce que Cassandra me l'a demandé. Les runes ont prédit un hiver rude et précoce. Si les oies sont là, nous saurons que Cassandra a vu juste.

— Que disent vos serfs ? demanda-t-il.

— Que les signes sont mitigés.

— Comment cela ?

— La laine des moutons est déjà très épaisse, et pourtant, les oiseaux chantent toujours dans les arbres. Le soleil est encore chaud, mais les vieilles blessures se réveillent et les articulations font souffrir. Les bons prêtres prient et rêvent leurs rêves, mais ils ne s'accordent pas sur la réponse divine.

— Signes. Prophéties. Prêtres. Rêves, énuméra Duncan en grimaçant. Cela suffit à faire tourner la tête d'un guerrier. Donnez-moi une épée et un bouclier, et je créerai mon propre chemin, *advienne que pourra*.

La plaie ouverte de la mémoire perdue de Duncan encadrait sa bouche de parenthèses sévères. Ambre traça ces lignes du bout du doigt, mais elle ne parvint pas à passer outre la douleur et la colère qui bouillonnaient en lui.

Elle se détourna de lui, l'air malheureux, pour faire de nouveau face au marais vert et sauvage. Des deux côtés du chemin, les sorbiers s'accrochaient aux falaises de pierre comme des anges déchus. Les quelques baies oubliées par les oiseaux rougeoyaient comme des rubis au bout des branches. Des bouleaux fantomatiques abondaient dans les creux et sur les arêtes surchargées d'arbres. Leurs branches sans feuilles se dressaient vers le ciel d'automne en une interrogation silencieuse quant à l'été perdu et l'hiver à venir.

Devant eux, sur la droite, un cercle de pierres plates marquait l'emplacement d'une ancienne place. Un cercle de pierres verticales, plus large et plus inégal, se dressait sur une corniche étrangement plane.

Le cri aigu d'un aigle sauvage déchira le silence. L'écho fit retentir le cri une fois, puis deux, puis trois…

Duncan rejeta la tête en arrière et rendit à l'oiseau son sifflement sauvage avec une justesse troublante.

L'oiseau de proie s'éloigna, comme pour signifier à Ambre et Duncan qu'ils avaient le droit de se trouver dans le vallon. Il se laissa porter par un torrent d'air invisible avant de disparaître dans le ciel.

— Qui vous a appris à répondre à l'aigle ? demanda doucement Ambre.

— La mère de ma mère.

— C'était une Érudite.

— Je ne pense pas, dit-il. Nous n'appelions personne ainsi.

— Parfois, par endroits, il est plus sûr de ne pas avoir de nom.

Ils continuèrent leur route en silence, se laissant guider par un vif ruisseau d'argent qui descendait dans une petite vallée, puis se déversait dans la mer agitée. Les herbes du marécage étaient tout aussi vivantes, balayées par un vent féérique.

Pour l'homme et la femme postés sur une petite butte au-dessus du marais, le bruit du vent et du marécage était semblable à la clameur d'innombrables êtres qui murmuraient, chuchotaient, soupiraient, se confiaient… comme un millier de souffles étouffés tremblant dans l'air.

— Je comprends désormais pourquoi on surnomme ce lieu le « Whispering Fen », dit Duncan posément.

— Avant que les oies n'arrivent, oui. Car lorsqu'elles sont là, l'air retentit de leurs cris et de leurs sifflements, et le marais ne chuchote plus que la nuit.

— Je suis content de le découvrir ainsi, alors que le soleil transforme les herbes en bougies. On dirait une église avant que la messe ne soit dite.

— Oui, murmura Ambre. C'est exactement ça. Elle n'est qu'imminence.

Ils restèrent un instant assis en silence, s'imprégnant de la paix particulière du marais. Puis, Whitefoot s'étira le cou et tira sur son harnais, exigeant d'être libre de paître.

— Va-t-elle partir, si nous descendons ? demanda Duncan.

— Non. Whitefoot est presque aussi paresseuse qu'Egbert.

— Alors nous devrions la laisser se reposer avant de repartir.

Duncan descendit de selle et porta Ambre pour la mettre à terre. Lorsqu'elle toucha le sol, elle caressa sa joue et l'épaisse soie noire de sa moustache. Il tourna la tête et embrassa lentement sa main, avec chaleur et tendresse. La respiration d'Ambre s'accéléra à ce contact sensuel.

Lorsqu'elle leva les yeux vers les siens, elle sut qu'elle devait reculer. Elle n'avait pas besoin de le toucher pour savoir qu'il la voulait aussi sauvagement qu'il avait répondu au cri de l'aigle.

— Nous devrions bientôt repartir, dit-elle.

— Oui. Mais d'abord…

— D'abord ?

— D'abord je vais vous apprendre à ne pas craindre mon désir.

8

— Ce… ce ne serait pas sage, dit-elle, le souffle court.

— Au contraire, précieuse Ambre. Ce serait la chose la plus sage que j'aurai faite de toute ma vie.

— Mais nous ne devrions pas… Nous ne pouvons pas…

La sensation des doigts de Duncan parcourant lentement ses lèvres éparpilla ses mots et ses pensées. Elle ressentait son désir si nettement qu'elle en tremblait.

Mais plus clairement encore, elle ressentait sa retenue.

— Duncan ? demanda-t-elle, troublée.

— Je ne vous prendrai pas, dit-il simplement. J'ignore ce que je vous ai fait par le passé pour que vous craigniez ainsi mon désir pour vous, mais je sais bien que vous en avez peur.

— Ce n'est pas… ce que vous… mon Dieu ! Vous ne devez pas me prendre !

— Chut, précieuse Ambre, dit-il en scellant ses lèvres d'une douce pression du pouce. Je ne vous prendrai pas. Me croyez-vous ?

Il disait la vérité. Elle le sentait. Sa sincérité était encore plus puissante que la passion qui brûlait en lui.

— Oui, murmura-t-elle. Je vous crois.

Il poussa un long soupir, qui s'apparentait plus à un grognement.

— Merci, dit-il. Par le passé, personne n'aurait douté de ma foi. Mais ici… ici, je dois de nouveau tout faire pour prouver ma valeur et mon honneur.

— Pas à moi. J'ai très clairement ressenti votre honneur et votre fierté dès la première fois que je vous ai touché.

Duncan effleura tendrement sa bouche de ses propres lèvres, presque trop légèrement pour que l'on considère cette caresse comme un véritable baiser.

— Venez, dit-il doucement en lui tendant la main. Marchez avec moi.

Ambre entrelaça ses doigts dans ceux de Duncan. Les feux de passion qu'elle sentait brûler si intensément en lui la firent trembler de nouveau.

— Où allons-nous ? demanda-t-elle.

— Trouver un refuge.

— Le vent n'est pas froid.

— Pas tant que nous portons nos capes, concéda-t-il.

Ce que Duncan avait choisi de passer sous silence se répandait en elle comme une vague associant malaise et excitation.

Le murmure de la mer, de l'herbe et du vent les suivit au pied d'une petite butte. Là, l'homme avait autrefois dessiné un cercle pour y ériger de grandes pierres. Bien que ces constructeurs aient disparu depuis longtemps, le cercle d'herbe et les pierres étaient restés.

— Ce lieu est un refuge, dit Ambre. À moins que vous ne craigniez les pierres ?

Duncan ferma les yeux un instant. Les sens qui dormaient en lui lorsqu'il n'y avait pas de danger se réveillèrent pour étudier la question. Leur vigilance ne décelant rien de menaçant, ils retombèrent dans un sommeil éternel.

Ambre, dont la main était toujours jointe à celle de Duncan, l'observait avec stupéfaction. Grâce aux enseignements de Cassandra, elle savait que, même si un mal ancien s'était jadis attardé près du cercle de pierres, le mal était parti depuis longtemps.

Et Duncan le savait aussi, alors qu'il ne l'avait jamais appris.

« Ce doit être un chevalier inconnu. Je suis idiote de redouter qu'il ne soit le Fléau Écossais, l'ennemi d'Erik. »

— Il n'y a rien à craindre de ces pierres, dit-il enfin.

— Vous êtes un Érudit, affirma-t-elle.

— Non, ma sorcière d'or, répondit-il en riant. Je suis un simple guerrier qui se bat avec ses propres moyens, y compris sa tête.

En entendant le mot « sorcière », Ambre voulut protester, avant de se rendre compte qu'il avait utilisé le terme avec affection, et non sur un ton accusateur. Lorsqu'elle vit que les yeux vifs de Duncan l'observaient d'un air amusé, elle se dit qu'elle aimait être sa « sorcière d'or ».

— C'est cela même, être Érudit, dit-elle d'un air absent. Utiliser sa tête.

— Dans ce cas, dit-il en regardant le cercle de pierres, j'ai dû apprendre pendant la croisade ce qu'un chien de chasse sait dès sa naissance. Le danger se sent et se ressent.

— Je pense qu'il y a plus que cela.

— Et je pense qu'il y a moins.

Duncan regarda Ambre du coin de l'œil. Elle l'observait de ses yeux dorés et lumineux, avec une intensité qui lui donna envie de la ravir à la fois tendrement et profondément.

— Venez, mon délice d'ambre.

— Ah, alors je ne suis plus une sorcière, mais un délice ! Vous devez être un Érudit !

Le sourire qu'il lui adressa était comme une caresse.

— Sorcière délicieuse, dit-il à voix basse. Asseyez-vous avec moi contre cette pierre, et nous discuterons de ce qui est Érudit et de ce qui relève du simple bon sens.

Un sourire aux lèvres, elle céda à son invitation et s'assit dans l'herbe à ses côtés. La pierre qu'il avait choisie pour les protéger du vent était plus grande qu'un homme. Sa surface avait été creusée par le temps et l'air salé. Dans les sillons aussi fins qu'une lame poussaient des jardins si minuscules que l'homme pouvait à peine voir la floraison de la mousse.

Pourtant tout fleurissait. Toutes sortes de plantes poussaient à la surface de la pierre, tissant un épais manteau aux couleurs éclatantes sur l'ancien monolithe.

Ambre toucha la mousse du bout des doigts avant de fermer les yeux et de s'adosser à la pierre en poussant un soupir.

— Combien de temps croyez-vous que les pierres aient ainsi attendu ? murmura-t-elle.

— Pas aussi longtemps que j'ai attendu pour faire cela.

Ambre rouvrit les yeux. Duncan était si proche d'elle qu'elle pouvait sentir la chaleur de son souffle et distinguer chaque éclat de couleur dans ses yeux noisette. Elle recula légèrement, désireuse de toucher la ligne bien dessinée de sa bouche sous sa moustache.

— Non, damoiselle, il n'y a rien à craindre.

— Je sais. Je voulais seulement vous toucher.

— Vraiment ? Comment cela ?

— Comme ceci.

Elle effleura sa lèvre supérieure du bout des doigts. Le frisson de plaisir qui le parcourut tandis qu'elle le touchait était une aussi belle récompense que la bouffée intime de son souffle caressant ses doigts.

— Vous aimez cela, dit-elle, ravie de cette découverte.

La respiration de Duncan s'accéléra lorsqu'elle le caressa de nouveau. Un feu brûlait doucement en lui.

— Oui, dit-il d'une voix rauque, j'aime cela. Et vous ?

— Si j'aime vous toucher ? Oui. Même un peu trop, j'en ai peur.

— Il n'y a pas de place pour la peur entre nous.

Le souffle de Duncan fut remplacé par la chaleur douce de sa bouche contre la sienne. Il perçut une certaine hésitation en elle.

Puis soudain, il sentit qu'elle cédait doucement, acceptant son baiser. Son cœur s'accéléra tandis que son corps tout entier s'embrasait.

Toutefois, malgré le feu qui s'éveillait en lui, il se contenta d'intensifier la pression de ses lèvres sur les siennes. Cela suffit à peine à ce qu'Ambre entrouvre les lèvres pour qu'il la caresse du bout de la langue. Mais c'était assez pour qu'elle soupire et qu'elle s'abandonne davantage à leur baiser. Il dessina de nouveau le contour de ses lèvres avec délicatesse.

— Duncan, murmura-t-elle, vous êtes…

Sa langue pénétra de nouveau sa bouche, plus profondément cette fois-ci.

Le souffle et les mots d'Ambre restèrent coincés dans sa gorge. La douce caresse que lui offrait Duncan était aussi délicate que les ailes d'un papillon. Si elle ne l'avait pas touché, elle aurait pu penser que tout son être était aussi délicat qu'un papillon.

Mais elle le touchait. Et elle sentait l'ardeur de son désir dévorant. Le contraste entre ses actes et ce besoin si intense aurait dû la terrifier.

Pourtant, au contraire, cela la charmait comme aucune caresse n'aurait pu le faire.

— Je suis vraiment en sécurité avec vous, chuchota-t-elle.

— Toujours, ma sorcière d'or. Je me couperais la main droite, celle qui manie l'épée, avant de vous faire du mal.

Lorsqu'il passa ses bras autour d'elle, elle ne se débattit pas. Il la souleva de terre et la déposa sur ses cuisses dans un mouvement lent qui était aussi une caresse, lui susurrant qu'il adorait sentir sa douce chaleur peser sur ses genoux.

— Ouvrez ma cape et posez vos mains à l'intérieur, dit-il doucement.

Elle hésita.

— Ne voulez-vous point partager ma chaleur ? demanda-t-il.

— J'ai peur de le faire.

Les cils de Duncan s'abaissèrent doucement. La tristesse qui l'envahit arracha un gémissement à Ambre.

— Vous ne me faites pas confiance, dit-il. Que vous ai-je fait par le passé pour que vous me craigniez autant aujourd'hui ? Vous ai-je prise de force ?

— Non, murmura-t-elle.

Puis, elle répéta ce mot, encore et encore, déchirée par l'incertitude et le chagrin de Duncan. Il se sentait profondément blessé qu'elle ne le croie pas lorsqu'il jurait qu'elle était en sécurité avec lui.

Et elle ne pouvait supporter de lui faire du mal.

Spontanément, elle glissa ses mains sous la cape de Duncan. Guidée par un besoin qu'elle ne pouvait cacher, elle se débattit avec le tissu jusqu'à ce qu'elle sente enfin la chaleur de sa peau nue sous sa main. Ce modeste accomplissement lui arracha un gémissement.

Perplexe, Duncan regarda les yeux clos d'Ambre et ses traits tendus tandis qu'elle faisait l'expérience de sa peau. Lorsqu'il prit conscience que le simple contact de sa peau nue lui procurait tant de plaisir, il fut à la fois bouleversé et furieusement excité.

— Ambre ?

— Oui, murmura-t-elle. C'est moi que je crains, pas vous.

Elle baissa la tête vers Duncan, jusqu'à ce que son souffle inonde ce que ses doigts caressaient.

— C'est moi…

Son murmure se mêla à la chaleur de sa bouche contre le cou de Duncan. Il se sentit submergé par un torrent de feu. Sentir la langue d'Ambre caresser sa peau… C'était si doux et si inattendu qu'il ne put s'empêcher de gémir.

— Chaque caresse que je vous donne, même la plus légère…, murmura-t-elle.

Sa langue l'effleurait aussi délicatement que celle d'un chat. Sous ses caresses, tout son corps se tendit.

— Vous voyez ? murmura-t-elle. Je vous touche, et vous brûlez. Je vous sens brûler et je brûle à mon tour. Puis, je vous touche encore, et les flammes redoublent d'intensité.

— Par tous les saints, dit-il d'une voix rauque, comprenant enfin pourquoi elle avait si peur. *Vous me désirez autant que je vous désire.*

Elle lui adressa un sourire doux-amer.

— Non, Duncan, soupira-t-elle. Je vous veux plus encore. Je ressens à la fois votre désir et le mien, conjoints.

— Est-ce pour cela que vous avez peur ?

— Oui. J'ai peur… de cela.

Elle toucha de nouveau sa chair du bout de la langue, savourant le goût et la chaleur de son corps, sa peau lisse, et plus que tout, le battement lourd et effréné de son sang juste sous sa peau.

— Ne craignez rien, dit Duncan d'une voix basse, presque âpre. Une telle passion est un don du ciel.

Elle rit tristement.

— Vraiment ? Est-ce un don, de voir le paradis de loin, et de savoir que vous ne devez jamais y entrer ?

Duncan glissa l'une de ses mains sous le capuchon d'Ambre. Ses doigts fouillèrent délicatement sa chevelure lâchement tressée. Puis, il la saisit fermement et lui releva la tête pour plonger son regard dans ses yeux dorés.

— Nous pouvons goûter au paradis sans faire de brèche dans ses portes de corail.

— Est-ce vraiment possible ?

— Oui.

— Comment ?

— Laissez-moi vous guider…

Duncan réduisit à néant la distance qui séparait leurs bouches. Les lèvres d'Ambre s'entrouvrirent au contact de sa langue. Elle s'abandonna de nouveau à la douceur délicieuse de leur baiser langoureux.

Puis, le mouvement de sa langue se fit plus ferme, plus insistant ; il s'emparait de toute sa bouche, cherchant à pénétrer l'obscurité chaude qui était à peine hors de sa portée.

— Que… ? commença Ambre.

Elle ne put jamais lui demander ce qu'il voulait, car sa langue se glissa entre ses dents, lui volant ses mots pour l'enflammer en retour.

Le va-et-vient rythmé de sa langue fit s'embraser en elle un feu inattendu. Pourtant, alors même que la chaleur commençait à se répandre en elle, elle s'évanouit aussitôt. Duncan avait retiré la douceur ferme et provocante de sa langue.

Le gémissement qui s'échappa de la gorge d'Ambre le frappa comme un fouet. Elle recherchait avidement à retrouver leur embrassade passionnée. Le feu embrasa ses reins. Il rit intérieurement et la serra contre lui, la rapprochant davantage de ce qui brûlait le plus en lui.

— Est-ce ce que vous cherchez ? demanda-t-il.

Sa langue surgit entre les dents d'Ambre alors qu'il faisait balancer ses hanches contre les siennes. L'appétit avec lequel elle lui répondit lui fit tourner la tête. Elle gémit de plaisir et se pressa plus près encore de l'ardeur fougueuse du corps de Duncan. Lorsqu'il voulut bouger pour atténuer les flammes dévorantes qui s'élevaient entre eux, elle passa ses bras autour de son cou et chercha sa langue de la sienne dans un duel sensuel que ni l'un ni l'autre ne pouvait perdre.

Sans libérer sa bouche, Duncan souleva Ambre et l'allongea délicatement sur l'herbe. Sous sa cape, il délaça son corsage d'une main. Puis, subitement, il tourna juste assez la tête pour attraper ses lèvres entre ses dents et les mordiller doucement et sensuellement.

Un feu mielleux se répandit en elle, lui arrachant un gémissement. Les dents de Duncan qui piquaient tendrement son cou envoyèrent davantage de chaleur à travers sa peau rougissante. Lorsqu'elle le sentit détacher ses bras de son cou, elle protesta.

— Je sais que nous devons nous arrêter, dit-elle, mais pas encore…

— Non, pas encore, confirma Duncan. Nous avons encore du chemin à faire avant de faire demi-tour devant l'ultime porte.

Il referma de nouveau sa bouche sur la sienne. Doucement, progressivement, tandis qu'il la caressait et la tourmentait de sa langue, lui promettant le paradis, il retira ses mains de son cou et les plaqua contre son propre corps.

Ambre ne comprit ce qu'il voulait que lorsqu'elle sentit la brise d'automne caresser sa poitrine nue. Il avait repoussé sa cape de chaque côté de son corps, et elle était nue jusqu'à la taille, les bras prisonniers de ses vêtements à moitié retirés.

Duncan ne la touchait plus. Il ne faisait que la regarder, les yeux incandescents. Elle était magnifique. Sa poitrine était belle, ni trop généreuse ni trop petite, chaude, tendue, et ses tétons étaient rosés, comme des boutons de roses sauvages. Il mourait d'envie de les prendre dans sa bouche, de les caresser de sa langue, de toucher la douceur laiteuse de sa poitrine avec ses dents.

Entre ses seins, la lumière dorée irradiait, captive de l'ambre éternel. Le pendentif scintillait et ondoyait avec éclat comme s'il contenait la vie même d'Ambre.

Il toucha le pendentif en silence. Puis, il suspendit son geste et admira simplement la beauté qui avait été dissimulée sous des couches de tissu.

— Duncan ? murmura-t-elle.

Elle plongea son regard dans le sien. Ce qu'elle y vit la fit trembler.

— Avez-vous froid ? demanda-t-il en la voyant frémir ainsi.

Ambre se mit à trembler de plus belle, car la voix de Duncan était aussi râpeuse que la langue d'un chat.

Elle voulait lui répondre, mais sa bouche était sèche, et son cœur battait à tout rompre. Sans le contact physique de Duncan lui insufflant son désir pour elle, son propre désir était étouffé par son malaise.

— Ne vous inquiétez pas, ma sorcière d'or, dit-il d'une voix rauque en se penchant sur elle. Je vais vous réchauffer.

L'incandescence de ses mains et de sa bouche sur ses seins était à la fois inattendue et terriblement excitante. Lorsqu'il embrassa un téton, puis l'autre, ils durcirent comme par magie. Sa moustache caressait sa peau sensible tandis que sa langue parcourait sa peau doucement, passionnément.

Le feu se répandit en elle, embrasant des parties de son corps qu'elle ne soupçonnait pas jusqu'alors.

Jusqu'à ce que Duncan la touche. Et qu'elle s'embrase.

Lorsqu'il releva la tête, la brise automnale trouva le corps brûlant d'Ambre. Il sourit en voyant ses tétons durcir davantage. Il pinça du bout des doigts la pointe rose de ses seins, la faisant rouler doucement entre ses doigts, pressant sensuellement la chair avide de son toucher. Lorsque la chaleur s'épanouit davantage sous la peau laiteuse d'Ambre, il eut l'impression de se trouver au-dessus d'un brasier.

— Comment ai-je pu oublier votre réaction à mon toucher? se demanda-t-il. Dieu doit ressentir la même chose lorsqu'il amène le soleil à se lever.

— Nous n'avons jamais…

— Non, l'interrompit-il avec douceur. Vous ne voleriez pas si haut, si vite, sauf si, comme moi, vous connaissez l'issue de cette quête.

Ambre secoua la tête. C'était la seule réponse dont elle était capable, car la passion lui avait volé sa voix.

— Ne craignez pas la vérité, précieuse Ambre. Votre réaction est un don plus grand encore que toute retenue virginale.

Elle tenta de répondre, mais tout ce qui sortit de sa bouche fut un gémissement irrégulier. La passion qu'elle ressentait aurait dû la terrifier. Toutefois, lorsqu'il la touchait, la défiance virginale et la prudence Érudite qu'elle avait toujours observées étaient réduites en cendres par le feu dévorant du désir de Duncan.

Et par le sien. Par leurs désirs conjoints.

Lorsqu'il se pencha de nouveau pour prendre dans sa bouche l'un de ses seins brûlants de désir, elle poussa un nouveau gémissement. Puis, lentement, il traça le contour de son téton du bout de la langue… Un éclair tendre la transperça, embrasant son corps de ses seins à ses hanches. Elle s'abandonna totalement à son plaisir, et son dos se cambra, jusqu'à ce que les pans de sa cape entravent ses mouvements.

Duncan releva la tête, à contrecœur, se demandant si l'intimité avide de sa caresse l'avait effrayée.

— Ne vous débattez pas, dit-il tendrement. Je ne vous ferai pas de mal.

— Je sais. Mais je ne peux pas…

Elle poussa un cri de frustration en agitant les bras. Mais elle ne réussit qu'à les entraver davantage contre son corps.

— Que ne pouvez-vous faire ? demanda Duncan.

L'ondulation de la poitrine d'Ambre faisait monter une chaleur sensuelle en lui. Il l'imagina se cambrer ainsi sous son torse alors qu'il était nu entre ses jambes… Il était à la limite de craquer.

— Je ne peux vous toucher si je suis ainsi empêtrée dans mes vêtements, dit-elle.

Il serra la mâchoire pour résister à la tentation qu'elle offrait.

— C'est peut-être aussi bien ainsi, dit-il, le souffle court.

— Ne voulez-vous pas que je vous touche ?

Il sourit en voyant la confusion dans les yeux d'Ambre, bien que l'envie de sentir ses mains sur son corps s'imposait comme une nécessité si grande qu'elle était indiscernable de la douleur.

— Si, grogna Duncan en caressant l'un de ses tétons tendus de sa moustache. Oui, oui, oui et mille fois plus !

Ambre poussa un cri, qui aurait pu être aussi bien un cri de plaisir que de peur. Elle-même l'ignorait. Elle n'avait jamais rien ressenti d'aussi fort que cette alliance entre sa sensualité inexpérimentée, le besoin torrentiel de Duncan et la retenue farouche qu'il exerçait sur sa propre passion.

— Mais si vous me touchez..., dit-il d'une voix rauque.

Ses mots se perdirent dans l'harmonie de gémissements qu'il tira à Ambre en mordant son téton avec une délicatesse exquise. Il se tourna vers l'autre sein en souriant et répéta sa caresse primitive.

— Si vous me touchez, murmura-t-il en savourant la réaction effrénée d'Ambre à son toucher, je ne suis pas sûr de rester maître de moi-même.

Au plus profond de lui, Duncan doutait de plus en plus. Sa retenue était-elle aussi grande que la réponse douce et abandonnée d'Ambre ? Jamais il n'avait imaginé qu'une femme puisse le désirer autant, si profondément, sans timidité ni préméditation.

— Mon sombre guerrier, dit-elle, jamais vous ne romprez votre serment envers moi.

La certitude de sa voix se reflétait dans la clarté du regard qui le fixait. Duncan vit son sombre reflet dans les profondeurs lumineuses de ses yeux, où il décelait également la confiance totale qu'Ambre avait en lui.

— Vous m'humiliez.

— Alors ne m'élevez pas si haut, murmura-t-elle en souriant.

— Dois-je libérer vos bras ?

Ambre savait qu'elle pourrait se libérer seule, avec un peu de patience. Mais elle voulait que ce soit lui qui la libère. Elle voulait qu'il comprenne à quel point elle lui faisait confiance, tout comme elle comprenait l'intensité de sa promesse de ne pas la prendre.

C'était un homme d'honneur. L'honneur était au cœur même de sa fierté et de sa force. L'honneur était ce qui avait fait de lui l'homme qu'il était.

— Oui, murmura-t-elle. Libérez-moi.

Pourtant, Duncan hésitait encore.

— Je promets de ne pas être trop effrontée, dit Ambre en essayant vainement de cacher son sourire.

Le sourire que Duncan lui adressa était digne de faire sortir la lune en plein jour.

— Ce serait très décevant, douce sorcière…

Lentement, Duncan baissa la tête sur les seins d'Ambre, la tourmentant de la chaleur de son souffle tandis qu'il la taquinait en effleurant tendrement sa peau de sa moustache et de sa langue. Il fut récompensé par une série de gémissements et de soupirs tandis qu'elle se tordait dans le tissu qui retenait ses bras.

— Vous me tentez, dit Duncan.

— Et vous me tourmentez.

— Suis-je un doux tourment ?

Il prit l'un de ses seins au creux de sa main et le caressa doucement, titillant son téton durci du bout des doigts.

— Oui, dit-elle. Très doux.

— Pas aussi doux que ces boutons roses…

Ambre avait le souffle court. Elle sentait la passion se répandre en lui au rythme de pulsations brûlantes tandis qu'il contemplait ses doigts posés sur sa poitrine.

— Ni aussi doux que les gémissements que vous poussez lorsque je vous embrasse, ajouta-t-il en se penchant de nouveau sur elle.

— Mes bras…, commença-t-elle.

Mais elle ne put en dire davantage : l'avant-bras puissant de Duncan se glissait sous son épaule pour la relever vers lui tandis qu'il attrapait avidement sa poitrine nue dans sa bouche. Elle ne put retenir un nouveau gémissement de plaisir et elle s'abandonna à ses caresses pleinement, ne retenant rien de sa réaction.

Ce ne fut que lorsque Duncan lui releva la tête qu'elle se rendit compte qu'il avait totalement défait les lacets de son corsage. Il s'assit et retira une à une les manches d'Ambre, avant de faire glisser le tissu sur son corps, révélant ainsi sa peau laiteuse et les lignes courbes de sa poitrine.

Bien que Duncan ait envie de la déshabiller davantage, plus encore qu'il n'avait besoin de l'air pour respirer, il força ses mains à s'arrêter à sa taille. Il pétrit doucement et avidement sa chair souple.

Mais cela ne leur suffisait pas. Dans un mouvement rapide et gracieux, Ambre s'assit. La bouffée d'air la fit trembler. Instinctivement, elle rabattit sa cape sur ses épaules pour se couvrir tout en attrapant les lacets de la chemise de Duncan.

— Soyez comme je suis, dit-elle. Nu sous votre cape.

— Et si j'ai froid? demanda-t-il en souriant légèrement.

— Je vous réchaufferai, bien sûr.

Le sourire de Duncan s'élargit. Il enleva sa cape. Sa chemise suivit rapidement. Avec un soin lent qui était à la fois un supplice et un plaisir, Ambre lui remit sa cape sur les épaules et l'attacha.

Le talisman d'ambre qu'il portait scintillait d'une lueur étrange, comme rempli de l'immense vitalité de Duncan. Elle baissa la tête et apposa ses lèvres sur l'antique talisman avec un enthousiasme silencieux.

Ce ne fut qu'alors qu'elle céda à la tentation qui la hantait, passant ses doigts dans les poils noirs de son torse. Les yeux fermés, un sourire aux lèvres, pétrissant son torse comme le ferait un chat content, elle tâtait sa chair musclée de ses ongles, telles des pattes dont les griffes seraient rentrées.

— J'aime votre contact sous mes doigts, dit-elle d'une voix douce. Quand vous dormiez, j'ai passé des heures à faire pénétrer des huiles d'ambre dans votre peau pour éloigner la fièvre.

— Cela a-t-il fonctionné?

— Bien sûr. L'ambre est connu pour sa capacité à retirer le feu du corps.

— Cela ne marcherait pas maintenant.

— Pourquoi cela?

— Vos mains me donnent la fièvre.

Elle n'en doutait pas. Elle sentait la chaleur passionnée émaner de son corps.

Et si cela ne suffisait pas, la véracité de ses mots se déversait en elle par l'intermédiaire de leur contact.

— C'est comme se baigner dans un feu magique, murmura-t-elle.

— Quoi donc ?

— Vous toucher. Sentir votre passion.

Le sourire qu'il lui adressa était féroce, mais elle ne s'en souciait pas. Elle sentait la vérité en lui, et cette vérité était sa retenue. Il avait donné sa parole, et il mourrait avant de se parjurer.

— Mais je dois vous confesser quelque chose, chuchota-t-elle.

— Pourquoi ? Ressemblerais-je à un prêtre ?

Ambre rit.

— Non. Vous ressemblez à ce que vous êtes. Un guerrier féroce et sensuel.

— Alors pourquoi vous confesser à moi ?

— Parce que je ne prends conscience que maintenant que je vous ai enduit d'huile très longtemps. J'ai continué bien après que les risques de fièvre furent passés.

Duncan retint son souffle.

— Vraiment ?

— Oui, admit-elle.

— Pourquoi ?

— Pour le plaisir interdit de vous toucher.

Ambre caressa l'un des tétons de Duncan du bout des doigts. L'accès brusque de plaisir qui le parcourut était aussi clair pour elle qu'un cri. Ses doigts le caressèrent, s'attardèrent et le taquinèrent avec une habileté qui dépassait de loin son expérience en la matière. La réaction de Duncan lui servait de guide sensuel.

— Mais me toucher n'est pas interdit maintenant ? demanda Duncan presque brutalement.

— Non. C'est idiot, murmura Ambre, mais pas interdit.

— Pourquoi cela ?

Elle baissa la tête et embrassa un téton, puis l'autre. Quand elle passa lentement sa langue sur lui, tout son corps se tendit sous un flot de plaisir, presque violent.

— Parce que vous m'avez promis que je serais en sécurité avec vous ici, murmura-t-elle.

— Aujourd'hui, dit-il, doutant de pouvoir encore résister à la tentation.

— Oui, aujourd'hui, maintenant, dit-elle, en ce lieu où les pierres antiques surplombent la mer.

Duncan encadra le visage d'Ambre de ses mains, puis il s'empara de sa bouche avec un appétit qu'il n'avait jamais ressenti auparavant. Le baiser était profond et puissant, rythmé par la pression de l'union qu'il ne permettrait pas, car il avait donné sa parole.

Ambre céda sous ses baisers et prit sa bouche, fière de sentir contre elle la chaleur et la force de l'homme qui l'étreignait. Elle enfonçait ses ongles dans sa peau, et cela le faisait grogner de plaisir. Elle entendait sa passion, la sentait, la goûtait… Elle griffa de nouveau son dos lentement.

— Vous allez me rendre fou, dit Duncan contre sa bouche.

— Je ressens moi aussi cette folie, admit-elle, mais c'est de votre fait.

Il mordit sa lèvre avec une attention sauvage.

— À quel point ressentez-vous cette folie ? demanda-t-il. Assez pour être nue sous mes yeux et sous mes mains ? Assez pour me laisser vous caresser davantage ?

Elle sentait la violence du désir de Duncan le parcourir alors qu'il parlait. Il voulait tant qu'elle dise oui qu'il en tremblait.

Elle savait cela, le touchait et lui faisait confiance… Il lui était impossible de dire non.

— Oui, murmura-t-elle.

Duncan resserra ses bras autour d'elle, si fort qu'elle pouvait à peine respirer. Puis, lentement, il la repoussa jusqu'à ce qu'elle soit de nouveau allongée sur le sol. Sa cape tomba, révélant ses courbes pâles et les boutons roses que sa bouche avait durcis.

— Levez vos hanches.

La voix de Duncan était méconnaissable. L'excitation qui bouillonnait en lui tandis qu'il regardait son corps à demi nu était si intense qu'elle la submergeait presque. Elle pouvait à peine parler, et encore moins bouger.

Elle n'avait aucune idée de ce qu'il allait faire ensuite. Elle savait seulement que l'attente ne faisait qu'embraser davantage le feu de sa passion.

— Duncan ? murmura-t-elle.

— Soulevez-vous, dit-il. Laissez-moi voir la fleur dont j'ai sottement juré ne pas prendre le cœur. Aujourd'hui.

Tremblant d'émotions contradictoires, Ambre fit ce qu'il demandait. Lorsqu'elle leva ses hanches, les vêtements glissèrent le long de son corps, tirés par les mains impatientes de Duncan. Lorsqu'il eut fini, elle était presque entièrement nue, à l'exception de sa cape et de ses bas blancs. C'était à la fois choquant et érotique.

— Vous êtes d'une beauté indicible, fit Duncan d'une voix rauque.

Il ne la touchait plus. Elle se sentait vulnérable soudain, timide, mal à l'aise qu'il la voie ainsi. Elle tira sur elle un pan de cape pour se couvrir. Lorsqu'il tendit la main pour la découvrir, elle résista.

— Ne soyez pas timide, dit-il. Vous êtes plus belle que n'importe quelle fleur dans le jardin d'un sultan.

Tout en parlant, il avait glissé une main sous sa cape.

À l'instant même où il la toucha, elle sentit son désir l'envahir. C'était comme être ravie par un éclair doux et violent à la fois.

Les doigts largement écartés, il laissa glisser sa main jusqu'à son bas-ventre et passa sa ceinture pelvienne, la main tremblante de passion et de retenue. Puis, il fit pivoter son poignet, et son petit doigt pénétra la chaleur soyeuse de ses poils pubiens pour trouver, en dessous, une chair encore plus douce, plus chaude.

Cette caresse inattendue déclencha instantanément une cascade de chaleur en elle. Le son irrégulier de sa respiration fit sourire Duncan. Voir ses pupilles s'assombrir et se dilater en réponse passionnée à sa caresse fit battre son sang plus fort, et il sentit la chaleur s'intensifier entre ses cuisses, jusqu'à ce que sa chair tendue sursaute à chaque battement de son cœur.

La sensation des pétales fermes et sensuels qui effleuraient son doigt le tentait impitoyablement. Il regrettait à chacun de ses souffles le serment qu'il avait prêté.

Il bougea de nouveau la main. Tendrement, avec insistance, les yeux dans ceux d'Ambre, il la caressa.

— Duncan, dit-elle. Que…

Mais elle ne put prononcer d'autre mot. Duncan avait découvert le nœud lisse et sensuel qui était jusqu'alors protégé par ses pétales fermés. Un cri de surprise lui échappa tandis que la jouissance, idyllique, l'envahissait.

Comme s'il avait senti son plaisir aussi clairement qu'elle, Duncan poussa un râle. Son doigt titilla de nouveau le nœud sensible, causant un autre frisson à Ambre, puis un autre. Chaque fois qu'il la caressait, la chaleur frémissante et sensuelle de sa réaction lui léchait les doigts.

Malgré cela, lorsqu'il essaya de glisser ses doigts entre ses pétales lisses, il ne put, car elle gardait les jambes trop serrées.

— Je ne vous forcerai pas, dit-il doucement, mais je mourrai si je ne peux vous toucher. Ouvrez-moi votre donjon. Je serai un invité très doux.

— Je ne devrais pas. Nous ne devrions pas. C'est trop vous demander, dit-elle. Venir si près sans me prendre…

— Si, demandez-le-moi. S'il vous plaît.

— Mais j'ai peur.

Duncan laissa échapper un petit rire en l'effleurant de nouveau, ce qui eut pour effet de lui donner une nouvelle vague de plaisir.

— Non, ma sorcière d'or. Ce n'est pas la peur que je sens sur mes doigts. C'est la passion, chaude, douce et pure.

Ses doigts s'enfoncèrent en elle, et le plaisir déferla sans prévenir. Elle sentit ses hanches se soulever de manière frénétique tandis que la main de Duncan continuait son mouvement entre ses cuisses. Un éclair sensuel la frappa. Une autre caresse, un autre mouvement pressant et une autre réaction enflammée.

— Mon Dieu, murmura-t-elle.

Duncan voulait crier son triomphe. Il la caressait, et le plaisir déferlait visiblement en elle avec puissance. Elle poussa un soupir, le souffle court, et ferma les yeux pour s'abandonner davantage à ses caresses tandis que ses pétales ardents s'ouvraient à son contact.

Lorsque Duncan écarta le pan de cape qui la couvrait toujours jusqu'alors, elle n'en eut cure. Tout ce qui comptait pour elle était que le doux supplice continue. Lorsqu'il lui écarta les jambes, elle lui donna ce qu'il voulait, s'ouvrant à lui pour qu'il puisse la toucher comme il l'entendait.

Il effleura délibérément du bout des doigts les pétales qui s'ouvraient lentement à lui. Il la caressa dans un silence tendu, intensifié par le son rapide et brisé de sa respiration. Elle ne ressentait plus la passion qu'il retenait tant la sienne la submergeait.

Soudain, sans prévenir, l'extase jaillit, ravissant la raison d'Ambre. Son gémissement tremblant et la puissance chaude et frénétique de sa réaction indiqua à Duncan combien elle avait aimé ses caresses.

Malgré la poussée sauvage de son propre besoin inassouvi, il sourit. Même une fois que les derniers frissons de plaisir eurent quitté le corps d'Ambre, il ne put se résoudre à arrêter de toucher la fleur sensuelle qu'il avait cajolée jusqu'à ce qu'elle s'ouvre.

Mais il savait qu'il devait cesser.

S'il continuait à la caresser, il aurait aussi bien pu jeter son serment aux vents marins et enfoncer sa chair avide en elle, à l'endroit si prêt à le recevoir. Avec difficulté, il se força à relâcher la tendre fleur.

Mais même alors, il ne pouvait se résoudre à s'écarter complètement. Sa main resta entre les jambes d'Ambre, assez proche pour sentir sa chaleur, mais sans la toucher.

Ambre ouvrit les yeux. Elle savait qu'elle était nue et que la main de Duncan était posée intimement entre ses jambes. Elle rougit et se saisit de sa cape pour se recouvrir.

— Non, dit-il d'une voix rauque. Ne vous cachez pas. Vous êtes encore plus belle, maintenant que vous êtes épanouie, que vous ne l'étiez quand vous n'étiez pas ouverte.

Tandis qu'il parlait, il parcourait du bout des doigts sa chair encore sensible. Elle gémit sous la violence de son désir, et sa retenue se déversa en elle, la faisant trembler.

— Cela ne suffit pas, dit-elle. Vous souffrez.

— Oui. Et ceci, dit-il en la caressant doucement, est le sel dans la blessure à vif de mon désir.

Sur ces mots, il ferma les yeux.

Dans le silence s'éleva un bruissement, un murmure, le chuchotement du vent, de l'herbe, et la voix distante de l'hiver. Le son s'intensifia jusqu'à devenir plus grand que le souffle de Duncan et de son corps douloureusement retenu.

Ambre enregistra vaguement le son grandissant du marais, mais elle l'ignora. Duncan était tout ce qui comptait.

Et elle l'avait blessé sans même savoir ce qu'elle avait fait.

— Duncan, dit-elle d'une voix enrouée.

Lorsque les doigts d'Ambre touchèrent sa chair nue, il tressaillit comme si elle l'avait fouetté.

— Non, dit-il d'une voix brute. Ne me touchez pas.

— Je veux vous soulager.

— Rompre mon serment ne me soulagera pas.

Ambre prit une profonde respiration. Ce qu'elle était sur le point de faire était dangereux, deux parties de la prophétie allaient être exaucées. Mais elle ne pouvait supporter plus longtemps la douleur de Duncan. Alors qu'elle avait en elle le moyen de la bannir.

— Je vous libère de votre serment, murmura-t-elle.

Duncan bondit sur ses pieds.

— Ne me tentez pas, sorcière d'or. Je porte déjà le parfum de votre passion. C'est comme respirer du feu. Je ne peux prendre plus.

Le silence qui suivit les mots de Duncan était rempli de bruissements et de murmures lointains, de cris étranges qui enflèrent jusqu'à devenir une vague de sons s'abattant sur le marais. L'air siffla sous les bruissements d'ailes des oies sauvages qui descendaient sur l'eau stagnante, leurs corps sombres contre le soleil couchant, leurs cris retentissant dans le soir d'automne, pestant contre l'hiver prématuré.

La mort inéluctablement viendra frapper.

La mort inéluctablement.

La mort.

Viendra frapper.

Inéluctablement.

Ambre plaqua ses mains sur ses oreilles pour ne pas entendre le murmure d'une prophétie qui se réalisait.

9

Erik attendait Ambre et Duncan, assis dans une chaise en chêne dont l'assise était amollie par un coussin. Malgré les tapisseries luxurieuses au mur et le feu ronflant dans l'âtre, le hall de Sea Home était froid. À chaque rafale de vent, un air glacial pénétrait par des fissures dans les murs de bois pourtant épais du château, et les tapisseries remuaient. Bien que des cloisons de bois gravé fussent placées de façon à ce que les courants d'air ne passent pas la porte d'entrée, les flammes des torches vacillaient chaque fois que l'on ouvrait la porte, comme à l'instant.

Au centre de la pièce, le feu se tordit et vacilla violemment dans le courant d'air. La danse des flammes se refléta dans les yeux des chiens-loups couchés aux pieds d'Erik, dans le regard impassible du faucon pèlerin perché au-dessus du siège en chêne, dans les propres yeux d'Erik… et dans l'antique poignard qu'il faisait lentement tourner entre ses mains.

Une barre retomba avec un bruit sourd lorsqu'on referma la porte principale. Les flammes bondissantes retrouvèrent leur taille normale. Des bruits de pas rapides se mêlèrent à la voix précipitée d'Alfred tandis que le chevalier pénétrait dans le grand hall.

Sans un mot, Erik fixa les trois personnes qui étaient arrivées au château à peine avant le coucher du soleil. Egbert avait l'air penaud. Ambre semblait rouge, et pas seulement à cause du vent froid qui s'était levé. Duncan se montrait à la hauteur du nom qu'Ambre lui avait donné — il ressemblait à un sombre guerrier.

Dans le silence qui s'étendit encore et encore, Erik les observa, ignorant totalement Alfred. Contrairement à ses bonnes manières habituelles, il n'invita personne à s'asseoir sur les chaises qu'on avait tirées près du feu pour se réchauffer et se mettre à l'aise.

Pour Ambre, il était clair que le calme d'Erik ne tenait qu'à un fil.

— Vous semblez avoir ramené l'hiver avec vous, dit-il.

Malgré sa colère presque tangible, son ton était léger. Le contraste entre sa voix douce et le poignard qui brillait avec malice dans ses mains était alarmant.

— Les oies, dit Ambre. Elles viennent d'arriver à Whispering Fen.

Cette nouvelle n'adoucit en rien l'expression d'Erik. Mais son ton resta égal, calme et plat.

— Ahhh. Les oies, murmura-t-il. Cassandra sera contente.

— D'avoir un hiver si précoce ? demanda Duncan.

— Cela doit être rassurant de savoir que ses prédictions se révèlent vraies, dit Erik sans détacher ses yeux d'Ambre, alors que les simples mortels dépendent de choses bien plus fragiles, comme l'honneur et la confiance.

Le sang quitta le visage d'Ambre. Elle avait connu Erik toute sa vie, mais c'était la première fois qu'elle le voyait ainsi. Elle avait déjà vu sa colère, oui, car il avait un tempérament très fort. Elle avait déjà vu sa rage.

Mais jamais elle n'avait été dirigée vers elle.

Et jamais aussi froidement.

— Vous pouvez vous retirer maintenant, Alfred, dit-il.

— Merci, monsieur.

Alfred disparut avec l'empressement d'un homme qui fuit les démons.

— Egbert.

La voix d'Erik était aussi sèche qu'un coup de fouet. Le garçon sursauta.

— Oui, monsieur ? demanda-t-il en toute hâte.

— Puisque vous avez dormi tout l'après-midi, vous serez de garde ce soir. Allez-y. Tout de suite.

— Bien, monsieur.

Egbert partit à une vitesse impressionnante.

— Je crois, dit Erik d'un air pensif, que je n'avais jamais vu ce garçon aller aussi vite.

Ambre émit un son qui aurait pu dire beaucoup de choses, ou rien du tout. Elle assimilait toujours le fait qu'Erik savait qu'Egbert avait dormi la plupart du temps.

Savait-il également que Duncan et elle étaient partis seuls ?

— Il vous craint, dit-elle.

— Alors, il est plus malin que je ne le pensais. Plus malin que vous, certainement.

Ambre tressaillit.

Duncan fit un pas en avant, mais elle le retint par le poignet dans une supplique silencieuse.

— Comment était votre balade ? demanda Erik d'une voix mielleuse. Il ne faisait pas trop froid ?

— Pas au début, dit Duncan.

— Il faisait très beau, ajouta Ambre.

— Et comment était-ce, dans votre lieu spécial, jeune Érudite ? Était-ce aussi beau ?

— Comment le savez-vous ? demanda-t-elle d'une voix tendue.

Le sourire qu'Erik lui adressa était celui du loup prêt à bondir sur sa proie.

Subitement, Duncan aurait voulu porter une épée ou avoir le fléau sur lui. Mais il n'avait aucune arme. Il avait seulement la certitude qu'Erik, malgré tout son charme et sa dérision, pouvait être un ennemi mortel.

Avec des mouvements prudents, il retira sa cape et la posa sur une table d'appoint pour qu'elle sèche.

— Puis-je ? demanda-t-il en tendant la main vers la cape d'Ambre.

— Non, je… C'est… J'ai…

— Peur que le lacet de votre corsage ne soit pas noué ? finit Erik doucereusement.

Elle le regarda, effrayée.

L'expression que prit le visage d'Erik ne la rassura pas. Il était d'humeur massacrante.

— Quoi, vous ne clamez pas votre innocence ? demanda-t-il d'une voix douce. Vous ne me garantissez pas ne pas avoir laissé Egbert dormir seul dans un champ avec deux chevaux en train de paître ?

— Nous…, commença Ambre, mais la voix d'Erik couvrit la sienne.

— Vous ne clamez pas que l'honneur est sauf, la confiance inviolée, tout comme votre hymen ? Vous ne rougissez…

— Non, ce n'est pas…

— Ni ne plaidez en bégayant que…

— *Assez.*

La promesse catégorique de violence dans la voix de Duncan surprit Ambre.

Les chiens d'Erik se levèrent soudain en grondant, les poils hérissés. Le bec crochu du faucon s'ouvrit sur un cri aigu et sauvage. Involontairement, Ambre enfonça ses ongles dans le poignet de Duncan.

— Cessez de la harceler, dit Duncan en ignorant les animaux menaçants.

Il ouvrit la bouche pour ajouter que parler d'Ambre comme si elle était vierge était ridicule, et que personne ne le savait mieux que lui. Mais un regard vers les yeux sauvages d'Erik, pareils à ceux d'un loup, le persuada de faire attention à sa façon de formuler la vérité.

— L'hymen d'Ambre est aussi intact que ce matin, dit-il simplement. Vous avez ma parole.

Dans un silence intensifié par le craquement du feu, Erik tourna et retourna le poignard dans sa main tout en étudiant le guerrier qui se tenait face à lui, prêt à se battre.

Oui, il était même impatient de se battre.

Soudain, Erik comprit. Il rejeta la tête en arrière et rit comme un diable.

Les chiens grattèrent leur collier, s'étirèrent et s'étalèrent de nouveau au sol, leurs yeux jaunes reflétant le feu. Un doux sifflement d'Erik calma l'ire du faucon.

Lorsque le calme fut revenu, il adressa à Duncan un regard de solidarité masculine.

— Je vous crois, dit-il.

Duncan hocha brusquement la tête.

— Vous n'avez pas l'air d'un homme qui a passé l'après-midi entre les douces jambes d'une femme, ajouta Erik.

Duncan jura dans son souffle.

— Venez près du feu, guerrier, dit Erik, luttant pour ne pas révéler le sourire qui grandissait sous sa barbe. Vous devez être aussi raide qu'une épée froide. Où bien est-ce la seule partie de vous qui soit encore chaude ?

— Erik ! s'écria Ambre, gênée.

Il regarda ses joues rouges et sourit d'un air à la fois affectueux et amusé.

— Petite Érudite innocente, dit-il avec douceur. Il n'y a personne dans ce château qui ne sache pas où regarde Duncan… et qui le regarde en retour.

Ambre porta ses mains sur ses joues chaudes.

— C'est même source de pari entre les hommes.

— Quoi donc ? demanda-t-elle d'une petite voix.

— Qui de vous ou de lui craquera le premier.

— Ce ne sera pas Duncan.

Ambre ne comprit pas tout de suite ce que l'acidité de sa voix avait révélé.

Erik, lui, comprit immédiatement. Duncan aussi. Tandis qu'Erik cédait au rire, Duncan rejoignit Ambre et cacha ses joues enflammées contre son torse.

Les sentiments contradictoires que le contact de Duncan révéla — désir, repentance, rire — furent étrangement réconfortants pour Ambre. Mais rien n'était plus rassurant que de savoir que Duncan acceptait toujours son contact.

Sur le chemin qui les ramenait à Sea Home, il avait tout fait pour éviter de la toucher.

Elle soupira et s'appuya contre lui. En silence, elle but le vin enivrant de sa présence, le laissant chasser le froid qui l'avait envahie quand elle avait entendu les oies descendre sur le marais.

— Touchant, dit sèchement Erik. Vraiment touchant.

— Arrêtez, rétorqua Duncan.

— Je suppose que c'est ce que je devrais faire, mais je ne m'étais pas autant amusé depuis que vous m'avez accusé de vouloir garder Ambre pour moi.

Elle releva brusquement la tête vers Duncan, étonnée.

— Vous n'avez pas fait cela, dit-elle.

— Mais si, il l'a fait, répondit Erik.

Elle fit un bruit bizarre.

— Vous riez ? demanda Erik.

— Hum.

Il la regarda d'un air sévère.

— Vous pensez donc que c'est si impossible qu'une jeune femme soit attirée par moi ? demanda-t-il, offensé.

— Non, s'empressa-t-elle de répondre.

Il parut surpris.

Après un instant, elle releva la tête vers l'homme qui la tenait si tendrement dans ses bras.

— Mais, ajouta-t-elle, il est absurde de penser que cette jeune femme laisserait un homme la toucher, à l'exception d'un seul.

— Duncan, dit Erik.

— Oui. Duncan.

— On doit s'y attendre entre un homme et sa promise, dit-il.

Ambre et Duncan tournèrent simultanément la tête pour fixer Erik.

— Ma promise ? demanda Duncan avec précaution.

— Bien sûr, dit Erik. Nous annoncerons vos fiançailles demain. Ou bien pensiez-vous séduire Ambre sans considération pour son honneur ? Ou le mien ?

— Je vous l'ai dit. Je ne peux demander la main d'Ambre avant d'avoir retrouvé la mémoire.

— Mais vous pouvez prendre le reste, c'est cela ?

Le visage de Duncan s'assombrit.

— On murmure dans le château, dit Erik. Bientôt, tout le monde parlera ouvertement de l'idiote qui partage la couche d'un homme qui n'a nulle intention de…

— Elle n'a pas…, commença Duncan.

— C'est assez, coupa Erik. Il est aussi certain que cela arrivera que le feu brûle ! La passion qui existe entre vous est si forte que tous la devinent. Je n'ai jamais rien vu de tel de toute ma vie.

Le silence fut la seule réponse de Duncan.

— Le niez-vous ? le défia Erik.

Duncan ferma les yeux.

— Non, dit-il.

Erik se tourna vers Ambre.

— Je n'ai pas besoin de vous demander quels sont vos sentiments. On dirait que vous êtes une gemme illuminée de l'intérieur. Vous brûlez.

— Est-ce si terrible ? demanda-t-elle douloureusement. Devrais-je avoir honte d'avoir trouvé ce que toute autre femme considère comme acquis ?

— Le désir sexuel, dit crûment Erik.

— Non ! Le plaisir profond de toucher quelqu'un sans ressentir de douleur.

Sous le choc, Duncan la regarda. Il commença à lui demander ce qu'elle voulait dire, mais elle se remit à parler. Ses mots étaient pressants, conduits par la tension qui vibrait en elle.

— La passion est certes présente, dit-elle. Mais seulement en partie. Il y a aussi la paix. Le rire. Il y a… la joie.

— Il y a aussi la prophétie, riposta Erik. Vous vous en souvenez ?

— Mieux que vous. Je me rappelle que la prophétie dit qu'il *pourrait* me réclamer, non qu'il le *fera*.

— De quoi parlez-vous ? demanda Duncan.

— Du cœur, du corps et de l'âme d'une femme, dit Erik. Et de la catastrophe qui adviendra...

— *Pourrait* advenir, l'interrompit vivement Ambre.

— Si elle est assez idiote pour offrir les trois à un homme sans nom, finit Erik avec froideur.

— Cela ne veut rien dire, dit Duncan.

Le sourire d'Erik était aussi sauvage que le jaune de ses yeux.

— Vous êtes-vous souvenu de davantage de votre passé ? demanda-t-il brusquement à Duncan.

— Rien d'utile.

— Êtes-vous le mieux placé pour en juger ? Vous qui n'avez ni nom ni mémoire ?

Duncan pinça les lèvres et ne dit rien.

— Pour l'amour de Dieu, siffla Erik.

Il y eut un silence tendu un instant.

— De quoi vous êtes-vous souvenu, utile ou pas ? s'enquit Erik.

— Vous l'avez entendu avant que je ne combatte Simon.

— Redites-moi.

— Des yeux verts, dit-il sèchement. Un sourire. Un parfum d'épices et d'herbes. Des cheveux rouges comme des flammes. Un baiser et le vœu que Dieu soit avec moi.

Erik jeta un coup d'œil à Ambre, qui se tenait toujours contre Duncan.

Et le touchait.

— Ah, oui, dit-il. La sorcière druidique qui vous a jeté un sort.

— Non, dit instantanément Duncan. Elle ne m'a pas jeté de sort.

— Vous semblez sûr de vous.

— Je le suis.

— Ambre ? demanda doucement Erik.

— Il vous dit la vérité.

Duncan sourit légèrement en repoussant une mèche de cheveux qui tombait devant le visage d'Ambre.

— Il est doux d'être supporté par vous, dit-il en lui souriant. Votre foi en mon honnêteté est salutaire.

— Ce qu'elle a est plus certain que la foi, dit Erik d'un ton catégorique. Voir la vérité par le toucher est le don d'Ambre.

— Et ma malédiction, murmura-t-elle.

— Que voulez-vous dire ? demanda Duncan.

— Exactement ce que j'ai dit, rétorqua Erik. Si j'interroge un homme quand Ambre le touche, la vérité lui apparaît clairement malgré les mensonges qu'il pourrait raconter.

Duncan écarquilla les yeux, puis il les plissa, l'air pensif.

— Un don utile.

— C'est une épée à double tranchant, intervint Ambre. Toucher les gens m'est… pénible.

— Pourquoi ?

— Pourquoi la lune brille-t-elle moins que le soleil ? demanda-t-elle d'un ton amer. Pourquoi le chêne est-il plus puissant que le bouleau ? Pourquoi les oies annoncent-elles l'arrivée de l'hiver ?

— Pourquoi êtes-vous si bouleversée ? répondit Duncan d'une voix douce.

Ambre détourna le regard pour observer les chiens aux yeux de feu rassemblés aux pieds d'Erik.

— Ambre ? demanda Duncan avec douceur.

— Je… j'ai peur que mon… que ce que je suis ne vous repousse.

Il caressa sa joue du revers de la main, tournant son visage vers lui.

— Je vous ai déjà dit que j'avais un penchant pour les sorcières, dit-il. Surtout les belles sorcières. Vous me touchez en ce moment même. Ai-je dit la vérité ?

Ambre retint son souffle, plongeant son regard dans les yeux ardents du guerrier.

— Vous pensez ce que vous me dites, murmura-t-elle.

Le sourire de Duncan lui emplit le cœur de joie. Il vit son changement d'expression et se pencha vers elle sans même s'en rendre compte.

— Erik a raison, dit-il. Vous brûlez.

Erik se leva d'un bond, faisant sursauter ses chiens.

— Il est bien dommage que vous ne vous souveniez pas de votre passé, dit-il. La vie sera un avant-goût de l'enfer pour Ambre.

— Pour Ambre ? Comment cela ?

— Pensez-vous qu'elle appréciera d'être votre amante plutôt que votre femme ?

— Ce n'est pas mon amante.

— Bon sang, explosa Erik, pensez-vous que je suis aussi stupide que vous ?

— Erik, ne faites pas ça, le supplia Ambre.

— Quoi ? Dire la vérité ? Votre guerrier ne vous épousera pas tant qu'il ne se souviendra pas de son passé, mais il ne peut se garder de vous toucher. Vous serez sa putain avant que les premières neiges ne tombent !

Duncan serra subitement les poings.

Erik le remarqua et partit d'un rire narquois.

— Cela ira pour cette fois, dit-il d'une voix cinglante. Mais la prochaine fois qu'elle s'offre à vous, pouvez-vous promettre de ne pas prendre ce qu'elle veut tant vous donner ?

Duncan ouvrit la bouche pour promettre, mais il savait qu'il trahirait sa parole avant même de la donner.

Ambre était un feu sous sa peau, dans son sang, dans ses os.

— Si je prends la *virginité* d'Ambre, dit-il fermement, je l'épouserai.

— Que votre mémoire soit revenue ou non ? s'enquit Erik.

— Oui.

Erik se rassit dans son fauteuil et sourit à la manière d'un loup qui vient d'attirer sa proie dans un piège.

— Je vous ferai tenir parole, dit-il doucement.

Ambre soupira. Elle se détendait enfin, pour la première fois depuis qu'elle avait vu la lueur féroce dans les yeux d'Erik.

Puis, Erik la fixa du regard, et elle se dit qu'elle s'était peut-être détendue un peu trop tôt.

— Cette sorcière druidique…, dit-il d'un air méditatif.

Elle attendit la suite en retenant son souffle. Elle s'était demandé à quel moment Erik allait faire le lien entre la Druide de la Vallée et Dominic le Sabre.

Et ce qu'il ferait à ce moment-là.

— En avons-nous une comme elle parmi les Érudits des Terres contestées ? s'enquit-il.

Elle était soulagée, mais parvint à ne pas le montrer.

— Comme elle ? demanda-t-elle. Comment cela ?

— Les cheveux roux. Les yeux verts. Une femme dont le don lui dirait d'envoyer chercher Duncan avec ce talisman d'ambre autour du cou.

— Je ne connais personne comme elle.

— Cassandra non plus, dit-il.

— Alors, cette femme ne vit pas parmi les Érudits des Terres contestées.

D'un air pensif, Erik évalua le tranchant de son poignard avec le pouce. Les runes gravées dans la lame ondoyaient à chacun de ses mouvements comme si elles étaient vivantes, agitées.

— La prophétie qu'a prononcée Cassandra à votre naissance est bien connue dans les Terres contestées, dit-il.

— Oui.

Duncan la regarda d'un air interrogateur.

Elle ne détourna pas le regard d'Erik. Pour l'instant, elle se concentrait uniquement sur le chevalier qui avait tiré son Érudition à lui comme une cape de feu, se conférant un pouvoir qui transcendait sa situation d'héritier de Lord Robert.

— Votre affinité avec l'ambre est aussi très connue, dit-il.

Elle hocha la tête.

— Le don des femmes Druides de la Vallée est de voir l'âme de l'homme, continua-t-il.

Tandis qu'il parlait, il regardait Duncan comme pour lui demander une confirmation.

— Oui, dit Duncan. Elles sont connues pour cela.

— En effet, murmura Erik. D'où tenez-vous cela ?

— Cela se sait.

— Là d'où vous venez, sûrement. Mais pas ici.

Le regard d'or sombre se reporta sur Ambre.

— Alors, dites-moi, continua-t-il à voix basse, qui parmi les Érudits des Terres contestées a le don druidique de voir l'âme d'un homme ?

— Moi, en un sens.

— Oui, mais ce n'est pas vous qui avez donné à Duncan ce talisman d'ambre, n'est-ce pas ?

— Non, dit-elle doucement.

— C'est l'œuvre d'une Druide de la Vallée, dit-il en regardant de nouveau Duncan.

Il hocha la tête.

Erik lança le poignard avec nonchalance, envoyant la lame dans les airs avant de rattraper le manche adroitement et de le lancer une nouvelle fois.

Ambre parvint à peine à retenir un frisson. Comme le soleil après une tempête hivernale, Erik brûlait.

Froidement.

— Où avez-vous trouvé cette sorcière druidique dont vous avez parlé ? demanda-t-il à Duncan.

— Je ne m'en souviens pas.

— On dit que les Écossais et les Saxons ont de telles femmes, intervint Ambre.

Le couteau tourna avec une grâce paresseuse avant qu'Erik ne s'en saisisse, si rapidement que Duncan cligna des yeux.

— Simon, dit-il instinctivement.

— Quoi ? demanda Erik.

— Je pense que vous êtes aussi rapide que Simon.

Les yeux dorés d'Erik se voilèrent. Il rengaina son poignard avec une habileté toute naturelle.

— Nous n'allons pas pouvoir le vérifier, dit-il. Simon nous a quittés.

— Mais pourquoi ? s'enquit Duncan, surpris.

— Simon a dit à Alfred qu'il devait reprendre sa quête. Il est parti immédiatement.

Duncan se frotta le corps d'un air absent, en souvenir du coup que Simon lui avait porté.

— Malgré mes côtes douloureuses, dit-il, j'appréciais cet homme.

— Oui, dit Erik. C'était presque comme si vous vous connaissiez.

Ambre fut parcourue d'un frisson qui n'était pas dû aux courants d'air dans la pièce.

— Il me semblait familier, admit Duncan.

— Vraiment ?

— Si je le connais, je n'en ai pas le souvenir.

— Ambre.

Bien qu'Erik ne dise rien de plus, elle savait ce qu'il voulait. Elle posa ses doigts sur le poignet de Duncan.

— Connaissiez-vous Simon ? demanda Erik.

Furieux, Duncan passa son regard de la main d'Ambre à Erik.

— Vous doutez de ma parole ? s'écria-t-il.

— Je doute de votre *mémoire*, répondit Erik. Une précaution compréhensible, non ?

Duncan soupira longuement.

— Oui, c'est compréhensible.

— Et ? l'encouragea Erik d'un ton agréable.

Ambre grimaça. Sous ces airs gentils, elle savait qu'Erik était plus dangereux encore que d'ordinaire.

— Quand j'ai vu Simon, la première fois, dit Duncan, j'ai senti le danger, comme l'ombre d'un faucon.

Ambre inspira rapidement.

— Dans mon esprit, j'ai entendu des voix chanter et vu des bougies.

— Une église ? demanda Erik.

C'était à Ambre qu'il s'adressait.

— Oui, dit-elle. On dirait une église.

— Que ressentez-vous d'autre ? demanda-t-il, curieux.

— Les souvenirs de Duncan luttent dans l'obscurité, mais pas assez pour s'en libérer.

— Intéressant. Quoi d'autre ?

Ambre regarda Duncan du coin de l'œil. Il la fixait, de plus en plus incrédule.

— Pensez à l'église, sombre guerrier, lui dit-elle.

La ligne tendue de la bouche de Duncan fut sa seule réponse. Ambre respira profondément.

— Je vois que quoi qu'il se soit passé dans l'église, c'était une occasion spéciale. Ce n'était pas une messe ordinaire, dit-elle faiblement.

— Enterrement ? Mariage ? Baptême ? proposa Erik.

Elle secoua la tête.

— Il ne sait pas.

Duncan regarda longuement Ambre.

Une tension subtile l'envahit, et elle pinça à son tour les lèvres.

— Qu'y a-t-il ? s'enquit Erik.

— Duncan m'en veut, dit-elle.

— C'est compréhensible, dit-il sèchement. Je ne lui en tiens pas rigueur.

— Mais lui m'en tient rigueur. C'est comme mettre la main dans les orties, murmura-t-elle. Puis-je le lâcher ?

— Bientôt. Mais jusque-là, dit-il en regardant Duncan, vous devez considérer qu'Ambre est votre meilleur espoir de percer les ténèbres de votre passé.

— Comment cela ? demanda froidement Duncan.

— Je pensais que cela sautait aux yeux. Apparemment, elle voit des choses dans vos pensées que vous-même ne percevez pas.

— Est-ce vrai ? demanda Duncan à Ambre.

— Avec vous, oui. Jamais avec les autres.

Duncan baissa les yeux vers Ambre. Elle avait l'air malheureuse. Visiblement, ce procédé d'interrogation lui déplaisait autant qu'à lui.

— Pourquoi suis-je différent ? demanda-t-il. Parce que j'ai perdu la mémoire ?

— Je ne sais pas. Je sais seulement que nous sommes liés de manières que je ne comprends pas.

Duncan l'observa un long moment. Puis il soupira. Il porta les doigts d'Ambre à sa bouche et les embrassa. Tenant sa main dans la sienne, il parla avec douceur.

— Lorsque j'ai vu Simon la première fois, j'ai senti le danger, le chant et les bougies. Puis, je me suis souvenu de la sensation d'une lame froide entre mes cuisses.

Ambre poussa un cri de surprise.

— Ce ne doit pas être un souvenir très agréable, dit Erik en souriant.

— Non, en effet.

La voix de Duncan était aussi sardonique que le sourire d'Erik.

— Continuez, dit Erik.

— Il n'y a pas grand-chose de plus à dire. Je me rappelle qu'un homme me regardait, de ses yeux aussi noirs que minuit en enfer.

— Simon, dit Erik.

— C'est ce que je pensais, au début. Mais maintenant…

Il soupira.

— Ambre ? demanda Erik.

— Pourquoi avez-vous décidé que ce n'était pas Simon ? demanda-t-elle à Duncan.

— Parce qu'il ne m'a pas reconnu. Si j'avais tenu une lame entre les cuisses d'un homme, je le reconnaîtrais et saurais la raison de notre hostilité.

Ambre se raidit.

— Qu'y a-t-il ? demanda doucement Erik.

— L'église, dit-elle. C'était un mariage.

— Vous êtes sûre ? demandèrent Duncan et Erik d'une seule voix.

— Oui. Une chaussure brodée…, commença-t-elle.

— Dans ma main ! Oui ! l'interrompit Duncan, l'air triomphant. Sa chaussure était en argent, aussi délicate que le givre ! Je m'en souviens !

Des larmes remplirent les yeux d'Ambre, avant de rouler en silence sur ses joues.

— Y a-t-il autre chose, Ambre ? demanda Erik.

Sa voix était sincèrement douce cette fois-ci, car il avait vu ses larmes et en connaissait la raison.

Subitement, Duncan se rendit compte qu'il serrait les doigts d'Ambre avec force.

— Vous ai-je fait mal ? demanda-t-il.

Elle secoua la tête, mais évita son regard. De ses longs doigts, il lui releva la tête avec une pression qui n'acceptait aucun refus.

— Précieuse Ambre, dit-il. Pourquoi pleurez-vous ?

Ses lèvres s'entrouvrirent, mais aucun son n'en sortit. Sa gorge était trop emplie de larmes pour qu'elle puisse parler.

— Est-ce quelque chose que vous avez vu dans mes souvenirs et pas moi ?

Elle secoua la tête et essaya de se dégager de son étreinte. Il resserra son emprise, la retenant contre lui.

— Est-ce…, commença-t-il.

— Ça suffit, l'interrompit Erik. Relâchez-la. Laissez-la trouver la paix.

Duncan leva la tête vers l'homme dont les yeux étaient pareils à ceux des chiens, brillant sous le reflet du feu.

— Qu'y a-t-il ? demanda-t-il. Est-ce un problème d'Érudit ? Est-ce pour cela qu'elle ne veut rien dire ?

— Si seulement, marmonna Erik. Les problèmes des Érudits reposent sur l'intelligence. Pas sur les affaires de cœur.

— Soyez plus clair !

— C'est simple. Vous étiez dans une église avec la chaussure d'une femme à la main.

— Qu'est-ce que cela a à voir avec les larmes d'Ambre ? demanda-t-il, exaspéré.

— Elle a donné son cœur à un homme déjà marié. Est-ce un motif valable pour pleurer ?

Duncan ne comprenait pas. Puis enfin, la lumière se fit, et il prit Ambre dans ses bras en riant. Après un instant, elle aussi se mit à rire, sentant la vérité qu'il venait de découvrir.

— Je donnais la chaussure à un autre homme, dit-il. C'est lui qui est marié à la propriétaire de la chaussure, pas moi !

Les chiens se redressèrent et rejetèrent la tête en arrière pour hurler de triomphe.

Duncan les regarda, se demandant ce qui possédait les bêtes.

Ambre, elle, fixa Erik. Pourquoi ressentait-il un triomphe si grand que ses chiens le criaient dans la nuit ?

10

— Vous les avez envoyés seuls à Stone Ring ? demanda Cassandra, horrifiée.

— Oui, dit Erik. Duncan veut retrouver sa mémoire avant de se retrouver entre les jambes d'Ambre. Je préfèrerais que le contraire soit vrai.

— Vous prenez trop sur vous !

— Comme vous me l'avez appris, dit-il doucement. Sans risque, il n'y a pas de gain.

— Ce n'est pas un risque. C'est de la folie !

Erik se détourna de Cassandra, et son regard se perdit au loin, au-delà de Hidden Lake et de ses marais sauvages, où une myriade d'oiseaux planait et se sustentait. Un couvercle de nuages dissimulait les plus hauts sommets des montagnes. Sous ces nuages, le vallon était fauve et noir, verdoyant et bronze, comme un bol peint attendant d'être empli par l'hiver.

Bien qu'Erik ne puisse voir le sommet de Stormhold, il savait que le pic serait bientôt voilé d'une neige éclatante. Cassandra et les oies avaient eu raison. L'hiver se ruait sur eux, portant une cape de vent glacial.

Sur le poignet d'Erik, le faucon pèlerin se tortilla, mal à l'aise, troublé par les courants d'émotion qui bouillonnaient sous la surface calme de l'homme. Cassandra regarda le faucon avec prudence, sachant que seuls ses chiens étaient plus sensibles aux émotions d'Erik.

— Cette « folie », comme vous dites, dit Erik avec calme, est ma meilleure chance de garder les terres du sud, jusqu'à ce que je trouve davantage de chevaliers compétents pour me servir.

— Votre père possède beaucoup d'autres propriétés, répondit Cassandra. Occupez-vous plutôt de celles-là.

— Que suggérez-vous, Érudite ? Que je cède Stone Ring à Dominic le Sabre sans me battre ?

— Oui.

Le pèlerin ouvrit les ailes et laissa échapper un cri aigu.

— Et Sea Home ? demanda-t-il doucement. Devrais-je la donner au bâtard normand également ? Et Winterlance ?

— Nul besoin. Stone Ring était le seul château cité par le roi anglais — et accordé par le roi d'Écosse, si je puis me permettre.

— Pour le moment, oui.

— Ce « moment » est tout ce que nous avons.

Le faucon bougea nerveusement sur le gant de cuir. Le vent tirait la cape bronze d'Erik, faisant virevolter le tissu, laissant apparaître la tunique indigo qu'il portait en dessous. Le pommeau de son épée brillait comme un éclair d'argent.

— Si je cède Sea Home comme on donne le soulier d'une femme à un mariage, dit-il enfin, tous les hors-la-loi des Terres contestées vont débarquer dans l'espoir d'avoir une part du butin.

Cassandra secoua la tête.

— Je n'ai pas vu une telle chose dans mes visions.

— Et cela n'arrivera pas, rétorqua-t-il. Je me battrai jusqu'à la dernière goutte de sang avant de céder le château de Stone Ring à Dominic le Sabre !

L'air malheureux, Cassandra regarda ses mains, presque dissimulées par ses longues manches écarlates. De riches broderies vertes et bleues piquées dans le tissu scintillaient, comme une rivière d'eau traversant le feu.

— J'ai rêvé, dit-elle simplement.

L'impatience se lut dans le regard d'Erik.

— De quoi ? demanda-t-il d'un ton brusque. De batailles et de sang, et de châteaux tombant pierre par pierre ?

— Non.

Il attendit.

Cassandra regarda ses longs doigts soigneusement entretenus. Une bague ornée de trois gemmes brillait aussi intensément que les broderies de sa robe. Le saphir pour l'eau. L'émeraude pour les choses vivantes. Le rubis pour le sang.

— Dites-moi, ordonna Erik.

— Un bourgeon rouge. Une île verte. Un lac bleu. Unis ensemble. Et au loin, une tempête puissante qui attend.

Le faucon ouvrit le bec, comme si le jour, au lieu d'être frais, était trop chaud. Erik calma l'oiseau d'un air absent, sans quitter des yeux le visage sans âge de Cassandra.

— La tempête tourbillonnait et touchait le bourgeon rouge, dit-elle. Il fleurissait avec une grande beauté… *mais il fleurissait dans la tempête.*

Erik plissa les yeux.

— Puis, l'île verte était touchée, continua Cassandra. La tempête l'entourait, la caressait, la possédait.

Erik parut surpris, mais ne dit rien. Il se contentait de caresser le faucon agité avec des gestes lents, apaisants.

— Seule l'eau bleue du lac demeurait intacte, dit-elle. Mais elle désirait ardemment la tempête, où la fleur fleurissait de richesses écarlates et où l'île vibrait de nuances de vert.

Le vent fléchit, tirant la cape d'Erik et les longs pans de robe de Cassandra. Le faucon siffla et replia ses ailes, observant le ciel de ses yeux avides.

— Est-ce tout ? demanda Erik.

— Cela ne suffit pas ? rétorqua Cassandra. Là où vont le cœur et le corps, l'âme ne tardera pas à suivre. Alors, une vie riche pourrait se déployer, mais la mort inéluctablement viendra frapper !

— La prophétie d'ambre, souffla Erik. Toujours cette maudite prophétie.

— Vous auriez dû laisser Duncan mourir à Stone Ring.

— Alors, le bourgeon ne se serait jamais ouvert, et l'île n'aurait jamais vibré de nuances de vert. De *vie*.

— Mais ce n'est pas…

— Votre rêve décrit la richesse de la vie, non la mort, continua Erik sans pitié. Cela ne vaut-il pas la peine de prendre quelques risques ?

— Vous risquez la catastrophe.

— Non, dit-il brutalement. La catastrophe me menace déjà ! Mon père est si enchevêtré dans les rivalités claniques qu'il refuse de libérer des guerriers pour défendre ses terres isolées.

— Cela a toujours été ainsi.

— Je dois avoir des guerriers, dit-il. Des guerriers puissants. Duncan en est un. Avec lui, je peux tenir le château de Stone Ring. Sans lui, il est perdu.

— Alors abandonnez-le, et Duncan avec !

— Celui qui tient ces terres possède la clé des Terres contestées.

— Mais…

— Celui qui tient les Terres contestées, continua-t-il sans répit, a une épée sous la gorge des seigneurs du nord d'ici aux terres rocheuses de Dun Eideann.

— Je n'ai point rêvé d'une telle guerre.

— Excellent, dit doucement Erik. Cela veut dire que les grands risques seront effectivement récompensés par une victoire.

— Ou par la mort, rétorqua Cassandra.

— Nul besoin de don prophétique pour voir la mort. C'est le destin commun des choses vivantes.

— Seigneur buté, dit-elle avec rage. Pourquoi ne voyez-vous pas le danger de ce que vous faites ?

— Pour la même raison que vous ne voyez pas le danger de ne rien faire !

Avec un geste puissant de la main, Erik lança le faucon dans les airs. Ses jets colorés scintillèrent et ses grandes ailes battirent rapidement. Il monta dans le vent avec une aisance époustouflante, de plus en plus haut dans le ciel.

— Si je ne fais rien, dit Erik, je perdrai le château de Stone Ring à coup sûr. Si je perds Stone Ring, Sea Home sera aussi nu et exposé qu'un poussin à peine sorti de sa coquille.

Cassandra observa le faucon en silence.

— Et ce ne sera guère mieux pour Winterlance, continua-t-il. Ce que les hors-la-loi ne prendront pas, mes cousins ou les nordiques le conquerront. Le niez-vous ?

Cassandra soupira.

— Non.

— On m'a donné une arme.

— À double tranchant.

— Certes. Cette arme doit être maniée avec précaution. Mais il vaut mieux qu'elle soit entre mes mains qu'entre celles de Dominic le Sabre.

— Vous auriez dû laisser mourir Duncan.

— Est-ce le recul ou la prophétie qui parle ?

Cassandra ne dit mot.

— Il portait un talisman d'ambre et dormait au pied du sorbier sacré, dit Erik après un moment. *Vous*, l'auriez-vous laissé mourir ?

Cassandra soupira de nouveau.

— Non.

Erik plissa les yeux en regardant l'argent brillant d'un abîme de nuages que le soleil menaçait de transpercer. Le faucon était haut dans le ciel, explorant les lisières marécageuses du lac de sa vision sans égale, en quête de sauvagines.

— Et si sa mémoire lui revient avant qu'il ne se marie ? demanda calmement Cassandra.

— C'est peu probable. La tempête est aussi impatiente que le bourgeon, l'île et le lac mis ensemble. Il la possèdera avant la fin de la semaine.

Le vent fit claquer les manches écarlates de Cassandra, révélant ses poings serrés.

— Ce ne sera pas un viol, dit Erik. En présence de Duncan, Ambre brûle comme si elle était illuminée de l'intérieur.

Pendant un moment, le seul son que l'on entendit était la vibration sourde de l'herbe balayée par le vent.

— Mais si la mémoire lui revient avant ? répéta Cassandra.

— Alors, il essaiera de mesurer sa force à ma rapidité. Et il perdra, comme il a perdu contre Simon. Mais ce sera différent.

— Duncan mourra.

Erik hocha lentement la tête.

— C'est la seule défaite qu'il acceptera.

— Qu'adviendra-t-il d'Ambre, alors ?

Le cri sauvage et mélancolique du faucon retentit dans le vent, répondant à Cassandra avant qu'Erik ne puisse le faire. Elle se tourna vers lui, vit son visage et sut pourquoi le faucon avait crié.

Elle ferma les yeux. Elle écouta pendant longtemps le silence intérieur qui parlait plus clairement de carrefours et de tempêtes à venir.

— Il y a une autre possibilité, dit-elle.

— Oui. Ma propre mort. Mais j'ai vu comment Duncan s'en est sorti contre Simon et je ne pense pas que ce soit possible.

— J'aurais aimé rencontrer ce Simon. Tout homme capable de vaincre Duncan avec aisance doit être un guerrier qu'il vaut la peine de connaître.

— Ce n'était pas une victoire facile. Malgré la vivacité féline de Simon, Duncan a failli l'avoir par deux fois.

Les yeux de Cassandra s'assombrirent, mais elle ne dit rien.

Erik tira sa cape couleur bronze sur ses épaules. Par habitude, il s'assura que le tissu n'obstruait pas l'épée qu'il portait à sa gauche.

— Si la vérité se savait, dit-il en souriant légèrement, j'espère ne pas faire face à Duncan en duel. Il peut être diablement rapide, pour un homme de sa carrure.

— Vous êtes à peine plus petit. Tout comme Simon.

Erik ne dit rien.

— Si vous mourez sous l'épée de Duncan, vous n'irez pas seul dans les ténèbres, souffla-t-elle. J'y enverrai Duncan après vous de mes propres mains.

Surpris, Erik observa le visage serein de la femme qu'il pensait connaître.

— Non, fit-il. Cela causerait une guerre que Lord Robert ne saurait gagner.

— Qu'il en soit ainsi. C'est l'arrogance de Lord Robert qui a causé ce qui pourrait arriver. Il devrait dormir sur un lit d'épines et de regrets depuis longtemps.

— Il voulait seulement ce que tous les hommes désirent. Un héritier mâle qui garde ses terres unies.

— Oui. Et il a écarté ma sœur pour ce faire.

Pendant un instant, Erik fut trop surpris pour dire quoi que ce soit.

— Votre *sœur* ? demanda-t-il enfin.

— Oui. Emma la Stérile.

— Pourquoi ne me l'a-t-on pas dit ?

— Que j'étais votre tante ? dit Cassandra.

Il hocha vivement la tête.

— Cela faisait partie du marché qu'Emma et moi avons passé, dit-elle. Lord Robert craint les Érudits.

Cela ne le surprenait pas. La scission qui s'était opérée entre son père et lui lorsqu'il était parti en quête de l'Érudition n'avait jamais guéri.

— Une fois qu'Emma eut épousé Robert, il m'a interdit de la voir. Il n'a levé cette interdiction qu'une seule fois, lorsqu'elle est venue à moi en tant qu'Emma la Stérile.

— Puis, elle est rentrée, pour concevoir peu après, dit sèchement Erik.

— Oui.

Le sourire de Cassandra était aussi froid que le jour.

— J'étais ravie de donner à Lord Robert l'Ignorant un sorcier Érudit pour fils et héritier.

Le sourire changea lorsqu'elle regarda Erik. Pour la première fois, elle pouvait se permettre de lui montrer l'amour qu'elle avait toujours eu pour lui, mais rarement révélé.

— Emma est morte, dit-elle doucement. Je ne dois rien à Robert, excepté mon mépris. Si vous mourez des mains de Duncan, je déclarerai une guerre sanguinaire.

Pour une fois, Erik ne sut quoi répondre. De toutes les possibilités qu'il avait pu imaginer, celle-ci était la plus inattendue.

Sans un mot, il ouvrit les bras pour accueillir la femme qui avait été sa mère par l'esprit si ce n'était par la chair. Cassandra l'étreignit sans hésitation, savourant la force et la vitalité de l'homme qui n'aurait jamais vu le jour sans son intervention Érudite.

— J'aimerais un autre hommage à ma mort que le début d'une guerre que seuls mes ennemis peuvent gagner, dit Erik après un moment.

— Alors, étudiez votre ennemi en pensant à l'avenir. Dominic le Sabre ferait un meilleur allié que vos cousins.

— Satan ferait un meilleur allié que mes cousins.

— Oui, fit Cassandra avec ironie. C'est une option à considérer, n'est-ce pas ?

Erik éclata de rire et se détacha de Cassandra.

— Vous n'abandonnez jamais, dit-il en souriant, et pourtant, vous me dites entêté.

— Vous l'êtes.

— Je ne fais que suivre mon don.

— L'entêtement ? demanda-t-elle d'un air pince-sans-rire.

— L'intuition, rétorqua-t-il. Je vois les moyens de réussir là où les autres ne voient que la certitude de l'échec.

Cassandra toucha le front d'Erik du bout des doigts tout en plongeant son regard dans ses yeux clairs et fauves.

— Je prie pour que la clarté vous guide, et non l'arrogance, murmura-t-elle.

Un orage lointain grondait au-dessus de Duncan et Ambre alors qu'ils chevauchaient vers Stone Ring et le sorbier sacré qui ne fleurissait pas. Duncan se tourna vers le grondement avec inquiétude. Il se demandait si l'orage éclaterait près d'eux ou bien loin de là.

Les nuages qui recouvraient les montagnes descendaient de plus en plus bas, amenant la brume avec eux. Mais ce n'était pas le temps humide qui faisait frissonner Duncan. Les alentours semblaient sûrs, et pourtant, il sentait le danger.

Il s'assura distraitement que le fléau d'armes qu'il avait pris à l'armurerie était à portée de main.

— Stormhold, dit Ambre.

— Quoi ?

— Ce n'est que Stormhold qui ronronne comme un gros chat heureux, maintenant que l'hiver arrive.

— Vous pensez donc que les montagnes aiment la tempête ? demanda-t-il.

— Je pense qu'ils sont faits l'un pour l'autre. Les tempêtes sont au sommet de leur splendeur dans les montagnes. Et les montagnes ne sont jamais aussi belles que sous l'emprise de la tempête.

— Jamais aussi dangereuses, également, marmonna Duncan.

Le murmure du danger l'envahit de nouveau. Il regarda autour de lui. Mais à part les voiles silencieux de brouillard, rien ne bougeait.

— Le danger aiguise la beauté, dit Ambre.

— La paix l'émousse-t-elle, alors ?

— La paix renouvelle la beauté.

— Est-ce un enseignement Érudit ? demanda-t-il sèchement.

— C'est du bon sens, et vous le savez parfaitement, rétorqua-t-elle.

Duncan rit. Il aimait la vivacité d'esprit d'Ambre, bien qu'elle lui donnait follement envie de la toucher. Malgré son désir, il n'en fit rien. Il ignorait pourquoi elle avait soigneusement évité de le toucher depuis Whispering Fen, mais il était certain qu'elle évitait tout contact avec lui.

Un sourire aux lèvres, Ambre leva les yeux vers le ciel, sauvage et sévère. Sa peau, par contraste avec sa cape violette, avait l'éclat d'une perle précieuse. Le rose profond de la doublure de sa cape se répétait sur ses lèvres. Lorsque sa capuche tomba en arrière, elle révéla le cercle d'argent et d'ambre qui retenait ses cheveux lâchement tressés.

Des gemmes d'ambre luisaient partout sur elle. Des bracelets d'ambre clair enserraient ses poignets, brillant à chacun de ses mouvements. La dague d'argent à sa taille était incrustée d'un œil d'ambre rouge. La grande broche d'argent qui fermait sa cape était ornée de gemmes d'ambre translucides en forme de phénix, symbole de mort et de renaissance par le feu. Un collier de morceaux d'ambre pendait à son cou, tout comme le pendentif dans lequel Ambre voyait parfois les ombres du passé.

Pourtant, lorsque Duncan la regardait, ce n'était pas l'ambre qu'il voyait. C'étaient ses longs cils, et les roses sauvages qui fleurissaient sur ses joues. Il mourait d'envie de sentir la fraîcheur du vent sur sa peau et de boire la chaleur qui se cachait derrière ses lèvres roses.

Il aurait aimé qu'elle monte devant lui plutôt que sur son propre cheval. Ainsi, il aurait pu la serrer tout contre lui, passer ses mains sous sa cape et caresser la douce chaleur de ses seins. Puis, il aurait senti la douceur changer tandis que ses tétons se durciraient, réclamant la chaleur de sa bouche.

Ces pensées eurent un effet immédiat sur son corps. Il commençait à avoir l'habitude de ressentir cette chaleur pressante et ce durcissement de sa chair en présence d'Ambre. Mais il n'était pas habitué à la petite voix qui lui disait qu'il ne devait pas la prendre.

« Ce serait mal. »

Pourtant, dès que cette pensée lui vint, il la contesta.

« Elle n'est pas fiancée. Elle n'est pas mariée. Elle n'est pas vierge, malgré les protestations d'Erik. Elle et moi nous sommes connus. J'en suis sûr.

» Et elle est consentante.

» Qu'y aurait-il de mal à cela ? »

Il ne trouva aucune réponse à sa question intérieure en dehors du silence tenace des ténèbres où ses souvenirs restaient hors de portée.

« Suis-je marié ? Est-ce ce que ce maudit silence essaie de me dire ? »

Aucun souvenir ne lui vint. Pourtant, il avait la certitude qu'il n'était pas marié. Il n'aurait su dire pourquoi, mais ce sentiment demeurait inébranlable.

— Duncan ?

Il se tourna vers la fille dont les yeux étaient encore plus magnifiques que l'ambre qu'elle portait.

— Nous approchons de Stone Ring, dit-elle. Le paysage vous est-il familier ?

Ambre arrêta son cheval en haut d'une petite butte. Duncan la rejoignit. Il se dressa sur ses étriers pour mieux voir la terre qui se déployait devant eux.

C'était une région magnifique et silencieuse plantée d'arbres auréolés de brume, d'affleurements aléatoires de rochers et de collines pentues dont le sommet était perdu dans un nuage argenté. Un ruisseau miroitait entre des rochers couverts de mousse et des feuilles mortes, son murmure à peine plus audible que les gouttes d'eau qui tombaient lentement des branches nues des chênes.

Ambre attendit avec inquiétude, observant le visage de Duncan à la recherche de la reconnaissance qu'elle espérait et craignait à la fois.

Elle craignait pour son propre bonheur.

Et espérait pour celui de Duncan.

— Cela ressemble au chemin menant à Ghost Glen, dit enfin Duncan. Si Whispering Fen était au-delà.

Un petit sourire jouait sous sa moustache noire tandis qu'il parlait. Les joues d'Ambre se tintèrent d'un rose qui ne devait rien à la fraîcheur du jour. Lorsque Duncan vit qu'elle rougissait, son rictus s'étira en un sourire franchement sensuel.

— Êtes-vous en train de vous souvenir de la sensation de ma bouche sur vos seins ? demanda-t-il.

Ambre rougit davantage.

— Ou bien de la floraison délicieuse de votre fleur ?

Elle sembla haleter.

— Je rêve la nuit des pétales chauds et lisses de la fleur, et me réveille avec la fièvre, ajouta-t-il doucement en la fixant du regard.

Ambre était tout aussi incapable de dissimuler le frisson sensuel qui envahissait son corps en entendant les mots de Duncan que d'empêcher ses joues de rougir si vivement.

— Dites-moi que vous vous en souvenez, supplia Duncan à voix basse. Dites-moi que je ne suis pas le seul à avoir la fièvre.

— Je mourrai avec ce souvenir, dit-elle, les yeux à demi clos. Vous m'avez donné… le paradis.

La sensualité de sa voix embrasa le corps de Duncan.

— Vous me ravissez et me tentez tant que je ne sais comment résister, dit-il d'une voix rauque.

Un sourire triste se dessina sur les lèvres d'Ambre.

— Ce n'est pas mon intention, dit-elle. J'ai essayé de ne pas vous tenter, depuis que je sais.

— Que vous savez quoi ?

— Le pouvoir de ce qui nous unit.

— Est-ce pour cela que vous avez évité de me toucher comme si j'étais impur ?

— Je pensais que ce serait plus facile ainsi pour vous, dit-elle en le regardant du coin de l'œil.

— Est-il plus facile pour le faucon d'avoir les ailes brisées ?

— *Duncan*, dit-elle, affligée. Je n'ai jamais voulu vous faire de mal. Je pensais… je pensais que si je n'étais pas toujours dans votre champ de vision ou à votre portée, vous me désireriez moins.

— Me désirez-vous moins aujourd'hui qu'hier, ou que le jour précédent ?

Elle ferma les yeux et poussa un soupir désespéré.

— Ambre ? insista Duncan.

— Je ne vous désire pas moins, mais davantage.

Il sourit. Puis, il vit les larmes qui coulaient depuis les yeux clos d'Ambre, et son sourire s'évanouit aussi vite qu'il était venu. Il rapprocha son cheval du sien.

— Pourquoi pleurez-vous ?

Ambre secoua lentement la tête. Des doigts durs et chauds relevèrent son menton.

— Regardez-moi, précieuse Ambre.

Le torrent des émotions de Duncan se déversa en elle lorsqu'il la toucha. Alors même qu'elle les buvait, elle savait qu'elle devait se reculer. Plus elle connaissait Duncan, plus elle comprenait ce que la prendre lui coûterait.

Son honneur.

— N'allez-vous pas me dire pourquoi vous pleurez ? demanda-t-il.

Elle sentait son inquiétude. Cela ne fit que redoubler ses larmes.

— Avez-vous l'impression que je vous ai déshonorée en vous touchant ? demanda-t-il.

— Non, répondit-elle.

Sa voix était assourdie par la retenue qu'elle devait exercer pour ne pas le fuir.

Ou se jeter dans ses bras.

— Avez-vous peur que je vous prenne ?

— Oui, murmura-t-elle.

— Me donner le paradis qui est en vous serait donc une chose si terrible ?

— Non.

Ambre prit une profonde respiration et ouvrit les yeux. Duncan la regardait avec une inquiétude si tendre qu'elle mourait d'envie de le rassurer.

— Ce ne serait pas une chose terrible pour moi, dit-elle d'une voix tremblante. Pour vous… ah, sombre guerrier, pour vous, j'ai bien peur que ce ne soit le début de l'enfer plutôt que le paradis.

— Ne craignez rien, dit-il en souriant. Vous me satisferez grandement. Je le sais aussi sûrement que je sais que mon sang martèle mes veines à cette pensée.

Ambre laissa échapper un son qui était à la fois un rire et un cri de désespoir.

— Et ensuite ? Et si j'étais la vierge que vous ne croyez pas que je sois ?

— J'honorerai mon serment.

— Nous nous marierons ?

— Oui.

— Et avec le temps vous me haïrez, soupira-t-elle.

Duncan crut d'abord qu'elle plaisantait. Puis, il se rendit compte du contraire.

— Pourquoi haïrais-je la fille qui m'est plus douce que je n'aurais jamais pu l'imaginer ?

— Sombre guerrier…, murmura-t-elle.

Elle avait parlé si doucement qu'il l'entendit à peine. Tout comme il sentait à peine la caresse de ses lèvres sur sa main tant elle était légère.

— Dites-moi ce qui vous peine tant.

— Je sens l'impatience en vous, dit-elle simplement.

Il sourit.

— Le remède se trouve dans votre chaleur.

— Pour guérir votre désir, oui. Mais je n'ai pas de remède pour vous libérer des chaînes qui vous retiennent dans les ténèbres, perturbé, troublé, assoiffé d'une vie qui n'est plus.

— Je me souviendrai un jour. J'en suis persuadé.

— Et si nous sommes mariés avant que ce jour ne vienne ?

— Alors, vous devrez m'appeler par un autre nom en public, dit-il en souriant. Mais dans la chambre, je serai toujours votre sombre guerrier, et vous serez toujours ma sorcière d'ambre.

Les lèvres d'Ambre tremblèrent pour essayer de sourire.

— Je pense… je crains que vous ne soyez mon ennemi si la mémoire vous revient.

— Et je pense que vous craignez que je force les portes du paradis.

— Ce n'est pas..., commença-t-elle.

Ses mots finirent en un cri de surprise. Duncan l'avait soulevée de sa selle pour la poser sur ses genoux. Malgré l'épaisseur de sa cape, elle sentait contre elle l'arête dure et abrupte de son désir.

— N'ayez crainte, dit-il. Je ne vous prendrai que lorsque vous le demanderez. Non, lorsque vous me supplierez ! Vous emmener sur ce terrain sera un délice doux et insoutenable.

Le sourire de Duncan était à la fois tendre et brûlant d'excitation. Le cœur d'Ambre se remplit d'émotions qu'elle avait peur de nommer, plus encore qu'elle n'avait peur d'en parler.

— Je n'ai ni famille ni haute condition, dit-elle d'une voix désespérée. Et si vous aviez les deux ?

— Alors je les partagerai avec mon épouse.

Entendre son rêve prononcé à voix haute ne fit rien pour arrêter le flot de larmes chaudes qui coulaient le long de ses joues.

« Est-ce possible ? Duncan peut-il m'aimer suffisamment pour me pardonner s'il retrouve la mémoire ?

» Une vie si riche peut-elle émerger d'un commencement si sombre ? »

Duncan se pencha vers elle et attrapa les larmes en suspens sur ses cils avec de tendres baisers. Puis, il effleura ses lèvres des siennes dans un baiser étonnamment chaste.

— Vous sentez le vent marin, dit-il. Frais et légèrement salé.

— Vous aussi.

— Ce sont vos larmes sur mes lèvres. Me laisserez-vous goûter aussi à votre sourire ?

Ambre ne put s'empêcher de sourire. Et Duncan ne put s'empêcher dc sceller sa bouche sur la sienne dans un baiser aussi profondément sensuel que le premier avait été modéré. Lorsqu'il releva la tête, elle rougissait, tremblait, et sa bouche suivait la sienne aveuglément.

— Oui, damoiselle. Ce sera ainsi. Vos lèvres entrouvertes, pleines, rougissantes de désir pour moi.

Duncan se penchait de nouveau vers elle, lorsque les hors-la-loi sortirent de toutes parts.

11

Les hommes étaient armés de couteaux, de bâtons de bois et d'une lance improvisée. Entravé par la présence d'Ambre sur ses genoux, Duncan ne pouvait pas se battre efficacement. Bondissant et grognant comme des loups, les hors-la-loi tirèrent Duncan à terre, et Ambre avec lui.

Lorsque l'un des hors-la-loi referma sa main sur le bras d'Ambre tandis qu'il attrapait ses précieux colliers, elle poussa un terrible cri. C'était en partie un cri de douleur du fait qu'il la touche. Mais c'était surtout un cri de rage. Un hors-la-loi osait prendre le pendentif sacré de son cou !

L'éclat et la lame de la dague d'Ambre tirèrent un cri à l'homme. Il retira brusquement ses mains, mais seulement un court instant. Elle vit son poing s'abattre sur elle et réussit à le dévier lorsqu'il la frappa. Mais malgré sa rapidité, elle fut si choquée par le coup qu'elle tomba et s'étala de tout son long sur le sol.

La deuxième fois, ce ne fut pas son poing, mais un poignard que le hors-la-loi brandit devant elle. Alors qu'elle se retournait pour éviter son attaque, elle entendit l'inquiétant gémissement d'acier du fléau d'armes déchirer l'air. Il y eut un terrible craquement lorsque l'acier rencontra la chair. Le hors-la-loi tomba comme une pierre.

Lorsque sa main inerte toucha Ambre, elle ne sentit rien. L'homme était mort.

Elle retira sa main et entreprit de se relever. Une pression inattendue la maintint au sol, mais elle ne ressentit aucune douleur. C'était Duncan qui la touchait.

— Non ! ordonna-t-il, debout au-dessus d'elle. Restez à terre !

Elle n'avait pas besoin qu'il lui explique pourquoi le sol était plus sûr pour elle pour l'instant. Le bourdonnement meurtrier du fléau avait repris.

Ambre regarda la scène à travers le voile de ses cheveux. Les hors-la-loi s'élançaient de nouveau pour charger, leurs bâtons dressés comme des piques. Le bois épais se brisa comme du vulgaire fusain. La lance fut détruite. Un autre hors-la-loi tomba. Il ne bougeait plus.

Le lourd fléau de guerre dessinait des cercles troubles et meurtriers autour de la tête de Duncan. Les hors-la-loi restants hésitaient. Puis, ils se rassemblèrent pour lancer une nouvelle attaque puissante, comme celle qu'il avait mise en place pour tirer Duncan et Ambre à terre.

Tout à coup, Duncan bondit en avant. Le fléau d'armes devint un coup de foudre, frappant en un clin d'œil. Les hors-la-loi hurlèrent lorsque l'un d'eux tomba au sol pour ne jamais se relever.

Duncan fit un pas en arrière, de nouveau à califourchon au-dessus d'Ambre, la protégeant comme il le pouvait.

— Derrière lui ! s'écria l'un des assaillants. Il ne pourra pas sauter aussi puissamment avec les tendons coupés !

Trois hors-la-loi se détachèrent de la bande et firent le tour de Duncan, faisant bien attention à rester hors de portée du fléau d'armes. Duncan ne pouvait surveiller les hommes qui le contournaient et ceux qui lui faisaient face en même temps.

— Duncan, ils vont…, commença Ambre.

— Je sais, l'interrompit-il brusquement. Par tous les saints, *restez à terre* !

Ambre serra sa dague entre ses doigts et se prépara à défendre les arrières de Duncan du mieux qu'elle le pouvait. L'œil rouge de la dague brillait d'une lueur maléfique alors qu'elle déplaçait l'arme pour suivre la progression du hors-la-loi le plus proche.

Tandis que le fléau d'armes annonçait une mort proche, la voix d'Ambre s'éleva, étrange et inquiétante, maudissant les hors-la-loi dans une langue oubliée de tous depuis longtemps, sauf de quelques Érudits.

L'un des hommes la regarda avec horreur, comprenant, trop tard, qui il avait osé attaquer dans son avidité. Il lâcha son arme et fuit.

Les hors-la-loi restants marquèrent une pause dans leur attaque. Puis, les hommes qui faisaient face à Duncan le feintèrent de leurs bâtons, cherchant une ouverture dans le cercle fatal décrit par le vol rapide et vicieux du fléau d'armes. Les autres hommes se déplaçaient à bonne distance, pour l'attaquer par l'arrière.

Soudain, deux hommes s'élancèrent dans son dos.

— Duncan !

Avant même que le cri d'Ambre n'ait quitté ses lèvres, Duncan bondit en l'air et se retourna. Si grandes étaient sa force et sa dextérité avec le fléau d'armes que le bourdonnement mortel de l'arme n'hésita pas un seul instant alors qu'il changeait de direction.

Le fléau décrivit un arc brutal dans l'air, condamnant à la mort les deux hors-la-loi qui avaient pensé qu'il serait facile de l'attaquer par derrière. Avant que les autres hommes n'aient pu profiter du fait qu'il leur tourne le dos, Duncan avait de nouveau sauté pour leur faire face.

Le fléau d'armes fredonnait encore et toujours sa chanson mortelle, fouettant l'air puissamment grâce à la force du bras inépuisable de Duncan.

Son talent fatal avec l'arme eut raison de la volonté des hors-la-loi toujours debout. L'un des hommes bondit sur Whitefoot, mais la jument se défendit avec violence, et il abandonna. Ils finirent par tous faire demi-tour pour s'enfuir, trouvant refuge dans la brume et la forêt environnante, laissant leurs morts derrière eux.

Duncan fixa l'endroit par lequel ils avaient disparu quelques instants, avant de faire taire le fléau d'armes. Un simple coup de poignet, et la chaîne se détendit. Au lieu de décrire ses arcs mortels dans les airs, le fléau prit congé docilement. Duncan le lança sur son épaule, la boule dans son dos et la chaîne pendant sur son torse. S'il avait besoin du fléau, l'arme était prête.

Et mortelle.

Ambre observait de ses yeux d'or sombres l'homme qui lui était venu dans l'obscurité… et dont elle venait de découvrir le véritable nom… Sa plus grande peur venait de devenir réalité.

« Duncan de Maxwell, le Fléau Écossais. »

— Êtes-vous blessée ? demanda Duncan. Ces vauriens vous ont-ils touchée ?

La caresse de ses doigts sur sa joue pâle lui donna envie de pleurer sur tout ce qui ne serait jamais.

Âme sœur et ennemi à la fois.

Son ennemi bien-aimé agenouillé à ses côtés, l'inquiétude dans les yeux tandis que des courants de chaleur et de plaisir se déversaient en elle à son simple contact.

— Ambre ?

La dernière lueur d'espoir s'éteignait sous ses yeux. Bien que Duncan ait montré des traits d'éducation Érudite alors que le Fléau Écossais n'avait jamais reçu un tel enseignement, elle ne pouvait nier le talent meurtrier avec lequel Duncan avait manié le fléau d'armes.

Elle ne pouvait plus en douter, ni le nier, ni espérer se tromper, et elle n'avait plus d'excuse pour ne pas dire à Erik qu'il avait sauvé la vie de son plus grand ennemi et qu'il l'avait amené à Ambre.

Ambre, qui avait trahi Erik en ne lui confiant pas ses craintes quant à l'identité secrète de Duncan.

« Je ne peux plus trahir Erik.

» Mais comment puis-je trahir Duncan, mon amour, mon ennemi, le sang qui coule dans mes veines… »

Des bras puissants la soulevèrent. Des lèvres douces effleurèrent ses joues, ses yeux, sa bouche. Chaque caresse était une lame qui s'enfonçait dans son âme.

— Je suis… indemne, dit-elle, défaite.

— Vous êtes très pâle. N'aviez-vous jamais vu de combat auparavant ?

Elle cherchait son souffle, interdite.

— Ne vous inquiétez pas, précieuse Ambre, murmura-t-il contre sa joue.

Incapable de parler, elle se contenta de secouer la tête.

— Vous n'avez pas peur, n'est-ce pas ? Je peux vous protéger contre bien pire que cette bande incapable de vauriens et de voleurs. Vous le savez, n'est-ce pas ?

Elle partit d'un rire presque hystérique. Puis, elle enfouit sa tête contre le torse de Duncan et pleura.

« Duncan de Maxwell, le Fléau Écossais. Oui, je ne sais que trop bien que vous pouvez me protéger.

» De tout, excepté de la prophétie.

» Et de moi-même.

» Surtout de moi-même. Comment protéger le cœur de la chair qui l'entoure ?

» Âme sœur.

» Ennemi. »

La foudre déchira le jour, du ciel jusqu'à la terre. Le grondement du tonnerre suivit immédiatement.

— Les chevaux, dit-elle.

— Restez ici, dit Duncan en la maintenant au sol. Je vais les chercher.

Lorsqu'il se retourna, elle vit une tache rouge sur sa tunique.

— Vous êtes blessé ! s'écria-t-elle.

Il ne s'arrêta pas.

— Duncan !

Le cœur battant à tout rompre, elle s'élança derrière lui.

— Doucement, damoiselle, dit-il en la soulevant dans ses bras. Vous allez effrayer les chevaux !

— Lâchez-moi ! Vous allez vous blesser davantage !

Le sourire de Duncan brilla sous sa moustache en voyant qu'elle s'inquiétait pour lui. Il la reposa à terre, avança de quelques pas et attrapa les rênes de Whitefoot.

La jument piétina nerveusement, mais elle ne se débattit pas. Il se retourna, souleva Ambre et l'installa sur la selle d'un seul geste. Puis il lui sourit.

— Le coup de Simon m'a fait plus mal que…

— Mais vous saignez, l'interrompit Ambre.

— J'ai laissé plus de sang aux sangsues qu'aux bâtons de ces hors-la-loi.

Avant qu'Ambre n'ait pu dire quoi que ce soit, Duncan se tourna pour attraper son propre cheval. Il se mit en selle avec une facilité déconcertante. Sa force semblait rendre inexistante la tache rouge sur sa tunique.

— Où se trouve Stone Ring ? demanda-t-il. Par là ?

Elle ne regarda même pas la direction qu'il pointait. Elle ne pensait qu'à soigner sa blessure.

— Le château est par là, dit-elle en accompagnant ses mots d'un geste vers la direction à suivre.

Un éclair déchira l'air, et le tonnerre fit trembler la terre.

— C'est par là qu'est la tempête, dit Duncan. Y a-t-il un abri près d'ici ?

— Stone Ring a un tertre en son centre, et une pièce y est creusée.

— Allons-y.

Ambre hésita. Elle regardait le ciel, mal à l'aise. Le sentiment d'imminence qui l'avait souvent habitée à Ghost Glen et dans d'autres lieux sacrés grandissait en elle.

Pourtant, elle ne se trouvait pas dans un lieu ancien où des mains depuis longtemps disparues avaient érigé des pierres.

— Ambre ? Qu'y a-t-il ? Ne connaissez-vous point le chemin ?

Un éclair éblouissant fendit le jour, plus brillant que des milliers de soleils. Le tonnerre déchira le ciel et roula dans le vallon comme une avalanche.

Les cheveux se hérissèrent sur la nuque d'Ambre. L'éclair avait frappé près du chemin menant au château, comme une menace, un avertissement : ils ne devaient pas y retourner.

« Mais nous devons rentrer ! Duncan est blessé. »

Un autre éclair frappa, plus proche cette fois.

Ambre avait l'impression d'être menée, harcelée, poussée comme un animal dans un entonnoir dont elle pouvait sentir les parois qui rétrécissaient sans les voir. Le sentiment d'imminence ne cessait de grandir en elle, si bien qu'elle avait l'impression qu'elle allait éclater.

— Nous devons nous dépêcher d'atteindre le château ! dit Ambre en talonnant Whitefoot.

Le tonnerre s'abattit de nouveau, juste devant elle. Whitefoot prit le mors aux dents et se rua dans la direction opposée tandis que le tonnerre grondait.

Ambre commença par lutter contre son cheval pour le maîtriser. Puis, elle céda, acceptant ce qu'elle ne pouvait changer. Elle jeta un regard derrière elle. La monture de Duncan la suivait à la même allure frénétique.

Stone Ring se dressa devant eux avant qu'ils n'aient eu l'occasion de faire demi-tour ou d'emprunter un autre chemin. Whitefoot galopa autour du cercle de pierres extérieur et ne ralentit que lorsqu'elle eut atteint le cercle intérieur. Elle se calma alors instantanément, comme si la fuite était soudain la dernière chose qu'elle avait en tête.

Ambre mit pied à terre promptement, tint ses jupons et courut jusqu'au cercle extérieur. Comme elle l'avait craint, la monture de Duncan avait reculé devant le cercle de pierres. Il éperonna son cheval une première fois, puis plus fort, mais l'animal ne faisait que reculer, l'air encore plus effrayé.

— Attendez ! s'écria-t-elle. Il ne voit pas le chemin !

— De quoi parlez-vous ? cria Duncan. Il y a assez de place entre ces pierres pour faire passer cinq chevaux de front !

— Certes, mais il ne le voit pas !

La capuche de travers, les cheveux défaits, Ambre courut jusqu'à lui. Elle saisit la bride du cheval et l'apaisa de ses paroles. Une fois l'animal calmé, elle mit une main sur son museau, l'autre sur les rênes.

Une gentille tape, un petit mot d'encouragement, et le cheval avança avec prudence. Il n'aimait visiblement pas l'endroit. Ses oreilles remuèrent nerveusement jusqu'à ce qu'il atteigne l'anneau intérieur. Là, l'animal s'ébroua et baissa la garde, enfin à l'aise.

Duncan regarda autour de lui. Qu'est-ce qui indiquait à l'animal que le lieu était sûr ?

— Que vouliez-vous dire, quand vous avez dit que mon cheval ne pouvait voir le chemin ? demanda-t-il.

— Votre monture n'est jamais venue à Stone Ring, expliqua Ambre.

— Et alors ?

— Pour pénétrer sur des sites sacrés, Whitefoot a dû apprendre à me faire confiance plutôt qu'à croire ses yeux.

— Comme pour aller à Ghost Glen ?

Ambre hocha la tête.

— Mais votre cheval n'a pas appris à vous faire ainsi confiance. Et il n'avait jamais pénétré Stone Ring auparavant, il ne pouvait donc pas trouver le chemin tout seul.

Duncan parcourut l'antique cercle des yeux, d'un air pensif. Comme les sens du cheval, ceux de Duncan lui disaient qu'il y avait bien plus ici qu'il n'en paraissait.

Et comme celle du cheval, sa conscience du danger s'était apaisée. Elle était désormais assoupie, comme certaine de la sécurité du lieu.

— Remarquable, dit-il. Ce lieu est enchanté.

— Non. Il est simplement différent. La paix règne en ce lieu, pour ceux qui peuvent voir à travers les pierres.

— Les Érudits.

— Autrefois, j'aurais dit oui. Mais maintenant…

Ambre haussa les épaules.

— Qu'est-ce qui vous a fait changer d'avis ?

— Vous.

— Peut-être étais-je Érudit au temps dont je ne me souviens pas.

Ambre eut un sourire doux-amer. Elle savait que le Fléau Écossais n'était pas un Érudit.

— Peut-être êtes-vous seulement un homme avec un don d'Érudition inexploité, dit-elle calmement.

Duncan sourit légèrement et étudia le refuge qu'était Stone Ring alors qu'une tempête éclatait sur le chemin qu'ils venaient d'emprunter.

Le tertre central de Stone Ring mesurait trente pas de long et la moitié de haut. Il avait été autrefois recouvert de dalles de pierre. Le temps, les tempêtes et le soleil avaient changé cela. Désormais, la butte était recouverte d'un jardin de plantes à la fois rares et communes qui poussaient dans les brèches du pavement.

À part ce tertre, le cercle était bien trop ouvert pour plaire à Duncan. Il n'y avait nulle part où se cacher, encore moins pour se défendre. Bien qu'il y ait une forêt non loin du cercle extérieur, l'intérieur était comme une prairie. Seul un arbre y poussait et il était à peine assez robuste pour pouvoir servir d'abri contre une tempête.

En dépit de cela, ses yeux ne cessaient de revenir sur cet arbre. Gracieux, élégant, le sorbier se tenait tel un danseur en haut du tertre.

— Qu'y a-t-il ? demanda Ambre, voyant que Duncan demeurait immobile.

— Cet arbre. J'ai l'impression de… le connaître.

— C'est fort possible. Erik vous a trouvé sous le sorbier.

Duncan se tourna vers elle. Dans ses yeux, les ténèbres et les souvenirs se mouvaient.

— Il veillait sur moi quand je dormais, dit-il doucement. J'en suis certain. *Le sorbier me protégeait.*

Ambre l'observa tandis qu'il descendait de selle pour marcher jusqu'au sorbier. La peur se saisit de son cœur. Ne voulant pas le suivre, mais sachant qu'elle le devait, elle marcha sur ses pas. Le temps qu'elle le rattrape, il se tenait déjà sous l'arbre, les poings sur les hanches, étudiant le sorbier comme s'il pouvait être soit un ami, soit un ennemi.

— Vous souvenez-vous ? demanda-t-elle doucement.

Duncan demeura silencieux. Puis, lentement, il desserra son poing et lui tendit la main.

— Est-ce que je me souviens ?

À l'instant où elle posa sa main dans la sienne, les émotions complexes, les rêves, les peurs, et les espoirs qu'étaient ceux de Duncan de Maxwell se déversèrent en elle. Jamais le contact n'avait été si vif.

La joie intense d'avoir gagné la bataille.

La peur pour la sécurité d'Ambre dans la tempête.

La détermination de se souvenir de son passé.

La rage envers ce qui lui avait fait perdre la mémoire.

Puis, lorsque la chaleur de sa chair s'aligna sur celle de Duncan, une vague de désir si puissante se déclencha en elle qu'elle tomba à genoux. Elle ne sentait rien d'autre que la passion de Duncan pour elle, ne voyait rien d'autre, ne ressentait rien d'autre. Il emplissait son esprit et son corps d'un désir sensuel qu'elle n'avait jamais connu auparavant.

« Duncan. »

Bien qu'elle n'ait pas dit son nom à voix haute, il ouvrit ses yeux embrasés.

Il referma ses doigts sur son poignet comme des bandes d'acier. Il la tira vers lui avec une force irrésistible. Et elle ne voulait pas résister. Elle voulait seulement répondre au besoin primitif qui l'interpellait dans chaque fibre de l'être de son guerrier.

Lorsque Duncan referma ses bras autour d'elle, elle n'objecta pas d'impossibilité, bien que le manque d'air l'étourdisse tant il la serrait fort contre lui.

Bien qu'elle ne dise rien, Duncan s'en rendit compte.

— Je respirerai pour vous, dit-il à voix basse.

Il posa sa bouche sur la sienne. Son baiser aurait pu être rude, si elle ne luttait pas pour se rapprocher davantage de lui, pour le goûter plus profondément, pour pénétrer sous sa peau.

Il en était de même pour Duncan. Il se battait pour être plus proche d'elle, pour sentir sa douce chair contre la sienne, pour assouvir le désir ardent de son corps pour elle, de la seule façon possible.

Il prit vaguement conscience qu'il avait tiré Ambre au sol et qu'elle se débattait.

— S'il vous plaît, dit-il. *J'ai besoin de vous.*

Un son sortit de la gorge d'Ambre, un son qui n'était ni une approbation ni un refus. Il se força à la lâcher, au prix d'un effort qui le laissa tremblant.

Dès qu'elle fut libre, Ambre cria, comme si elle avait pris un coup. Il se jeta sur elle pour la réconforter, avant de se rendre compte qu'il ne se faisait pas confiance.

— Duncan ? dit-elle.

Sa voix tremblait, tout comme la main qu'elle lui tendait.

— Vous êtes un feu dans mon sang, dans ma chair, dans mon âme, dit-il férocement. Si je vous touche encore, je vous prendrai.

— Alors touchez-moi.

— Ambre…

— Prenez-moi.

Longtemps, il regarda les yeux dorés et la main tendue de la fille qu'il désirait plus que la vie elle-même.

Puis, il la toucha, la sentit brûler, et vit le feu de son propre désir briller dans les yeux d'Ambre.

Le désir torrentiel de Duncan se déversa sur elle comme une rivière de feu. Elle était une étincelle prise dans une tornade, brûlant avec imprudence, montant en spirale, impuissante, vers un destin inconnu. Avec l'instinct d'une femme, elle cherchait la chair de Duncan, qui était à la fois le paradis et le combustible d'un feu encore plus grand.

Duncan tira Ambre à lui avec une force qu'il maîtrisait à peine. La sensation et le goût de sa bouche le firent grogner d'un besoin grandissant. Son corps enserrait le sien au sol tandis que sa langue s'insérait entre ses dents, réclamant sa bouche dans un rythme primaire et pressant.

Avec une frénésie égale à celle de Duncan, Ambre luttait pour se rapprocher de lui, pour apaiser le supplice de leur excitation, souffrance qui était aussi plaisir intense. Ses mains parcouraient le corps de Duncan, cherchant à pénétrer sous ses vêtements.

La sensation des mains d'Ambre sur son visage, son torse, ses cuisses, était à la fois le paradis et l'enfer pour Duncan. Lorsqu'elle trouva la source impatiente de son besoin, le plaisir faillit lui faire perdre toute maîtrise. Ses hanches se soulevèrent subitement contre elle, une fois, deux fois, trois fois, et un grognement s'échappa des profondeurs de sa passion.

Ambre sentait le plaisir de Duncan et son besoin cinglant, inassouvi. Mais malgré le grand plaisir qu'il prenait à sentir sa main le caresser, cela ne suffisait pas. Elle sentait le feu sauvage qui rageait en lui, goûtait le sel de sa passion dans son cou et savait qu'elle jetait du feu plutôt que de l'eau sur le feu de son désir.

— Montrez-moi comment vous apaiser, dit-elle d'un ton pressant. Je ne peux supporter le désir qui vous déchire !

Le son qui émana de la gorge de Duncan était en effet celui d'un supplicié. Ses mains parcoururent le corps d'Ambre jusqu'à ses hanches. Il serra sa chair de ses doigts puissants un instant, envoyant une nouvelle vague de plaisir en elle. Elle eut à peine le temps de reprendre son souffle que déjà, les mains de Duncan descendaient le long de ses jambes, jusqu'à ses pieds, avant de remonter en sens inverse.

Elle remarquait à peine la morsure fraîche de l'automne sur ses jambes, car l'excitation de Duncan la traversait, balayant tout le reste. Lorsqu'il pressa sa main entre ses jambes pour évaluer la chaleur humide de son corps, qui était prêt, son exaltation sauvage la transperça.

Avec elle vint un plaisir intense, le sien, non celui de Duncan : en retirant ses doigts, il avait touché le nœud impatient de son propre désir. D'instinct, elle chercha de nouveau cette caresse, se tortillant sous Duncan dans une supplication silencieuse.

— Oui, dit-il férocement. Je ne peux plus attendre non plus.

Les mains de Duncan se cramponnèrent à ses cuisses, l'immobilisant et l'ouvrant à la fois. L'instant suivant, il pénétrait en elle.

Une douleur fulgurante se saisit de son corps, seulement pour être consumée par le plaisir intense qui battait en Duncan alors qu'il se trouvait si pleinement à sa place en elle. Puis, il y eut un moment d'immobilité et d'incrédulité.

Duncan lutta pour maîtriser le martèlement sauvage de son sang, mais c'était impossible. Ambre était un feu de velours qui l'entourait fermement, caressant chaque centimètre de sa longueur désireuse. Avec un son brisé, il se mit à bouger, se mouvant en quête d'achèvement dans le corps d'Ambre.

Sa libération s'abattit sur elle comme une tempête. Elle laissa échapper un soupir long et inégal et referma ses bras sur lui, sentant à la fois l'extase et la violence qui passaient de lui en elle.

Pourtant, dès que la dernière pulsation fut consumée, ce ne fut pas la paix qui vint, mais le bonheur. Duncan roula sur le côté et vit ce qu'il craignait — le sang de son amante qui brillait sur son corps.

— *Je vous ai fait mal*, siffla-t-il. Bon sang, je ne le voulais pas ! Qu'est-ce qui m'arrive ? Je n'ai jamais été comme cela avec une femme !

— Non, dit Ambre en caressant sa joue. Je n'ai pas mal.

— Mais vous saignez !

— Bien sûr. C'est naturel pour une vierge, de saigner lorsqu'elle accueille un homme en elle pour la première fois.

L'expression sur le visage de Duncan aurait pu être amusante, s'il n'avait pas été si horrifié.

— Vous étiez vierge ? demanda-t-il brutalement.

— Comment pouvez-vous en douter ? demanda-t-elle en souriant. Vous en portez la preuve comme une bannière pourpre.

— Mais vous répondiez si vivement, si sauvagement, comme un faucon habitué à ce tour.

— Vraiment ?

— Bon sang, oui !

— Je ne saurais le dire, dit-elle simplement.

Duncan ferma les yeux et mesura l'étendue de ce qu'il venait de faire. Elle était vierge. Elle s'était donnée à lui… et il ne lui avait donné en retour que douleur.

Il en était persuadé. Il avait senti sa déchirure aussi clairement qu'elle, mais il l'avait nié.

— *Si je prends la virginité d'Ambre, je l'épouserai.*

— *Que votre mémoire soit revenue ou non ?*

— *Oui.*

— *Je vous ferai tenir parole.*

Les mains tremblantes, Duncan recouvrit complètement le corps nu d'Ambre.

Elle l'observa, les yeux troublés. Elle ne comprenait pas. Son contact lui indiqua qu'il était en colère, triste et écœuré à la fois, mais le contact seul ne pouvait lui dire pourquoi.

— Duncan, murmura-t-elle. Qu'y a-t-il ?

Il la regarda. Ses yeux étaient plus noirs que la lumière, plus ombreux que jamais. Sa bouche était tordue par la même émotion sombre.

— Vous étiez vierge, dit-il durement, et je me suis jeté sur vous comme un animal. Bon sang, je devrais être châtié !

— Non ! Vous ne m'avez pas forcée.

— Je ne vous ai point procuré de plaisir, non plus.

— Que voulez-vous dire ?

Le regard confus d'Ambre ne fit rien pour rétablir l'amour-propre de Duncan.

— Le plaisir que vous avez éprouvé à Ghost Glen, dit-il, vous ne l'avez pas connu aujourd'hui.

— J'ai connu *le vôtre* plus ardemment. Est-ce mal ?

Duncan grogna de dégoût et se retourna, incapable de supporter plus longtemps son reflet dans les yeux inquiets d'Ambre.

— Sombre guerrier ? murmura-t-elle.

Le tremblement de sa voix hantait Duncan. Le contact léger des doigts d'Ambre sur son poignet enchaîna sa force.

— Dites-moi ce que j'ai fait de mal, dit-elle.

— Vous n'avez rien fait de mal.

— Alors, pourquoi vous détournez-vous de moi ?

— C'est de moi-même que je me détourne, dit-il, furieux. Mais où que je me tourne, je suis toujours là. Laissez-moi.

Lorsqu'Ambre retira sa main, il bondit sur ses pieds. Il se rhabilla avec des mouvements secs et resta immobile, les poings serrés.

— Pouvez-vous monter à cheval ? demanda-t-il, les dents serrées.

— Bien sûr.

— Vous êtes sûre ?

— Duncan, dit-elle, exaspérée. Je suis venue ici à cheval avec vous, vous vous souvenez ?

— Puis, je vous ai déchirée jusqu'au sang. Je vous le redemande : pouvez-vous monter à cheval ?

— Et je vous le redis : oui !

— Bien. Nous devons vite retourner au château.

— Pourquoi ?

Il ne répondit pas.

Ambre leva les yeux vers le ciel. Alors qu'il avait été peu de temps auparavant menaçant et déchiré par les éclairs, il était désormais gris perle, tel le pelage d'une colombe.

— Regardez, dit-elle, émerveillée. La tempête est partie !

Duncan jeta un regard féroce vers le ciel. L'air menaçant, il se tourna et regarda le sorbier qui veillait sur le sommeil éternel du tertre.

« Es-tu satisfait, sorbier ?

» Tu aurais mieux fait de me laisser mourir ici plutôt que de me laisser devenir un guerrier sans retenue, violeur de vierges. »

L'amertume de sa pensée ne fut pas apaisée par la prise de conscience qu'il aurait à affronter le mécontentement d'Erik que sa vassale ne soit plus une vierge.

Duncan avait pris ce qui avait été clairement interdit. Maintenant, il devait en affronter les conséquences.

Et il devait prier pour que, en honorant un serment, il n'en trahirait pas un autre, qu'il aurait oublié.

— Venez, dit-il d'un ton catégorique en se dirigeant vers les chevaux. Nous avons un mariage à organiser.

12

— Monsieur, un pèlerin aux yeux sournois demande à vous voir, dit Alfred.

Erik leva les yeux du manuscrit qu'il contemplait, composé essentiellement de runes élégantes et énigmatiques. Les grands chiens à poil dur allongés à ses pieds levèrent également la tête. La lueur orangée du feu qui brûlait dans la cheminée se reflétait dans leurs yeux.

— Un pèlerin, répéta Erik d'un ton neutre.

— Oui. Selon ses dires.

Si les mots du chevalier ne suffisaient à faire montre de son mépris, son ton et son attitude s'en chargeaient. Il vibrait quasiment de dédain.

Après un dernier regard sur le parchemin qu'il avait étudié, Erik le mit de côté.

— Pourquoi souhaite-t-il me voir ? demanda-t-il.

— Il dit avoir des renseignements sur le Fléau Écossais.

Le faucon perché au-dessus du fauteuil d'Erik poussa un cri perçant qui résonna dans la salle.

— Vraiment, murmura Erik. Comme c'est intrigant.

Alfred avait l'air plus amer qu'intrigué.

— Où ? demanda Erik. Quand ? Dans quelles circonstances ? Est-il certain que cet homme était bien le Fléau Écossais ?

— Le rustre a seulement dit qu'il devait vous parler seul, dans une intimité plus grande que celle du confessionnal.

Erik se laissa retomber sur le dossier de son fauteuil en chêne, prit son poignard d'argent et parcourut des doigts les runes inscrites sur la lame.

— Étrange.

Alfred grogna.

Le bec crochu du faucon suivait les doigts d'Erik et chacun de leur geste, comme s'il attendait une effusion de sang à tout moment.

— Amenez-le.

— Oui, monsieur.

En faisant demi-tour pour partir, Alfred regarda le faucon avec méfiance. L'oiseau était connu pour s'en prendre plus aux hommes qu'aux proies à plumes et il n'était pas entravé par un jet comme les autres faucons lorsqu'ils étaient sur leurs perchoirs intérieurs.

Erik émit un léger sifflement, qui calma instantanément l'oiseau féroce. Il battit des ailes, puis les replia, avant d'observer à nouveau, l'air impassible mais avec intensité, les doigts d'Erik caressant la lame brillante du poignard.

Une odeur particulière précéda l'arrivée du pèlerin dans le hall du château de Stone Ring. C'était un mélange d'avidité, de peur, d'impatience et d'un corps qui ne devait pas avoir connu le baiser de l'eau depuis le baptême.

— L'avez-vous trouvé dans un poulailler ? demanda-t-il oisivement à Alfred. Ou était-il enterré sous un tas de poissons morts, peut-être ?

Alfred ricana.

— Non, monsieur. Il est venu me voir de son propre chef.

— Eh bien, murmura Erik, tout le monde n'a pas l'appréciation Érudite du réconfort d'un bain chaud.

Le pèlerin semblait mal à l'aise. Bien que les vêtements qu'il portait soient faits de beaux tissus, ils ne lui allaient pas, comme s'ils avaient été coupés pour un autre homme. Ou plusieurs hommes. Il aurait eu les cheveux blonds, s'ils avaient été propres. Il observait la grande salle en dardant des coups d'œil mal assurés autour de lui, comme s'il avait peur de se faire attraper en train de regarder les plats d'or et d'argent disposés sur leurs étagères près de l'estrade du seigneur.

Erik vit ce que le pèlerin regardait. Sa bouche s'incurva. Ce n'était pas un sourire aimable.

Lorsque le pèlerin vit l'expression d'Erik, l'odeur d'avidité céda la place à celle, plus âcre, de la peur. Les chiens grondèrent et bougèrent légèrement. Le plus grand d'entre eux se leva pour s'étirer, bâillant largement, offrant à l'invité nerveux un aperçu de ses dents acérées.

— Stagkiller, dit Erik. Arrête de le taquiner.

Le chien referma ses crocs dans un claquement de mâchoires. Sous les bouffées odorantes, il érafla le parquet de ses longues griffes puissantes, tourna trois fois sur lui-même et s'allongea au sol.

— Grand seigneur, dit le pèlerin en s'avançant vers Erik.

Les chiens se levèrent tous lestement, d'un même geste.

— N'approche pas, dit calmement Erik. Ils sentent les puces sur toi. Ils ne supportent pas ces créatures.

Alfred se mit à tousser, mais un regard incisif d'Erik l'arrêta instantanément.

— Parle, ordonna Erik au pèlerin.

— Je crois savoir qu'il y a une récompense pour des renseignements sur le Fléau Écossais, dit l'homme.

Erik acquiesça.

Le pèlerin jeta un coup d'œil vers Alfred.

— Vous pouvez disposer, dit Erik à son chevalier.

Alfred, sur le point de s'opposer à l'ordre, aperçut le poignard qui tournait dans la main d'Erik.

— Bien, monsieur.

Lorsque le bruit des bottes d'Alfred se fut évanoui, Erik lança au pèlerin un regard aussi froid que celui du faucon.

— Parle vite et viens-en au fait, *pèlerin*.

— Je suis dans la forêt et j'entends crier, dit l'homme. Je cours pour voir ce qu'il se passe, et…

— Dans la forêt ? l'interrompit Erik. Où ?

— À quelques heures de marche d'ici.

Erik suivit la direction qu'indiquait le doigt sale de l'homme.

— Près de Stone Ring ? demanda Erik.

Le pèlerin se signa nerveusement et commença à cracher sur le sol, mais se ravisa vite.

— Oui, marmonna-t-il.

— Que faisais-tu sur mes terres ? Dans la *forêt*. Tu aimes le gibier, peut-être ?

L'odeur de peur redoubla. Les chiens s'agitèrent de nouveau.

— Je suis un pèlerin, monsieur, pas un braconnier !

— Ah, vous étiez en mission pour Dieu, alors, dit Erik d'une voix doucereuse.

— Oui ! dit l'homme, visiblement soulagé. Je suis un bon religieux.

— Excellent. J'apprécie d'avoir des pèlerins respectueux sur mes terres plutôt que des braconniers ou des hors-la-loi.

Tandis qu'Erik parlait, le faucon pencha la tête pour observer l'homme de ses yeux de prédateur.

— Continue, dit Erik. Tu étais dans la forêt, tu as entendu un cri et tu as couru pour voir ce qu'il se passait ?

— Euh, oui.

— Et que se passait-il ?

— Des voyous se jetaient sur un homme et une damoiselle. Ils vérifiaient comment leur allaient leurs bas, si vous voyez ce que je veux dire.

— Oui, répondit Erik en haussant les sourcils.

— Les voyous ont vu les gemmes d'ambre brillantes de la damoiselle et… bon sang !

Le sifflement perçant du faucon avait coupé les mots du pèlerin et mis les chiens sur leur garde.

— La jeune femme, dit Erik doucement sans quitter son convive crasseux des yeux. A-t-elle été blessée ?

— Non, monsieur, s'empressa de répondre l'homme. C'est ce que j'essayais de vous dire.

— Un hors-la-loi a-t-il porté la main sur elle ? A-t-elle été *touchée* ?

— Euh… Je…

L'homme avala sa salive, mal à l'aise.

— Elle a été tirée de son cheval et un peu malmenée pour avoir planté une dague dans celui qui voulait lui voler ses bijoux, c'est tout.

Erik ferma les yeux un instant. Il avait peur que le faux pèlerin ne voit ce que révélait son regard et qu'il ne s'enfuie avant d'avoir fini son histoire.

— Elle a été tirée de son cheval, dit-il très doucement. Et ensuite ?

— L'homme a été tiré à son tour, mais il a atterri sur ses pieds et s'est mis à faire tourner un fléau d'armes.

Un sourire froid s'étira sur les lèvres d'Erik.

— Dieu me pardonne, mais c'était un sorcier avec ce fléau d'armes, continua-t-il. J'ai vu bien vite que nous — euh, que les voyous — allaient être battus, même s'ils étaient à dix contre un.

Le sourire d'Erik s'élargit, toujours aussi glacial.

— Puis, la damoiselle s'est mise à les maudire dans une langue étrange, et les voyous se sont rendu compte que c'était cette sorcière d'ambre dont on entend parler, celle qui habite près de ce donjon ?

Erik hocha la tête sans répondre.

Le hors-la-loi soupira, soulagé de voir qu'il n'allait pas lui poser d'autres questions.

— Certains voyous ont contourné l'homme pour éviter le fléau, dit-il encore. Juste avant qu'ils ne l'atteignent, la sorcière a crié, et le guerrier a sauté et s'est retourné pour faire face à ceux qui étaient dans son dos. Et le fléau continuait à tourner sans problème. Tout s'est passé en un clin d'œil.

Erik attendit.

— Un seul homme est capable de faire ça, expliqua le hors-la-loi.

— Oui, dit Erik.

Il savait d'expérience que les chevaliers parlaient plus souvent de ce mouvement qu'ils ne l'exécutaient avec succès. En fait, Erik ne connaissait qu'un seul guerrier réellement capable de montrer une telle force et un tel talent. C'était même ce qui lui avait donné son nom.

Le Fléau Écossais.

— J'aurais aimé voir ça, dit-il.

Et il le pensait.

Le faux pèlerin grogna. Visiblement, il aurait très bien pu se passer de sa rencontre avec le Fléau Écossais.

— Que s'est-il passé ensuite ? demanda Erik.

— Les crapules qui le pouvaient encore se sont enfuies comme des chevreuils. La sorcière et le Fléau Écossais sont partis au galop.

— Vers ce donjon ?

— Non. De l'autre côté. J'ai couru jusqu'ici aussi vite que possible, pour vous dire que j'avais vu le Fléau Écossais et avoir la récompense.

Erik observa la lame de son poignard sans rien dire.

— Vous ne me croyez pas ? demanda le hors-la-loi d'un air inquiet. C'était le Fléau. Deux fois plus grand que la plupart des hommes, les cheveux noirs et les yeux clairs, aussi fort qu'un bœuf.

Le poignard étincela tandis qu'Erik le faisait lentement tourner entre ses longs doigts.

— Ce n'était pas la première fois que je le voyais, continua-t-il. J'étais à Blackthorne pour... euh... mon pèlerinage quand le Fléau a affronté Dominic le Sabre. J'en suis sûr et certain.

— Oui, dit Erik, je crois que vous avez vu le Fléau Écossais.

— La récompense, monsieur ?

— Oui, dit doucement Erik. Je vous donnerai une récompense adéquate pour votre travail du jour.

Les ailes du faucon s'ouvrirent brusquement, surprenant le hors-la-loi, qui recula. À ce mouvement soudain, les sept chiens de chasse relevèrent la tête pour l'observer.

Le hors-la-loi se figea.

— Alfred, dit Erik d'une voix suffisamment forte pour qu'elle traverse toute la pièce.

— Oui, monsieur !

— Apportez trente pièces d'or.

— Tout de suite, monsieur.

Erik regarda le hors-la-loi, impassible. L'homme semblait mal à l'aise.

— Une petite chose, mon bon pèlerin, dit Erik doucement.

— Oui ?

— Vide tes poches.

— Quoi ?

— Tu m'as entendu. Fais-le. Maintenant.

La douceur de la voix d'Erik resta égale, mais le hors-la-loi finit par comprendre ce qui se cachait derrière ses bonnes manières. Il ne se trouvait pas devant un seigneur gentillâtre, mais face à un guerrier. Les flammes de l'enfer brûlaient dans ses yeux jaunes. Tremblant, le hors-la-loi se mit à vider les sacs qui étaient attachés sous ses vêtements.

Erik désigna une table proche de lui de la pointe de son poignard.

L'homme vida le contenu de son premier sac sur la table : deux poignards aux lames d'acier et aux pommeaux d'argent. Ils étaient maculés de sang.

Le sac suivant révéla trois peignes d'argent, dont le style délicat montrait qu'ils avaient autrefois orné la chevelure de belles dames. Une longue mèche de cheveux était emmêlée dans l'un des peignes, comme si on l'avait arrachée à la tête d'une femme.

Erik observait avec une indifférence apparente, mais en réalité, ses yeux ne manquaient rien du spectacle.

Du pain, de la viande, du fromage et une poignée de pièces de cuivre apparurent sur la table. Le hors-la-loi leva la tête, vit les yeux maléfiques d'Erik et jura dans son souffle. Un autre sac cracha son contenu sur la table. Cette fois-ci, il y eut une lueur d'argent et un seul éclat d'or.

— C'est tout, marmonna le hors-la-loi.

— Pas tout à fait.

— Monsieur, je suis aussi vide que le ventre d'une veuve !

Erik se leva si brusquement de sa chaise que le hors-la-loi n'eut pas le temps de s'enfuir. Alors qu'il avait été tranquillement assis l'instant précédent, Erik enfouissait soudain fermement ses mains dans les cheveux sales du hors-la-loi, la pointe de son poignard sous sa gorge.

— Souhaites-tu mourir sans te confesser, un mensonge encore frais sur tes lèvres ? demanda-t-il gentiment.

Le hors-la-loi plongea son regard dans celui d'Erik. Il aurait préféré être face au diable en personne plutôt qu'avec le sorcier qui l'observait en ce moment même.

— Je… je…, bégaya-t-il.

— L'ambre. Sors-le.

— Quel ambre ? Je ne suis pas assez riche pour… aïe !

Les mensonges cessèrent lorsque la pointe du poignard pénétra délicatement sa chair. Les mains du hors-la-loi plongèrent frénétiquement sous sa cape. Il en sortit un autre sac. Il tira sur le cordon. Un bracelet cassé tomba sur la table et brilla de nuances d'or.

De l'ambre, pur et transparent, précieux, objet de valeur que seul un riche seigneur pouvait s'offrir.

Dans le silence s'élevèrent les bruits de pas d'Alfred qui se précipitait dans la grande salle. Il hésita en voyant qu'Erik tenait son poignard sous la gorge du hors-la-loi. En une seconde, il avait lui aussi dégainé un long poignard de combat.

— Vous avez l'argent ?

En entendant la douceur exacerbée de sa voix, Alfred se dit qu'il aurait aimé se trouver ailleurs.

Tout de suite.

— Oui. Trente pièces.

— Excellent. Donnez-les à ce « pèlerin ».

Alfred lâcha les pièces dans la main tremblante du hors-la-loi.

— Avez-vous un nom ? demanda Erik.

— B-bob.

— Bob le Traître, peut-être ?

Le hors-la-loi pâlit d'un coup. Il se mit à transpirer.

— Il se sait dans toutes les Terres contestées, dit Erik, que la jeune femme à qui appartient ce bracelet est sous ma protection.

— Elle est sauve, monsieur, je le jure sur l'âme de ma mère !

— On sait aussi quelle punition viendra à celui qui oserait toucher Ambre l'Inaccessible.

Le hors-la-loi voulut intervenir, mais Erik parlait toujours, doucement, implacablement.

— Alfred, menez Bob à un prêtre. Qu'il se confesse. Puis pendez-le.

Le hors-la-loi se retourna et tenta de s'enfuir. Erik lui fit un croche-pied avec la rapidité d'un serpent qui attaque une proie. L'homme s'étala en un tas puant aux pieds d'Alfred.

— Ne me fais pas regretter ma clémence.

— Clémence ? s'étonna le hors-la-loi.

— Oui, créature. Ma clémence. Conformément à la loi, je pourrais te couper les mains, les testicules et la peau du dos avant de te sortir les tripes par les narines, de découper ton corps en quatre et de laisser ton âme sans confession au diable pour qu'il s'en repaisse avant le second avènement du Christ. Mais je suis clément, clama-t-il. Tu pourras te confesser et tu seras pendu.

C'est plus décent que ce que tu as fait subir à la jeune femme dont les cheveux pendent à ce peigne d'argent et dont le sang macule ton poignard.

Le hors-la-loi tremblait de peur.

— Vous êtes un sorcier ! Seul un sorcier peut savoir cela !

— Donnez l'argent et le reste des biens de cette créature au chapelain pour les pauvres, dit Erik à Alfred.

— Bien, monsieur.

Alfred se pencha et tira le hors-la-loi, toujours à terre. Juste avant qu'ils n'atteignent la porte pour sortir de la grande salle, Erik appela son chevalier.

— Alfred !

Il s'arrêta et regarda par-dessus son épaule.

— Oui, monsieur ?

— Quand ce sera fait, brûlez la corde.

Ambre mit pied à terre avant que Duncan ne puisse faire le tour de son cheval pour venir l'aider. Ses genoux fléchirent un peu, puis ils soutinrent son poids sans plus de protestations.

Duncan pinça les lèvres. Il était évident qu'elle ne cherchait plus son contact. Il ne lui en voulait pas. Ce qui aurait dû être une douce initiation au mystère du sexe avait été accompli avec toute la finesse d'un taureau montant une vache.

— Merci, Egbert, dit Ambre lorsque l'écuyer s'approcha pour prendre ses rênes. Erik est-il revenu de Sea Home ?

— Oui. Il vous attend dans le quartier seigneurial. Dépêchez-vous, damoiselle. Il n'est pas de bonne humeur.

Duncan se tourna vers lui, l'air interrogateur.

— Comment cela ?

— Il a fait pendre un homme il n'y a pas une heure.

Ambre se tourna vers lui si brusquement que son capuchon glissa, révélant ses cheveux défaits.

— Pourquoi ?

— L'homme avait un bracelet d'ambre dans son sac. La rumeur dit qu'il est à vous.

Un regard rapide vers son poignet gauche confirma la peur d'Ambre. Là où s'étaient trouvées trois rangées d'ambre, il n'y en avait plus que deux. Dans l'agitation de la bataille — et de ce qui avait suivi —, elle n'avait pas remarqué qu'elle avait perdu un bracelet.

— Je vois, souffla-t-elle.

Elle releva ses jupons et traversa le mur d'enceinte du château pour rejoindre le donjon. La porte était grande ouverte, comme si quelqu'un, à l'intérieur, était impatient de la voir.

Duncan la rattrapa avant qu'elle n'atteigne l'entrée. Ils pénétrèrent ensemble dans la salle.

La vision qui les accueillit n'était pas pour les rassurer. Bien que seuls un chien et le faucon fussent autorisés à rester dans la chaleur de la pièce, leur agitation était de mauvais augure.

— Qu'entends-je ? Vous avez fait pendre un hors-la-loi ? dit Ambre avant qu'Erik ne puisse parler.

Après un instant, Erik referma le manuscrit qu'il était en train de lire. Il regarda Ambre, puis Duncan.

— La pendaison est la punition de tout homme qui ose toucher ce qui est interdit.

Ambre respirait avec difficulté. Duncan avait fait bien plus que la toucher.

Et d'une manière ou d'une autre, Erik le savait.

Il plongea la main sous le manuscrit et brandit le bracelet d'ambre.

— Ceci vous appartient, je présume ?

Ambre hocha la tête.

Les yeux énigmatiques se tournèrent vers Duncan.

— J'ai entendu dire que vous vous êtes bien battu. Vous avez toute ma gratitude.

— Ce n'étaient que des voyous, dit Duncan.

— Mais à dix contre vous seul. Armés de bâtons de bois et de poignards, et rusés comme des renards. Ils ont souillé et tué au moins une femme et vaincu trois chevaliers seuls. De nouveau, je vous remercie.

— Puis-je vous parler seul à seul, monsieur ? demanda Duncan.

— Le dernier homme qui a fait une telle requête a connu une fin malheureuse, dit Erik avec un léger sourire. Mais j'ai beaucoup plus d'estime pour vous. Les guerriers de votre talent sont très rares.

Duncan se tourna vers Ambre, attendant manifestement qu'elle s'en aille. Elle le regarda, mais ne bougea pas d'un pouce.

— Ambre ? demanda doucement Erik. Pouvez-vous nous laisser ?

— Je ne pense pas. Ce qui va se dire me concerne autant que vous.

Erik leva les sourcils et regarda Duncan, qui ne le remarqua pas. Il regardait Ambre d'un air malheureux.

— Je voulais vous épargner ce récit, dit Duncan à voix basse.

— Pourquoi ? Cela a été fait par nous deux, non par vous seul.

— Non, dit-il d'un ton amer. Cela a été fait de l'un à l'autre.

Avant qu'Ambre n'ait pu ouvrir la bouche pour répondre, Duncan s'était tourné vers Erik.

— Je demande la main de votre vassale.

Le faucon poussa un cri étrange, mélodieux. Le son joyeux qui se propageait depuis le bec crochu du rapace était surprenant.

— Accordée, dit immédiatement Erik.

— Ne devriez-vous pas me demander ? s'enquit Ambre.

Un sourire amusé adoucit les traits durs du seigneur.

— Vous avez déjà donné votre permission.

— Quand ? le défia-t-elle.

— Lorsque vous vous êtes unie à Duncan, rétorqua-t-il.

Elle pâlit, puis rougit.

Duncan fit un pas en avant, se plaçant en protecteur entre Erik et elle.

— Ce n'était pas de son fait, dit-il.

Le sourire d'Erik s'effaça. C'était comme s'il n'avait jamais existé.

— Ambre. Duncan vous a-t-il forcée ?

— Non !

— Elle était innocente, dit Duncan. Moi pas. Je suis seul responsable de ce qu'il s'est passé.

Erik sourit sous sa barbe en replaçant oisivement une page du manuscrit.

— Épargnez-moi ce discours, dit-il après un moment en relevant la tête. Je ne ferai aucune récrimination.

— Vous êtes généreux, dit Duncan.

— Vous voulez Ambre. Ambre vous veut, continua Erik en haussant les épaules. Rien ne s'oppose à cette union, et beaucoup d'éléments la préconisent. Vous serez mariés sur-le-champ.

Les ténèbres se muèrent et s'agitèrent en Duncan. Des voix dont il se souvenait vaguement lui disaient qu'il ne devait pas, qu'il ne pouvait pas. Il serait abjuré s'il épousait Ambre.

Mais il le serait aussi s'il ne l'épousait pas. Il avait donné sa parole à Erik.

Si je prends la virginité d'Ambre, je l'épouserai.

Duncan ferma les yeux, luttant contre ce qui disait en lui qu'il y avait une raison pressante de ne pas l'épouser.

Un nom se forma comme une eau éclatante baignée de clair de lune, miroitant dans les ténèbres de ses souvenirs, brillant dans les ombres qui remuaient, dissimulant puis révélant…

Ariane.

C'était tout. Rien de plus. Un nom venu de son passé, maudit et oublié.

Un nom, une urgence, une raison de ne pas se marier.

Mais c'était une raison, une urgence et un nom d'un temps ancien, avant qu'il ne prenne l'innocence d'Ambre pour ne lui donner que douleur en retour.

Des doigts, dont la froideur n'était pas due seulement à la fraîcheur de l'automne, se refermèrent sur son poignet. La main d'Ambre. Duncan plongea son regard dans ses yeux assombris et sentit un frisson lui parcourir l'échine.

Elle avait peur.

De lui ?

— Ambre, dit Duncan à voix basse, mariés ou pas, je ne vous toucherai plus à moins que vous ne me le demandiez clairement. Je le jure !

Des larmes brillaient dans ses yeux, amplifiant leur tristesse et leur beauté. Lorsqu'elle secoua doucement la tête, les larmes coulèrent dans un silence éclatant le long de ses joues fraîches.

Ambre voulait dire à Duncan qu'elle se réjouissait qu'il la touche, mais elle ne pouvait pas. Si elle ouvrait la bouche, elle craignait que seul un soupir de chagrin lui échappe.

Elle avait entendu un nom de femme murmuré dans les ténèbres de l'esprit de Duncan, un écho tournant et se retournant dans son passé oublié, et cela lui déchirait le cœur.

Ariane.

— Ambre ? demanda Erik.

Il la regardait avec une intensité qui brûlait aussi clairement que le feu dans l'âtre.

Elle ferma les yeux et lâcha le poignet de Duncan. Pourtant, dans l'action de le relâcher, elle caressa du bout des doigts les veines de son poignet, où la force de sa vie déferlait sous sa peau.

Erik ressentait le chagrin d'Ambre aussi clairement qu'il sentait son amour pour le guerrier qui la regardait, les yeux tourmentés.

— Duncan, dit-il, laissez-nous.

— Non, dit Duncan avec force. Je ne vous laisserai pas déshonorer Ambre pour ce qui n'était pas de sa faute.

Erik regarda directement dans les yeux de Duncan et sut qu'il était sur le point de perdre sa maîtrise de soi. Quels souvenirs lui revenaient ? À quel rythme ? Combien de temps avait-il avant que Duncan ne prenne conscience qu'il était le Fléau Écossais ?

Son ennemi.

L'amant d'Ambre.

Fiancé à une héritière normande qu'il n'avait jamais vue.

Vassal de Dominic le Sabre.

Erik pinça les lèvres. Il restait si peu de temps ! Beaucoup de choses pouvaient mal se passer, et il y avait tant en jeu…

« Ils doivent se marier.

» Immédiatement ! »

— Je n'humilierais pas plus Ambre que ma propre sœur, dit-il avec précaution. Elle m'est très chère. Et je la connais bien.

Il se tourna vers Ambre.

— Voulez-vous que Duncan reste pendant que nous parlons… de l'organisation du mariage ?

Le sourire d'Ambre était encore plus triste que ses larmes. Elle secoua lentement la tête.

Sans un mot, Duncan tourna les talons et quitta la pièce.

Erik attendit que l'écho de ses pas s'évanouisse dans le crépitement du feu. Mais même alors, Ambre ne dit mot. Elle demeurait immobile, ses larmes transformant ses joues pâles en argent.

Erik était mal à l'aise. Il avait vu Ambre sous bien des jours, bien des humeurs, mais jamais il n'avait senti en elle un chagrin si intense.

Comme si quelque chose d'aimé était mort.

— Si cela ne vous fait pas de mal, dit-il, j'aimerais vous prendre sur mes genoux et vous bercer comme une enfant.

Le rire d'Ambre ressemblait fort à un sanglot.

— Une seule personne peut me toucher ainsi sans que cela me fasse mal, murmura-t-elle.

— Duncan.

Elle paraissait plus triste que jamais.

— Oui, murmura-t-elle. Mon sombre guerrier.

— Vous serez sa femme avant que le chapelain n'ait commencé la messe du matin, dit Erik. Pourquoi, alors, pleurez-vous ?

— Je ne peux épouser Duncan.

— Bon sang, a-t-il été si rustre avec vous ?

Ambre ne comprit pas tout de suite. Puis elle rougit.

— Non, dit-elle.

Sa voix était si douce qu'Erik entendit à peine sa réponse.

— Êtes-vous sûre ? Les hommes peuvent être vicieux quand la luxure s'empare d'eux. Peu importe combien j'ai besoin de Duncan, je ne vous condamnerai pas à passer le reste de votre vie avec une bête en rut qui fait deux fois votre taille.

Ambre porta ses mains à ses joues brûlantes.

— Arrêtez !

Erik jura, se leva brusquement et s'approcha aussi près d'Ambre qu'il le pouvait sans la toucher.

— Ambre, regardez-moi.

Le regret, la tendresse et l'inquiétude se mêlaient dans la voix d'Erik et sur son visage.

— Cassandra ne vous a-t-elle jamais parlé des relations entre hommes et femmes ? demanda-t-il.

Elle secoua la tête.

Erik soupira.

— C'est qu'elle devait penser que vous ne pourriez jamais toucher la main d'un homme sans souffrir, et encore moins que vous pourriez recevoir en vous une autre partie de son corps, dans le lit marital.

Ambre soupira légèrement en détournant son regard du grand seigneur qu'elle avait connu toute sa vie.

Et pourtant, ils n'avaient jamais parlé ainsi.

— Non, dit Erik. Nul besoin d'être embarrassée de la façon dont les hommes et les femmes s'unissent. C'est un don de Dieu. Avez-vous trouvé cela… déplaisant ?

Ambre secoua la tête.

— Douloureux ?

Elle fit de nouveau non.

— Alors, il ne vous a pas prise trop vite ? insista-t-il. Ce n'est pas un amateur ?

— Erik, fit-elle d'une petite voix. Nous ne devrions pas parler de telles choses !

— Pourquoi pas ? Vous n'avez ni mère ni sœur, et Cassandra n'a jamais été avec un homme. Ou préférez-vous en parler avec un prêtre qui n'a jamais été avec une femme ?

— Je préfèrerais ne pas en parler du tout, marmonna-t-elle.

Erik fut profondément soulagé. La vie revenait dans sa voix. Il ne savait pas ce qui allait arriver à Ambre si elle pensait perdre Duncan.

Et il ne voulait pas le savoir.

— Vous devez en parler, dit-il. Ne serait-ce que cette fois-ci.

Elle le regarda en coin. Il n'allait pas changer d'avis. Elle hocha la tête à contrecœur.

— Si Duncan est un amateur dans l'art de l'amour, dit-il, on peut y remédier. Pas si c'est une brute.

— Ce n'est ni un amateur ni une brute, dit-elle.

Un long soupir de soulagement fut la première réaction d'Erik. Puis il sourit.

— Je commence à comprendre, dit-il.

— Je suis contente que l'un de nous comprenne.

Il cacha son sourire.

— On m'a dit que la première fois d'une damoiselle est rarement sa plus… mémorable.

— Non, dit-elle d'une voix rauque. Je m'en souviendrai jusqu'à ma mort. Sentir l'extase du corps de mon guerrier battre dans le mien était… extraordinaire.

Erik sentit le rouge lui monter aux joues, non à cause de la chaleur du feu dans l'âtre. Puis, il renversa sa tête en arrière et se mit à rire.

— Vous donnez autant que vous recevez, demoiselle.

Ambre ne comprit pas tout de suite. Puis, elle rit à son tour malgré sa gêne.

— Je ne voulais pas vous mettre dans l'embarras, dit-elle.

— Je survivrai, dit-il sèchement. Maintenant, arrangez vos cheveux et vos vêtements avant que je n'appelle le prêtre. Vous vous marierez à la messe de minuit.

Le sourire d'Ambre s'évanouit.

— C'est impossible.

— Pourquoi ?

— Duncan s'est souvenu du nom d'une femme.

— Ariane ? demanda Erik d'un air détaché.

Pendant un moment, Ambre était trop choquée pour pouvoir répondre.

— Vous saviez ? murmura-t-elle.

Il hocha la tête.

— Comment ?

— Parce que votre sombre guerrier est Duncan de Maxwell, le Fléau Écossais.

Ambre vacilla, comme si on l'avait frappée.

— Vous le saviez ?

— Je me le suis demandé. J'ai espéré. Et j'ai su.

— Alors, vous savez pourquoi je ne peux l'épouser.

— Non, je l'ignore.

— Duncan est marié à cette Ariane, malgré sa certitude de n'avoir jamais été marié.

— Non. Il est fiancé à une héritière normande dont il n'a jamais vu le visage et dont il a entendu le nom une seule fois lorsque Dominic le Sabre l'a prévenu de cet accord.

— Duncan est le vassal de Dominic le Sabre, dit-elle d'une voix tremblante, les yeux clos. M'épouser serait trahir son vœu de fidélité.

— Bon sang, fit Erik d'un ton hargneux. Comment pouvez-vous être si aveugle ? Écartez cette tragédie de votre vue et regardez-moi !

L'autorité froide dans la voix d'Erik choqua Ambre comme rien d'autre n'aurait pu le faire.

— Dieu vous a envoyé le seul homme que vous pouvez toucher sans souffrir, dit-il. Dieu m'a envoyé le seul homme dont j'ai besoin pour conserver les terres assiégées de Lord Robert.

— Mais…

— Et Dieu a envoyé le moyen de transformer un ennemi en allié, continua-t-il sans relâche. Une fois marié avec vous, Duncan sera *mon* vassal, pas celui de Dominic le Sabre !

Le silence s'étendit jusqu'à vibrer comme la corde d'un arc trop tendue.

— C'est mal, répondit-elle. Duncan est venu sur les Terres contestées comme un chevalier, avec ses richesses, la promesse d'un domaine et une femme noble pour lui donner des héritiers.

— C'est faux, répliqua Erik. Il est venu à Stone Ring plus mort que vivant, avec autant de souvenirs qu'un nouveau-né, et vous lui avez sauvé la vie. Il a vécu une renaissance et il est *à moi.*

— Sa mémoire lui revient, dit Ambre avec tristesse. Peu à peu, les ténèbres reculent.

— Oui, dit Erik en souriant étrangement. C'est pourquoi vous serez mariés à minuit.

— Non. La prophétie…

— Oubliez la prophétie, dit-il durement. Comme vous avez fait votre lit, vous vous coucherez, et ce, en tant qu'épouse de Duncan.

— Cassandra va…

— Accepter ce qu'elle ne peut changer, dit Erik en coupant de nouveau Ambre.

— Deux parties de la prophétie se sont réalisées. Cela ne veut donc rien dire pour vous ?

— Cela veut dire que vous feriez mieux de garder votre âme plus soigneusement.

Il y eut un silence tendu. Puis Ambre secoua la tête.

— Je ne peux, dit-elle. Je ne peux trahir ainsi mon sombre guerrier.

Le visage d'Erik changea. Toute douceur quitta ses traits. L'éclat topaze de ses yeux était plus froid qu'un lever de soleil en hiver.

— Vous épouserez le Fléau Écossais à minuit…

— Non !

— … ou bien avant que sonnent les douze coups, *vous le verrez pendu.*

13

— Tu as l'air bien abattue pour une jeune fille qui vient d'épouser son amant ! dit Cassandra, élevant la voix pour se faire entendre dans le brouhaha de la fête.

Ambre ne répondit pas. Ses yeux dorés fixaient Duncan, qui à la droite d'Erik, recevait les félicitations des chevaliers présents. Même parmi des combattants, Duncan se démarquait. Il était plus grand, plus dur que la plupart d'entre eux et pourtant, il avait un rire que personne ne pouvait entendre sans rire à son tour.

La fête battait son plein : on avait beaucoup levé son verre, raconté maintes histoires et bien mangé. Jongleurs et poètes se déplaçaient dans la foule, divertissant les convives de leurs mains habiles et de leurs vers sur le mariage et la couche.

Les chiens d'Erik, agités, fouillaient sous les tables qui croulaient sous la nourriture, les plats d'or et d'argent et les coupes incrustées de pierres précieuses. Des faucons dominaient la pièce depuis leurs perchoirs, observant chaque mouvement d'un intérêt troublant.

Cassandra regardait Ambre avec la même lueur dans les yeux. À peine la femme avisée était-elle revenue d'un accouchement qu'elle avait retrouvé un château bouillonnant d'excitation. Un homme pendu. Une damoiselle à marier. Des pillards nordiques qu'on disait être à Winterlance.

Et peut-être, la mémoire d'un grand guerrier qui se mouvait, se réveillait et regardait le monde avec les yeux d'un oiseau de proie.

Cassandra n'avait même pas eu le temps de protester, d'accepter, de faire quoi que ce soit, si ce n'est assister à un mariage qui n'aurait jamais dû avoir lieu.

Elle n'avait pas non plus eu l'occasion de parler à Ambre seule à seule. Elle aurait voulu lui demander pourquoi elle prenait autant de risques alors que le gain était si invraisemblable, savoir pourquoi elle avait autorisé son corps à suivre son cœur imprudent en le donnant à un homme qui lui était venu dans l'obscurité.

« Pourvu qu'il y reste ! »

Mais ses pierres de rune prédisaient le contraire. Duncan allait se réveiller, et la mort, non la vie, en découlerait.

— L'as-tu dit à Duncan ? demanda-t-elle.

Ambre n'avait pas besoin de demander à Cassandra de quoi elle parlait. Elle le savait. Elle avait passé les heures précédant son mariage seule à interroger son pendentif d'ambre.

Les réponses qui lui revenaient étaient toujours les mêmes.

Un choix entre deux maux.

— Non, dit-elle.

— Tôt ou tard, quelqu'un va le reconnaître.

— Oui.

— Que feras-tu, alors ?

— Ce que je dois faire.

— Il aurait été mieux de laisser Erik le pendre avant que le troisième aspect de la prophétie ne se réalise.

Le regard qu'Ambre lui jeta renfermait les mêmes flammes fauves de l'enfer qui dansaient parfois dans les yeux d'Erik.

— Je vois.

Le sourire de Cassandra était sincère, et triste.

— Ton cœur et ton corps lui appartiennent. L'âme les suit avec hâte.

— Excepté voir mon sombre guerrier pendu, dit froidement Ambre, qu'auriez-vous voulu que je fasse ?

Elles furent interrompues par un chevalier qui portait un toast.

— Longue vie, prospérité et beaucoup de fils !

Tous levèrent leur coupe bien haut. Ambre sourit, comme de coutume, et salua de son propre verre avant de boire une gorgée.

— Protège ton âme, reprit Cassandra.

— Comment ?

En parlant, Ambre regardait la main de Duncan. Elle était si puissante, balafrée, que la lourde coupe semblait presque délicate entre ses doigts. Une fois qu'il l'eut reposée, il parcourut lentement le motif doré du bout des doigts, évaluant sa texture et ses variations.

Ambre aurait tout donné pour que sa main caresse sa peau plutôt que le métal froid. Elle le désirait tant que cela l'effrayait autant que cela l'embrasait.

Duncan se tourna vers elle et vit qu'elle le regardait. À la lueur des bougies, ses yeux n'apparaissaient plus noisette, mais or.

Et comme les bougies, ils brûlaient.

— Ne partage pas son lit, pour commencer, dit sèchement Cassandra.

— Quoi ? s'étonna Ambre en la regardant.

— Chaque fois que tu touches Duncan, tu lui donnes un peu plus de toi-même. Si tu veux que cela cesse, tu dois te refuser à aller dans le lit conjugal.

— Cela va à l'encontre de la loi de Dieu.

— Et de ton propre désir.

Ambre ne prit pas la peine de le nier.

— Erik connaissait les risques.

— Je me le demande, marmonna Cassandra.

— Soyez sans crainte, dit sèchement Ambre. Le don d'Erik est proche du vôtre, mais il l'exerce sans pierre divinatoire. Il voit…

— L'opportunité du gain là où les autres ne voient que défaite, l'interrompit froidement Cassandra. Il est, cependant, humain.

— Nous le sommes tous. Même vous. Quoi qu'il en soit, Erik a pensé que ce que lui, les vassaux et la terre y gagneraient en valait la peine.

— Lui ?

— Oui. Pourquoi pensez-vous qu'il a nommé Duncan intendant du château de Stone Ring ?

— Pour te donner un mari à la richesse raisonnable.

— C'est une conséquence, pas une raison.

Cassandra attendait, la fixant de ses yeux couleur de pluie.

— Erik sait que Duncan sera capable de défendre le château, dit Ambre. Et ainsi, il peut aller combattre les pillards nordiques à Winterlance en toute sérénité.

— Ah, oui. Les Nordiques.

— *La mort inéluctablement viendra frapper.*

Cassandra ferma les yeux.

— Les Nordiques aussi savent que l'hiver va être rude.

— Oui, répondit Ambre. Le messager de Winterlance a dit qu'ils n'étaient qu'à deux jours du château.

— A-t-il dit combien de bateaux ont été vus ?

— Un vassal en a vu quatre. Un autre deux. Un autre sept.

On porta un nouveau toast. Ambre leva de nouveau son verre et sourit, puis se remit à regarder son époux.

— Quand partira Erik ? demanda Cassandra.

— À l'aube.

— Combien de chevaliers emmène-t-il ?

— Tous sauf un, dit Ambre.

— Alfred ?

— Non. Duncan.

— Même le Fléau Écossais ne peut défendre un château à lui seul, marmonna Cassandra.

— Quatre hommes armés vont rester.

— C'est tout de même un risque.

Ambre sourit d'un air mélancolique.

— Vraiment ? Duncan de Maxwell, seigneur d'un château non réclamé et vassal de Dominic le Sabre était la plus grande menace qui pesait sur Stone Ring.

— Et Duncan en est désormais le sénéchal, vassal d'Erik l'Invaincu, compléta Cassandra. Est-ce ainsi que raisonne Erik ?

— Oui.

La femme plus âgée secoua la tête avec un mélange de regret et d'admiration pour l'audace d'Erik.

— Toutefois, cela représente toujours un risque effroyable, dit-elle. Lorsque Dominic le Sabre le saura, et sois sûre qu'il l'apprendra, il attaquera Stone Ring lui-même.

— Le temps manque pour organiser une attaque avant que l'hiver lui-même ne défende la terre.

— Il y a toujours le printemps ou l'été.

— D'ici là, les pillards du nord ne menaceront plus Winterlance. Erik pourra concentrer ses chevaliers ici.

Cassandra poussa un long soupir. Jamais elle n'avait vu Ambre ainsi, à la fois triste et farouche, hantée et effrontée, vibrante et renfermée.

— Ou bien, d'ici au prochain printemps, dit Ambre en regardant Duncan, Lord Robert prendra enfin conscience qu'Erik doit avoir plus de chevaliers. Ou peut-être Erik arrivera-t-il à quelque accord avec Dominic le Sabre. On dit qu'il préfère la paix à la guerre. Comme un véritable Loup Druide de la Vallée.

— On dit aussi qu'il ne demande pas de quartiers, et *n'en donne pas.*

— On dit la même chose d'Erik.

— C'est parfois vrai, dit Cassandra.

— Et parfois cela ne l'est pas.

Le rire éclata chez les chevaliers avec une vigueur qu'aucune d'entre elles n'avait entendue. Tout comme personne ne pouvait les entendre. Le brouhaha des festivités leur donnait un refuge propice aux conversations privées.

Cassandra avait bien l'intention de prendre plein avantage de cette opportunité. Elle avait consulté ses pierres deux semaines durant, et la réponse avait toujours été la même.

Un choix entre deux maux.

— Selon Erik, que se passera-t-il lorsque Duncan apprendra son véritable nom ? demanda-t-elle avec prudence.

— Si on le lui dit simplement, Duncan le saura sans le ressentir. Il sera furieux, mais ses sentiments pour moi l'emporteront sur sa colère.

Le ton d'Ambre était plat, monotone, comme si c'était une réponse qu'elle avait mémorisée plutôt qu'une conviction qu'elle comprenait.

— Est-ce ce que tu crois ?

— Je crois que j'aime l'homme qui est venu à moi dans l'obscurité, murmura-t-elle. Je crois qu'il me désire jusqu'aux tréfonds de son âme. Et j'espère…

Sa voix s'affaiblit.

— Dis-moi, dit Cassandra sur un ton aussi compatissant que pressant.

Ambre baissa ses longs cils dorés pour cacher ses yeux qui contenaient plus d'ombres que de lumière. Lorsqu'elle parla, sa voix tremblait sous la puissance des émotions qu'elle gardait pour elle.

— J'espère et je prie que Duncan apprendra à m'aimer avant de connaître son véritable nom, dit-elle. Alors, peut-être…

Sa voix se brisa. Dissimulés sous la table, ses ongles s'enfonçaient profondément dans ses paumes.

— Peut-être ? demanda Cassandra.

Ambre frissonna.

— Peut-être pourra-t-il me pardonner de ne pas lui avoir dit.

— C'est pourquoi tu iras dans le lit conjugal avec lui, dit Cassandra, comprenant enfin. Tu espères l'y conquérir.

— Oui.

— Tu y vas en étant consciente que tu lui donneras un peu plus de toi-même chaque fois qu'il te touche.

— Oui.

— Tu y vas en sachant que tu te réveilleras un jour pour être haïe par l'homme à qui tu as donné ton cœur, ton corps… et ton âme.

— Oui.

— Sais-tu ce qui arrivera alors ?

— Oui.

— Tu acquiesces si aisément, souffla Cassandra. Regarde-moi. Le *sais-tu* réellement ?

Ambre ouvrit lentement les yeux et fit face à celle qui la regardait de ses yeux d'Érudite. L'agitation du festin s'estompait tandis que les yeux gris cherchaient les dorés pendant un souffle, deux, trois. Quatre.

Soudain, Cassandra détourna le regard. Sa discipline d'Érudite faiblissait face à la noirceur qui reposait dans les yeux d'Ambre.

— Oui, dit-elle, le souffle court. Tu *sais*. Je salue ton courage.

— Alors que vous déplorez mon bon sens ?

Cassandra se tourna de nouveau vers la jeune femme qui était sa fille en tout si ce n'est de naissance. Les larmes brillaient comme de la glace dans les yeux de Cassandra.

Ambre était trop surprise pour parler. Jamais elle n'avait vu l'Érudite pleurer.

— Je déplore seulement que Dieu t'ait imposé cela à toi, et non à moi, dit Cassandra à voix basse. Je préférerais que la souffrance soit mienne.

Avant qu'Ambre n'ait pu répondre, un chevalier fit un nouveau discours. Elle leva son verre, sourit férocement et but une petite gorgée.

Lorsqu'elle reposa la lourde coupe d'argent, Duncan se tenait devant elle. Il lui tendit la main. Elle se leva aussi gracieusement qu'une flamme et le rejoignit, posant sa main dans la sienne.

À l'instant même où la chair de Duncan rencontra celle d'Ambre, le plaisir se répandit en elle. La tension qui avait tiré son sourire pour qu'il soit aussi aiguisé qu'une lame de couteau s'évanouit comme la brume sous un soleil embrasé. Sa bouche s'adoucit, les ténèbres quittèrent ses yeux, et elle adressa à Duncan un sourire qui serra le cœur de Cassandra.

— Comprenez-vous, maintenant ? murmura Erik à son oreille. Elle a besoin de son sombre guerrier encore plus que moi.

— Je comprends tout, sauf ce que vous ferez lorsqu'il redeviendra Duncan de Maxwell et qu'il la tue…

— Non, l'interrompit Erik à voix basse.

— … petit à petit, faisant saigner son cœur…

— Silence ! siffla-t-il.

— … de dix mille entailles que personne d'autre n'aurait ressenties, finit Cassandra. Que ferez-vous alors, puissant seigneur ?

— Duncan l'aimera en dépit de tout ! Comment un homme pourrait-il ne pas aimer une femme qui le regarde avec une joie si manifeste ?

— « Il l'aimera en dépit de tout », répéta Cassandra avec sarcasme. C'est vous, sorcier, qui ne croit qu'en la luxure entre un homme et une femme, qui dites cela ? Je vous rirais au nez, mais j'ai peur que mon âme ne se brise.

— Duncan l'aimera. Il le *doit*.

— Pourriez-vous aimer une femme qui vous a trahi ?

— Je ne suis point Duncan.

— Vous êtes un homme. Duncan aussi. Quand il comprendra combien Ambre lui en a coûté, il la haïra.

— Qu'auriez-vous fait à ma place ? demanda Erik à voix basse.

— J'aurais livré le château de Stone Ring à Dominic le Sabre.

— Jamais, rétorqua Erik, catégorique.

— C'est l'orgueil qui parle.

— À quoi est bon un homme s'il n'a pas d'orgueil ?

— Demandez à Duncan, dit Cassandra d'un ton cinglant, car vous semblez croire qu'il n'en a pas.

Un chœur de cris s'éleva soudain. Erik tourna la tête vers les noceurs. Ambre avait une main autour du cou de Duncan et chuchotait à son oreille. Quoi qu'elle dise, cela faisait sourire Duncan avec une chaleur sensuelle qui flambait aussi intensément que le feu.

Puis, Duncan souleva la main d'Ambre, embrassa tendrement ses doigts et lui sourit encore. C'était un sourire différent, un sourire qui promettait sécurité et passion, affection et désir, paix et extase.

— Regardez-les, dit Erik, toujours sur le ton de la confidence. Regardez-les et dites-moi comment j'aurais pu les séparer à moins de les tuer.

Il y eut un silence assourdissant, puis un soupir. Cassandra toucha le poing serré d'Erik du bout des doigts.

— Je sais, dit-elle doucement. C'est pourquoi nous rageons l'un contre l'autre. Cela nous donne l'illusion que nous maîtrisons le destin d'Ambre —, et nous avons fait les mauvais choix —, alors qu'en vérité, nous n'avons jamais eu ce genre d'ascendant sur sa destinée.

Main dans la main, Duncan et Ambre s'approchèrent d'Erik.

— Avec votre permission, monsieur, dit Duncan, nous souhaiterions aller nous reposer.

Un éclat de rire surgit de l'assemblée de chevaliers.

— Vous reposer ? demanda Erik, dissimulant son sourire en se lissant la barbe. Absolument, Duncan. Si vous n'êtes pas couché bientôt, le coq se lèvera bien après l'aube.

Le rire s'amplifia chez les chevaliers.

Le sourire d'Erik changea lorsqu'il regarda Ambre. Il tendit la main vers elle, mais s'arrêta avant de toucher sa joue.

— Soyez heureuse dans ce mariage, dit-il.

Le sourire d'Ambre était incandescent. Il ne s'affaiblit pas, pas même lorsqu'elle tourna délibérément la tête afin que sa joue rencontre les doigts d'Erik.

La surprise qui parcourut le rang des chevaliers se reflétait sur le visage d'Erik.

— Merci, monsieur, dit-elle doucement. Votre gentillesse envers moi a été pareille à celle de l'ambre : des fragments de lumière qui brillent même lorsque le jour est sombre.

Le sourire d'Erik était si triste et si beau que Cassandra sentit la douleur tordre ses entrailles. L'amour qu'Erik avait porté à Ambre était aussi clair que la couleur fauve de ses yeux. C'était pourtant un amour sans désir charnel, malgré la beauté d'Ambre et la virilité manifeste d'Erik.

Soudain, la peur remplaça la douleur en Cassandra.

« Il sait. Par toute l'Érudition, il sait !

» Est-ce pour cela qu'il prend autant de risques ? Essaie-t-il de lui rendre ce qu'on lui a pris à la naissance ? »

Cassandra ne trouva aucune réponse dans le puits de sérénité que constituait son Érudition.

— Me donnerez-vous vos meilleurs vœux ? lui demanda Ambre en se tournant vers elle.

— Tu es ma fille de toutes les façons qui comptent, dit-elle. Je te donnerais le paradis, si je le pouvais.

Ambre, le sourire aux lèvres, jeta un regard à son époux sous ses longs cils. Bien qu'elle ne dise rien, le feu qui se reflétait dans les yeux de Duncan brûla plus intensément.

— Merci, dit Ambre en regardant de nouveau Cassandra. Vos vœux représentent beaucoup pour moi. Je vous aime comme aimerait une fille.

De sa main libre, elle toucha la joue de Cassandra. Le même murmure de surprise se répandit dans la salle. Malgré l'affection évidente qui liait Ambre, Erik et Cassandra, personne n'avait jamais vu la jeune fille toucher le seigneur ou l'Érudite.

Les larmes brillèrent de nouveau dans les yeux de Cassandra. Elle regarda longuement et durement le sombre guerrier dont les doigts étaient enlacés à ceux d'Ambre.

— Vous avez un don qui n'a pas de prix, dit-elle. Peu d'hommes ont le privilège d'en connaître de pareils.

Les éclats de ténèbres au fond des yeux clairs de Cassandra firent frissonner Duncan. Ses instincts se réveillèrent. Il était certain que cette femme représentait un danger aussi sûrement que la nuit tombe lorsque le soleil se couche.

Puis il sut. Ce n'était pas une menace qui reposait en elle. C'était le savoir.

Et il était dangereux.

— Puis-je embrasser l'époux de ma fille ? demanda Cassandra.

Si Duncan était surpris, le reste de l'assemblée fut choqué, Erik y compris.

— Bien sûr, répondit Duncan.

Cassandra s'avança. Ses longues manches écarlates ondulèrent sur la chemise vert forêt de Duncan lorsqu'elle posa ses mains sur ses épaules. Bien que Cassandra soit grande, elle dut se mettre sur la pointe des pieds pour approcher son visage de celui de Duncan.

— Voici la vérité du passé, dit-elle en déposant un baiser sur sa joue gauche.

Puis, elle fit de même sur la droite.

— Voici la vérité du présent.

Les paumes de Cassandra restèrent sur les joues de Duncan, le tenant aussi fermement que des chaînes.

— Votre vie s'étend entre le passé et le présent, dit-elle à voix basse.

Duncan la regardait intensément. Il sentait ses mains froides comme si elles étaient des tisons tandis que ses yeux gris contraignaient tout en lui à l'écouter. Même les ténèbres.

Surtout les ténèbres.

— Nier la vérité de votre passé ou de votre présent vous détruira aussi sûrement que si on vous coupait la tête en deux avec une épée.

Une vague de mouvements parcourut les chevaliers. Tous se signaient.

— Souvenez-vous de ce que j'ai dit lorsque le passé reviendra et semblera faire du présent un mensonge, ordonna Cassandra. *Souvenez-vous.*

Lorsqu'elle voulut se retirer, Duncan la retint en saisissant son poignet.

Erik fit immédiatement un pas en avant, mais il fut arrêté par un regard d'yeux d'argent.

— Que savez-vous de mon passé ?

— Rien qui vous apporterait la paix.

Duncan regarda Ambre. Bien qu'il ne dise rien, elle posa sa main sur le bras captif de Cassandra.

— Que savez-vous de mon passé ?

— Rien qui vous apporterait la paix, répéta Cassandra.

Duncan attendit.

— Elle dit la vérité, dit Ambre.

Duncan ouvrit la main pour libérer Cassandra.

Le sourire qu'elle lui adressa était à la fois compatissant et froidement amusé de son arrogance à remettre en question l'honnêteté d'une femme avisée.

— Vous avez raison d'écouter votre femme, dit Cassandra d'un ton cinglant. Faites en sorte de continuer lorsque vous connaîtrez le passé et le présent.

Elle se tourna vers Erik.

— Avec votre permission, monsieur, j'ai un nouveau-né qui a plus besoin de moi qu'un couple de jeunes mariés.

— Bien sûr, Érudite, dit Erik. Vous n'avez nul besoin de me demander la permission.

— Mais j'aime le faire.

— Vraiment ?

— Mais bien sûr, répliqua-t-elle sèchement. C'est la seule fois où vous daignez m'écouter.

Les rires fusèrent, car les chevaliers savaient bien que leur jeune seigneur était aussi têtu qu'invaincu. Ce fut Erik qui rit le plus fort, car personne ne le savait mieux que lui.

Sous le couvert des rires, Duncan se pencha vers Ambre.

— Savez-vous ce que sait Cassandra ?

— De votre passé ?

— Oui.

— Je sais qu'elle a rarement tort.

— Ce qui veut dire ?

— Qu'il n'y a rien dans votre passé qui vous rendrait heureux dans le présent.

— En êtes-vous sûre ?

— Interrogez-vous, pas moi, dit-elle.

— Mais je ne sais rien.

— Et vous ne souhaitez pas savoir. Pas maintenant. Pas alors que vous êtes marié.

Duncan plissa les yeux. Mais avant qu'il ne puisse parler, Ambre reprit la parole.

— Voulez-vous passer votre nuit de noces à poser des questions dont les réponses vous rendront malheureux ? demanda-t-elle.

— Vraiment ?

— Oui.

La certitude sinistre des yeux d'Ambre fit de nouveau frissonner Duncan.

— Ambre ?

Elle posa ses doigts sur ses lèvres, renfermant en lui les questions qu'il n'avait posées et auxquelles elle ne voulait répondre.

— Au lieu de poser des questions qu'aucun de nous ne veut entendre, murmura-t-elle, ne préféreriez-vous pas emmener votre épouse dans l'intimité de la chambre et entamer notre futur ?

14

Lorsque Duncan mena Ambre dans la chambre qui avait été préparée, hâtivement mais avec délicatesse, pour leur nuit de noces, elle poussa un cri de surprise et de joie.

— C'est superbe, dit-elle.

La chambre avait été construite pour la dame du donjon, mais jamais occupée, car Erik n'avait pas encore pris femme. Le parfum exotique de la myrrhe emplissait la chambre, s'élevant des lampes à huile dont les flammes brillantes transformaient les ténèbres en lumière dorée. Contre le mur du fond, le feu brûlait d'un bois si dur et sec qu'il n'y avait presque pas de fumée dans le conduit étroit qui s'élevait derrière les bûches.

— Et grandiose ! ajouta Ambre.

En riant, elle tourna rapidement sur elle-même. Sa robe dorée se soulevait et ondulait comme si elle était vivante.

Duncan fit l'effort de ne pas s'approcher de la belle jeune femme d'ambre qui brûlait plus fort dans son sang que n'importe quel feu. Il savait qu'il ne devait pas la regarder et encore moins la serrer contre lui pour enfouir sa chair durcie dans sa douceur une nouvelle fois.

Il était trop tôt. Duncan était trop brutal, trop guerrier pour que la chair délicate d'Ambre le supporte. S'il la prenait de nouveau, et qu'il voyait son sang sur son corps, il ne savait comment il réagirait.

Son silence et son air grave ternirent le plaisir d'Ambre dans cette chambre luxurieuse.

— Vous n'aimez donc point ? demanda-t-elle, inquiète, en montrant la pièce.

— Ce n'est pas cela.

— Vous avez l'air si sévère. Est-ce que… vous vous souvenez de quelque chose ?

— Oui.

La peur transperça Ambre.

« C'est trop tôt ! S'il se souvient maintenant, tout sera perdu.

» Et je serais perdue aussi. »

— De quoi vous souvenez-vous ? demanda-t-elle à voix basse.

— De la vue de votre sang sur mon corps.

Elle fut si soulagée que la tête lui tourna.

— Oh, cela, dit-elle. Ce n'était rien.

— C'était votre virginité !

— J'ai donné plus de sang à une sangsue, dit-elle, souriant en se rappelant la réaction de Duncan face à sa propre blessure. Et vous aussi, sombre guerrier. Vous me l'avez dit vous-même.

Involontairement, il lui rendit son sourire. Sans un mot, il regarda autour de lui, mais ses yeux ne cessaient de se poser sur le lit conjugal.

Il était assez grand pour un homme de la taille de Duncan — ou de celle d'Erik. C'était un lit à baldaquin aux lourds rideaux dans des tons or, vert et indigo. Une magnifique couverture de fourrure était tirée sur des draps d'un lin si fin qu'ils étaient plus doux que le duvet qui remplissait le matelas. La doublure de dentelle des draps était extraordinairement fine, comme si on avait tissé des milliers de flocons de neige en un motif qu'aucun feu ne pourrait jamais faire fondre.

— Avez-vous jamais vu une telle parure ? demanda Ambre, voyant qu'il observait le lit.

Mais à l'instant où ces mots quittèrent ses lèvres, elle les regretta. La dernière chose dont elle voulait parler était la mémoire de Duncan.

Ou son absence de mémoire.

— C'est très beau, dit-il. Erik est un seigneur généreux. Cette pièce est plus une chambre de seigneur que celle d'un sénéchal.

— Notre mariage lui fait plaisir.

— Oui. C'est une bonne chose.

— Pourquoi ? s'enquit-elle, stupéfaite par la menace d'acier qui pesait dans sa voix.

— Parce que je vous aurais épousée avec ou sans son consentement, avec ou sans ma promesse concernant votre virginité. Et il le savait. Il pouvait me combattre ou vous confier à moi.

Il se retourna à temps pour voir l'air affligé qui se peignait sur le visage d'Ambre. La pâleur de sa peau était telle que même la lumière dorée des bougies ne pouvait la cacher.

— Vous ne devez jamais songer à combattre Erik, dit-elle.

— Vous pensez donc que je suis un si piètre guerrier ?

— Non !

Duncan plissa les yeux, perplexe.

— Je vous aime tous les deux, dit-elle. Si vous vous battiez l'un contre l'autre… Non ! Cela ne doit jamais arriver !

Duncan se rapprocha de sa femme avec une vitesse étonnante. Il se tenait si près qu'il pouvait sentir le parfum unique de résine et de roses qui n'appartenait qu'à elle.

— Qu'avez-vous dit ? demanda-t-il d'une voix grave.

— Si vous vous battiez…

— Non. Avant.

— Je vous aime tous les deux.

— C'est mieux, mais ce n'est pas encore cela.

Pendant un moment, elle demeura confuse. Puis elle comprit.

— J'aime Erik, dit-elle en s'efforçant de ne pas sourire.

Duncan grogna.

— Et, murmura-t-elle, je vous aime, sombre guerrier. Je vous aime tant que mon amour déborde.

Le sourire que Duncan lui adressa lui fit trembler les genoux. Il la prit dans ses bras, la serrant tout contre lui. Elle était soulagée, et lui aussi, elle le sentait.

Mais la surprise que ses mots avaient causée était seulement celle de Duncan.

Ambre s'écarta assez pour plonger son regard dans le sien.

— Pourquoi êtes-vous surpris ?

— Je ne pensais pas qu'une jeune fille innocente pouvait aimer un homme si maladroit avec son corps, dit-il.

— Vous n'êtes pas maladroit.

— J'ai été un mal…

Ce qu'il allait dire fut perdu sous la pression des lèvres d'Ambre sur les siennes.

À ce baiser novice et farouche, un torrent de feu envahit Duncan. Pendant un instant, avide, il permit au goût doux d'Ambre de remplir ses sens. Puis, doucement, implacablement, il sépara sa bouche de la sienne.

— Duncan ? demanda Ambre. Ne me désirez-vous pas ?

Il soupira.

— Vous me touchez, dit-il ironiquement. Dites-moi. Est-ce que je vous désire ?

Ambre ferma les yeux en sentant le désir de Duncan la submerger.

— Oui, murmura-t-elle. C'est une rivière de feu qui s'écoule en moi.

Duncan ferma les yeux. Un frisson secoua son corps en guise de réponse.

— Oui, dit-il brutalement. Une rivière de feu.

Il ouvrit les yeux, mais avant qu'Ambre ne voie leur noirceur, elle sentit sa retenue glaciale geler les flammes chaudes de son désir.

— Et, dit-il, vous êtes une fée d'ambre qui n'a pas encore guéri de la blessure que je vous ai infligée en prenant votre virginité.

— Ce n'était pas ainsi ! protesta-t-elle. Vous ne m'avez pas forcée à…

— Je sais ce que j'ai fait et n'ai pas fait, l'interrompit Duncan. Bon sang, mes paumes ressentent toujours la chaleur et la douceur de vos cuisses tandis que je les écartais pour pénétrer en vous comme si vous étiez un ennemi à éliminer.

— Il suffit ! Je vous voulais au moins autant que vous me vouliez. Pourquoi ne me croyez-vous pas ?

Le rire de Duncan était aussi dur que ses yeux étaient sombres.

— Pourquoi ? Parce que jamais je n'ai autant désiré une femme. Je ne savais même pas que j'avais une telle passion en moi ! Comment une innocente pourrait ressentir une chose pareille ?

— Duncan, dit-elle en embrassant son menton. Quand je vous touche, *je ressens ce que vous ressentez.*

Elle lui mordilla délicatement le cou.

— Mon Dieu, oui, murmura-t-elle. Je *sens* votre souffle se saccader de même que je l'entends. Je *sens* votre cœur s'accélérer. Je *sens* votre sang affluer et stimuler votre chair, vous préparant à venir en moi.

Duncan grogna. Il repoussa le tissu qui encadrait le visage d'Ambre. Il posa ses mains sur ses joues, savourant la chaleur, lisse et douce, de sa peau.

Le sursaut de son désir était comme du vin pour Ambre. Tandis qu'elle tremblait sous la caresse de ses mains, ses mots doux l'incitaient à continuer, déversant en lui le feu tandis que la chaleur de son désir se répandait en elle.

— Je sens votre désir se préparer comme une tempête, murmura-t-elle. Je ne sens pas votre épée sortir de son fourreau, mais je sens que *vous* ressentez votre propre virilité vous envahir.

— Ambre, dit-il d'une voix rauque.

— Et je sens mon propre corps qui crie pour connaître la pénétration de l'épée dans son fourreau.

— Il suffit, sorcière, dit-il lourdement. Vous avez déjà éveillé mon désir au plus haut point.

— Je sais.

Il regarda dans ses yeux d'un feu doré. Elle savait effectivement ce que ses mots lui avaient fait.

Et elle aimait ça.

— Puis-je vous conquérir seulement avec mes mots ? demanda-t-elle.

Le mélange de curiosité et de sensualité qui brillait dans ses yeux manqua de faire perdre toute maîtrise à Duncan.

— Assez, dit-il d'une voix rauque.

— Pourquoi ?

— Il est inconvenable pour un homme de perdre sa maîtrise de soi.

— Même dans le lit conjugal ?

— Nous ne sommes pas au lit, rétorqua-t-il.

— Oui, et vous n'avez aucune intention de vous y coucher avec moi, n'est-ce pas ?

— Il est trop tôt.

— Balivernes ! s'écria Ambre. Eh bien, monsieur, si vous ne daignez me prendre, c'est moi qui vous prendrai.

Duncan la regarda, choqué. Puis, il rit à la pensée qu'une jeune femme si frêle puisse prendre le dessus sur un homme de sa carrure et de sa force.

— Allez-vous me plaquer au sol pour me ravir, petite fée ?

— Je ne pense pas que vous resteriez immobile pour cela.

— Pas ce soir, confirma-t-il. Mais cette idée ne me déplaît pas.

— Ce sont des actes que je veux, pas des idées. Puisque je suis plus faible que vous, j'utiliserai la seule arme que j'ai pour vous ravir.

— Qu'est-ce donc ?

— Ma langue.

L'accès de feu qui durcit le corps entier de Duncan fut transmis à Ambre si clairement qu'elle se raidit, comme si on venait de claquer un fouet dans son dos. Une image se forma dans son esprit. Une fille magnifique dont les cheveux d'or flottaient en un nuage brûlant et parfumé au-dessus du bas-ventre de Duncan tandis que sa langue distillait le feu sur son épée rigide.

— Ah, souffla-t-elle. Ma chevelure vous fait-elle donc tant brûler ? Alors je vous la donne, mon époux.

Avant que Duncan ne puisse prononcer un seul mot, elle délia ses cheveux d'un geste, et un rideau brillant tomba sur son corps. Sachant qu'il ne le devait pas, mais incapable de s'en empêcher, il enfonça ses mains au plus profond de sa chevelure jusqu'à ce que des mèches douces caressent la peau sensible entre ses doigts.

Un frisson de pur plaisir déferla sur Ambre. Les yeux rivés sur ceux de Duncan, elle bougeait légèrement la tête, augmentant la pression adorée de ses mains.

— Aimez-vous cela, demanda-t-il, ou est-ce mon plaisir auquel vous répondez ?

— Les deux, dit-elle. J'aime que vos mains me caressent. J'aime savoir que me caresser vous procure du plaisir.

— Ambre…, dit-il, mais il ne pouvait en dire plus.

— Cela vous procurerait donc tant de plaisir que ma langue parcoure votre épée ?

Les mains de Duncan agrippèrent ses cheveux. Cela aurait été douloureux si Ambre n'avait pas senti la réaction violente de Duncan brûler en elle comme un feu de forêt.

— Vous m'étonnez, dit-il d'une voix enrouée. Où une innocente comme vous a-t-elle appris les manières du harem ?

— Je les tiens de vous.

— Non. Jamais je n'ai connu ainsi la bouche d'une femme.

— Pourtant, quand j'ai dit que j'allais vous ravir avec ma langue, vous avez eu une vision. Ma chevelure s'agitait au-dessus de votre bas-ventre, nu, et ma langue était une flamme rose qui vous léchait.

Le désir qui martelait en lui les submergea tous deux.

— Ambre, vous devez arrêter !

La rudesse de la voix de Duncan envoya une autre vague de désir en elle.

— Non, murmura-t-elle. Je suis très curieuse de savoir ce que c'est que de vous ravir avec ma langue. Et peut-être, avec mes dents ?

Duncan grogna et il serra de nouveau les poings.

Ambre poussa un râle de plaisir tandis que ses mots lui revenaient dans une effusion de sa passion.

— Ne dites pas de telles choses, marmonna-t-il. Vous allez me faire perdre tout sang-froid.

— Mais j'aime sentir le feu nous traverser.

Soudain, Duncan la lâcha et recula pour ne plus être en contact avec elle.

— Voilà le problème, dit-il. Le feu me traverse moi, pas *vous*.

Lorsque Duncan cessa de la toucher, Ambre eut l'impression d'être lâchée dans une vapeur glaciale. Elle tituba, déséquilibrée, perdue.

— Duncan ? dit-elle en s'approchant.

— Non, dit-il en se reculant davantage.

— Je ne comprends pas.

— Exactement. Tout ce que vous avez connu, c'est le désir d'un homme vous marteler jusqu'au sang. Vous n'avez jamais connu votre propre désir.

— Ce n'est pas vrai. Votre désir et le mien sont deux faces différentes d'une même pièce.

Duncan se passa la main dans les cheveux, puis il défit sa cape avant de la jeter.

— Non, dit-il en se tournant vers elle de nouveau. Mon désir vous noie. Ce serait pareil pour vous avec n'importe quel homme.

Elle ne comprit pas tout de suite.

Lorsqu'elle saisit, elle fut furieuse. Elle plissa les yeux.

— Vous pensez que je n'ai pas de passion qui ne soit empruntée, c'est cela ? demanda-t-elle prudemment.

Il hocha la tête.

— Vous croyez que tout homme qui me touche avec passion m'embraserait de la même façon.

Il hésita, puis acquiesça à nouveau.

— Vous nous faites honte à tous deux, dit-elle froidement sans même essayer de cacher sa rage.

Il se mit à parler, mais elle l'ignora et planta chaque mot comme une aiguille dans un tissage.

— J'ai ressenti trois fois la passion d'un homme dans ma vie. La première fois, je me suis enfuie telle une biche jusqu'à ce que je sois à l'abri. Puis, je me suis mise à genoux et j'ai vomi jusqu'à m'écrouler par terre.

— Quel âge aviez-vous ?

— Neuf ans.

Duncan étouffa un juron.

— À cet âge-là vous étiez trop jeune pour répondre à cette passion, dit-il. Mais maintenant vous êtes assez vieille pour…

— La deuxième fois, l'interrompit-elle, j'avais dix-neuf ans. Bien assez âgée pour répondre à la passion, non ?

Il haussa les épaules.

— Nous sommes d'accord ? insista-t-elle.

— Oui, dit-il durement. Et c'est ce que vous avez fait, non ?

— Répondre avec passion ?

Il hocha la tête.

— Oh oui, dit-elle, j'étais submergée par la passion...

Duncan pinça les lèvres.

— ... si on considère la rage et la haine comme des passions, dit-elle d'un ton acerbe. J'ai sorti ma dague et j'ai poignardé la main qui fourrageait sous ma jupe avant de courir me mettre à l'abri. Puis, j'ai vomi tout ce que j'avais dans le ventre.

— Qui étaient ces animaux? s'enquit Duncan.

— La troisième fois que j'ai senti la passion d'un homme, continua-t-elle en ignorant sa question, la main d'un étranger était emmêlée dans mes cheveux, et des frissons d'un plaisir d'or parcouraient mon corps.

— Un étranger?

— Vous.

— Je ne comprends pas, dit-il.

— Moi non plus, mais ce n'en est pas moins vrai. La première fois que je vous ai touché, j'ai ressenti un plaisir si intense que j'en ai crié.

— C'était mon désir que vous ressentiez, pas le vôtre.

— Vous étiez inconscient, rétorqua-t-elle.

Duncan écarquilla les yeux. Le reflet des bougies les rendait presque aussi dorés que ceux d'Ambre.

— Que dites-vous? murmura-t-il.

— Je vous ai touché, je vous ai *connu* et je vous ai voulu, *vous*. Vous étiez inconscient, vous ne saviez rien, vous ne vous souveniez de rien, et le feu s'embrasait en moi lorsque je parcourais votre torse de mes mains.

Le son que Duncan poussa aurait pu être le nom d'Ambre ou un râle de désir, ou bien les deux confusément mélangés.

— J'ai été faite pour vous, dit Ambre en dénouant sa cape. Pour vous, et pour vous seul. Ne prendrez-vous pas ce qui est à vous, et ne me donnerez-vous pas ce qui est à moi ?

— Et qu'est-ce donc ? demanda Duncan.

Mais son sourire et l'épaisseur de sa voix indiquaient qu'il savait pertinemment de quoi elle parlait.

— Nos âmes sont liées, dit-elle doucement. Pourquoi ne pas laisser nos corps faire de même ?

— Retournez-vous, précieuse Ambre.

Fébrilement, elle se mit dos à lui. La sensation de ses doigts défaisant le lacet de son corsage attisa son désir et la soulagea du même coup.

Pendant un moment, il n'y eut d'autre bruit que le murmure des bougies et le bruissement du tissu tandis qu'il glissait sur sa peau douce pour tomber au sol. Enfin, Ambre ne portait rien d'autre que sa propre chaleur et la lumière des flammes qui vacillait sur sa peau.

Du bout des doigts, Duncan parcourut le dos d'Ambre, de la nuque à la fente sombre qui s'ouvrait à la base de sa colonne vertébrale. Elle retenait son souffle.

— Vous aimez cela ? demanda-t-il.

— Oui.

Ses doigts continuèrent, glissant lentement le long de son échine jusqu'à ce qu'ils eurent à choisir entre s'arrêter ou se perdre dans ses courbes sensuelles et séduisantes. Le tremblement du corps d'Ambre et l'irrégularité de son souffle indiquèrent à Duncan qu'en effet, elle appréciait ses caresses.

— Parce que j'aime ça ? demanda-t-il. Est-ce mon plaisir ou le vôtre qui vous coupe le souffle ?

— Les deux, dit-elle dans un râle. Votre plaisir et le mien confondus.

De nouveau, il caressa la ligne féminine de son dos et de ses hanches, glissant de plus en plus profondément vers l'ombre qui le tentait sans merci. Il savait que s'il suivait cette courbe sombre, il trouverait un lieu encore plus doux que dans ses rêves, encore plus chaud que son désir.

— J'aimerais ressentir cela, murmura-t-il.

— Quoi donc ?

Il sourit.

— Mon désir et le vôtre confondus.

— Alors, prenez le don de mon corps. Donnez-moi celui du vôtre en retour.

— Vous ne pouvez négocier ainsi.

— Seulement parce que je suis nue et que vous êtes vêtu.

Le mélange d'acidité et de passion dans sa voix le fit rire doucement.

— Je vais garder encore un peu mes vêtements, dit-il.

— Pourquoi ?

— Parce qu'ainsi, je pourrai peut-être m'empêcher de vous prendre comme un novice qui ne peut se retenir assez longtemps pour voir le plaisir de sa partenaire.

Ambre poussa un cri de surprise lorsqu'il se pencha pour la porter dans ses bras comme une enfant. Pendant un instant, incandescent, elle sentit la profondeur de son désir pour elle. L'instant d'après, elle sentait la couverture de fourrure contre son corps nu, froide et lisse, alors que Duncan ne la touchait plus.

Lorsqu'il s'allongea à ses côtés, il fit bien attention à ne pas la toucher. Pourtant, le feu qui brûlait dans ses yeux lui retourna le cœur. Ambre prit soudain conscience que son corps nu était magnifique à ses yeux.

— Vous avez l'avantage sur moi, dit-il à voix basse.

— Comment cela ? Vous êtes vêtu, pas moi.

— Certes, mais vous me touchez et savez ce que je ressens. Je vous touche et je sais seulement ce que *je* ressens.

Il tendit la main. D'un doigt, il fit le tour de son sein, à l'endroit exact où sa peau pâle cédait la place à un rose velouté. Le sein durcit. Des rubans de feu embrasèrent son ventre, et plus encore.

Un sourire aux lèvres, Duncan regardait son corps changer pour trouver son contact. Son téton devenait un pic aussi tentant pour sa langue que des fraises des bois.

— Je sais comment cela m'affecte, dit-il, mais je ne sais ce que vous ressentez.

Un frisson de plaisir lui répondit.

— Dites-moi, sorcière dorée. Dites-moi ce que cela vous fait quand je vous touche.

— Cela m'emprisonne dans un filet de feu.

— Cela vous fait donc mal ?

— Seulement lorsque vous me regardez et que vous vous gardez de faire ce que nous voulons tous deux.

— Que voulons-nous ? demanda-t-il. Ceci ?

Sur ces mots, il se pencha vers elle jusqu'à ce que sa moustache érafle presque la couronne ferme de son sein. Presque, mais pas tout à fait.

La différence était un éclat de tonnerre de désir qui traversa Ambre.

— Pourquoi me taquiner ainsi ? murmura-t-elle.

— Quand je vous touche, vous sentez mon désir. Si je ne vous touche pas, le seul désir que vous ressentirez sera le vôtre.

La chaleur de son souffle glissa sur la peau sensible d'Ambre. Elle se cambra, mais il esquiva sa chair.

— Ne bougez pas, précieuse Ambre. Ou dois-je faire ce que vous m'avez fait autrefois ?

— Quoi ?

— Vous attacher au lit afin que vous ne bougiez plus.

— Vous n'oseriez pas.

Le sourire de Duncan était sombre et carnassier.

— Je suis votre époux. En regard de la loi de Dieu et de celle des hommes, je fais ce que je veux de vous.

— Et vous souhaitez me torturer, bredouilla-t-elle.

— Très gentiment, dit-il. Et très profondément.

Ambre souriait lorsqu'elle se coucha sur le lit. La passion contenue dans les yeux de son mari l'intriguait, tout comme la sensibilité démultipliée de son propre corps.

Ne disant mot, Duncan prit une mèche de ses cheveux dans ses doigts et taquina ses seins jusqu'à ce que les deux tétons deviennent deux boutons fermes.

— Magnifique, souffla-t-il. Je meurs d'envie de les goûter, de les sentir se changer sous chacune des caresses de ma langue. Vous souvenez-vous de cette sensation ?

Le feu redoubla en elle. Elle se tordit sans répit, voulant plus que ses mots et que les caresses excitantes, désirant sa peau sur la sienne.

— Vous souvenez-vous ? répéta-t-il.

— Oui, murmura-t-elle. Comme le feu et la pluie chaude combinés.

Ses cheveux glissaient, caressaient et taquinaient sa poitrine, jusqu'à ce qu'elle gémisse à chacune de ses respirations. Duncan souriait. Il descendit le long de son ventre, jusqu'à ce que les cheveux dorés rencontrent le fourré plus sombre et plus chaud qui protégeait sa fleur vulnérable.

Lorsque les caresses descendirent, tourmentant les courbes pâles de ses cuisses, les doigts d'Ambre agrippèrent la fourrure. Elle fut parcourue d'un frisson, puis d'un autre, puis d'un autre, avant que son genou ne se plie en signe d'abandon et d'impuissance.

— Que ressentez-vous ? demanda Duncan.

— Un frisson qui est chaud plutôt que froid, murmura-t-elle. Cela me donne envie de…

Sa voix se brisa tandis que la caresse remontait vers le sommet de ses cuisses, effleurant le buisson si tendrement qu'elle voulut crier de frustration.

— Qu'avez-vous envie de faire ? l'encouragea Duncan.

— Vous mordre la main de me tourmenter ainsi.

Il rit et se pencha vers elle, soufflant sur son ventre, puis plus bas, lui prouvant que, jusqu'alors, il ne la tourmentait pas. Le remous chaud de son souffle entre ses cuisses éleva en elle des flammes qui fouillèrent son corps.

— Duncan, je vous en prie !

— Qu'y a-t-il ? Vous devez me le dire, précieuse Ambre. Je ne suis pas un sorcier, je ne peux connaître votre âme par le toucher.

— Je brûle.

— Où cela ?

— Là où vous me tourmentez.

— Et où est-ce ? demanda-t-il.

— Entre mes… mes jambes.

— Ah.

Un sourire aux lèvres, il descendit le long de ses jambes jusqu'à ce que son souffle baigne ses chevilles.

— Mieux ? demanda-t-il.

Elle laissa échapper un son inarticulé qui ressemblait à une négation.

— Non ? dit-il en souriant. C'est peut-être ici que vous brûlez.

L'exhalation chaude et taquine de son souffle remonta sur ses genoux.

— Ici ?

— Non, fit-elle d'une voix rauque.

Mais elle aussi souriait, car en changeant de position, Duncan l'avait accidentellement effleurée. Bien que le contact ait été très léger, il la traversait comme l'aurore dans la nuit, touchant tout en elle, lui apprenant tant sur son mari que sur elle-même.

Duncan profitait de sa femme de manières qui le surprenaient lui-même. Bien que son désir soit une douleur ardente, il était enchaîné par le besoin plus grand encore d'explorer la sorcière si sensuelle qui l'observait de ses yeux brûlants.

Sachant cela, Ambre se sentit plus à l'aise pour se laisser aller à ce jeu érotique dont elle ignorait les règles. Et elle ne craignait plus que Duncan ne la prenne pas.

Le besoin de Duncan se trouvait redoublé par la retenue qu'il exerçait sur son propre désir.

— Êtes-vous bien sûre que ce n'est pas là ? demanda-t-il. J'ai entendu dire que les genoux d'une femme sont très sensibles.

Ses mots s'accompagnèrent d'une nouvelle caresse immatérielle qui la fit haleter, car elle sentait aussi bien le souffle de Duncan entre ses genoux que sa moustache.

— Vous aimez cela ? s'enquit-il.

Elle acquiesça d'un mouvement de tête. La lueur des bougies vacillait et s'enroulait dans sa longue chevelure tel un amant.

— Je ne vous entends point, dit-il.

— Et moi, je ne vous sens point, répliqua-t-elle en le regardant à travers ses paupières à demi closes.

— Négociez-vous avec moi, femme ?

— Oui.

— Alors, dites-moi précisément où vous brûlez, et je vous apaiserai.

Elle se mit à parler, mais elle avait la bouche sèche.

— Je… je ne peux pas, murmura-t-elle.

Duncan vit la couleur monter de sa poitrine à ses joues et comprit.

— Je ne cesse d'oublier, dit-il doucement. Vous vous envolez si haut, si vite, et pourtant, vous étiez vierge il n'y a que quelques heures. Pardonnez-moi.

— Seulement si vous me touchez.

Duncan leva la tête, regarda sa femme dans les yeux et vit son propre désir s'y refléter.

Alors qu'il ne la touchait pas.

— Vous avez envie de moi, dit-il.

La surprise qui pointait dans sa voix donna à Ambre l'envie de rire et de le cogner à la fois.

— N'est-ce pas ce que je vous disais à l'instant ?

— Mais je pensais que c'était mon désir qui vous envahissait.

— Parfois, sombre guerrier, vous avez vraiment la tête dure.

Duncan sourit et du revers de la main, il effleura le triangle de boucles d'or foncé.

— Est-ce ici que vous brûlez ? demanda-t-il, le souffle court.

Le soupir que poussa Ambre était défait. Elle plia les genoux, comme pour l'inviter à encore plus d'intimité.

Pourtant, Duncan voulait plus. Il en avait besoin. Il devait être absolument sûr qu'Ambre était séduite par son propre désir plutôt que submergée par le sien.

— Si vous me voulez dans votre donjon, vous devez vous-même en ouvrir la porte.

Elle sembla hésiter, puis elle soupira et ouvrit ses cuisses.

Il dénoua sa cape et la jeta à terre.

— Encore, murmura-t-il.

Ambre bougea de nouveau, malgré son embarras évident.

Rapide et impatient, Duncan délaça sa chemise et la laissa choir sur le sol. Le regard désireux et consentant que lui jeta sa femme ne fit rien pour calmer la ruée de sang qui secouait son corps.

Ni la vision de son épouse reposant à demi ouverte devant lui, sa peau brillant comme une perle sur la fourrure.

Mais cela ne suffisait toujours pas.

— Encore, souffla-t-il.

— Duncan…

Le mot était à la fois une protestation et une supplication pour qu'il arrête de la tourmenter.

Elle bougea lentement, ses jambes pâles et élégantes, tremblant tant elle se sentait vulnérable.

Alors que Duncan se penchait pour la caresser, il vit à l'intérieur de ses cuisses de faibles marques sur sa peau pourtant si parfaite. Lorsqu'il comprit comment elle avait obtenu ces marques, sa bouche se pinça d'un air amer.

— Votre donjon est encore trop bien gardé, dit-il. Les portes doivent être grandes ouvertes.

Les joues d'Ambre étaient désormais incandescentes.

— Pourquoi ? murmura-t-elle.

— La dernière fois, je vous ai forcée à ouvrir les jambes, dit-il à voix basse.

— Non, dit-elle.

— Si ! répondit-il sauvagement. Je vois les marques laissées par mes mains.

— Mais…

— Si vous voulez que je vienne entre vos jambes, vous devez m'y faire une place volontairement, avec votre seul désir.

La passion s'empara d'elle à l'idée que Duncan repose à nouveau entre ses cuisses, à l'idée de sentir l'extase le ravir alors qu'il se dépensait en elle.

Une pulsion de plaisir battit en elle à cette idée. La chaleur monta tandis qu'une pluie secrète l'adoucissait. Avec un son inarticulé, elle s'ouvrit totalement, ne connaissant que son propre désir.

L'éclat des yeux de Duncan était une caresse intime. Elle poussa de nouveau un cri étrange tandis que le filet de feu se refermait sur son corps, le modifiant pour recevoir Duncan. Ses jambes bougèrent de nouveau, comme si Duncan était en elle, partageant son corps avec elle.

— Vous êtes si belle que je n'ai pas de mots pour le dire, murmura-t-il.

— Alors, touchez-moi, et je le saurai.

— Oui. Et moi aussi.

Tandis qu'il parlait, il avait glissé sa main jusqu'à elle. Son long doigt la pénétra doucement, profondément, vérifiant la véracité de son désir. Elle se raidit et gémit comme s'il l'avait fouettée.

Mais c'était le désir, et non la peur, que Duncan donnait à Ambre, il le savait aussi bien qu'elle. Une chaleur délicieuse se mut autour de son doigt avant de couler dans sa paume.

Son désir à elle, sa réaction, son besoin.

Ceux d'Ambre. Pas les siens.

Il poussa un râle de désir et de soulagement. Lentement, il se retira du corps consentant d'Ambre.

— Non, dit-elle. Duncan, je…

Sa voix se brisa lorsque ses doigts effleurèrent les doux pétales qui n'étaient plus dissimulés derrière les boucles blondes. Elle s'était ouverte à lui comme une fleur, et comme une fleur, elle était magnifique à ses yeux. Le parfum et la substance de son désir enchantèrent Duncan. Il l'explora encore et connut de nouveau le feu liquide de son désir.

Puis, il cessa de la toucher et se retourna. Ambre était seule, torturée par ce désir non satisfait. Elle cria sa protestation.

— Patience, dit-il, la voix rauque. Je veux être aussi nu que vous.

Mais les mains de Duncan montraient peu de patience en retirant ses vêtements, observées par des yeux aussi dorés que des flammes.

Ambre ouvrit de grands yeux lorsqu'il se retourna vers elle. Son excitation était totale, extraordinairement virile, et son corps tout entier brillait de désir pour elle.

— Ambre?

— Étiez-vous ainsi, à Stone Ring? demanda-t-elle d'une petite voix.

— Oui.

Elle laissa échapper un souffle qu'elle n'était même pas consciente d'avoir retenu.

— Je vois. Alors, nous irons très bien l'un dans l'autre cette fois-ci aussi, ajouta-t-elle doucement. Bien que je ne voie pas comment.

Avec un son qui aurait pu être un rire ou un grognement, Duncan s'approcha d'elle.

— Je vais m'en occuper, dit-il. Un guerrier est un mauvais guerrier s'il ne peut glisser correctement une épée dans son fourreau.

Lorsque Duncan s'installa entre les jambes d'Ambre, effleurant son corps, les lourds courants de sa passion se déversèrent en elle, la faisant trembler.

— Avez-vous peur ? demanda-t-il.

— Touchez-moi et vous saurez.

Duncan tendit la main vers la partie inférieure de leurs corps, mais ce ne fut pas sa main qui écarta les doux pétales du désir d'Ambre. La chaleur lisse qu'il découvrit fit battre son cœur à tout rompre.

— Vous devez me dire si je vous fais mal, dit-il.

La seule réponse qu'Ambre put lui donner fut une montée de chaleur, un bourgeon de passion qui gonfla jusqu'à éclore. Un feu liquide le toucha, comme l'acceptation silencieuse de sa présence en elle.

Il laissa échapper un soupir, qui était plus un râle, et se plongea un peu plus profondément en elle.

Le souffle d'Ambre se brisa. La sensation de son propre corps qui s'ouvrait pour l'accepter en elle était délicieusement excitante. Le sentiment de la passion douloureusement retenue de Duncan était un doux supplice. Il la prenait si doucement, comme pour lui assurer — et s'assurer à lui-même — qu'il n'y aurait aucune souffrance dans cette union.

— Est-ce que je vous fais mal ? s'enquit-il en s'enfonçant un peu plus en elle.

— Non, dit-elle d'un air défait. Vous me tuez si tendrement.

— Plaît-il ?

— Mon Dieu, murmura-t-elle.

Duncan sentit le frisson sensuel profondément en elle, sentit la pluie chaude de sa passion lécher sa chair et lutta pour ne pas perdre la maîtrise de soi. La sueur perlait sur sa peau des pieds à la tête, et pourtant, il n'accéléra pas sa réclamation lente de son corps.

Un autre frisson secoua Ambre, la donnant toute entière à son sombre guerrier, qui la séduisait avec une passion qu'elle n'aurait jamais crue possible.

Pourtant, même cela ne suffisait pas. Elle avait besoin de Duncan. De lui tout entier. Et elle avait besoin de lui maintenant.

Instinctivement, ses ongles s'enfoncèrent dans ses hanches, réclamant une union plus profonde.

— Me voulez-vous davantage en vous ? demanda-t-il.

— Oui, dit-elle, oui, oui et oui ! Duncan, s'il vous plaît.

Il sourit et pénétra plus profondément entre ses cuisses.

Lentement.

Un doux gémissement échappa à Ambre. Ses hanches bougeaient en un mouvement aussi vieux que le monde. Le parfum et le feu soyeux de sa passion caressaient Duncan. Il ne put retenir une pulsation brûlante de réponse. Elle était si chaude autour de lui, si accueillante, si ferme.

Et il n'avait pas encore fini.

— Êtes-vous bien sûr que je ne vous fais pas mal ? demanda-t-il d'une voix rauque.

Un râle de plaisir fut la seule réponse d'Ambre.

— Regardez-moi, dit-il.

Elle ouvrit lentement les yeux. Ils étaient dorés, ardents, presque sauvages. Cette vision tira une autre pulsation de chaleur de Duncan. Elle le sentit aussi clairement que lui.

— Pouvez-vous me supporter encore sans douleur ?

— Il n'y a aucune douleur quand vous êtes en moi, seulement du plaisir.

Le murmure rauque de sa voix était aussi doux à ses oreilles que les mouvements secrets de son corps et le parfum enivrant de sa passion, plus exotique que le santal et la myrrhe.

— Soulevez vos jambes et refermez-les sur ma taille, dit-il à voix basse.

Lorsqu'elle s'exécuta, le plaisir en fut démultiplié.

— Accrochez-vous à moi, dit-il. Tenez-vous fermement.

Ambre allait demander pourquoi. Mais le sentir lentement, complètement remplir son corps… Cela lui arracha ses mots, ses pensées… pour ne laisser qu'une pure extase. Avec un cri tremblant, elle s'abandonna au plaisir d'être complètement unie avec son sombre guerrier.

— Sentez-vous combien je vous veux, maintenant ? demanda Duncan, les dents serrées.

— Je vous sens en moi. Tout entier.

— Est-ce douloureux ?

— Non. C'est un plaisir si intense qu'il est effrayant. Votre désir et le mien conjoints.

Avec un sourire féroce, Duncan se mit doucement à se retirer des profondeurs soyeuses qu'il avait prises avec un tel soin.

— Non ! s'écria Ambre presque frénétiquement. J'ai besoin de vous !

— Pas autant que j'ai besoin de vous.

Elle eut le souffle coupé lorsqu'il revint en elle, glissant profondément entre ses cuisses, la remplissant de nouveau. Il répéta ce mouvement avec un pouvoir contenu qui était d'autant plus excitant, car Ambre connaissait l'ampleur sauvage de son désir.

Un frisson étrange et extralucide se répandit dans leurs deux corps unis. Ambre écarquilla les yeux en se sentant consumée par un feu à la fois tendre et virulent. Elle se mit à trembler de manière frénétique.

— Duncan, je me sens partir, je ne peux pas…

Sa voix se brisa. Son corps convulsa délicatement, de manière répétée, et chaque mouvement ne faisait que le rapprocher d'elle, augmentant le feu dévorant.

Duncan but le cri ondoyant sur les lèvres d'Ambre alors que son extase s'écoulait sur lui, le caressant à chaque pulsation profonde et cachée en elle. Chaque souffle qu'il prenait était infusé de sa passion.

Pendant un moment, doux et déchirant à la fois, Duncan resta immobile au-dessus d'elle pour savourer la certitude du plaisir qu'il lui avait donné.

Lorsqu'il ne put plus le supporter, il se mit à bouger avec de plus en plus de puissance. Chaque mouvement qu'il faisait en elle provoquait autant de pulsations soyeuses. Le visage d'Ambre se tordait sous l'effort tandis qu'elle volait de plus en plus haut, encouragée par la puissance du corps de Duncan qui bougeait en elle.

Soudain, elle se cambra et trembla, transpercée par l'extase totale. Elle hurla le nom de Duncan. Elle s'agrippa à lui de toutes ses forces, car autour d'elle, il était à la fois la tempête et l'abri.

La chaleur lisse et primitive d'Ambre tirailla Duncan, le caressa, lui promettant un plaisir plus grand que tout ce qu'il avait jamais connu. Il sentit sa maîtrise de soi lui échapper et lutta, car il voulait rester ainsi suspendu entre la certitude de son extase à elle et l'excitation de la sienne.

— Vous êtes parfaite, dit-il, le souffle court. Dieu me garde, je vous veux plus que tout au monde, plus encore que je ne veux ma propre mémoire.

Puis, il ne put plus se retenir. Avec un grognement de reddition, il abandonna toute retenue et se laissa aller dans sa sorcière d'ambre dont les profondeurs passionnées s'accordaient si bien avec les siennes.

15

Habillé pour la bataille, Simon chevauchait son grand étalon de guerre en direction du château de Blackthorne, au petit galop. À côté de lui chevauchait un autre chevalier en cotte de mailles et heaume de bataille. De l'autre côté, Simon menait un étalon à la robe foncée aussi imposant que sa propre monture.

L'étalon brun n'avait pas de cavalier. La selle était vide, ne portant qu'une longue épée dans son fourreau et un bouclier. Sur ce dernier était dessinée la tête noire d'un loup, symbole de Dominic le Sabre, le Loup des Druides de la Vallée.

Autour des hommes et des chevaux tourbillonnaient les brumes froides et muettes de l'automne. Les bêtes traversèrent dans un vacarme assourdissant le pont-levis baissé qui s'ouvrait sur le mur d'enceinte intérieur du château. Quelques instants plus tard, les pavés résonnaient sous les sabots ferrés des trois chevaux.

Une femme apparut dans l'escalier du donjon. Elle regarda le mur d'enceinte d'un air anxieux. Lorsqu'elle vit l'étalon sans cavalier, elle remonta ses jupons verts et descendit les marches en courant. Son capuchon glissa. Ses cheveux étaient aussi rouges que les flammes, et comme les flammes, ils dansaient dans le vent alors qu'elle traversait la cour au pas de course.

Sans se soucier du risque qu'elle encourait de se faire piétiner, elle se précipita vers les chevaux. À chacun de ses mouvements, les clochettes dorées qu'elle portait tremblaient et chantaient.

— Simon ! s'écria-t-elle. Où est Duncan ? Que s'est-il passé ? Pourquoi avez-vous son cheval de guerre ?

La monture de Simon se cabra lorsqu'il tira vivement sur les rênes.

— N'avancez pas, Meg ! ordonna-t-il. Si l'un des chevaux vous piétine, Dominic me fera couper la tête.

— Je ferai plus que cela, dit une voix depuis le poste de garde. J'embrocherai ton cœur.

Simon se retourna. Son frère avançait sur le pavé.

Dominic portait une longue cape, aussi noire que ses cheveux et dépourvue de tout ornement à l'exception de la large broche qui fermait le lourd tissu. Aucun autre ornement n'était nécessaire pour témoigner de son statut. La broche était en argent brut et représentait la tête d'un loup dont les étranges yeux de cristal posaient sur le monde un regard empreint d'un savoir ancien.

Le Loup des Druides de la Vallée, perdu pendant mille ans, puis retrouvé et offert à un guerrier qui n'était pas du clan des druides.

Dominic dépassa les chevaux rétifs, pour se poster entre eux et sa femme. Ce ne fut que lorsque Meg fut en sécurité qu'il se tourna vers Simon pour lui parler.

— Duncan est-il en vie ? demanda-t-il sans autre forme d'introduction.

— Oui.

Meg ferma les yeux. Elle prononça une prière de remerciements, tandis que son mari passait son bras autour d'elle. Il la serra contre lui et murmura quelque chose dans ses cheveux. Elle se rapprocha davantage, acceptant le soutien de son époux.

— Est-il blessé ?

— Oui. Et non.

Dominic plissa ses yeux d'argent. Une émotion étouffée semblait vibrer en Simon.

Des yeux d'un vert druidique étudiaient également le chevalier. Meg sentait la haine qui se cachait derrière le calme apparent de Simon. Elle ne l'avait pas vu ainsi depuis qu'il l'avait accusée d'avoir empoisonné Dominic peu après leur mariage.

Dominic se tourna pour regarder le second chevalier. Son heaume dissimulait sa chevelure blonde, mais pas la pâleur hivernale de son regard. Un léger mouvement de tête de Sven confirma ce qu'il suspectait.

On ne devrait rien dire de plus à propos de Duncan de Maxwell là où l'on pourrait être entendus.

— Rentrons, dit-il.

Un simple geste de sa part, et des palefreniers se précipitèrent pour s'occuper des chevaux. Dominic souffla un mot à l'un d'eux, qui restait un peu en retrait, et il courut vers une autre partie du mur d'enceinte pour apporter de la nourriture depuis la cuisine.

Personne ne prononça un mot avant qu'ils n'atteignent tous la grande salle seigneuriale. Lorsqu'ils eurent tous retiré et pendu leurs capes mouillées par la brume, Dominic se tourna vers son frère.

— Raconte-moi ce qu'il se passe avec Duncan.

— Il a été ensorcelé, dit-il catégoriquement.

La haine de Simon n'était plus retenue. Elle craquait dans sa voix comme le tonnerre.

— Ensorcelé ? s'étonna Meg. Comment cela ?

— Il ne se souvient pas de Blackthorne, ni de son serment de fidélité à Dominic, ni de ses fiançailles avec Ariane.

Dominic leva un sourcil, ce qui lui conféra un air sardonique.

— Bon sang, dit-il. Ce pourrait être gênant. Le roi Henri était très content d'avoir trouvé un mari saxon à l'héritière normande.

— Un mariage sûr, vous voulez dire. Étant votre vassal, Duncan est indirectement obligé envers Henri, dit Sven. Je comprends que le seigneur du château de Deguerre ne soit pas ravi de l'alliance proposée.

Le sourire de Dominic était aussi sauvage que la tête de loup qu'il portait.

— Lord Charles, dit-il doucement, rêvait d'étendre son empire grâce au mariage de sa fille. Au lieu de cela, le mariage d'Ariane va consolider l'empire d'Henri.

— Et le vôtre, dit Sven d'un air satisfait.

— Oui. Avez-vous vu des signes de présence des hommes de Charles sur les Terres contestées ?

— Non, dit Sven.

— Simon ?

— Je n'ai vu que des signes de sorcellerie, dit son frère d'un ton grave.

Dominic regarda sa femme.

— La sorcellerie est votre domaine, pas le mien, dit-il en souriant.

— Dit le Loup des Druides de la Vallée, marmonna Sven.

Le sourire de Dominic s'élargit, mais il ne fit pas d'efforts pour interroger davantage Simon.

— Quel genre de sort ou d'enchantement soupçonnez-vous ? demanda Meg à son beau-frère.

— Posez la question à cette sorcière du diable qui vit dans les Terres contestées.

— Reprenez depuis le début, s'il vous plaît, dit Meg.

C'était autant un ordre qu'une demande.

Simon ne s'en offusqua pas. Il avait de l'affection et du respect pour cette femme Druide de la Vallée qui avait sauvé la vie de Dominic au risque de perdre la sienne.

— Sven et moi nous sommes séparés à Sea Home, dit-il. Il voulait suivre les rumeurs racontant qu'un étalon de guerre tout équipé parcourait la forêt comme un animal sauvage, évitant tout homme qui essayait de le capturer. Un grand étalon à la robe des plus sombres…

Meg se tourna vers Sven.

— L'étalon de Duncan ?

— C'est ce que je me suis dit. J'avais entendu Duncan le siffler comme un faucon. Alors, j'ai sifflé dans la forêt jusqu'à ce que Shield arrive en trottant comme un bon chien content d'être de retour à la maison.

Meg se retourna vers Simon.

— Tandis que Sven passait la forêt au peigne fin, dit-il, j'ai suivi les rumeurs disant qu'il y avait des allées et venues étranges à Sea Home.

Meg poussa un petit soupir.

— C'était dangereux de faire cela, dit-elle. À ce que l'on dit, Sir Erik serait un sorcier. C'est lui qui gouverne Sea Home.

Les yeux noirs de Simon brillaient du rire qu'il contenait. Qu'une femme s'inquiète pour lui était nouveau. Mais il l'appréciait.

Toujours en souriant, il retira son heaume et le posa sur une table d'appoint près de celui, très usé, de Sven.

— La sorcellerie de Sir Erik, si tant est qu'elle existe, ne s'est pas étendue à lire mes pensées, dit-il. Il a accepté sans sourciller mon histoire de quête religieuse.

Meg laissa échapper un son qui aurait pu être n'importe quoi, y compris de l'agacement à l'égard de son beau-frère bien-aimé.

— Je n'y étais que depuis quelques jours quand un homme et une femme sont arrivés à Sea Home, continua-t-il. La jeune femme était vêtue dans des nuances d'or et portait de l'ambre précieux comme si c'était du laiton.

— De l'ambre ? demanda Meg avec intérêt.

— Oui. C'était aussi son nom.

Dominic ressentit la tension soudaine de son épouse. Il la regarda d'un air inquiet, mais elle restait concentrée sur Simon.

— Ambre, répéta-t-elle. C'est tout ?

— On l'appelait « l'Inaccessible », dit doucement Sven, car personne, ni homme ni femme, n'avait la permission de la toucher.

Meg se figea.

— Poursuivez, dit-elle à Simon.

— Je pense que la rumeur était exagérée, dit-il avec ironie. Ambre s'accrochait à son compagnon comme le lierre à un chêne puissant.

— Vraiment ? s'étonna Meg, stupéfaite. Alors, ce ne pouvait être Ambre l'Inaccessible.

Simon et Sven échangèrent un regard. Ce fut Simon qui contredit la femme Druide de la Vallée de son seigneur.

— Peut-être pas, dit-il avec précaution, mais les chevaliers et les écuyers avaient l'air de penser que c'était elle, et ils la connaissent depuis des années.

— Comme c'est étrange…

— Erik l'Invaincu l'appelait également Ambre, ajouta-t-il. Il l'a même sollicitée pour deviner la vérité des pensées de son compagnon.

— Ah, c'est pour cela qu'elle touchait cet homme, pour en tirer ses savoirs, dit Meg. C'est une Érudite.

— De quoi parlez-vous ? demanda Dominic.

— Ne vous souvenez-vous pas ? Lorsque vous planifiiez différentes stratégies pour prendre Stone Ring, je vous ai parlé des Érudits.

Il fronça les sourcils.

— Certes, mais je n'ai pas accordé beaucoup de crédit à ces bêtises de sorciers, de changeurs de forme et de prophéties.

L'amusement dansait dans les yeux verts de Meg. Son époux portait la similitude antique du Loup des Druides de la Vallée et pourtant, il avait peu de patience pour les choses qu'il ne pouvait toucher, mesurer, combattre, assiéger.

Ou aimer.

— Dans certains cas, monsieur, murmura-t-elle, ce qui ne peut être touché est plus puissant que les choses matérielles.

— C'est une vérité difficile à croire pour un guerrier tel que moi, dit-il.

Elle hocha la tête.

— Mais j'ai un très bon professeur, ajouta-t-il en souriant. Je sais désormais que l'amour d'une guérisseuse Druide de la Vallée peut prendre le cœur glacé d'un guerrier, et le réchauffer.

Le sourire que s'échangèrent Dominic et Meg rappela Duncan et Ambre à Simon. La comparaison le mit mal à l'aise, l'énerva même.

— Donc, dit Meg en se retournant à nouveau vers lui, Ambre lisait les pensées de son compagnon. Poursuivez.

Simon et Sven échangèrent un nouveau regard.

— Il se pourrait qu'elle ait touché l'homme pour en tirer ses savoirs, fit-il d'un ton haché. Mais on aurait plutôt dit une jeune femme et son amant.

— En quoi cela est-il important ? demanda Dominic, qui perdait patience. C'est de Duncan dont je me soucie, pas d'une sorcière celtique.

— C'est justement le problème, rétorqua-t-il. Le compagnon de la sorcière était Duncan de Maxwell.

Instantanément, Dominic changea de posture. Il devint tel un faucon qui repérait une proie et se préparait à plonger.

Et à tuer.

— Duncan était-il prisonnier ? s'enquit-il.

— Il ne portait pas de liens *visibles*, à l'exception des doigts d'Ambre sur son poignet.

— Cela ne suffit pas à retenir un guerrier de la taille de Duncan, dit sèchement Dominic. À moins que cette Ambre ne soit une nouvelle Boadicée venue occire les hommes de son épée puissante.

— L'épée qu'elle a utilisée pour pourfendre Duncan…

— Comment ? l'interrompit soudain Meg. Vous avez dit qu'il allait bien !

Simon regarda les yeux verts de Meg. Il aurait souhaité ne pas lui faire face.

— Je sais que vous avez de la tendresse pour lui, dit-il.

Dominic prit un air sinistre. Malgré sa certitude de l'amour que Meg lui portait, il n'aimait pas son affection pour son ami d'enfance, Duncan de Maxwell.

— Mais, continua Simon d'un air grave, je crains que cette maudite sorcière ne lui ait pris son âme.

— Est-il mort ? demanda Dominic.

— Non. Mais il n'est pas non plus vivant, pas comme nous le connaissions.

— Explique-toi.

Le ton de la voix de Dominic mit Sven mal à l'aise. Il regarda le seigneur. Les yeux de sa broche brillaient de la lumière du feu comme si le loup était un être vivant doté d'intelligence, et aussi sauvage que l'homme qui la portait.

— Je te l'ai dit, dit Simon, Duncan ne se rappelle rien qui soit antérieur à son arrivée sur les Terres contestées.

— En es-tu sûr ? s'enquit Dominic. Ne serait-il pas comme Sven, prétendant être un autre afin d'espionner le domaine ?

— J'aimerais que ce soit vrai, dit Simon.

Meg secoua la tête. Les larmes brillaient dans ses yeux. Elle connaissait la nature franche et directe de Duncan.

— Ce n'est pas un acteur comme Sven, qui peut jouer bien des rôles.

— Un homme peut apprendre à jouer lorsque sa vie en dépend, fit remarquer Dominic.

Meg ferma un moment les yeux. Lorsqu'elle les rouvrit, ils étaient ceux d'une guérisseuse druidique impassible. Sa voix était semblable, dénuée de toute émotion.

— Continuez, Simon. Je voudrais en savoir plus sur la transformation de Duncan. Je veux *tout* savoir.

Simon regarda Dominic, mal à l'aise. Rien dans son visage ne le réconforta.

— Il ne cessait de me regarder comme s'il essayait de savoir s'il me connaissait, dit-il.

— Comment vous a-t-il été présenté ?

— Comme un homme qui avait perdu la mémoire.

— Comment l'appelaient-ils ?

— Duncan.

— Pourquoi ?

— Parce qu'il est brun et que c'est un guerrier. C'est du moins ce qu'a dit Erik.

— Ont-ils expliqué comment il a perdu la mémoire ?

— Non, répondit-il. Erik a dit qu'il avait trouvé Duncan dans un orage, inconscient et nu, à l'exception de ce talisman d'ambre que vous lui aviez donné.

— Sven ? demanda Meg.

— Je n'ai rien entendu de plus que ce que Simon vient de vous dire.

— Le talisman lui a sauvé la vie, dit Simon.

— Comment cela ? demanda Dominic.

— Erik s'attendait à trouver Duncan de Maxwell ou l'un de ses chevaliers. Un étranger banal aurait été tué en tant qu'espion ou hors-la-loi. Mais un étranger portant un talisman d'ambre, c'est différent.

— Ils ont amené Duncan à Ambre l'Inaccessible, résuma Meg.

Simon la regarda avec curiosité. Comment le savait-elle ?

— Oui, dit doucement Sven. On dit que toutes les choses d'ambre lui appartiennent.

— Oui, confirma Meg.

Pendant quelques instants, elle regarda, dans le vide, ce que seuls ses yeux druidiques pouvaient voir.

— Le saviez-vous, petit faucon ? lui demanda Dominic. Est-ce pour cela que vous avez donné le pendentif à Duncan ?

— J'ai rêvé d'ambre, dit-elle. Et j'ai rêvé que Duncan courait un grand danger.

Dominic sourit légèrement.

— Je connaissais le danger même bien réveillé. C'est pourquoi j'ai envoyé Duncan prendre le château de Stone Ring. Seul un guerrier puissant peut s'emparer d'un domaine dans les Terres contestées.

— Et seul un chevalier riche pourrait engager assez de combattants pour tenir un tel domaine, ajouta Simon.

— Oui, dit Dominic. C'est pourquoi le roi Henri a arrangé un mariage avec la fille de Charles, le baron de Deguerre.

— Ne compte pas sur ce mariage, dit soudain Simon.

— Pourquoi cela ?

— Les gens de Sea Home pariaient sur la date à laquelle Ambre allait épouser Duncan le Sans Nom, le seul homme qu'elle pouvait toucher avec plaisir.

— Grand Dieu, ragea Dominic, Duncan doit être fou ! Ariane est arrivée il y a trois jours !

Simon parut surpris.

— Je n'ai pas vu de serviteurs étrangers dans l'enceinte du château.

— Elle est venue accompagnée seulement d'une femme de chambre et de trois chevaliers pour escorter sa dot, intervint Meg.

— Les chevaliers sont partis dès que la dot a été mise en sécurité dans le donjon, ajouta Dominic.

— Je ne m'attendais pas à ce qu'un grand baron traite ses gens ainsi, dit Simon. Encore moins sa fille.

— Cela dérange le baron de marier sa fille à un Saxon, dit Dominic d'un ton neutre.

— Alors, il sera ravi de la récupérer.

— Si Duncan abandonne Ariane, il n'aura aucun moyen de payer des chevaliers pour défendre le château de Stone Ring, fit remarquer Dominic. Et j'aurai à subir, avec mon vassal indiscipliné, la colère du roi d'Angleterre et celle du roi de Normandie.

— Tout cela, dit doucement Meg, au moment même où les derniers guerriers que vous aviez envoyés avec Duncan reviennent péniblement, à pied, maudissant l'éclair descendu d'un ciel sans nuages qui a effrayé leurs chevaux.

— Es-tu bien sûr, demanda Dominic à Simon, que Duncan ne s'est pas parjuré en s'associant à Erik ?

— Jamais ! s'écria Meg avant qu'il ne puisse répondre.

— C'est ce que j'ai craint au début, dit-il calmement. Cela aurait expliqué beaucoup de choses.

— Et ? demanda Dominic.

— Assez rapidement, je me suis dit que ce n'était pas une simple affaire de trahison. Si cela avait été le cas, Duncan m'aurait dénoncé à Erik.

Sven hocha la tête en silence pour montrer son accord.

— Cela aurait signé l'arrêt de mort de Simon.

— Alors, vous avez décidé qu'il était ensorcelé, dit Meg, et qu'il ne vous connaissait réellement pas.

— Oui. Quelle autre raison pourrait-il y avoir ?

— Parfois, dit-elle, lorsqu'un homme est frappé à la tête par un cheval ou par un fléau, s'il survit, il perd toute connaissance de lui-même pendant un temps.

— Combien de temps ? s'enquit Dominic d'un ton brusque.

— Parfois quelques jours. Parfois quelques mois. Parfois… pour toujours.

Sven se signa.

— Vous appelez cela un accident, marmonna-t-il. J'appelle cela Satan, qui connaît plus de déguisements que moi.

— Vraiment ? fit Simon d'un air innocent. Voilà une idée déconcertante !

Dominic les ignora et se tourna vers son épouse.

— Qu'en dites-vous, guérisseuse druidique ?

— Je ne peux savoir si c'est un accident ou un ensorcellement à moins de voir Duncan.

— Lorsque Duncan et moi nous sommes battus…, commença Simon.

— Vous vous êtes battus ? s'étonna Meg. Pourquoi ?

— Sir Erik voulait connaître le caractère des deux nouveaux guerriers qu'il avait trouvés, dit-il sèchement. Alors, Duncan et moi nous sommes affrontés pour montrer nos talents avec une épée.

Le sourire de Dominic était aussi fin que la lame d'un poignard.

— J'aurais aimé voir ça, dit-il. Ta rapidité contre sa force.

Les yeux de Simon brillèrent d'amusement, mais aussi parce qu'un guerrier aime toujours se mesurer au talent d'un autre guerrier.

— C'était comme si je me battais contre toi, admit-il. Mais chaque coup était récompensé par la certitude que Duncan n'avait pas trahi son serment de fidélité envers toi.

— Comment cela ?

— Lorsque j'ai prononcé les mots « château de Blackthorne », Duncan a fléchi comme s'il prenait un coup. L'espace d'une seconde, les ténèbres dans ses yeux se sont levées, et il m'a presque reconnu.

— Que s'est-il passé ensuite ? demanda Meg.

— J'ai mis Duncan au sol. Puis, je lui ai demandé si ce qu'Erik avait dit à propos de sa mémoire était vrai.

— Et ?

— Duncan a dit oui.

— Vous l'avez cru, dit Meg.

— Oui. Il ne se souvenait de rien. La sorcière du diable lui a volé son âme.

Meg tressaillit en entendant la haine pure qui pointait dans la voix de Simon. Elle savait qu'il détestait la nécromancie comme peu d'hommes.

Mais elle ne savait pas pourquoi.

— J'ai alors su ce que je devais faire. Je me suis excusé auprès d'Erik, j'ai retrouvé Sven, et nous sommes revenus ici aussi vite que nos chevaux le pouvaient.

Du bout des doigts, Dominic parcourut l'argent froid du Loup des Druides de la Vallée d'un air absent. Puis, il se tourna vers Simon et Sven. Ses yeux avaient la même clarté glaciale que ceux de sa broche.

— Reposez-vous, dit-il. Lorsque vous serez prêts, nous nous rendrons tous trois sur les Terres contestées.

— Que voulez-vous accomplir avec seulement trois hommes ? demanda Meg. Le château de Stone Ring peut tenir des mois contre une force si restreinte.

— Ce serait mettre le château de Blackthorne en danger que de prendre plus de chevaliers.

L'expression de Dominic s'adoucit lorsqu'il regarda sa femme aux cheveux roux. Il toucha sa lèvre inférieure de son pouce en une caresse sensuelle.

— De plus, ajouta-t-il, ne vous souvenez-vous point de ce que je vous ai appris ? La meilleure façon de prendre un château bien gardé ?

— La traîtrise, dit-elle à voix basse. De l'intérieur.

— Oui.

— Qu'allez-vous faire ?

— D'une manière ou d'une autre, ils nous ont volé Duncan. Nous allons leur reprendre.

— Comment ? demanda Simon.

— En leur tendant un piège, dit simplement Dominic.

— Et ensuite ?

— Nous lui apprendrons qui il est. Puis, nous le renverrons au château de Stone Ring. Une fois à l'intérieur, il nous ouvrira les portes.

Sven rit doucement. Simon se contenta de sourire.

— Cela te ressemble bien, mon frère. Audacieux, mais sans bain de sang.

— Il n'y a pas d'intérêt à tuer des hommes bien quand on peut faire autrement, dit Dominic en haussant les épaules.

— Nous ferions mieux de nous dépêcher de mettre à exécution ce plan de trahison, dit Meg. Plus tôt nous…

— Nous ? l'interrompit Dominic.

— Oui, mon époux. Nous.

Tout amusement et toute sensualité quittèrent le visage de Dominic.

— Non, dit-il, catégorique. Vous portez en vous le futur de Blackthorne. Vous resterez ici.

Elle pinça la bouche.

— Je n'aurai pas votre héritier avant plusieurs mois, dit-elle. Je suis aussi capable que tous vos chevaliers de monter à cheval. Je ne suis pas quelque lady frêle incapable de ramasser une chaussure tombée.

Sa voix et son expression étaient aussi déterminées que celles de Dominic.

— *Non*, répéta-t-il.

Simon regarda son frère, jura en silence et fit ce que peu d'hommes avaient le courage de faire lorsqu'il paraissait si féroce. Il s'éclaircit délibérément la gorge pour attirer son attention.

Et sa colère.

— Quoi ? siffla-t-il.

— Si Duncan est blessé, Meg peut le soigner. S'il est ensorcelé… Ce qu'une sorcière a fait, une autre pourrait le défaire.

— Nous allions partir au domaine de Carlysle pour quelques semaines, de toute façon, dit calmement Meg. Les Terres contestées ne sont qu'à quelques jours de Carlysle.

Dominic demeura aussi silencieux et intimidant qu'une épée tirée de sa gaine. Puis, il leva la main et prit le menton de son épouse entre ses doigts.

— Si Dieu le veut, je pourrais supporter de perdre l'enfant, dit-il doucement. Mais pas vous. Vous êtes mon cœur.

Meg tourna la tête pour embrasser la main scarifiée qui la tenait si tendrement.

— Je n'ai pas rêvé de mort dans mes songes druidiques, dit-elle, et être séparée de vous est une petite mort pour moi. Emmenez-moi avec vous. Laissez-moi faire ce à quoi je suis destinée.

— Guérir ?

— Oui.

Il y eut un long silence. Puis, Dominic la relâcha en douceur avant de se tourner vers Sven.

— Dites aux palefreniers de préparer les chevaux pour l'aurore.

— Combien de chevaux, monsieur ?

Dominic marqua une pause, plongea son regard dans celui, impassible, de sa femme Druide de la Vallée, et sut ce qu'il devait faire, que cela lui plaise ou non.

— Quatre.

16

Le vacillement d'une bougie mourante derrière les draperies luxurieuses du lit fit sursauter Duncan dans son sommeil agité.

« Danger ! »

Il tendit la main pour attraper son épée, comme il l'avait si souvent fait durant les douze jours qui avaient passé depuis son mariage. Il se rendit compte, un peu tard, qu'il n'était qu'à moitié réveillé, mais complètement nu.

Alors même qu'il se persuadait que ce n'était qu'un rêve qui l'avait dérangé, il se glissa hors du lit et alluma des bougies tout autour de la pièce jusqu'à ce qu'il n'y ait plus aucune ombre où des ennemis pourraient se cacher. Il retourna alors se coucher, aussi silencieusement qu'il s'était levé.

— Duncan ?

Il sursauta de nouveau. Puis, il se tourna vers la voix qui lui était à la fois familière et curieusement étrangère. Les pensées se déchaînaient comme des éclairs noirs dans les ténèbres de son esprit.

« Elle ne fait pas partie de mon passé.

» Danger !

» Je suis entouré d'ennemis.

» Danger ! »

Pourtant, alors qu'une partie de lui l'avertissait d'un péril, ses souvenirs les plus récents prirent le dessus. Car il n'avait rien connu d'autre que la douceur et la passion incandescente depuis qu'il était arrivé au château de Stone Ring.

« Est-ce que je deviens fou ?

» Serai-je déchiré en deux et condamné à mourir tandis que les ombres et la lumière ambrée livrent bataille pour mon âme ? »

La seule réponse qui lui vint fut un silence interne fourmillant de contradictions.

Le passé oublié prenait forme dans son esprit. Des fils aléatoires et des motifs fragmentés, des noms sans visages, des lieux sans noms, des visages sans lieux. Il était une tapisserie déchirée et élimée, défaite autant que tissée, dont les fils s'emmêlaient et s'effilochaient.

Quelques fois, et c'étaient les pires, il voyait les ténèbres reculer, révélant sa mémoire. Alors, il connaissait le désespoir qui, telle une glace noire, figeait tout.

Il craignait la mémoire qui lui revenait.

« Que m'arrive-t-il ? Bon sang, pourquoi ai-je peur de ce que je désire tant ! »

Il grogna et se prit la tête entre les mains. Un instant après, des doigts à la fois doux et pressants caressèrent ses poings serrés.

— Sombre guerrier, murmura Ambre. Soyez en paix.

Si Duncan l'entendit, il ne dit rien.

De chaudes larmes coulèrent sur les joues d'Ambre lorsqu'elle partagea la douleur de Duncan.

Et sa peur.

Comme lui, elle sentait la guérison lente de sa mémoire. Elle voyait des visages là où il n'y avait eu que ténèbres, entendait des noms là où seul le silence avait régné, sentait le transport du temps faire son travail. Le motif qui allait se tisser manquait, mais il allait, également, revenir. Elle en était sûre.

Et alors, elle connaîtrait le courroux d'un guerrier fier qui avait été vaincu en secret plutôt qu'autorisé à se battre comme il y était destiné.

« Il est trop tôt. Duncan a passé si peu de temps avec moi. Deux semaines avant que nous ne soyons amants. À peine deux semaines que nous sommes mariés. Pas assez de temps pour apprendre à m'aimer.

» Mon Dieu, pas assez de temps, du tout.

» Seul l'amour pourrait pardonner une si grande tromperie. S'il se souvient trop tôt, jamais il ne me pardonnera.

» Jamais il ne m'aimera.

» Et la mort viendra, inéluctablement. »

Ambre ne sut si elle l'appela avec ses lèvres ou avec son cœur. Elle sut seulement que, soudain, ils se serraient si fort l'un contre l'autre qu'elle pouvait à peine respirer.

— Précieuse Ambre, dit Duncan d'une voix pénétrante. Que ferais-je sans vous ?

Les larmes brûlaient sur ses yeux et lui serraient la gorge.

— Vous vous en sortiriez mieux que moi sans vous, murmura-t-elle. Vous êtes le cœur qui bat en moi.

Duncan sentit l'écoulement chaud des larmes d'Ambre. Il relâcha doucement son étreinte.

— Ne pleurez pas, dit-il. Ce n'était qu'un rêve, nul besoin de vous inquiéter.

Ambre savait, avec une précision d'Érudite, que ce qui s'était passé dans son esprit n'avait rien d'un rêve. Et il le savait aussi bien qu'elle.

Pourtant, elle ne dit rien de ce doux mensonge. Elle ne désirait pas plus que lui trouver dans les fils amoncelés et douloureux de sa mémoire la vérité qu'elle craignait plus que la mort elle-même.

— Duncan, murmura-t-elle.

Le son était plus une caresse qu'un mot. Elle l'avait dit en pressant ses lèvres dans son cou.

Le corps de Duncan se raidit, puis il frissonna et se durcit avec une tension différente. Ce n'était pas celle de son esprit en guerre. Il sentit une ondulation de sensation passer dans le corps d'Ambre pour lui répondre. Il savait qu'elle sentait aussi clairement que lui son désir.

Mais il savait désormais que c'était aussi son désir *à elle*. Depuis le peu de temps qu'ils étaient mariés, non seulement elle répondait à son attrait sensuel lorsqu'il le déployait, mais elle le désirait, qu'il la touche ou pas.

Elle venait vers lui lorsqu'il broyait du noir et regardait la pluie tomber à travers les étroites fenêtres du donjon.

Si elle se réveillait avant lui, elle s'enroulait contre lui et caressait de ses mains graciles la lance de son corps, riant doucement lorsqu'elle s'élevait pour rencontrer sa caresse.

Chaque jour, avant le souper, elle chevauchait avec lui et partageait son savoir sur la forêt, les champs et les gens du donjon.

Le soir, elle congédiait son valet et lui donnait le bain avec grand plaisir, lui apprenant la façon Érudite de purifier sa chair, puis elle frissonnait de joie lorsqu'il lui montrait comment se lavaient les sultans sarrasins.

Et toujours, ses yeux s'illuminaient lorsqu'il la rejoignait après avoir entendu les plaintes des serfs et des manants le matin. Elle souriait, rayonnante de bonheur quand elle se retournait et le voyait dans l'encadrement de la porte alors qu'il la regardait déchiffrer d'anciens manuscrits.

Elle venait à lui de mille façons, lui disant combien elle était heureuse d'être sa femme.

— Vous êtes un soleil quand tout n'est que pluie, dit Duncan.

Les larmes d'Ambre redoublèrent, roulant sur ses joues avant de tomber sur la peau de Duncan. Il s'allongea sur le dos et l'attira tout contre lui.

— Sans vous, murmura-t-il, je ne sais comment j'aurais survécu dans le champ de bataille qu'est mon esprit.

— Sombre guerrier…

La douleur transperça Ambre, lui serrant la gorge encore plus que les larmes. Les mots d'amour qu'elle voulait donner à Duncan étaient un feu qui brûlait dans son silence.

Ambre bougea à l'aveugle pour se rapprocher davantage du corps de son époux. Sa chaleur et son pouvoir étaient un attrait qui s'amplifiait au fil des heures qu'elle passait avec lui. La pensée de le perdre était comme une lame enfoncée dans son âme.

— Duncan, murmura-t-elle encore.

La voix brisée d'Ambre et la sensation chaude de ses larmes contre l'épaule de Duncan provoquèrent une vague de tendresse en lui. Il caressa doucement ses cheveux. Elle bougea, et une chaleur humide parcourut le contour de sa mâchoire.

Pendant un instant, il crut que c'étaient ses larmes. Mais il comprit que c'était le bout de sa langue qui créait cette caresse amoureuse.

— Vous me tentez, dit-il d'une voix rauque.

Une vague de plaisir déferla dans le corps d'Ambre, écho doux à l'excitation sensuelle qui remuait en lui. Il ne luttait plus contre la ruée sauvage de son désir lorsqu'elle le touchait, car il ne s'inquiétait plus de savoir quel désir s'éveillait en premier et lequel suivait.

Il savait que la passion d'Ambre était un désir qui brûlait ardemment, qu'il soit seul ou entrelacé au sien.

Elle mordilla délicatement les muscles de ses épaules. Secrètement, dans cette caresse, elle goûtait sa peau. Le baiser, grandissant, était un soupir tremblant.

— Me désirez-vous, précieuse Ambre ?

De nouveau, un soupir tremblant.

— Oui, murmura-t-elle.

Pourtant, lorsqu'il se rapprocha d'elle, elle s'écarta.

— Non, murmura-t-elle.

— On dirait que votre esprit est partagé, dit-il en souriant. Puis-je faire quelque chose pour…

Ses mots taquins se brisèrent en un râle de plaisir. Les jambes d'Ambre se glissaient entre les siennes.

— La fleur est déjà en train d'éclore, dit-il, le souffle court. Je sens sa chaleur.

— La fleur sait que le soleil va se lever. Elle veut que chaque pétale soit déjà ouvert pour boire le premier rayon doré de soleil.

— Le soleil est déjà levé, dit-il d'une voix enrouée.

— Vraiment ?

Sous les couvertures, une petite main descendit le long de son torse nu.

Le reste aussi était dévêtu.

Des doigts délicats effleurèrent sa chair excitée, en une caresse sensuelle et ravie. Une paume douce l'entoura. Il poussa un cri, à la fois rire et passion.

— Vous savez très bien qu'il s'est levé, dit-il. Vous en avez la preuve au creux de la main.

— Seulement une partie de la preuve. J'ai bien peur que pour l'avoir tout entière, j'aurai besoin de mes deux mains.

— Dommage.

— Oui, murmura-t-elle.

— Il y a une solution à cela.

— J'y songe.

— Allongez-vous sur le dos, précieuse Ambre. Vous verrez les choses plus profondément de cette perspective.

— Je pense… que non.

La sensualité rieuse et rauque qui roulait dans la voix d'Ambre le fit sourire. Passion et excitation s'entrelacèrent davantage en lui.

— À quoi pensez-vous, alors ?

— Je pense que vous en seriez choqué au point de défaillir, dit-elle.

— Je suis allongé.

— Tout en vous ne l'est pas.

— La plupart de mon corps l'est.

Ambre sourit et enroula ses doigts autour de la partie de son corps qui n'était pas au repos.

— Un petit sourire si doux, si malicieux, dit-il dans un râle. À quoi pensez-vous pour sourire ainsi ?

— Deux mains… et une bouche. Cela suffira-t-il ?

Duncan ne comprit pas tout de suite. Puis, les mains d'Ambre l'entourèrent, et la chaleur veloutée de sa langue le caressa. Tout son corps se tendit subitement.

— *Ambre.*

Elle leva la tête vers lui.

— Vous ai-je fait mal ? demanda-t-elle.

Tout en parlant, elle caressait sa chair rigide. Le sang battait sous sa caresse, le durcissant davantage.

— Non, dit-il.

— Vous ai-je choqué ?

— Oui. Non.

Il se força à respirer. Son corps réclamait un autre baiser intime, la douceur lisse de la langue d'Ambre sur lui.

— Vous ne pouvez vous décider ? demanda-t-elle, sachant très bien à quel point Duncan avait aimé sa caresse. Cela va peut-être vous aider.

Elle répéta la folle caresse, s'attardant là où sa chair était, bien curieusement, différente.

Et plus sensible.

— Vous ai-je dit, murmura-t-elle entre ses caresses, à quel point votre corps me contente ?

— Si vous me contentez encore, je vais me désagréger.

— Alors, je n'aurai qu'à vous recoudre.

— Mon cœur en faiblit d'avance.

— Votre cœur, peut-être, mais pas votre chair. Elle tire comme un étalon trop fermement retenu.

Duncan rit malgré la chaleur qui l'envahissait, menée par la ruée sauvage de son sang et la sensation d'Ambre qui le caressait de ses mots, de ses mains, de sa langue.

Ambre souriait. Elle savait combien elle l'excitait. Elle secoua la tête jusqu'à ce que sa chevelure tombe comme un voile sur le bas-ventre de Duncan. Mais elle ne put tout voiler aisément. Sa passion se dressait fièrement, demandant à être apaisée.

Ou taquinée.

— J'aime particulièrement cela, dit-elle. Dur, et pourtant si lisse sous mes doigts, comme de l'argent poli réchauffé par le soleil.

Un frisson profond traversa Duncan. Il regardait et sentait sa langue passer sur lui, l'embrasant parfaitement. Il enfonça ses mains puissantes dans ses cheveux.

— Venez…, dit-il dans un râle.

— Bientôt, murmura-t-elle. Mais d'abord…

Sa bouche l'encercla, le goûta, évalua sa dureté et le couvrit de caresses aimantes. La violence qui montait en lui passait en elle. Elle s'attendait à tout moment à ce que Duncan la renverse, remonte ses genoux et s'enfouisse en elle.

Soudain, il s'assit et tira les jambes d'Ambre sur ses cuisses. Elle était à califourchon sur lui, ouverte. Il la trouva trempée de la même passion qui faisait briller son corps comme s'il avait été poli avec de l'huile.

Il passa sa main entre ses cuisses, la touchant et la savourant en une seule et même caresse. Ses doigts en ressortirent scintillant de son désir. Les yeux toujours posés sur elle, il leva sa main à son visage et respira profondément, s'infusant de son parfum.

— La prochaine fois, dit-il, je vous goûterai aussi. Mais pas aujourd'hui. Je suis déjà défait grâce à votre bouche si douce.

— Vous avez pourtant l'air intact, murmura-t-elle.

Elle laissa ses doigts effleurer Duncan un instant, juste assez pour voler la seule goutte chaude qui lui avait échappé. Lorsqu'elle effleura sa propre lèvre pour la goûter et sourit, Duncan poussa le râle d'un homme au supplice. Une autre goutte monta, appelée en lui par son plaisir.

— Venez, sorcière. Montez le dragon que vous avez convoqué depuis la chair mortelle.

— Comment une jeune femme monte-t-elle un dragon ?

— Comme ceci.

Duncan referma ses mains sur ses hanches et la souleva pour la rapprocher de lui. Une seconde plus tard, sa chair abrupte et avide la pénétrait. Avec un gémissement d'épanouissement, elle se laissa glisser sur lui, le réclamant aussi profondément que lui la réclamait.

Ambre tenta de dire le nom de Duncan, mais elle ne le put. Son plaisir en elle lui avait volé sa voix. L'étreinte soudaine de ses mains sur ses hanches éparpillait ses pensées et concentrait son désir. Elle se mit à bouger lentement, le chevauchant plus sûrement à chaque mouvement de ses hanches, sentant la passion de Duncan et la sienne avec une clarté extraordinaire.

Lorsqu'il voulut accélérer leur union, elle prit l'une de ses mains et l'embrassa avant de la poser sur son sein.

— Vous prenez plaisir à me tourmenter, siffla-t-il.

— Oui…

Il referma ses doigts sur le pic tendu de son sein. Une convulsion délicate la secoua, annonçant l'extase à venir. Lorsqu'il caressa ses deux tétons pour les faire durcir, elle se cambra et son souffle se brisa. La douce chaleur de sa passion coulait entre leurs corps unis.

— Oui, murmura Duncan. Laissez-moi sentir votre plaisir.

Sans prévenir, l'extase submergea Ambre, la faisant trembler et gémir. Il s'enfonça en elle, faisant fusionner leurs corps grâce aux pulsations brûlantes de son propre soulagement.

Sentir l'extase de Duncan amplifia celle d'Ambre, l'amenant encore plus haut. Il balança ses hanches jusqu'à ce qu'elle crie son nom et qu'elle s'abandonne une fois encore.

Puis, il la serra contre son torse, jusqu'à ce que tous deux retrouvent un souffle égal. Ce ne fut qu'alors qu'il bougea, renversant les rôles pour reposer entre ses jambes. Il l'embrassa doucement, profondément.

— Vous me donnez plus de plaisir chaque fois, dit-il.

— Vous aussi. C'en est presque terrifiant.

— Pourquoi ?

— Si je jouissais de vous davantage, dit-elle, je mourrais.

— Et je vous ramènerais à la vie.

— C'est impossible.

— Non. C'est inévitable.

— Nous ne pouvons pas, murmura-t-elle, comprenant ce qu'il voulait. Si ?

— Nous devons. Nous le ferons. Regardez-moi comme je vous regarde. Voyez combien je vous chéris.

Lentement, Duncan descendit le long de son corps, bougeant légèrement la tête pour la caresser de sa bouche autant que de ses mots.

— Emmenez-moi là où il n'y a point d'ombres, mais seulement le feu, dit-il. Donnez-moi la fleur qui éclot plus magnifiquement de jour en jour.

Ambre n'avait aucun moyen de lutter contre le besoin incandescent de Duncan. Lui non plus. Jamais il n'avait ressenti passion aussi complexe. C'était une émotion dont il ne connaissait le nom, car jamais il n'avait pensé qu'un tel sentiment puisse exister.

C'était la soif dans une mer d'eau douce, le manque dans l'abondance, la faim au milieu d'un festin.

Jamais il ne pourrait être assez proche d'elle.

Les larmes remplirent les yeux d'Ambre et se déversèrent sur ses joues. Jamais elle n'avait pensé être un jour chérie si tendrement… petits baisers et goûts secrets, son souffle sur ses seins, son nombril, ses cuisses.

Puis, la bouche de Duncan la découvrit, la goûta, encercla le bourgeon qui était le centre de sa passion.

Cette caresse inattendue fut comme un éclair, la transperçant, lui arrachant un gémissement.

— Précieuse Ambre, dit Duncan, tremblant sous le torrent de son désir. Je jure que je sens votre passion comme si un éclair vous transperçait.

Il attrapa délicatement son bourgeon tendre entre ses dents. À chacun des mouvements lents de sa langue, elle criait son nom. Puis, elle ne put plus parler, car elle avait le souffle coupé. Elle se brisait, criait, mourait, consumée par une extase qui n'avait ni commencement ni fin.

Au milieu de son feu il vint à elle, et ils brûlèrent ensemble en un lieu où il n'y avait pas d'ombres, seulement le feu.

Ambre parcourut la grande salle du regard. Il y avait là beaucoup de serfs, de propriétaires et de manants. Seuls quelques-uns d'entre eux avaient l'air d'attendre l'attention de leur sénéchal.

— Avez-vous fini, monsieur ? demanda-t-elle.

Elle avait laissé Duncan assez longtemps pour traduire un extrait de manuscrit particulièrement difficile, de sorte que Cassandra l'ait quand elle reviendrait du nord. Mais dès qu'elle eut fini sa traduction, elle était allée chercher son époux.

Quand elle n'était pas à ses côtés, elle n'était pas tranquille, comme si on allait le lui prendre sans prévenir.

— Venez vous asseoir près de moi, dit-il en lui tendant la main. J'ai bientôt fini.

Dès qu'il la toucha, elle sentit la tension les quitter tous deux. En cet instant, les souvenirs de Duncan demeuraient immobiles dans les ténèbres. Il ne se concentrait que sur le présent et sur ses devoirs en tant que sénéchal d'Erik.

Tandis qu'elle restait assise sur l'estrade surélevée de la grand salle, il écoutait les plaintes, les résolvait et écoutait les suivantes. Ce faisant, il caressait sa main, leur rappelant à tous deux le plaisir et la paix qu'ils avaient trouvés dans les heures précédant l'aurore, lorsque leurs corps entrelacés avaient vaincu les souvenirs qui traquaient Duncan comme une meute de loups.

— La matinée a-t-elle été fastidieuse ? murmura-t-elle.

— Je commence à croire qu'on devrait couper les jarrets de tous les porcs, marmonna-t-il tandis que les vassaux suivants s'avançaient.

Ambre vit qui étaient les requérants, et son sourire s'effaça.

— Ethelrod a encore dû laisser son porc fouiller dans le jardin de la veuve Mary, dit-elle.

— Cela arrive-t-il souvent ? demanda Duncan.

— Aussi souvent qu'Ethelrod et la veuve partagent leur couche.

Duncan la regarda en coin.

— Ce cochon aime beaucoup Ethelrod, voyez-vous, dit-elle à voix basse.

— Non, je ne vois pas, marmonna-t-il.

— Il suit Ethelrod comme un fidèle chien de chasse.

Duncan sourit à pleines dents sous sa moustache.

— Je commence à comprendre, dit-il. Ethelrod a-t-il une clôture assez robuste pour retenir un cochon ?

— Non. Et il ne peut se le permettre. Ce n'est qu'un serf.

— Veulent-ils se marier ?

— La veuve est une propriétaire. S'ils se marient, les enfants qu'ils auraient seraient des serfs.

Les sourcils froncés, Duncan regarda le couple qui se tenait devant leur nouveau sénéchal, mal à l'aise.

— Erik manque-t-il de serfs ? s'enquit-il, toujours à voix basse.

— Non. C'est un seigneur strict, mais pas sévère. Personne ne fuit son service.

— Ethelrod a-t-il été un vassal fidèle ?

— Oui. Jamais il ne s'est défilé.

— Qu'en pensent les gens du château ?

— Ils vont le consulter lorsqu'ils ont des problèmes avant d'aller voir le prêtre ou le seigneur du château.

Duncan garda sa main dans la sienne lorsqu'il se tourna vers le couple qui se tenait devant lui.

— Veuve Mary, dit-il. Outre le statut de serf d'Ethelrod, avez-vous quelque objection à l'avoir pour époux ?

La femme fut si surprise par la question qu'elle mit un certain temps à répondre.

— Non, monsieur. C'est un travailleur consciencieux et un homme bon envers les plus faibles. Mais…

— Mais ? dit Duncan d'un ton encourageant. Parlez, femme.

— Son satané cochon ne doit pas entrer dans ma chaumière si ce n'est sur une broche !

Les vassaux qui étaient restés pour regarder leur nouveau sénéchal à l'œuvre éclatèrent de rire. La bataille récurrente entre la veuve et le cochon était source d'amusement au château.

Duncan se tourna en souriant vers le serf qui semblait si mal à l'aise, le couvre-chef entre ses mains noueuses et ses pieds qui, en plus d'être plats comme le plancher d'une charrette, étaient mal chaussés.

— Ethelrod, avez-vous une objection à prendre la veuve pour femme ?

L'homme rougit de la pointe de la barbe au haut du front.

— Non, m… monsieur, bredouilla-t-il. Elle f… ferait une b… bonne épouse.

— Ainsi, le problème du cochon est résolu, dit Duncan. Le jour où vous épouserez la veuve Mary, vous ne serez plus un serf.

Ethelrod était si stupéfait qu'il en resta bouche bée.

— Sir Erik vous offrira pour cadeau de mariage assez de bois pour construire un enclos robuste pour votre cochon.

Une clameur mêlant le rire, l'approbation et la célébration s'éleva dans la salle. En moins de deux semaines, les vassaux avaient totalement accepté le sénéchal du château.

Avant que le vacarme ne cesse, Duncan se leva, incitant Ambre à faire de même.

— Venez chevaucher avec moi, dit-il. J'apprécie votre savoir sur le château et ses vassaux autant que j'en ai besoin.

— Où allons-nous, cette fois-ci ?

— Là où nous sommes allés tous les jours depuis que nous sommes mariés, dit-il tout en saluant de la tête les vassaux qui s'écartaient pour le laisser passer.

— La piste du sud qui traverse le hameau de Wild Rose et les champs jusqu'à la forêt, dit-elle en souriant. C'est ma promenade favorite. Le ruisseau de Wild Rose est comme un rire à mes oreilles.

Seuls deux chevaux attendaient dans l'avant-cour. Si peu de guerriers étaient restés au château de Stone Ring que Duncan refusait de les faire solliciter pour une escorte inutile lorsqu'Ambre et lui parcouraient les terres du château. On n'avait ni vu ni entendu de hors-la-loi à moins d'une demi-journée de cheval depuis qu'Erik avait fait pendre l'un des leurs.

Duncan souleva Ambre pour l'installer sur son cheval, puis il monta sur le sien. Comme toujours après s'être mis en selle, il vérifia la position de son épée et celle du fléau d'armes. Pour lui, ces gestes étaient aussi naturels que de respirer.

Côte à côte, les deux chevaux traversèrent le mur d'enceinte avec fracas et passèrent le pont-levis de bois. Tandis qu'ils chevauchaient, Ambre répondait aux interrogations de Duncan sur l'histoire des champs et de ceux qui les avaient piochés, sur les propriétaires et les serfs, et sur la santé des habitants.

— Je ne pense pas qu'il faille passer par ici pour entendre le ruisseau, dit-elle enfin alors qu'ils pénétraient dans la forêt.

— Je viens pour que vous m'appreniez tout sur le château et ses terres.

— Et depuis Hawk Hill, qui est tout proche, on a une belle vue sur les terres, dit-elle.

Il hocha la tête.

— Vous serez un bon sénéchal pour Erik.

— Je serais un meilleur guerrier.

— Il ne doute pas de votre courage.

— Alors, pourquoi ne pas m'envoyer à Winterlance, où l'on dit que les Nordiques sont aussi stupides que l'herbe d'été dans les champs est épaisse ? demanda Duncan avec colère.

— Vous lui êtes plus précieux ici. Samedi dernier à peine, l'un de ses cousins furetait parmi les vassaux pour évaluer leur volonté.

Duncan grogna.

— Maintenant, dit-elle, les cousins d'Erik savent que le château de Stone Ring a un nouveau sénéchal qui est respecté de ses vassaux.

Comme Duncan ne répondait pas, elle se tourna vers lui. Il regardait autour de lui, l'œil hagard, comme s'il cherchait quelque chose.

— Duncan ? Quelque chose ne va pas ?

Il sursauta et se tourna vers elle. Elle sentit son cœur s'arrêter, puis battre à tout rompre.

Pendant un instant, il ne la connaissait plus.

Il baissa les yeux vers son épée à demi tirée, puis regarda par-dessus son épaule. Derrière eux, depuis la lisière de la forêt, les champs du château se déployaient sombrement sous un ciel paisible.

Au-delà des champs, les nuages reposaient sur le flanc des montagnes comme les filles languissantes d'un harem attendant le plaisir de leur seigneur. Le soleil inondait toute la scène de sa lumière dorée, comme une bénédiction.

Duncan se retourna sur sa selle pour regarder devant lui. La forêt du seigneur portait toujours son éclat automnal de jaune, d'orange et de rouge. Des herbes meurtries par le gel s'accrochaient avec un désespoir fragile sur les pierres et les branches tombées. Les feuilles mortes, séchées par trois jours de vent sans pluie, tournoyaient autour des pattes des chevaux tandis qu'ils avançaient côte à côte sur le chemin carrossable.

Duncan ne lui répondait toujours pas. Ambre s'arc-bouta sur ses étriers pour se pencher vers lui. Elle referma ses doigts légèrement tremblants sur le poignet de sa main qui maniait l'épée.

Rien ne lui vint par ce contact, seulement le conflit violent des pensées de Duncan.

— Me connaissez-vous ? s'enquit-elle, inquiète.

Duncan posa les yeux sur elle et rit sous l'effet de surprise. Il prit sa main et embrassa sa paume.

— Je vous connais aussi bien que mon propre cœur, dit-il.

— Mais il y a un instant à peine, vous m'avez regardée comme si j'étais une étrangère !

Duncan ne riait plus. Seules les ténèbres qui le hantaient sans relâche se reflétaient dans ses yeux.

— Il y a un instant, dit-il, j'étais perdu dans l'obscurité.

Ambre laissa échapper un soupir malheureux.

— Quelque chose en moi crie toujours au danger, ajouta-t-il d'un air grave. Une partie de moi se moque toujours. J'ai l'impression d'être un gigot que deux loups se bataillent.

Il referma ses doigts sur ceux d'Ambre. Pendant un moment, ils chevauchèrent lentement, côte à côte, parlant peu, laissant les couleurs brillantes de l'automne éclairer les ténèbres.

Duncan et Ambre se tenaient toujours par la main lorsqu'un lourd filet surgit de la forêt et s'abattit sur le Fléau Écossais.

17

Immédiatement, Duncan se débattit pour libérer la main qui maniait son épée, mais il ne réussit qu'à s'emmêler davantage dans le filet. Ambre cria son nom et dégaina sa dague en se penchant vers lui.

Mais avant qu'elle n'ait pu trancher le filet, un homme apparut et lui saisit le poignet. La haine qui se déversa en elle à ce contact fut la douleur la plus intense qu'elle eut jamais connue. Elle poussa un cri effroyable et tomba à terre, inconsciente. Elle ne bougea plus. Pas même lorsque Duncan cria son nom.

Il devint fou.

Il s'acharna contre le filet, déchirant les fibres épaisses comme si c'était de la paille.

— Maintenant ! cria l'homme qui avait neutralisé Ambre.

Deux autres hommes sortirent de la forêt au pas de course. L'un d'eux saisit le pied gauche de Duncan et le poussa vers le haut pour le faire basculer à terre.

Les trois hommes bondirent sur leur prisonnier, essayant de le maintenir au sol. Bien que l'un d'entre eux fût aussi corpulent que lui, et les deux autres à peine plus petits, Duncan avait la force d'un fou furieux.

— Simon, attrape son autre bras ! dit sévèrement Dominic.

— J'essaie ! rétorqua Simon entre ses dents.

— Bon Dieu, dit Sven, il est aussi fort qu'un bœuf !

— Duncan ! s'écria Meg. Duncan ! Vous êtes en sécurité. Ne vous souvenez-vous pas de nous ?

Duncan hésita un instant, pris entre passé et présent, retenu par une voix à moitié familière.

Cette hésitation était tout ce dont avait besoin Dominic. Il planta sauvagement ses pouces dans le cou de Duncan. Le Fléau Écossais se débattit une fois, puis fut impuissant.

Car lorsque Dominic retira ses mains, Duncan était aussi inconscient qu'Ambre. Simon ne perdit pas une seconde et retira le filet tandis que Sven lui attachait les pieds et les mains.

— C'est fait, dit-il enfin. Même un ours blanc ne pourrait se défaire de ces liens.

— Prends ses pieds, dit Dominic à Simon. Et souviens-toi : nous lui posons des questions, sans lui offrir d'autres réponses que celles qui concernent notre amitié et son ensorcellement.

Simon se pencha pour prendre les pieds de Duncan.

— Je suis toujours d'avis, dit-il, qu'on lui dise tout et qu'on en finisse avec les momeries.

— Certes, mais Meg en a décidé autrement, et c'est elle, la guérisseuse.

— Pour l'amour de Dieu, siffla-t-il.

— Et de l'enfer aussi, approuva Dominic.

À eux deux, Dominic et Simon hissèrent Duncan sur son cheval. Chacun marchant d'un côté, ils disparurent vite dans la forêt. Sven se pencha, souleva Ambre et les suivit au trot.

Meg attrapa les rênes du cheval restant et le mena au sommaire campement dissimulé dans les feuillages que Dominic avait établi en attendant le bon moment pour attraper Duncan. À chacun de ses mouvements, les clochettes qu'elle avait autour des chevilles et de la taille carillonnaient doucement.

Tandis que Sven attachait les chevaux, Meg rejoignit Duncan, allongé sur le sol, immobile. Alors qu'elle s'agenouillait, Dominic s'approcha.

Seul Simon remarqua qu'il avait la main sur son épée.

Meg posa la paume de sa main sur le torse de Duncan. Son cœur battait normalement. Sa peau était chaude. Sa respiration était régulière. Elle poussa un soupir de soulagement et retira sa main.

— C'était une bien mauvaise ruse sarrasine, cher époux.

— C'était mieux que le manche d'une hache, dit Dominic. Duncan est un peu sonné, c'est tout.

— Sa nuque sera meurtrie.

— Il a déjà de la chance d'avoir encore son précieux cou, rétorqua-t-il.

Meg ne dit rien. Dominic disait vrai.

— Tout autre seigneur que Dominic aurait fait pendre Duncan comme un traître sur-le-champ, dit Simon.

Avec un tintement assourdi de clochettes, Meg se leva pour toucher la joue de son époux.

— Je sais, dit-elle fièrement. C'est pour cela que vous êtes le Loup des Druides de la Vallée. Vous êtes assez fort pour *ne pas* tuer.

Dominic sourit et couvrit la main de sa femme de la sienne.

— Vous feriez mieux de vous occuper de la sorcière, dit Sven en jetant une couverture sur Ambre. Elle est pâle et froide comme la mort.

Les clochettes chantèrent doucement lorsque Meg se précipita vers Ambre. Elle s'agenouilla pour la toucher. Sa peau était effectivement très froide. Sa respiration était inégale, trop creuse. Son cœur battait trop vite.

Perplexe, Meg se tourna vers Simon.

— Que lui avez-vous fait ? demanda-t-elle.

— Je lui ai attrapé le poignet.

— Assez fort pour lui briser les os ? demanda-t-elle.

— Non, mais cela me serait égal si c'était le cas, dit-il. Cette sorcière de malheur mérite bien pire que quelques os cassés pour ce qu'elle a fait à Duncan.

— Je l'ai vu, madame, confirma Sven. Il a à peine touché la fille, et pourtant, elle a crié comme une âme sentant les flammes de l'enfer pour la première fois.

Meg inclina la tête comme quelqu'un qui écoute un son lointain.

— Cela correspond, dit-elle enfin.

Elle rejeta un pan de couverture. Ambre avait les poignets liés avec soin devant elle.

— On dit que quiconque la touche la fait souffrir, ajouta Sven.

— Oui, dit-elle.

Ses doigts s'arrêtèrent au-dessus des poignets d'Ambre. Il n'y avait aucune marque évidente de contusions, aucun signe d'enflure. Il n'y avait pas non plus de traces de coups sur son corps.

Pourtant, elle était sans connaissance, la peau glaciale, le cœur battant à tout rompre, la respiration trop légère.

Après avoir tiré sa cape et la couverture plus fermement sur Ambre, Meg retourna auprès de Duncan. Mais lorsqu'elle voulut s'agenouiller près de lui, la main de Dominic l'en empêcha. Il la tira en arrière, la mettant derrière son dos imposant.

Elle était hors de portée de Duncan désormais, même si lui avait été libre de l'atteindre.

— Laissez-le tranquille, dit Dominic. Il est comme un étranger. Il ne nous connaît point.

— Il m'a reconnue, dit-elle.

— Vraiment ? marmonna Simon. Ou a-t-il été surpris d'entendre une voix de femme ?

— Demandez-lui, dit brusquement Dominic. Il fait semblant de dormir.

Sur ces mots, il observa le chevalier qui lui avait juré fidélité… chevalier qui le regardait désormais avec les yeux d'un homme rendu fou par la haine.

— Qu'avez-vous fait à Ambre ? ragea Duncan.

— Rien d'autre que la tirer de son cheval, dit Dominic.

— Vous l'avez *touchée* ?

Dominic haussa les épaules.

— Moi ? Non. C'est Simon. Et assez gentiment, si vous voulez le savoir, dans les circonstances.

— Laissez-moi la voir !

— Non, dit Dominic d'un ton ferme. Je pense que vous avez déjà bien trop vu de votre maîtresse.

— Elle est ma femme !

Dominic se figea.

— Vraiment ? Depuis combien de temps ?

— Douze jours.

Les muscles de Duncan se tendirent alors qu'il essayait de se libérer.

Dominic, l'air calme, attendit qu'il soit pantelant, suant, convaincu qu'il était bel et bien ligoté.

— Je dois être avec Ambre, dit-il d'un ton pressant. Elle n'est pas comme les autres. Le contact d'un étranger peut lui être pareil à une épée. Que vous l'ayez voulu ou non, vous lui avez véritablement fait mal. Laissez-moi aller auprès d'elle.

Dominic sentit Meg bouger derrière lui. Il l'imita, empêchant ainsi Duncan de la voir. Puis, il fit un pas en avant.

Il se trouvait désormais en pleine lumière. Il retira son heaume et baissa les yeux vers Duncan. La lumière éclatante accentuait le contraste entre ses cheveux noirs et ses yeux, d'un gris cristallin.

Sur sa cape noire, au niveau de son épaule, les yeux du Loup des Druides de la Vallée brillaient comme s'ils étaient dotés d'une vie, insufflés d'un savoir ancien.

— Me connaissez-vous ? demanda-t-il.

La seule réponse de Duncan fut un grognement sauvage.

— Vous avez été ensorcelé, continua Dominic. Nous sommes vos amis, et pourtant, vous ne vous souvenez pas de nous.

Un frisson secoua Duncan.

— Non, je n'étais que malade, dit-il d'une voix rauque.

— Vous rappelez-vous quoi que ce soit qui précède votre arrivée sur les Terres contestées ? demanda Dominic.

— Non.

— Connaissez-vous cet homme ? demanda-t-il en montrant Sven.

Duncan le regarda. Son visage se déforma sous l'effort qu'il fournissait pour essayer de déchirer les ténèbres et atteindre la vérité qui se cachait au-delà.

— Je…, commença-t-il, mais sa voix n'était plus qu'un murmure rauque. Je ne me souviens pas.

— Connaissez-vous cette femme ?

Dominic fit un pas sur le côté. Meg était désormais seule dans le rai de lumière. Ses cheveux lâchement attachés flambaient comme le feu. Ses yeux sans pareils étaient d'un vert intense et brûlant qu'elle seule possédait.

Duncan laissa échapper un étrange son.

— Vous ne me reconnaissez pas, Duncan ? demanda-t-elle doucement. Autrefois, nous chassions les papillons ensemble.

Une expression d'angoisse passa sur le visage de Duncan. Les souvenirs miroitaient comme le clair de lune sur des eaux troubles.

— Vous m'avez appris à monter à cheval, continua-t-elle d'une voix douce et incessante, à chasser et à dresser les faucons. Nous avons été fiancés lorsque je n'avais que neuf ans.

Soudain, les souvenirs se ressoudèrent. Un visage, un nom et une enfance réassemblés grâce au rire d'une femme.

— Meggie ? murmura Duncan.

Un sourire éclaira le visage de Meg.

— Oui, Duncan. Meggie. De tous les gens du château de Blackthorne, seul vous pouvez m'appeler ainsi.

La mention de Blackthorne fit de nouveau tournoyer les ténèbres dans son esprit. Il se tourna vers Simon.

— Vous avez parlé du château de Blackthorne lorsque nous nous sommes battus.

— Oui. C'est ainsi que je vous ai vaincu, dit Simon.

— Blackthorne…

Un nouveau frisson secoua le corps puissant de Duncan. De nouveaux fragments de souvenirs se trouvèrent pour retisser sa mémoire.

— Lord John, dit-il en regardant Meg. Mon… père ?

— Votre père, confirma-t-elle. Bien qu'il n'ait pas été libre d'épouser votre mère.

Duncan fit un son étrange.

— D'une manière ou d'une autre, je m'en souviens.

— De John ?

— Non. D'être un bâtard.

Duncan ferma les yeux.

— Meggie, pour l'amour de Dieu, *laissez-moi aller voir Ambre.*

La supplication brute dans sa voix serra la gorge de Meg.

— Mettez un poignard sur sa gorge si nécessaire, dit-elle à son époux, mais laissez-moi regarder dans ses yeux.

Sans un mot, Dominic dégaina son poignard, s'agenouilla et mit sa lame sous la gorge de Duncan.

— Ne bougez pas, fit-il calmement. Je tiens à vous, mais je tiens à ma femme plus que tout au monde.

Duncan ignora la dague. Il ne prêtait attention qu'à la Druide de la Vallée qui s'agenouillait près de lui dans un murmure de clochettes. Ses yeux, aussi verts que le printemps, se plongèrent dans les siens, le *voyant* à la manière étrange des femmes Druides de la Vallée.

Pendant un long moment, le silence régna. On n'entendait que le vent, qui tirait les feuilles d'automne de leurs branches.

— Laissez Duncan aller voir Ambre, dit enfin Meg.

— Non ! s'écria Simon d'un ton aussi féroce que son regard. Duncan était mon ami, et cette sorcière du diable lui a volé son âme !

Meg se leva avec grâce et s'approcha de son beau-frère. Ses cheveux blonds brillaient comme de l'or au soleil, mais ses yeux étaient comme une nuit sans lune.

— Duncan n'est pas ensorcelé, dit-elle.

Simon plongea ses yeux dans le vert insondable de ceux de la Druide de la Vallée. Puis, il regarda la femme qui reposait, immobile, sous une couverture.

— Comment pouvez-vous dire cela ? Cette sorcière de malheur a pris sa mémoire, dit-il sauvagement. C'est aussi clair que le jour !

— Pratiquer ainsi les arts noirs aurait laissé une marque sur l'âme de Duncan que rien, si ce n'est Dieu, ne pourrait effacer, dit Meg. Duncan ne porte pas cette marque en lui.

Simon la fixa.

— Pensez-vous que je laisserais délibérément un ennemi parmi nous ? demanda-t-elle.

— Non.

— Pensez-vous que je mettrais la vie de Dominic en danger ?

— Non, céda-t-il. Jamais.

La certitude qu'on entendait dans sa voix se lisait sur son visage. Il savait au plus profond de lui que Meg aimait son frère d'un amour qu'il n'aurait jamais cru possible.

Meg voyait la foi que Simon avait en elle. Elle effleura sa joue comme pour l'en remercier.

— Alors croyez-moi, murmura-t-elle, lorsque je vous dis que Duncan n'est pas ensorcelé.

— Si ces mots ne sortaient pas de votre bouche, mais de celle d'un autre..., dit Simon en se passant la main dans les cheveux.

Meg attendit.

D'un air résigné, Simon se détourna.

— Je vais lui emmener la sorcière moi-même.

— Non ! s'écria violemment Duncan. Vous ne comprenez donc pas ? *Votre haine la fait souffrir.*

Simon se tourna vers Meg.

— Duncan, dit-elle, si nous vous détachons, pouvez-vous promettre que vous ne nous attaquerez pas ?

— Du moment que vous ne faites plus de mal à Ambre, alors oui.

Meg était sur le point de dégainer sa propre dague pour trancher ses liens, mais Dominic l'en empêcha en posant sa main sur son bras.

— Doucement, petit faucon, dit-il. Duncan nous a déjà donné sa parole par le passé, et elle s'est révélée sans valeur.

Lorsque Duncan comprit ce que disait Dominic, il rougit de colère.

Puis il pâlit.

— Suis-je parjure ? demanda-t-il d'un air grave. Connaissez-vous un serment que je n'ai pas tenu ?

Dominic voyait la profondeur de l'émotion de Duncan. Quoi qu'il se soit passé depuis son arrivée sur les Terres contestées, le Fléau Écossais n'avait pas déshonoré sa parole en connaissance de cause.

— Me reconnaissez-vous ? demanda-t-il presque gentiment.

Duncan fixa le Loup des Druides de la Vallée comme si sa seule vue pouvait assembler les fragments fugaces de son passé.

En vain.

— Je… devrais, souffla Duncan avec difficulté. Je le sens, mais…

— Vous ne me reconnaissez pas, compléta Dominic.

— Non, murmura-t-il.

— Alors, vous n'êtes pas parjure, dit simplement Dominic. Libérez-le, Meg. Duncan nous a donné sa parole de ne pas nous attaquer à moins que nous blessions la sorcière.

Sa dague en main, Meg se pencha sur ses cordes. À peine les eut-elle tranchées que Duncan bondit sur ses pieds pour rejoindre Ambre.

La froideur de sa peau lui arracha un juron.

Il se coucha précipitamment à ses côtés, serra son corps inerte contre lui et les enroula tous deux dans la couverture, essayant de réchauffer sa peau au contact de la sienne.

— Précieuse Ambre, murmura-t-il. Que vous est-il arrivé ?

Elle ne répondit pas.

Sans un mot, il enfouit sa tête dans la cascade dorée de ses cheveux défaits.

— Je n'ai fait que la tirer de son cheval, dit Simon, déconcerté. Je le jure.

— Ce n'est pas votre faute, dit Meg. Qu'on soit Érudit ou Druide de la Vallée, un don est aussi une malédiction.

— Je pense que celui d'Ambre est plus une malédiction qu'un don, dit Dominic à voix basse.

— Vous voulez dire que mon contact seul lui a fait ça ? s'étonna Simon, horrifié.

— Votre contact lui a transmis votre haine, dit Meg. Vous faites peu confiance aux femmes, surtout à celles qui ont un don.

Simon ne nia pas.

— Je fais une exception pour vous, Meg.

— Je sais. Je l'ai *vu* en vous.

— Souriez-vous amoureusement à mon frère ? demanda Dominic à sa femme d'un ton ambigu.

Simon le regarda en coin, méfiant.

Meg rit doucement.

— De tous les hommes qui foulent cette terre, dit-elle, vous êtes celui qui a le moins de raisons d'être jaloux.

— Je sais. Mais Simon est un beau diable.

— Duncan aussi, rétorqua Simon.

— Certes, grogna Dominic. Mais à le voir avec cette sorcière, je ne m'inquiète plus qu'il regarde Meg avec autre chose que de l'amitié dans les yeux.

Simon suivit le regard de Dominic jusqu'à Duncan qui tenait Ambre délicatement contre lui.

— C'est vrai, dit-il. Que faisons-nous maintenant ?

— Ce que nous avons à faire, dit calmement Dominic.

— C'est-à-dire ?

— L'interroger avant que la sorcière ne se réveille.

— Laissez-moi faire, intervint Meg.

Après une brève hésitation, Dominic hocha la tête.

— Très bien, petit faucon. Il se souvient de vous avec… affection, dit-il en souriant légèrement. Ses souvenirs de moi doivent être… différents.

— Surtout s'il se souvient de ce qu'il s'est passé dans l'église, dit Simon sardoniquement.

Meg regarda son époux. Elle savait combien il détestait qu'on lui rappelle le plan monté par Duncan et son père pour qu'elle épouse le Fléau Écossais — sur le corps fraîchement refroidi de Dominic.

— Duncan, dit-elle.

Bien que sa voix soit douce, elle n'était pas craintive. Elle était la lady d'un grand château et une guérisseuse Druide de la Vallée, et elle voulait attirer l'attention de Duncan.

Il leva la tête, les yeux agités d'obscurités ténébreuses.

— Va-t-elle mieux ? demanda-t-elle.

— Sa peau semble se réchauffer, dit-il.

Les cris étouffés des clochettes accompagnaient l'avancée de Meg vers la jeune femme qui reposait, immobile, dans les bras de Duncan. Meg se pencha vers elle, sans pour autant la toucher.

— Comment est son cœur sous votre main ? demanda-t-elle.

— Fort. Régulier.

— Excellent. Elle semble être dans un sommeil réparateur et non dans la stupeur. Lorsqu'elle sera prête, elle se réveillera sans ressentir de souffrance.

Meg se releva et observa Duncan. Il écartait délicatement des mèches de cheveux du visage d'Ambre. Bien qu'elle soit assoupie, Ambre semblait suivre son mouvement, comme une fleur qui suit la course du soleil dans le ciel.

— J'en conclus que votre toucher ne la blesse pas, murmura-t-elle.

— Non, en effet.

— Étrange.

— Oui. Les gens du château de Stone Ring en ont tous été étonnés.

Meg sentit l'intérêt soudain et intense de Dominic à la mention du château contesté.

— Ambre vient-elle de là-bas ? s'enquit Meg.

— Oui.

— Vassale d'Erik, celui qu'on appelle « l'Invaincu ? »

Duncan sourit étrangement.

— Oui. Ce sont des amis d'enfance, tout comme vous et moi. Lui, et une sorcière Érudite du nom de Cassandra, sont les amis les plus proches d'Ambre.

Une rafale de vent balaya le campement, soulevant la robe de Meg et faisant chanter ses clochettes. Le son éveilla l'attention de Duncan.

— Vous ne portiez pas de tels bijoux autrefois, n'est-ce pas ?

— Non, en effet. C'est un cadeau de mon époux. Des jets dorés pour son petit faucon.

Duncan reporta son attention sur le visage d'Ambre. Il lui caressa tendrement la joue. Elle était chaude sous ses doigts.

Le poing glacé qui serrait son cœur se relâcha légèrement. En remerciant silencieusement le ciel, il serra Ambre encore plus près de sa propre chaleur.

— De quoi vous souvenez-vous avant d'être arrivé sur les Terres contestées ?

— De très peu de choses. Pas même de mon vrai nom.

— Duncan est votre vrai nom.

— Non. Duncan est le nom qu'Ambre m'a donné lorsque je me suis réveillé avec aussi peu de souvenirs qu'un nouveau-né.

Il effleura les paupières d'Ambre de ses lèvres.

— Elle m'a touché, m'a *connu* et m'a nommé le guerrier sombre. Duncan.

Dominic haussa un sourcil. Il était sceptique. Mais Meg lui lança un regard qui l'incita à garder le silence.

— Comment avez-vous trouvé Ambre ? demanda Meg.

— Je ne l'ai pas trouvée. Erik m'a découvert à l'intérieur de Stone Ring, au pied du sorbier sacré.

Meg s'immobilisa.

— J'étais nu, continua-t-il, inconscient, et je n'avais rien d'autre sur moi qu'un talisman d'ambre.

Il leva subitement la tête.

— C'est vous qui me l'avez donné, dit-il à Meg.

— Oui.

— Je m'en souvenais comme dans un rêve brumeux. Je me souvenais de la couleur de vos cheveux et de vos yeux, mais pas de votre nom, ni où vous étiez, ni pourquoi vous m'aviez donné quelque chose qui avait autant de valeur.

— Êtes-vous certain qu'on vous ait trouvé *à l'intérieur* de Stone Ring ? demanda Meg en ignorant la question implicite de Duncan.

— Oui. C'est pour cela — et à cause du talisman — qu'Erik m'a amené à Ambre. Toutes les choses d'ambre lui appartiennent.

— Est-elle celle qu'on appelle « l'Inaccessible » ?

— Oui, dit-il d'une voix rauque. Jusqu'à ce que je vienne à elle.

— Et ensuite ?

— Elle brûlait sous mes doigts, mais sans douleur. Je brûlais sous ses mains et j'ai trouvé le paradis.

Duncan leva la tête vers Meg. Il voulait qu'elle comprenne qu'il était lui-même toujours en train de découvrir tout cela.

— Jamais il n'y a eu de femme comme Ambre pour moi, dit-il doucement. Il n'y en aura jamais d'autre. C'est comme si Dieu avait créé Ambre seulement pour moi, et moi seulement pour elle.

Simon et Dominic échangèrent un regard, sans un mot. Ils ne pouvaient rien dire qui puisse parer la certitude qui perçait dans la voix de Duncan.

— Ainsi, Erik vous a amené à elle, dit Meg avec précaution, car tout ce qui est d'ambre lui appartient.

— Oui. Je suis resté inconscient dans sa chaumière deux jours durant.

— Mon Dieu…, murmura Meg.

— Ambre m'a ramené des ténèbres qui m'avaient pris. Sans elle, je ne me serais jamais réveillé.

— Alors, vous l'avez épousée par gratitude, souffla Dominic.

Duncan secoua la tête.

— J'ai juré que si je la prenais, je l'épouserais.

— Alors, elle vous a séduit, marmonna Dominic.

— Non. Elle était vierge lorsque nous nous sommes couchés ensemble sous le sorbier sacré de Stone Ring.

Meg fut parcourue de légers frissons. Elle aussi avait autrefois été vierge, couchée aux côtés d'un guerrier, dans un lieu sacré. Elle aussi s'était relevée sans sa virginité. Elle aussi avait décidé d'un destin dont les choix n'étaient pas toujours évidents.

Et pas toujours les siens.

— À quoi ressemble votre mémoire aujourd'hui ? demanda-t-elle.

— À des feuilles éparpillées dans un vent sombre, dit Duncan avec amertume.

— Y a-t-il eu une amélioration depuis que vous vous êtes réveillé pour la première fois ?

Duncan laissa échapper un souffle qu'il n'avait pas été conscient de retenir.

— Des moments de compréhension, rien de plus, dit-il. Juste assez pour me tourmenter.

— Est-ce que ces souvenirs viennent à des moments ou en des lieux précis ?

— Lorsque j'ai vu Simon la première fois à Sea Home, je me suis souvenu de bougies qui brûlaient, de chants et de la lame froide d'un couteau entre mes cuisses.

Duncan se tourna vers Simon.

— Est-ce arrivé ? demanda-t-il. Me suis-je tenu dans une église avec la chaussure d'argent d'une femme dans la main et la lame d'un couteau entre les cuisses ?

Simon lança un regard furtif à Meg. Elle hocha la tête.

— Oui, dit-il. C'était ma lame.

Sa mémoire tremblait. D'autres fragments s'assemblèrent, révélant à Duncan son passé.

— C'était votre chaussure, dit-il à Meg.

— Oui.

— John était trop malade pour participer au rituel, alors j'ai pris sa place, dit-il lentement.

— Oui.

— Et j'ai… j'ai…

L'ombre retomba sur son esprit, réduisant à néant les efforts de Duncan pour se rappeler son passé.

— Je suis si proche de me souvenir de tout ! pesta-t-il. Je le sais, et pourtant, quelque chose me retient. *Mon Dieu, laissez-moi me souvenir !*

Ambre bougea, comme si l'angoisse de Duncan l'appelait. Elle ouvrit ses yeux dorés. Elle n'eut pas besoin de demander ce qui n'allait pas. Elle sentait les ténèbres s'amincir, l'attrait de la mémoire qui appelait Duncan comme des sirènes à travers l'obscurité.

Aussi clairement qu'elle sentait que Duncan craignait de se souvenir. Elle partageait cette peur.

Pourtant, elle n'avait d'autre choix que d'affronter cette peur. Elle ne pouvait plus laisser Duncan être déchiré entre passé et futur, saignant invisiblement, sombrant peu à peu dans la folie.

« Comme je le craignais, cela le détruit.

» Et comme je le craignais, cela me détruira.

» Il est trop tôt, mon sombre guerrier, mon amour, cœur de mon cœur… trop tôt.

» Et il est trop tard. »

Lentement, elle regarda au-delà de Duncan, vers les trois guerriers qui observaient en silence, tenus en échec simplement par la main levée d'une sorcière Druide de la Vallée.

Lorsqu'elle vit la broche scintillante qui fermait la cape de l'un d'eux, elle sut qu'elle avait perdu son pari. Le passé avait repris Duncan.

Et le nom de son passé était Dominic le Sabre.

— Lâchez-moi, murmura-t-elle.

Duncan ne comprit pas tout de suite qu'elle s'adressait à lui. Lorsqu'il voulut répondre, elle scella ses lèvres en posant un doigt en travers de sa bouche.

— Si vous voulez retrouver votre passé, vous devez d'abord me lâcher, dit-elle d'une voix tremblante.

« Pourquoi ? »

La question était silencieuse, mais Ambre l'entendit aussi bien que s'il l'avait dite à haute voix.

— Parce que vous ne pouvez avoir les deux, dit-elle simplement.

« Pourquoi ? »

Ambre ferma de nouveau les yeux. La douleur s'emparait plus sûrement d'elle à chacune de ses respirations. Elle avait deviné la vérité avant même de s'être donnée à Duncan sous le sorbier sacré. Deviné, mais sans certitude.

Maintenant, elle était sûre.

Trop tard.

— Parce que vous ne pouvez m'aimer véritablement avant que les ténèbres ne se soient dissipées, murmura-t-elle. Et lorsque ce sera le cas, *vous ne m'aimerez plus du tout.*

Sa main quitta ses lèvres. Sachant qu'elle ne le devait pas, mais incapable de résister, elle posa sa bouche sur la sienne.

— Cela n'a aucun sens, dit Duncan en scrutant son regard troublé. Votre chute vous a embrouillée.

— Non. Elle m'a fait voir clairement combien je vous ai trahi au nom de votre protection.

— Trahi ? Balivernes. Vous m'avez sorti des ténèbres.

Secouant lentement la tête, ignorant les larmes qui coulaient sur ses joues, elle se força à avouer à Duncan ce qu'elle ne pouvait plus nier.

— Lâchez-moi, sombre guerrier. Votre passé vous entoure.

— Que voulez-vous dire ?

— Laissez-moi.

Perplexe, il ouvrit ses bras pour la relâcher. Elle s'assit. Elle aurait voulu se lever, mais elle savait que ses jambes ne la supporteraient pas.

Comme Duncan, elle était en conflit avec elle-même, sachant ce qui devait être et le rejetant du même coup.

— Maintenant que nous ne nous touchons plus, ne voyez-vous pas ? demanda-t-elle d'un air désolé.

— Je ne vois que vos larmes.

— Alors, écoutez mes paroles. La sorcière Druide de la Vallée est votre amie d'enfance.

— Je sais. Meggie.

— Le chevalier aux cheveux blonds et aux yeux noirs qui me hait tant… Le connaissez-vous ?

Duncan regarda Simon.

— Oui. C'est Simon, qu'on appelle… « le Loyal » ! s'écria Duncan avec triomphe. Oui ! Je le connais !

— Et envers qui est-il loyal ? demanda-t-elle doucement.

— Son frère.

— Qui est le frère de Simon le Loyal ?

Soudain, Duncan bondit sur ses pieds et fit face au grand et puissant chevalier qui le regardait de ses yeux aux couleurs de la pluie d'hiver, l'épée à moitié tirée de son fourreau.

— Dominic le Sabre, dit-il.

Le chevalier hocha la tête.

— Et qui êtes-vous, sombre guerrier ? murmura Ambre avec désespoir. *Quel est votre véritable nom ?*

Duncan ferma les yeux et essaya de parler. Les ténèbres livraient un combat acharné contre les souvenirs brillants qui s'associaient enfin, formant une tapisserie de savoir fragment par fragment, jusqu'à ce que les ténèbres ne puissent plus cacher le motif incandescent de la vérité.

Lorsqu'il rouvrit les yeux, Ambre fut reconnaissante de ne plus le toucher.

— Je suis Duncan de Maxwell, le Fléau Écossais, dit-il avec férocité.

Dominic hocha de nouveau la tête.

— Je suis Duncan de Maxwell, intendant d'Erik le Sorcier dans le château même que vous, mon seigneur légitime, m'avez donné à garder en fief pour vous.

Dominic aurait voulu parler, mais il n'en eut pas l'occasion. Les mots de Duncan continuaient à tomber comme une pluie amère. La fierté, l'humiliation et la rage qu'il avait en lui étaient presque palpables.

— Je suis Duncan de Maxwell, un homme ruiné par une sorcière aux yeux d'or et à la langue mensongère. Je suis Duncan de Maxwell le Parjure.

18

Repliée sur elle-même, muette, Ambre observait les hommes charger le reste de l'équipement du camp sur les chevaux.

— Pouvez-vous monter sans qu'on vous aide ? demanda Meg.

— Oui.

— Bien. Nous ne voudrions pas vous faire de nouveau du mal.

— Et Duncan ne supporte plus de me toucher, dit-elle calmement.

Meg hocha la tête à contrecœur. Elle voyait bien le désarroi de la jeune femme. Ambre était pâle, et la douleur se lisait sur son visage.

— J'ai déjà vécu sans toucher personne, dit Ambre. Je vais refaire de même.

— Avant vous ne connaissiez pas…

La voix de Meg se brisa.

— Oui. La connaissance est ma punition.

Ambre avait la voix empreinte de noirceur. Meg eut un élan de sympathie pour elle.

— Je suis désolée, dit-elle.

— Ne le soyez pas. Désormais, je préfère vivre sans être touchée plutôt que de l'être par Duncan.

— Jamais il ne lèverait la main sur vous.

— Il n'en aurait pas besoin. Je sens sa rage comme des ailes noires battant contre mon âme.

Instinctivement, Meg tendit la main pour la réconforter. Puis, elle se souvint que la jeune femme ne ressentirait nulle aise à son toucher, seulement de la douleur. Elle laissa retomber sa main.

— Duncan s'adoucira, dit-elle. Jamais je ne l'avais vu aussi tendre qu'avec vous avant qu'il n'apprenne que…

— Que j'étais moins que ce que je paraissais, et qu'il était bien plus ?

La bouche d'Ambre n'était plus qu'une courbe triste.

— Sa colère est comme un orage estival, dit Meg. Bruyante et effrayante, mais elle passera vite.

— Les montagnes rocheuses fondront et se transformeront en miel avant que le Fléau Écossais ne me pardonne d'avoir terni son honneur, dit Ambre. Un tel pardon exige un grand amour. Duncan ne m'aime point.

Le mélange de souffrance et de résignation qui pointait dans sa voix révélait plus à lui seul que tout ce que les mots auraient pu dire.

— Vous saviez que cela arriverait, n'est-ce pas ? murmura Meg.

— Je savais que c'était une possibilité. J'espérais que ça n'arriverait pas, dit Ambre en fermant les yeux. J'ai tout misé. J'ai perdu.

— Pourquoi l'avoir fait ?

— Duncan est venu à moi dans l'obscurité… et en le touchant, j'ai appris que les ténèbres n'étaient pas les siennes, mais les miennes.

— Je ne comprends pas.

Ambre sourit étrangement.

— Je ne pense pas que quiconque puisse comprendre, à moins d'être maudit par le même « don » que moi.

Immobile, Meg attendit, *voyant* la vérité et le chagrin d'Ambre de ses yeux de Druide de la Vallée.

— Ma vie n'a été que nuit. Duncan a été mon aurore. Comment aurais-je pu laisser Erik le pendre ?

— Il allait faire pendre Duncan ? demanda Meg, scandalisée.

— Oui.

Ambre serra ses bras contre sa poitrine, comme si elle avait froid, et murmura :

— *La mort inéluctablement viendra frapper.*

Meg sentit des frissons glacés lui parcourir l'échine.

— Qu'est-ce que cela ?

— La prophétie de Cassandra. Celle à laquelle j'espérais échapper.

— Quelle prophétie ?

Le rire d'Ambre était un cri étranglé de douleur.

— Quelle idiote je suis, dit-elle d'un air sombre. La richesse de la vie était l'attrait, la mort en est la vérité. J'aurais mieux fait de n'être pas née.

— Quelle prophétie ? répéta Meg plus durement.

Le ton de sa voix interpella Dominic, qui la rejoignit immédiatement.

— Qu'y a-t-il, petit faucon ?

— Je ne sais point. Je sais seulement que quelque chose ne va pas, des ailes noires qui battent…

L'écho de ses propres mots attira l'attention d'Ambre. La compassion qu'elle lut dans les yeux de la Druide de la Vallée était aussi manifeste qu'inattendue.

— Une prophétie a accompagné ma naissance, dit-elle. *Un homme sans nom pourrait te réclamer, cœur, corps et âme. Alors, une vie riche pourrait se déployer, mais la mort inéluctablement viendra frapper.*

Les yeux de Dominic se plissèrent, jusqu'à n'être plus que deux fentes d'argent. Autrefois, il aurait chassé ces mots, mais son propre mariage lui avait appris que les prophéties étaient aussi réelles et mortelles qu'une épée.

— *Dans l'obscurité, il viendra à toi. Si tu le touches, tu connaîtras cette vie possible et cette mort qui sera.*

» *Fais-toi alors comme le soleil, caché dans l'ambre, non touché par l'homme et ne touchant pas non plus.*

» *Sois interdite.*

Lorsqu'Ambre eut fini de parler, un silence total tomba sur eux, demeurant inviolé, pas même par le vent. Elle se retourna et vit ce qu'elle craignait. Duncan se tenait derrière elle, la fixant de ses yeux glacés avec mépris.

— Vous êtes venu à moi dans l'obscurité, dit-elle. Vous étiez un homme sans nom. Et je vous ai touché. Vous avez réclamé mon cœur et mon corps. Nous ferions mieux de prier pour que mon âme soit toujours intacte, ou bien la mort frappera.

— Alors, nous sommes perdus, sorcière. Votre âme a été vendue au diable il y a bien longtemps.

— *Duncan* ! s'écria Meg, horrifiée.

— Ne laissez pas votre cœur vous induire en erreur, Meggie, dit-il. Cette sorcière au doux visage n'est mue que par les machinations de l'enfer.

— Vous avez tort. Je l'ai *vue.*

— Moi aussi, rétorqua-t-il d'un ton amer. Je l'ai vue se pencher sur moi et me jurer son amour alors même qu'elle me trahissait profondément.

Ambre leva la tête. Elle le fixa avec les yeux fiers d'un faucon.

— Jamais je ne vous ai trahi, dit-elle distinctement.

— Vous ne m'avez pas dit mon propre nom. C'est une trahison à mes yeux.

— Je ne savais pas qui vous étiez avant de vous voir vous battre contre les hors-la-loi avec ce talent meurtrier.

Il ne dit rien.

— Et même alors, je n'étais sûre de rien, dit-elle. Cela n'avait pas de sens. Vous aviez des éclats d'Érudition, et pourtant, Duncan de Maxwell n'est pas un Érudit.

Meg regarda Duncan d'un air curieux, comme si elle voyait pour la première fois une facette de lui dont elle n'avait jamais soupçonné l'existence.

— Il aurait pu y avoir d'autres guerriers, dit-elle d'une voix suppliante, d'autres hommes dont je ne connaissais le nom, des hommes qui étaient doués avec un fléau, des hommes qui étaient Érudits.

— Saviez-vous qui j'étais avant que nous nous mariions ? demanda-t-il amèrement.

Ambre se redressa et leva le menton.

— Oui.

— Saviez-vous que j'étais promis à une autre, un mariage arrangé par mon véritable seigneur, Dominic le Sabre ?

— Erik… me l'a dit.

— Avant que nous soyons mariés ?

— Oui.

— Et vous dites ne jamais m'avoir trahi. De telles machinations doivent être enseignées aux Érudits, afin que rien ne reste, si ce n'est le déshonneur.

Le mépris dans sa voix était comme un fouet qui fustigeait Ambre.

— Je devais vous épouser, dit-elle désespérément. C'était soit ça, soit vous regarder vous faire pendre !

— J'aurais préféré être pendu plutôt que de vivre pour découvrir que je ne suis qu'un bâtard dont la parole vaut moins que du crottin de chèvre.

Dominic s'avança et posa ses deux mains sur les larges épaules de Duncan.

— Je ne vous considère point comme un homme sans honneur, dit-il. Vous et votre parole avez beaucoup de valeur aux yeux de votre seigneur.

Duncan ne bougeait plus. Puis, il fut parcouru d'un frisson. Il s'agenouilla comme pour réaffirmer son serment de fidélité envers Dominic le Sabre.

— Vous êtes généreux, monsieur, dit-il d'une voix tendue.

— J'espère que Lord Erik le pensera aussi, dit Dominic avec ironie, lorsqu'il rentrera de Winterlance pour découvrir que j'ai pris le château de Stone Ring.

Duncan traversa seul le pont-levis baissé, puis le mur d'enceinte du château de Stone Ring. Les hommes armés se précipitèrent dans la cour en entendant son cri.

— Rendez-vous à la chaumière d'Ambre, ordonna-t-il. Elle a beaucoup de choses à apporter au donjon.

Les hommes lui obéirent immédiatement et quittèrent l'avant-cour au trot. Les gardes qui restaient étaient davantage des garçons que des hommes, des écuyers qui rêvaient de devenir des chevaliers.

— Je vais prendre la garde de l'entrée, dit-il à Egbert. Si vous voyez que quelque chose ne va pas, *ne criez pas*. Venez me voir discrètement. Vous comprenez ?

— Oui, dirent les deux garçons d'une seule voix.

Tandis que les écuyers trottaient jusqu'à leur poste, Duncan se rendit à l'armurerie. Les armes qui restaient depuis le départ d'Erik étaient disparates, mais elles suffiraient à assurer la défense du château.

Duncan verrouilla la porte avant de glisser la clé dans sa poche. Puis, il se rendit à la porte du château pour attendre le Loup des Druides de la Vallée.

Et entretemps, il essaya de ne pas penser à la sorcière d'ambre qui l'avait embrasé comme aucune femme ne l'avait fait.

Mon corps vous connaît. Il vous répond comme à personne d'autre.

Combien de fois sommes-nous restés allongés dans le noir côte à côte, nos corps joints et suants de désir?

Combien de fois vous ai-je déshabillée, combien de fois ai-je embrassé vos seins, votre ventre, la douceur laiteuse de vos cuisses?

Combien de fois ai-je écarté vos jambes pour m'insérer dans votre chaleur impatiente?

Elle lui était venue si parfaitement.

Si faussement.

Quoi qu'il arrive, je vous protègerai sur ma vie, coûte que coûte. Nous sommes... unis.

L'écho de la promesse d'Ambre se tordait dans sa mémoire. Avec lui vint la douleur d'une trahison si profonde que la vie ne lui suffirait pas pour en voir l'ampleur.

« Je l'ai crue. Par tous les saints, quel idiot j'ai été! »

Pourtant, il ne pouvait s'empêcher de se souvenir de son propre besoin dévorant, un désir plus grand que tout ce qu'il avait jamais imaginé.

— *Vous êtes un feu dans mon sang, dans ma chair, dans mon âme. Si je vous touche encore, je vous prendrai.*

— *Alors touchez-moi.*

— *Ambre...*

— *Prenez-moi.*

Et il l'avait fait, en dépit de tout.

— *J'ai peur pour vous, pour moi, pour nous.*

— *Parce que je ne me souviens pas ?*

— *Non. Parce que vous pourriez vous souvenir.*

Et cela aussi était arrivé.

« Si seulement je pouvais l'effacer de ma mémoire plus complètement encore que mon passé ! »

Mais il ne le pouvait pas. Le souvenir d'Ambre était comme un millier de torches en feu dans son esprit, dans son corps, dans son âme.

Touchez-moi.

Prenez-moi.

Avec un cri étranglé, il lutta contre ses souvenirs incandescents aussi sauvagement qu'il l'avait autrefois fait contre les ténèbres.

En vain. Duncan restait un homme déchiré par des besoins contradictoires. Une partie de lui, celle qui était dominée par la rage, espérait qu'Ambre prendrait les hommes armés qu'il lui avait envoyés et qu'elle fuirait à Sea Home ou Winterlance.

Et une autre partie de lui craignait qu'elle le fasse.

Car si elle fuyait, il n'entendrait jamais plus son rire, jamais plus il ne la surprendrait en train de le regarder de ses yeux de feu, jamais plus il ne sentirait son corps céder sensuellement alors qu'il plongeait en elle.

— Monsieur ?

On avait chuchoté le mot dans son dos. Il se retourna si vivement qu'Egbert sursauta, sur le qui-vive.

— Qu'y a-t-il ?

— Trois chevaliers et une dame approchent du château à cheval. Ils ont quelques bagages avec eux.

— Seulement une dame ?

Sa voix et ses yeux étaient un avertissement abrupt de son humeur. Egbert avala sa salive et recula.

— Oui, dit nerveusement l'écuyer.

— Ambre ?

— Je n'ai reconnu ni la dame ni les chevaliers.

Duncan grimaça. La colère et la douleur s'affrontaient en lui. Sans qu'il y ait de vainqueur. Il était incapable de parler.

Il tourna le dos à Egbert et regarda la route par la porte ouverte du château. Des chevaux approchaient effectivement. L'un d'eux était Shield, son propre étalon, entraîné à la bataille. Sa selle était vide : Duncan portait sa longue épée à la taille.

— Monsieur ? souffla Egbert.

— Retourne à ton poste.

L'écuyer hésita, puis il fit demi-tour et partit au galop. Il se demandait ce qui avait bien pu causer l'expression de Duncan, aussi sinistre qu'une sculpture infernale.

Immobile, Duncan regarda Dominic arriver au petit galop au château, sa femme Druide de la Vallée à ses côtés.

— Avez-vous rencontré quelque difficulté ? demanda Dominic.

Il secoua la tête.

— Pour un homme qui vient de sécuriser son propre château sans effusion de sang, vous avez l'air bien grave, dit Dominic en mettant pied à terre.

— Ce n'est pas mon château, monsieur. C'est le vôtre.

— Plus maintenant. Je vous donne dès à présent le château de Stone Ring entièrement, sans bail et sans entraves. Vous êtes le seigneur de ces lieux, Duncan, pas mon locataire en chef.

Un sourire aux lèvres, Dominic observa Duncan alors qu'il comprenait ce que cela impliquait. Né bâtard, sans nom, sans propriété, sans autre espoir que son bras puissant et l'ambition ardente d'avoir ses propres terres… Et désormais, il possédait ces terres.

Dominic comprenait les émotions complexes qui explosaient en Duncan, car lui aussi était né bâtard sans autre espoir que son talent à manier une épée.

Et lui aussi avait gagné richesses et terres grâce à ce talent.

— Mon propre château, dit étrangement Duncan.

Il regarda autour de lui, comme si c'était la première fois qu'il voyait Stone Ring. En un sens, c'était vrai. Il ne l'avait jamais vu comme sa propriété.

— Cela semble presque irréel, dit-il doucement. Être un homme sans nom et passer à cela en un jour…

Le rêve d'une vie entière s'était réalisé. C'était aussi palpable que les pavés sous ses pieds, le poids de son épée à sa taille, l'odeur de la nourriture dans la cour…

Le château de Stone Ring lui appartenait. Il était à lui et à lui seul. Le château, toutes ses terres et ses gens lui appartenaient, tant qu'il pourrait les défendre à la pointe de son épée et de sa sagesse. Il n'était plus Duncan de Maxwell.

Il était Duncan, seigneur de Stone Ring.

— C'est un cadeau inestimable que vous me faites, dit-il en se tournant vers Dominic.

— C'est un cadeau inestimable que vous me faites, répondit Dominic doucement en descendant de son cheval.

— Moi ? Que vous ai-je donné si ce n'est une longue route et des doutes quant à mon honneur ?

— Vous m'avez donné ce que je désirais plus que tout. La paix pour Blackthorne.

— La paix ?

— Vous êtes revenu seul au château de Stone Ring. Si vous l'aviez voulu, vous auriez pu remonter le pont-levis et m'envoyer au diable avec mes chevaliers.

— Jamais je ne…, commença-t-il.

— Je sais. Au-delà de tout doute, au-delà de toute tentation, vous êtes un homme de parole. Et vous me l'avez donnée.

Duncan soupira lentement. Il avait l'impression qu'on lui avait enlevé un poids des épaules.

— Avec vous au nord, dit Dominic, jamais je ne craindrai pour la sécurité de mes terres de Carlysle.

— Vous avez ma parole.

— Et vous avez la mienne, Duncan de Stone Ring. Si jamais vous avez besoin de défendre ce qui vous appartient, faites-le-moi savoir. Le Loup des Druides de la Vallée viendra combattre à vos côtés.

Les deux hommes scellèrent leur serment en tant qu'égaux en se tapant dans la main.

— Je pense que je vais avoir bientôt besoin de votre aide, dit Duncan. Dès qu'Ambre arrivera à Winterlance, Erik se mettra en route avec plus de chevaliers que je n'ai d'hommes armés.

— Ambre ?

— Oui, dit-il d'un air grave. La sorcière ne va pas perdre une seconde à crier au monde votre venue et mon nouveau nom.

— Retournez-vous, Duncan. Dites-moi ce que vous voyez.

Perplexe, il se retourna. Ambre galopait vers eux, entourée par les hommes armés qu'il avait envoyés.

Le soulagement et la colère s'affrontaient en lui. Il attendit que le groupe de cavaliers passe le pont-levis.

Puis, de sa main gantée, il attrapa les rênes de Whitefoot, arrêtant la jument.

— Vaquez à vos occupations, dit-il aux hommes d'un ton brusque.

Ils partirent sans se retourner. Leur départ précipité indiquait clairement qu'ils étaient ravis de ne pas être près de Duncan lorsqu'il semblait si enragé.

Même Ambre, pourtant préparée à sa colère, frissonna lorsqu'il la regarda de ses yeux aussi durs que de la pierre.

— Pourquoi êtes-vous venue ici ? demanda-t-il.

— Où irait une femme si ce n'est auprès de son mari ?

Duncan se figea.

— Ou bien aviez-vous oublié que nous sommes mariés ? demanda-t-elle avec un sourire doux-amer.

— Je n'ai rien oublié, *sorcière*.

Le frisson d'Ambre redoubla de force, comme si des ongles de glace s'enfonçaient dans son échine.

— Alors, mon époux, relâchez Whitefoot pour qu'un écuyer puisse s'occuper d'elle.

Duncan tourna suffisamment la tête pour voir Dominic, sans pour autant quitter Ambre des yeux.

— Dominic, dit-il. Je suppose que, durant vos mois passés en tant que seigneur de Blackthorne, vous n'avez pas oublié comment fermer des portes et remonter un pont-levis ?

Le Loup des Druides de la Vallée se mit à rire.

— Bien. Si vous aviez l'amabilité de vous acquitter de ces tâches mineures pour moi…

Avant même qu'il n'ait fini sa phrase, Dominic faisait fonctionner le mécanisme qui relevait le pont-levis, jusqu'à ce qu'il se dresse comme une barrière lourde en travers de l'entrée du château. Les verrous s'enclenchèrent les uns après les autres, liant le pont aux épais murs de pierre. La porte intérieure suivit bientôt, accompagnée du fracas du bois rencontrant le bois.

L'intérieur du mur d'enceinte semblait bien sombre sans la lumière du soleil qui filtrait par la porte.

— Vous auriez dû fuir tant que vous le pouviez, dit mielleusement Duncan à Ambre.

— Et dans quel but ?

— Pour ramener Erik, bien sûr.

— Alors, la mort aurait à coup sûr frappé, dit-elle. Tant que je suis dans le château, Erik n'attaquera pas.

— Qu'il vienne ! rugit Duncan.

Ambre porta son regard au-delà de Duncan, sur l'homme qui portait le Loup des Druides de la Vallée.

— Est-ce ce que vous souhaitez, monsieur ? demanda-t-elle. La guerre ?

— Ce que je veux importe peu, dit Dominic. Le château et tout ce qui vient avec appartiennent à Duncan, pas à moi. Les décisions prises ici seront aussi les siennes.

Ambre retint son souffle.

— Vous l'avez donné à Duncan ? demanda-t-elle, stupéfaite.

— Oui, dit-il en s'avançant aux côtés de Duncan.

— Et à ses héritiers, sans bail ni entraves ?

— Oui.

— Vous êtes un homme aussi généreux qu'habile, Dominic le Sabre, dit-elle. Pas étonnant que le serment oublié que Duncan vous avait prêté lui ait causé un tel malaise.

— Si vous saviez que le fait de revenir sur son serment lui causerait tant de désarroi, dit froidement Dominic, pourquoi ne pas l'avoir aidé à se souvenir ?

Ses yeux d'or passèrent d'un homme à l'autre. Ils se ressemblaient beaucoup à cet instant. Grands. Puissants. Féroces.

Fiers.

Ambre inspira doucement, le souffle irrégulier. Elle se força à rencontrer le regard sauvage et désapprobateur du Loup des Druides de la Vallée. Ce faisant, elle se souvint à quel point ces yeux changeaient lorsque Dominic regardait Meg.

Cela lui redonna espoir. Peu, certes, mais une étincelle semble toujours plus brillante lorsque le noir est partout.

— Si vous saviez qu'un temps allait venir où votre femme allait vous regarder avec haine, dit-elle, que feriez-vous pour retarder ce jour ?

Les yeux de Dominic s'écarquillèrent légèrement, avant de se plisser en deux tranches opaques d'argent.

— Meg a dit la même chose en venant, marmonna Dominic. Mais j'ai du mal à y croire.

— Qu'a-t-elle dit ?

— Qu'une femme peut aimer un homme sans pour autant aimer son honneur.

La peau d'Ambre pâlit encore, jusqu'à ce que son sang quitte même ses lèvres.

— Alors, vous pensez comme Duncan qu'il aurait été préférable qu'il soit pendu.

— Il aurait été préférable de ne pas précipiter le mariage, dit Dominic d'un ton brusque.

— Oui, dit-elle d'une voix monocorde. Mais Erik avait également devancé cette possibilité.

— Quoi ? demandèrent Dominic et Duncan d'une seule voix.

— J'ai eu beaucoup de temps pour réfléchir depuis que vous m'avez laissée seule à ma chaumière, dit-elle.

Les hommes traitent Erik de sorcier, mais je pense qu'il est seulement habile à la manière du Loup des Druides de la Vallée.

— C'est-à-dire ? demanda doucement Dominic.

— C'est-à-dire qu'il comprend ce qui émeut les gens et ce qui les laisse indifférents.

Dominic se figea.

— Mon frère a dit la même chose.

— Simon ?

Dominic hocha la tête, et demanda :

— Quelle connaissance Erik a-t-il utilisée contre Duncan ?

— Il savait que Duncan ne m'aimait pas.

Duncan ne le nia pas.

Ambre ne s'était pas attendue à ce qu'il le fasse, mais son silence la piqua, comme du sel dans une plaie ouverte. De nouveau, elle inspira doucement en tremblant et fut contente que Meg ne soit pas là pour sentir son désarroi de ses yeux de Druide de la Vallée qui voyaient trop profondément, trop clairement.

Lorsqu'elle reprit la parole, elle s'adressait plus à Duncan qu'au Loup des Druides de la Vallée.

— Erik savait que vous ne m'épouseriez pas si vous retrouviez la mémoire, dit-elle avec un calme qui la faisait souffrir. Et il savait combien vous me désiriez. Il savait que je vous voulais… l'aurore après une vie dans la nuit…

Sa voix s'évanouit pour ne devenir que silence.

— Alors, il nous a laissés complètement seuls, avec pour seule compagnie son écuyer le plus idiot, continua Duncan avec rage. Et pendant tout ce temps-là, vous m'avez fait croire que vous n'étiez pas vierge.

— Non, dit-elle avec acharnement. C'était de votre propre fait, Duncan. Erik et moi vous avons assuré le contraire, mais vous n'avez pas écouté. Vous ne vouliez pas accepter la vérité, parce que si vous pensiez que j'étais vierge, vous ne vous seriez pas permis de me prendre.

— C'est vrai, fit-il avec froideur.

— « C'est vrai », l'imita-t-elle. Ou peut-être *pas*, Duncan aux épaules larges et à la tête dure ! Peut-être n'auriez-vous pas pu vous retenir non plus, même si vous le saviez. Et alors, vous vous seriez haï d'avoir brisé votre serment !

Les souvenirs dansaient comme le tonnerre entre elle et lui, l'instant sauvage où il l'avait prise sous le sorbier sacré, d'un mouvement unique, inattendu, de son corps.

— Il est bien plus facile de me haïr moi plutôt que de vous haïr vous-même, n'est-ce pas ?

Elle tira sur ses rênes, les libérant de l'emprise de Duncan avant qu'il ne reprenne ses esprits. Whitefoot recula, le bruit de ses sabots ferrés résonnant sur les pavés, emmenant sa cavalière hors de portée de Duncan.

— Le pont est levé, dit sauvagement Duncan. Il est trop tard pour fuir.

— Je le sais. Je le sais depuis la première fois que je vous ai touché. Désormais, vous le savez aussi.

19

La nouvelle de l'arrivée de Cassandra se répandit dans le château presque aussi vite que le nouveau nom de Duncan deux jours plus tôt. Ambre avait entendu les serviteurs murmurer la rumeur de la venue de l'Érudite lorsqu'ils lui avaient apporté de l'eau brûlante pour son bain, dans la chambre où elle avait autrefois partagé la même couche que Duncan.

Mais ce temps était révolu.

Ambre n'avait pas vu Duncan depuis qu'il avait demandé à Simon de l'escorter dans la luxurieuse chambre. Elle était devenue une prisonnière, avec pour seule compagnie les serviteurs qui allaient et venaient sans prévenir. Et en silence. On aurait dit qu'ils étaient terrifiés à l'idée d'être surpris à parler à la lady du château.

Soudain, un cri monta depuis l'avant-cour en dessous, lui parvenant à travers les volets à demi ouverts de la fenêtre. Ambre, qui était sur le point de se glisser dans la baignoire de bois où l'eau miroitait doucement, s'immobilisa.

— Elle est ici, je te le dis ! Je l'ai vue de mes yeux. Une robe rouge sang et des cheveux d'argent !

Ambre écoutait attentivement, mais depuis sa chambre à l'étage, elle n'entendit rien de plus sur la présence de Cassandra. Elle soupira avant de se glisser dans l'eau.

« Duncan va-t-il venir me voir maintenant ? Va-t-il enfin admettre qu'il a autant besoin de moi que moi de lui ? »

Seul le silence répondit à ses pensées, moitié craintives, moitié désireuses.

Ce silence qui avait autrefois été son seul compagnon, sans qu'elle s'en aperçoive vraiment. À l'époque, elle ne connaissait pas la sensation de se réveiller en sentant les bras de Duncan autour d'elle. Elle ne savait pas ce que c'était de ressentir sa chaleur, son rire, son désir, sa paix, sa force, tout ce qu'était Duncan et qui l'enveloppait dans une profusion d'émotions qu'elle n'avait jamais imaginée.

Désormais, elle connaissait ce partage. Et elle savait ce qu'était la véritable solitude. Elle en mesurait l'étendue dans le vide sonore qui l'habitait.

« Non, Duncan ne viendra pas à moi.

» C'est aussi bien ainsi. Je rêve d'ailes noires qui me fouettent, qui murmurent une rage impensable, un chagrin indicible.

» J'ai peur de ce qui arriverait si je le touchais maintenant.

» Pour nous deux.

» J'ai peur.

» Et pourtant je désire… »

La fraîcheur de son bain la tira de ses pensées. Elle s'était perdue trop longtemps dans des regrets inutiles. Malgré le feu qui brûlait vivement dans la cheminée, elle frissonnait.

Elle prit du savon dans le pot et se frictionna rapidement, remarquant à peine la fragrance complexe des pins et des épices qui s'en dégageait. Bientôt, la senteur envahit toute la chambre, tout comme le son des légères éclaboussures qu'elle créait en se lavant.

— Madame, l'appela Egbert depuis le couloir.

— Encore ? marmonna-t-elle doucement. Qu'y a-t-il ? cria-t-elle.

— Puis-je entrer ?

Bien que la baignoire soit pourvue de panneaux de bois à la fois pour garantir son intimité et garder la chaleur de l'âtre, Ambre ne voulait pas de la compagnie d'Egbert en pareil instant.

— Comme je l'ai dit il y a quelques minutes, je prends un bain, dit-elle d'un ton acerbe.

Il y eut un étrange silence, puis le bruit de pieds qui piétinaient sur le plancher de bois.

— Lord Duncan exige votre présence, dit-il enfin.

— Je descends dans un instant.

Rien dans sa voix n'indiquait qu'elle était excitée à l'idée que son temps d'isolement prenne fin.

Ni qu'elle était impatiente de voir son mari.

— Le seigneur était très, euh, pressant dans sa demande.

— Demande-lui donc s'il veut me voir dans la grande salle avec, pour seul habit, l'eau de mon bain ?

La seule réponse d'Egbert fut le son de ses pas qui s'éloignaient rapidement.

Quelques instants plus tard, les flammes des bougies vacillèrent lorsqu'un courant d'air traversa la pièce. Ambre ne le remarqua pas. Elle était en train de se rincer le visage. Toutefois, une seconde après, elle leva les yeux et se figea. Un frisson la parcourut lorsqu'elle comprit.

Il y avait quelqu'un dans la chambre, derrière les panneaux de bois. On l'observait.

Duncan.

Elle en était persuadée.

— Oui, monsieur ? demanda-t-elle.

Malgré tous ses efforts pour demeurer calme, sa voix n'était pas égale. Elle avait le cœur qui battait bien trop vite de savoir que Duncan se tenait tout près.

Pendant un instant, le silence régna. La rage et le désir luttaient pour prendre le dessus sur Duncan. Chacune de ses respirations était infusée du parfum des pins et des épices. Le silence vibrait avec le son des minuscules gouttes d'eau qui glissaient sur la peau d'Ambre. Chaque instant annonçait d'une manière différente qu'elle était toute proche, fragrante, chaude.

Nue.

La subite montée de désir qui le submergea le fit presque chanceler.

— Cassandra a demandé de vos nouvelles, dit-il enfin.

Mais la voix de Duncan disait bien plus. Rauque et lourde, elle révélait la ruée de son sang, le durcissement de sa chair, l'envie de son corps d'être assouvi. Il n'aurait pas pu dire son désir plus clairement s'il l'avait touchée.

Son esprit avait beau lui être fermé, son corps ne l'était pas.

Ambre laissa échapper un petit gémissement en sentant son propre corps se détendre sous un afflux de chaleur. Elle priait que Duncan n'ait pas entendu ce soupir révélateur et l'accélération de sa respiration.

Et elle priait qu'il les ait entendus.

L'instinct qui lui avait fait connaître Duncan dès qu'elle l'avait touché murmurait constamment en elle depuis qu'il l'avait regardée et qu'il avait vu une traîtresse plutôt qu'une amante.

L'instinct et son don lui disaient qu'elle devait d'une manière ou d'une autre aller au-delà de la rage de Duncan avant qu'elle ne les détruise tous deux, ainsi que les habitants de Stone Ring. Si le désir était le seul moyen de l'atteindre…

« Alors laisse-le brûler. »

— Dites à Cassandra que je me lave, dit-elle d'une voix rauque.

Délibérément, elle se tourna afin que son profil et non son dos soit face aux panneaux de bois. Doucement, gracieusement, elle versa l'eau parfumée sur ses épaules et sa poitrine. Les gouttes de cristal glissèrent entre ses seins et brillèrent comme des couronnes sur ses tétons, qui s'étaient durcis au simple son de la voix de Duncan.

Elle l'entendit respirer lourdement. Comme elle l'avait espéré, il la regardait à travers les panneaux, là où ils ne se rejoignaient pas tout à fait. Elle aurait aimé le voir aussi bien qu'il la voyait.

Et aussi nu.

— Vous ne prenez pas de bain à cette heure-là, d'habitude, dit-il.

Comme la voix d'Ambre, celle de Duncan en disait plus que ce qu'évoquaient ses mots.

Elle haussa les épaules. La lumière, l'ombre et l'humidité jouaient sensuellement sur sa poitrine.

— D'habitude, je ne suis pas prisonnière, dit-elle.

Elle leva les mains derrière sa tête pour arranger ses cheveux. Ses seins se balançaient délicatement. Ses tétons s'élevèrent davantage. Le feu qui brûlait derrière elle faisait ressortir sa silhouette ; on aurait dit que des flammes amoureuses léchaient son corps nu.

Avec un son étranglé, Duncan se força à détourner le regard. La première chose qu'il vit fut le dîner qu'on avait apporté à Ambre quelques heures auparavant. Elle y avait à peine touché.

— Quelque chose ne va pas avec votre repas ? demanda-t-il.

— Non.

— Vous devez manger davantage.

— Pourquoi ? Être prisonnière ne demande pas beaucoup de force.

La question calme le fit rager. Il n'avait pas de réponse, si ce n'est que son jeûne alors qu'il n'y avait aucune raison religieuse à cela le dérangeait.

Subitement, il tourna les talons pour se diriger vers la porte. Cette fois-ci, il ne fit aucun effort pour être silencieux. Le tintement et le frottement de son haubert en cotte de mailles, de ses chausses, de ses gants à crispin et de son épée annonçaient que le seigneur était prêt à se battre.

Mais il ne s'était pas préparé à trouver son ennemi ainsi dévêtu.

— Finissez votre bain, dit-il durement. Et dépêchez-vous. Si vous ne descendez pas avant que je ne m'impatiente, j'enverrai une aide-cuisinière vous habiller et vous traîner en bas.

La porte claqua violemment. Duncan était parti.

Ambre était en colère et déçue. Mais elle n'était pas assez stupide pour attiser la rage de son mari en traînant les pieds. Que Duncan le sache ou non, elle aurait préféré recevoir le fouet qu'être touchée par qui que ce soit, si ce n'étaient trois personnes en particulier.

L'une d'elles était Cassandra. Erik était une autre de ces personnes. La troisième venait de quitter la pièce avec fureur.

Il s'écoula très peu de temps avant qu'elle n'apparaisse dans la grande salle, vêtue d'une robe couleur des pins des montagnes. Sur le vert sombre de son habit, l'antique pendentif d'ambre rougeoyait comme s'il était en feu. Sa chevelure était un nuage léger retenu en arrière par un bandeau d'argent serti de gemmes d'ambre de la couleur de ses yeux.

Duncan la regarda comme si elle était une étrangère. Un regard, pas plus. Puis, il se tourna vers l'Érudite dont les yeux n'avaient jamais autant ressemblé à un ciel hivernal.

— Comme vous le voyez, dit Duncan d'un ton brusque en montrant la porte par laquelle Ambre venait d'entrer, Ambre n'est pas blessée.

Cassandra regarda la jeune femme qu'elle avait élevée comme sa propre fille.

— Comment vas-tu ? demanda Cassandra.

— Comme vous l'aviez prédit.

À ces mots doux, la douleur passa comme une ombre sur le visage de l'Érudite. Elle baissa la tête un instant. Lorsqu'elle la releva, son visage n'exprimait rien. Elle se tourna vers Duncan.

— Merci, monsieur, dit-elle calmement. Je ne vous dérangerai pas plus.

— Attendez, dit-il alors que Cassandra allait partir.

— Oui ? demanda-t-elle, toujours aussi calme.

— Qu'avez-vous vu dans l'avenir d'Ambre ?

— Rien qui n'affecte votre capacité à régner sur le château de Stone Ring, ses gens ou ses terres.

— Ambre, dit Duncan sans quitter Cassandra des yeux. Touchez l'Érudite pendant que je l'interroge.

À cet ordre, Ambre resta incrédule. Puis, la colère monta en elle.

— Il n'y a aucune raison de douter de sa parole, fit-elle avec froideur.

Le sourire de Duncan était aussi froid que les yeux de Cassandra.

— Pour vous, peut-être. Mais elle n'a aucune affection pour moi.

— Ma fille, dit Cassandra en tendant sa main à Ambre, ton époux est inquiet. Rassure-le.

Ambre noua ses doigts à ceux de sa mère spirituelle. Les émotions qui se déversèrent en elle étaient complexes, puissantes, remuant sombrement à cause de tout ce qui avait été risqué.

Et perdu.

Ambre ferma les yeux. Elle devait lutter pour ne pas verser les larmes que Cassandra gardait en elle.

— Je n'ai rien prédit qui affecterait votre emprise sur le château de Stone Ring, ses gens ou ses terres, répéta Cassandra.

— C'est la vérité, souffla Ambre.

Elle mit la paume de Cassandra contre sa joue brièvement, avant de la relâcher.

L'inquiétude s'étendit en Duncan. Bien que le silence régnât, il sentait la tristesse flotter entre les deux femmes.

Comme si elles se disaient adieu.

— Qu'avez-vous prédit pour Ambre ? demanda-t-il à nouveau.

Ni l'une ni l'autre ne répondit.

— *Qu'avez-vous prédit ?*

Cassandra regarda Ambre. Elle secoua la tête.

— Cela est entre Ambre et moi, dit-elle en se tournant vers Duncan.

— Je suis le seigneur de ce château. Vous allez me répondre !

— Oui, dit l'Érudite, vous êtes le seigneur de ce château. Ma réponse est que ce qui s'est passé entre Ambre et moi n'a rien à voir avec la sécurité de ce château.

Duncan plongea son regard dans les yeux calmes de Cassandra. Il n'obtiendrait pas de meilleure réponse de sa part.

— Ambre, dit-il, vous allez me dire ce que je veux savoir.

— User de mon don afin de satisfaire une curiosité inutile serait un péché. Vous êtes le seigneur des corps, pas des esprits.

Duncan se leva de son fauteuil de chêne massif aussi promptement qu'une flèche qu'on aurait tirée d'un arc. Il saisit le bras d'Ambre. Elle eut à peine le temps de se préparer à la douleur qui allait venir en même temps que le plaisir de son contact.

Mais elle n'aurait pu se préparer à ce qui se déversa en elle lorsqu'il la toucha. Rage et désir, mépris et envie, retenue et chagrin, un supplice qui ne connaissait pas de limites. Il n'avait ni commencement, ni fin, ni endroit où se cacher.

Sa souffrance et la sienne conjointes.

Elle laissa échapper un cri de douleur entre ses dents serrées.

— Ambre ? fit-il brutalement.

Elle ne répondit pas. Elle ne le pouvait pas. Tout ce qu'elle pouvait faire, c'était demeurer debout, contre le torrent conjoint de leurs émotions.

— Il serait plus doux pour elle que vous la fouettiez, dit Cassandra amèrement. Mais vous n'avez aucune douceur pour elle, n'est-ce pas ?

— De quoi parlez-vous, au nom de Dieu ? répliqua Duncan. Je ne la serre pas assez pour lui faire du mal.

— Vous pourriez lui briser les os qu'elle n'aurait pas plus mal.

— Expliquez-vous, femme !

— Que vous la touchiez légèrement ou durement, votre contact lui est souffrance.

Duncan regarda Ambre, la voyant elle plutôt que sa propre rage. Elle était très pâle. Elle avait les pupilles si dilatées qu'elles n'étaient plus que des anneaux d'or. Sa peau était lustrée de perles de sueur. Sa force semblait la quitter davantage à chacune de ses respirations saccadées.

Choqué, il la relâcha comme si elle était un tison brûlant.

Elle tomba à genoux, serra ses bras contre son corps froid et lutta pour maîtriser sa douleur. Cela lui était possible maintenant que Duncan ne la touchait plus.

Possible mais insoutenable.

— Je ne comprends pas, souffla Duncan, à la fois perplexe et furieux. Mon contact vous donnait du plaisir auparavant. Est-ce parce que mon esprit est désormais complet ?

Ambre secoua la tête.

— Alors que se passe-t-il, au nom de Dieu !

Pendant un instant, Ambre se démena pour parler. Puis, elle secoua de nouveau la tête.

— Votre rage, dit simplement Cassandra.

Duncan se tourna vers elle. L'expression de ses yeux aurait fait tressaillir un chevalier en armure, mais l'Érudite ne bougea pas d'un pouce.

— Parlez, dit-il.

— C'est simple. Vous êtes rongé par la rage. Lorsque vous touchez Ambre, elle ressent la haine que vous avez pour elle aussi bien qu'elle ressentait autrefois votre plaisir. La fouetter lui ferait moins mal.

Stupéfait, Duncan regarda ses propres mains comme si elles appartenaient à un autre. Jamais il n'avait battu un cheval, un enfant ou une femme. L'idée de lui causer tant de souffrance par le simple fait de la toucher le rendait malade.

— Comment Erik a-t-il pu utiliser son don pour déceler la vérité ? demanda-t-il à voix basse. C'est un monstre !

— Non, dit Ambre d'une voix rauque. La plupart des gens ne me donnent que quelques secondes de douleur.

— Et Simon ? demanda-t-il. Vous vous êtes évanouie.

— Simon n'avait qu'une seule chose en tête lorsqu'il m'a pris le poignet. La haine. C'est un homme d'une grande passion. Cela m'a bouleversée.

— Et Erik ? demanda-t-il encore. Je doute que ses passions soient timides.

— Non. Mais elles ne me blessent pas. Il a de la tendresse pour moi, et c'est réciproque.

Duncan grimaça.

Le regard de Cassandra passa de Duncan à Ambre.

— Duncan est un homme d'une passion intense, dit-elle doucement à Ambre. Pourquoi sa haine ne t'a-t-elle pas submergée ?

— Parce qu'il ressent aussi d'autres choses pour moi. Cela le déchire. Et cela me déchire, moi aussi.

Sur ces mots, elle se releva. Elle fit un pas en avant, chancela et elle serait tombée si Duncan ne l'avait pas rattrapée avant de se rappeler que son contact ne lui apporterait que douleur. Il la relâcha aussi vite qu'il l'avait touchée.

— Je ne voulais pas…

La voix de Duncan se brisa, et il fit un geste avec ses mains, signe de sa confusion. Peu importait à quel point il en voulait à la sorcière de l'avoir trahi. L'idée de lui causer autant de souffrance en la touchant le dérangeait d'une manière indicible.

— Ce n'est rien, dit Ambre à voix basse. Ce n'était pas aussi douloureux que la première fois.

— Pourquoi ?

— La rage était toujours là, mais elle était dépassée par votre peur de me causer tant de souffrance.

Duncan se renfrogna en comprenant combien Ambre le voyait clairement.

Plus clairement que lui-même ne se voyait.

Plus clairement qu'il ne voulait voir.

— Alors il y a de l'espoir, dit Cassandra.

— Duncan est un homme bien, dit Ambre d'un air las. Appuyez vos espoirs là-dessus plutôt que sur mon futur.

— Espoir ? demanda Duncan. De quoi ?

Personne ne lui répondit.

Duncan tourna les talons et se rassit dans son fauteuil.

— Je vois que vous allez mieux, dit-il.

Ambre eut froid tout à coup. L'adoucissement de Duncan envers elle n'avait pas duré longtemps.

— Oui, dit-elle d'un ton neutre.

— Continuons, alors. Les Érudits complotent-ils contre moi ?

Cassandra effleura la joue d'Ambre avec sa main.

— Non, dit-elle.

— Non, répéta Ambre.

— Cassandra espère-t-elle qu'ils le fassent ?

— Non, dit Cassandra.

— Non, répéta Ambre.

Le silence retomba pendant un moment. On entendait seulement le murmure du vent dans le donjon et le sifflement d'un serviteur qui prenait de l'eau au puits, non loin de là.

Puis, Ambre sentit des gens entrer dans la salle, derrière elle. Elle ne se retourna pas pour voir de qui il s'agissait. Elle n'avait d'yeux que pour le guerrier fier qui l'observait avec bien trop de noirceur dans les yeux.

— Comme vous l'avez demandé, dit Simon depuis la porte. Même si ce que vous allez faire à ce rustre paresseux me dépasse.

Duncan regarda par-dessus l'épaule d'Ambre et sourit.

— Restez près de la porte, Simon, s'il vous plaît.

Simon hocha la tête.

— Egbert, dit Duncan. Avance.

Ambre entendit les pas de l'écuyer s'élever, hésiter, puis changer de direction pour s'écarter d'elle.

— Non, dit Duncan. Rapproche-toi de la sorcière.

— Laquelle, monsieur ?

Duncan le regarda avec froideur.

— Ambre.

Egbert se rapprocha suffisamment pour qu'elle voie sa tignasse rousse du coin de l'œil.

— Touche-le, ordonna Duncan en la regardant.

Elle frissonna.

— Quelques secondes de gêne, avez-vous dit ? fit-il d'une voix doucereuse.

Elle se tourna vers Egbert. La peur se lisait dans ses yeux.

— Cela ne vous fera aucun mal, dit-elle. Donnez-moi votre main.

— Mais Erik me fera pendre si je vous touche !

— Erik, intervint Duncan d'un air mauvais, n'est plus le seigneur de ce château. C'est moi. Ta main, écuyer.

Egbert tendit sa main tremblante vers Ambre. Elle y posa un seul doigt, tressaillit légèrement et se tourna vers Duncan.

La pâleur de sa peau le fit de nouveau enrager.

— Pourquoi êtes-vous si pâle, sorcière ? Egbert n'est encore qu'un garçon. Comparé à la passion d'un homme, ce doit être comme la flamme d'une bougie contre un feu rugissant.

— Est-ce une question ?

Duncan pinça les lèvres. Il porta son attention sauvage sur l'écuyer.

— Si tu restes au château, me seras-tu fidèle ? demanda-t-il.

— Je… je…

— Ambre ?

— Non, dit-elle d'une voix sans timbre. Il serait parjure. Il a donné sa parole à Erik. Egbert est peut-être paresseux, mais il tient à son honneur.

Duncan grogna.

— Tu partiras à l'aube pour Winterlance, dit-il à Egbert. Si on te voit avant cette heure en dehors de tes quartiers, tu seras considéré comme un ennemi et un traître, et traité en conséquence. Pars.

Egbert se précipita hors de la salle.

— Amenez le suivant, Simon.

Cassandra fit un geste involontaire comme pour intervenir.

— Ne bougez pas ou partez, dit Duncan avec froideur. La sorcière était l'arme d'Erik. Maintenant, elle est à moi.

Le feu de l'âtre avait été réalimenté trois fois avant que Duncan n'ait fini de s'occuper de tous les écuyers, hommes armés et serviteurs. Tous les écuyers étaient loyaux à leurs serments, et à Erik. Les hommes armés étaient tous nés dans la région et étaient plus fidèles au château qu'au seigneur. Il en était de même pour les serviteurs, issus de familles de Stone Ring.

Lorsque la dernière mise au point fut finie, Ambre se laissa tomber dans un siège près du feu. Elle était trop lasse, ne serait-ce que pour lever ses mains froides devant les flammes. Pâle, les traits tirés, son visage était un reproche muet à l'homme qui l'avait trop durement utilisée.

— Puis-je offrir un rafraîchissement à ma fille ? demanda Cassandra.

Bien que sa voix fût neutre, Duncan eut l'impression qu'elle venait de le gifler.

— Elle a ce qu'il faut à portée de main. Si elle veut boire ou manger, elle n'a qu'à tendre le bras.

— Elle est trop épuisée.

— Pourquoi ? demanda Duncan, furieux. Elle a dit que ce n'étaient que quelques instants d'inconfort.

— Il y a une bougie à côté de vous, dit-elle. Mettez votre main au-dessus de la flamme.

Il la regarda comme si elle avait perdu la raison.

— Croyez-vous que je suis fou ? demanda-t-il.

— Je crois que vous ne demanderiez pas à vos chevaliers de faire quelque chose que vous ne feriez pas vous-même. Ai-je raison ?

— Oui.

— Excellent, siffla-t-elle. Alors, mettez votre main au-dessus de la bougie, seigneur. L'espace de deux respirations, pas plus de trois.

— Non, dit faiblement Ambre. Il ne savait pas.

— Alors il apprendra. N'est-ce pas, fier seigneur ?

Duncan plissa les yeux. Cassandra le défiait. Sans un mot, il retira son gant et tendit sa main au-dessus de la flamme l'instant d'une respiration.

Deux.

Trois.

— Et maintenant ? demanda-t-il à Cassandra en retirant sa main.

— Recommencez. Même main. Même peau.

— Non ! dit Ambre en saisissant une bouteille de vin. Je vais bien, ma mentore. Vous voyez ? Je bois et je mange.

Duncan remit sa main au-dessus de la flamme. Même main. Même endroit sur sa paume.

Un, deux, trois.

Puis, il la retira et regarda Cassandra.

Elle sourit d'un air féroce.

— Encore.

— Êtes-vous…

— Puis encore, dit-elle. Et encore. Trente-deux fois…

La prise de conscience frappa Duncan comme une avalanche. C'était le même nombre de gens qu'Ambre avait interrogés par le toucher.

— … jusqu'à ce que votre chair fume et brûle et que vous vouliez crier sans le faire, car cela ne changerait rien, surtout pas la douleur.

— *Il suffit.*

— Pourquoi êtes-vous si choqué, fier seigneur ? se moqua Cassandra. Comme vous l'avez dit, la bougie n'est que l'ombre du feu dans l'âtre. Mais la flamme… la flamme brûle autant dans le temps.

— Je ne savais pas, souffla Duncan entre ses dents.

— Alors, vous auriez mieux fait d'apprendre la nature de l'arme que vous brandissiez avant de la briser à cause de votre ignorance et de votre arrogance !

— Je devais savoir ce que pensaient les gens du château.

— Oui, reconnut Cassandra. Mais vous auriez pu le faire avec plus de douceur.

— Vous auriez pu me le dire, dit Duncan en se tournant vers Ambre.

— Les armes ne parlent pas, dit-elle. On les utilise, c'est tout. Avez-vous fini de me brandir pour l'instant ?

Lentement, les mains de Duncan se fermèrent. Puis, il rouvrit ses poings.

— Retournez dans votre chambre, dit-il.

Ambre reposa son verre de vin et quitta la pièce, sans un mot, sans un regard.

Et Duncan ne la rappela pas.

Mais lorsque Cassandra voulut la suivre, il désigna une chaise de la main.

— Asseyez-vous, dit-il. Vous ne m'êtes pas loyale, mais vous ferez ce que vous pouvez pour aider la sorcière d'ambre, n'est-ce pas ?

Cassandra pinça les lèvres.

— Ambre est une Érudite, pas une sorcière.

— Répondez à ma question.

— Oui. Je ferai ce que je peux pour aider Ambre.

— Alors, restez et parlez pour l'arme qui est trop faible pour parler en son nom.

— Ah, vous l'estimez donc.

— Plus que mon poignard, moins que mon épée, rétorqua-t-il.

— Erik devrait vous voir aujourd'hui.

— Pourquoi ?

— Il pensait que vos sentiments pour Ambre seraient plus forts que votre fierté. J'aimerais lui montrer à quel point il avait tort, fit-elle d'un ton cinglant. Il est bien dommage que ce ne soit pas lui qui souffre de son erreur de jugement.

Avant que Duncan ne puisse répondre, Simon et Dominic entrèrent dans la pièce. Leurs regards passèrent de Cassandra à Duncan, puis au souper intact dressé sur la table.

— J'ai des nouvelles qui devraient stimuler votre appétit, dit Dominic.

— Qu'est-ce ? demanda Duncan en se détournant de Cassandra.

— Sven m'a assuré que les gens du château acceptaient volontiers de vous avoir pour seigneur.

Duncan sourit et se tourna vers Cassandra.

— Déçue ? railla-t-il.

— Par votre façon de traiter votre femme, oui.

— Alors, vous n'aurez pas à vous inquiéter encore très longtemps, dit Simon. Le mariage sera annulé.

Duncan et Cassandra se tournèrent vers lui d'un même geste.

— C'est un véritable mariage, dit Cassandra. Demandez à Duncan s'il n'a pas la connaissance charnelle de sa femme !

— Qu'elle soit vierge ou non, dit Dominic, cela n'a aucune importance. Le mariage a été célébré sous de faux prétextes. Aucun évêque ne le maintiendra.

— Surtout si on offrait à une église ou un monastère un geste de respect, ajouta sardoniquement Simon.

— Vous avez échangé des vœux sacrés, dit Cassandra à Duncan. Allez-vous revenir sur votre parole ?

— Des vœux, souffla Duncan avec douleur ou mépris. Non, je ne reviendrai pas sur ma vraie parole.

Cassandra ferma les yeux, incapable de dissimuler son soulagement.

— Je vais honorer le *véritable* vœu que j'avais fait lorsque j'avais tous mes esprits. Je vais épouser Lady Ariane de Deguerre.

— Et Ambre ? demanda Cassandra.

Duncan se tourna vers Dominic sans lui répondre.

— Faites venir ma fiancée, ordonna-t-il. Le mariage aura lieu dès que l'Église y consentira.

— Et Ambre ? répéta Cassandra.

Duncan se leva et quitta la pièce, sans un regard pour elle.

— Et Ambre ! s'écria-t-elle.

Duncan entendit l'écho de son cri le suivre alors qu'il quittait la pièce. Même lorsque le dernier écho s'évanouit, il entendit les mots crier dans le silence noir de son esprit.

Et Ambre ?

Votre vœu sacré ?

Ambre.

Sacré.

Ambre. Ambre. Ambre…

Il n'y avait pas de paix pour Duncan dans le château, nulle part. Le cri faisait partie de lui, aussi profondément ancré que la douleur de son ancienne mémoire et de sa récente trahison.

Le passé se tournait, se retournait, le tourmentait de la voix d'Ambre, puis de la sienne.

— *Je suis vraiment en sécurité avec vous.*

— *Toujours, ma sorcière d'or. Je me couperais la main droite, celle qui manie l'épée, avant de vous faire du mal.*

Ce souvenir était trop triste, trop sauvage. Il le repoussa, l'enterra dans les ténèbres où il ne pouvait plus se cacher.

Nier la vérité de votre passé ou de votre présent vous détruira aussi sûrement que si on vous coupait la tête en deux avec une épée.

Souvenez-vous de ce que j'ai dit lorsque le passé reviendra et semblera faire du présent un mensonge. Souvenez-vous-en.

Longtemps après que tout le monde se fut endormi, Duncan marchait toujours dans les couloirs et les escaliers de son château. Les voix lui parlaient dans son silence, les mots faisant écho dans son esprit bouillonnant. La voix d'Ambre décrivait la passion, la fierté, l'honneur, qu'on utilisait comme des armes de guerre.

Erik savait que vous ne m'aimiez pas. Il savait que vous ne m'épouseriez pas si vous retrouviez la mémoire.

Et il savait combien vous me désiriez.

Et il la désirait toujours. Mensonge ou vérité, sorcière ou femme, amante ou épouse, elle faisait brûler son corps de toutes les flammes de l'enfer. La violence de son désir submergeait tout.

Même la trahison.

Peu à peu, Duncan se rendit compte qu'il était devant la porte d'Ambre, les poings serrés. Depuis combien de temps était-il là ? Il l'ignorait. Tout ce qu'il savait, c'était qu'il devait être à l'intérieur avec elle.

La porte ne fit pas de bruit lorsqu'il la poussa. Les bougies s'étaient consumées presque entièrement. Il n'y avait plus que des braises dans la cheminée. Les rideaux autour du lit brillèrent d'une lueur sombre lorsqu'il les tira.

Ambre dormait d'un sommeil agité. Les couvertures étaient défaites, et ses cheveux n'étaient plus qu'un nuage d'or répandu sur les coussins. Il la revit alors qu'elle était dans son bain, les seins dorés d'eau et de feu. Il aurait voulu être le feu qui caressait sa peau.

Il le voulait toujours.

Il lâcha les rideaux et se débarrassa des lourds vêtements de combat qu'il avait portés toute la journée. Lorsqu'il fut aussi nu que la flamme d'une bougie, il tira de nouveau le baldaquin et se glissa dans le lit d'Ambre.

Lentement, il s'approcha d'elle pour la toucher. Mais juste avant que ses doigts n'atteignent ses lèvres, il se remémora ce qui s'était passé dans la grande salle — Ambre pâle de douleur, à peine capable de tenir debout, et les mots durs de Cassandra lui décrivant ce qui s'était passé.

Elle ressent votre rage. La fouetter lui ferait moins mal.

Pourtant, Ambre n'avait pas tressailli lorsqu'il l'avait touchée la seconde fois, lorsque l'inquiétude de la faire souffrir avait été plus grande que sa colère.

Longtemps, il resta immobile, déchiré entre le désir et la rage. D'instinct, il compartimenta son esprit comme un Érudit, sans pour autant comprendre le danger qu'il encourait en faisant une telle chose. Un esprit divisé se repliait sur lui-même bien vite, comme une feuille morte consumée par le feu. Et comme une feuille morte, l'esprit était condamné à se flétrir et à disparaître.

Duncan se forçait à se concentrer non sur sa colère noire d'avoir été trahi, mais sur son désir. Puis, il se concentra sur la passion qu'Ambre avait pour lui, passion que jamais elle n'avait pu dissimuler.

Erik savait que je vous voulais... l'aurore après une vie dans la nuit.

L'idée d'être ainsi désiré se répandit en lui. Ce qui le retenait de toucher Ambre était la peur de lui faire mal plutôt que d'éveiller sa passion. Il ne la voulait pas abattue mais désireuse, aussi impatiente que lui d'unir leurs corps.

Une vague de chaleur le submergea alors qu'il se souvenait combien il était bon de se plonger en elle, de sentir son corps autour de lui, tout proche, l'accueillant avec perfection...

Il souffla un mot, à la fois prière et malédiction, avant de plonger sa main dans les cheveux de la belle endormie, jusqu'à ce qu'il sente la douceur de sa peau sous sa paume. Il ne pensait qu'à son désir. Les ténèbres corrosives qu'il tenait à distance ne faisaient qu'augmenter son feu.

Ambre s'éveilla dans un torrent de passion. Elle n'avait pas besoin de la lueur des bougies pour savoir qui reposait à ses côtés, le corps brûlant et dur, le désir trop grand pour être décrit.

— Duncan. Mon Dieu, votre désir…

Elle essaya de reprendre son souffle, mais elle fut secouée d'un frisson. Son corps changeait pour rejoindre le sien à la vitesse de l'éclair.

— Vous tremblez, dit-il d'une voix rauque. Douleur ou désir ?

Elle ne pouvait parler. Les vagues du désir de Duncan la submergeaient. Puis, il parcourut son corps de sa main, cherchant une réponse d'une façon plus sûre.

Les richesses sensuelles qui l'accueillirent faillirent faire céder son désir.

Il se mit au-dessus d'elle avec une vitesse féline, ouvrant ses cuisses et pénétrant en elle alors même qu'elle se cambrait pour l'accueillir. La perfection brûlante de leur union anéantit Duncan. Dans un râle d'achèvement, il se déversa en elle.

Mais cela ne suffisait pas.

Il voulait faire fusionner leurs corps, que le feu brûle éternellement, il voulait…

Ambre.

Duncan posa sa bouche sur la sienne et se mit à bouger de nouveau en elle, s'unissant avec elle de la seule manière qu'il se le permettait, brûlant avec elle au cœur de son feu.

Et lorsque ni l'un ni l'autre ne put brûler davantage, ils s'assoupirent dans les cendres de leur passion partagée.

Ils partagèrent également leurs cauchemars. Mille ombres froides de ténèbres et de trahison, vœux qui ne pouvaient être honorés sans en abjurer d'autres, rage contre ce qui ne pouvait être annulé, désir primitif pour tout ce qui ne pouvait être…

Lentement, Ambre s'écarta de Duncan, jusqu'à ce qu'elle ne touche plus son mari endormi. Les yeux ouverts, fixant les ténèbres, Ambre but jusqu'à la dernière goutte amère la connaissance de ce qu'elle avait fait à Duncan, et à elle-même.

Le Loup des Druides de la Vallée avait véritablement vu l'âme de Duncan. Au-delà de tout doute, de toute tentation, Duncan était un homme de parole.

Et il avait donné sa parole à Dominic le Sabre.

Ambre le savait désormais.

Trop tard.

« Si Duncan se donne le droit de m'aimer, il ne peut permettre que notre mariage soit annulé. Il doit tourner le dos à son honneur et à Dominic le Sabre.

» Duncan de Maxwell le Parjure.

» S'il tourne le dos à son honneur, il se haïra.

» Il me haïra. »

20

Douze jours plus tard, Cassandra pénétra dans la pièce luxurieuse qui faisait office de prison pour Ambre.

Ambre leva les yeux du manuscrit qu'elle avait essayé de déchiffrer. Essayé, mais en vain. Elle n'avait qu'une chose à l'esprit. Une seule et unique chose.

Duncan.

— Ariane est ici, dit Cassandra sans détour. Duncan exige ta présence.

Pendant un instant, Ambre resta aussi immobile que la mort. Puis, elle soupira longuement et regarda la chambre luxurieuse. Ses yeux ne voyaient que les ténèbres.

— Simon a fait venir un prêtre avec l'héritière normande, continua Cassandra. Votre mariage va sans aucun doute être annulé.

Ambre ne dit rien.

— Que vas-tu faire ?

— Ce que je dois faire.

— Espères-tu encore que Duncan va se permettre de t'aimer ?

— Non.

Mais l'émotion qui flamboyait dans ses yeux disait « oui ».

— Vient-il toujours te voir quand la nuit est noire, lorsqu'il ne peut plus supporter son propre désir ?

— Oui.

— Et lorsque le désir est consommé ?

— Alors vient la colère, contre lui-même, contre moi, et contre les mensonges et les vœux qui nous ont tous deux piégés. Alors il ne me touche plus. Cela est trop douloureux.

— Il a au moins cette tendresse pour toi, dit Cassandra.

Le sourire d'Ambre était pire que tout cri de douleur.

— Oui, murmura-t-elle. Bien qu'il ne le sache pas, ma souffrance lui fait aussi du mal.

— Espères-tu toujours, qu'un jour, il t'aimera ?

Ambre baissa ses longs cils, dissimulant ses yeux.

— Chaque fois que nous nous touchons, murmura-t-elle, il y a plus de supplice sous la passion, plus de ténèbres. S'il y a tant d'émotion, c'est qu'il y a toujours une chance…

— Tu resteras ici tant que tu auras de l'espoir, dit Cassandra.

Elle hocha la tête.

— Et ensuite ? demanda Cassandra. Que feras-tu, lorsque l'espoir sera mort et que seules les ténèbres demeureront ?

Pas de réponse.

— Puis-je voir ton pendentif ?

Ambre parut surprise. Après un moment d'hésitation, elle sortit le pendentif de sa robe.

Transparent, précieux, doré, il pendait au bout de sa chaîne étincelante. Pourtant, malgré sa beauté, l'ambre avait changé de manière si subtile que seule une personne Érudite pouvait le voir… L'obscurité tirait un voile sur la lumière.

Cassandra toucha le pendentif du bout des doigts. Malgré tous ses efforts pour dissimuler le chagrin qui faisait tempête sous son calme apparent, ses mains tremblaient un peu.

— Tu sais que Duncan te détruit, dit la femme plus âgée.

Ambre demeura de nouveau silencieuse.

— Goutte à goutte, tu saignes en secret, murmura Cassandra, jusqu'à ce qu'il ne reste plus de lumière ni de vie en toi, seulement les ténèbres.

Silence.

— Cela détruit aussi Duncan, dit Cassandra d'un ton catégorique.

Ce ne fut qu'alors qu'Ambre réagit, mue par le déni, la douleur et la même rage que Duncan. Car elle était piégée avec lui, et chaque jour était une nouvelle ombre qui s'enroulait autour d'eux. Jour après jour, jusqu'à ce qu'il ne reste rien de la lumière et de la vie.

Seulement les ténèbres.

— Il ne doit pas t'écarter, dit fermement Cassandra. Jamais je n'ai souhaité la mort de quelqu'un, mais je souhaite la mort à cette chienne normande qui…

— Non ! dit durement Ambre. Ne laissez pas votre âme aller dans les ténèbres pour quelque chose que j'ai fait. Vous m'avez appris à faire des choix et à vivre avec.

— Ou à mourir avec.

— Ou à mourir, répéta Ambre. De toute façon, si ce n'était cette héritière, il y en aurait une autre. Nous ne pouvons massacrer de pauvres jeunes femmes, n'est-ce pas ?

Cassandra se mit à rire. Ce rire était aussi triste que ses yeux.

— Non, dit-elle. Il n'y aurait pas assez de riches femmes dans ce monde à abattre avant que ton seigneur borné prenne conscience des richesses qui sont à portée de sa main.

Sans se toucher, mais proches de tant d'autres manières, l'Érudite et sa fille choisie descendirent ensemble dans la grande salle. Elles furent accueillies par le feu de l'âtre, les torches et la lumière brumeuse qui pénétrait dans la pièce par les hautes fenêtres.

Duncan était assis dans son fauteuil de chêne massif. Simon coupait un rôti froid avec son poignard et disposait les fines tranches dans une assiette.

Au début, Ambre pensait qu'il n'y avait personne d'autre dans la pièce. Ce ne fut que lorsque Duncan s'exprima qu'elle comprit que Simon coupait la viande non pour lui, mais pour une autre personne.

— Lady Ariane, dit Duncan en se levant, j'aimerais vous présenter mon arme, une sorcière du nom d'Ambre.

Une femme vêtue d'une robe de laine noire se retourna. Elle tenait une petite harpe dans la main.

Au début, Ambre pensait qu'Ariane portait un capuchon d'un noir brillant brodé de fils argent et violet. Mais ce n'était pas un capuchon. C'étaient les cheveux d'Ariane, densément tressés et enroulés sur sa tête. Des ornements d'argent luisaient dans la noirceur, et des améthystes brillaient presque secrètement lorsqu'Ariane bougeait.

— Rejoignez-la, Ambre, ordonna Duncan.

Pendant un instant, Ambre ne parvint pas à se forcer à bouger. Puis, ses pieds obéirent à la commande de son esprit plutôt qu'à celle de son cœur. Elle marcha jusqu'à l'héritière normande.

— Lady Ariane, dit-elle en hochant la tête.

La curiosité anima les yeux aussi violets que les gemmes qui ornaient la chevelure d'Ariane. Puis, les épais cils noirs de la femme se baissèrent.

Lorsqu'elle rouvrit les yeux, c'était comme si elle avait refermé une porte. Il ne restait plus aucune curiosité. Plus aucune émotion. Les yeux de l'héritière étaient aussi froids et distants que l'améthyste dans ses cheveux.

— Enchantée, dit-elle.

Sa voix était calme, ses mots avaient l'accent de son origine normande. Elle ne fit pas de geste pour la toucher, pas même pour la saluer.

Si elle était si distante, ce devait être dans sa nature, et non parce que Duncan l'aurait avertie de ne pas toucher Ambre.

— Vous avez fait un long voyage, dit Ambre.

— Un bien va où on lui ordonne d'aller, dit Ariane en haussant gracieusement les épaules.

Ambre fut parcourue d'un frisson. Il était clair qu'Ariane ne désirait pas plus ce mariage à Duncan qu'Ambre.

— Vous voyez maintenant pourquoi je vous ai fait venir, dit Duncan. L'enthousiasme de ma fiancée pour ce mariage me rappelle que son père considère les Saxons comme ses ennemis. Dieu — ou plutôt le diable — sait ce que le baron Deguerre pense des Écossais.

Ariane ne bougea ni ne parla pour répondre à Duncan. Dans la perfection pâle de son visage, ses yeux étaient les seuls éléments qui semblaient être en vie, et ils l'étaient à la façon des gemmes, se contentant de réfléchir la lumière sans en avoir de propre.

— Cela m'a rappelé le mariage de Dominic, ajouta Duncan.

Simon trancha de nouveau le rôti d'un coup sec.

— Oui, dit-il. John a donné sa fille comme un acte de vengeance plutôt que comme une véritable union de clans.

— Exactement, appuya Duncan. Je ne veux pas me réveiller et me trouver avec une femme qui ne peut me donner d'héritiers.

Ambre sentit le mouvement involontaire de l'héritière qui se tenait si immobile parmi sa splendeur de vêtements noirs et de bijoux extraordinaires et pourtant semblait vouloir se faire toute petite.

Cassandra aussi sentit qu'Ariane tressaillait intérieurement. Elle la regarda avec intérêt pour la première fois depuis qu'elles étaient entrées dans la pièce.

Simon posa un plateau de viandes, de fromages et de fruits devant Ariane. Lorsque sa main effleura sa manche, elle sursauta et le regarda avec, dans ses yeux améthyste, la fureur d'un animal en cage.

— Bière ? demanda-t-il calmement.

— Non, merci.

Ignorant son refus, Simon posa une choppe de bière bouillonnant doucement devant elle.

— Vous êtes trop frêle, dit-il franchement. Mangez.

Simon recula, cessant de se pencher sur Ariane. Elle prit une respiration saccadée. Quand elle tendit le bras vers une tranche de viande, sa main tremblait.

Impassible, Simon l'observa tandis qu'elle mâchait, avalait et se servait du fromage. Lorsqu'elle l'entama, il se tourna vers Duncan.

— Lady Ariane a besoin de se reposer, dit-il. Nous avons chevauché sans relâche pendant des jours. Les nuits n'étaient guère mieux. Après Carlysle, nous n'avions plus d'abris contre la tempête.

— Je ne la retiendrai pas longtemps, dit Duncan avant de se tourner vers Ambre. Prenez sa main, sorcière.

Ambre savait que cela allait arriver depuis qu'elle avait entendu les craintes de Duncan de ne pas avoir d'héritiers. Elle s'était préparée en conséquence. Sa main ne tremblait pas lorsqu'elle la tendit à Ariane.

L'expression de la Normande disait assez clairement qu'elle n'aimait pas être touchée. Elle regarda Duncan, n'y vit aucun réconfort et prit la main d'Ambre.

Malgré sa préparation, le chaos d'émotions mêlant terreur, humiliation et trahison qui tempêtait en Ariane faillit faire tomber Ambre à genoux.

Ariane était une femme de grande passion, et cette passion était noire.

— Lady Ariane, dit Duncan, êtes-vous stérile ?

— Non.

— Accepterez-vous votre devoir en tant qu'épouse ?

— Oui.

Ambre chancela, luttant contre les émotions sauvages que la jeune Normande gardait sous son sang-froid.

— Ambre ? demanda Duncan.

Elle ne l'entendit pas. Tout ce qu'elle entendait était le cri de trahison qui emplissait le cœur d'Ariane.

— Ambre.

La voix de Duncan était sévère.

— Elle dit… la vérité, dit-elle, le souffle court.

Puis, elle relâcha la main d'Ariane. Elle ne pouvait plus supporter le chagrin et la rage qui animaient son âme.

Ces sentiments étaient trop similaires à ceux de Duncan.

— Ma fille, tout va bien ? demanda Cassandra.

— Ce qu'elle ressent est… supportable.

Ariane la regarda avec indignation.

— Vous savez, dit-elle d'un ton ferme. *Vous savez.* Maudite sorcière, qui vous donne le droit de tourmenter mon âme ?

— Silence, dit brutalement Cassandra.

Elle se précipita aux côtés des deux femmes, sa robe écarlate brûlant vivement par contraste avec le noir des vêtements d'Ariane et l'or que portait Ambre.

— La seule qui a été tourmentée, c'est Ambre, dit-elle. Regardez-la et voyez, le feu sombre qui brûle en vous en secret l'a aussi consumée.

Ariane pâlit.

— Sachez aussi que, quel que soit votre secret, continua l'Érudite, il demeure un secret. Ambre touche les émotions, non les faits.

Le silence régna tandis qu'Ariane observait Ambre. Elle voyait la pâleur de son visage et les traits tirés de sa bouche.

— Seulement les émotions ? murmura-t-elle.

Ambre hocha la tête.

— Dites-moi, continua la Normande. Qu'est-ce que je ressens ?

— Vous plaisantez.

— Non. Je pensais ne plus avoir de sentiments. Qu'est-ce que je ressens ?

Ce fut le ton d'Ariane, qui traduisait une curiosité pure et simple, qui poussa Ambre à répondre.

— La fureur, murmura-t-elle. Un cri jamais exprimé. Une trahison si profonde qu'elle a presque anéanti votre âme.

Le silence s'étira, encore et encore.

Puis, Ariane se tourna vers Duncan, ses yeux plissés débordant de mépris.

— Vous m'avez forcée à partager ce que je m'étais caché même à moi-même, dit-elle. Vous l'avez forcée à endurer ce qu'elle n'a pas mérité.

— J'ai le droit de savoir la vérité sur nos fiançailles, dit-il.

Ariane balaya l'air de la main.

— Vous avez dénigré mon honneur et l'honneur de celle que vous appelez votre « arme », dit-elle laconiquement.

Duncan tapa sur l'accoudoir du plat de la main.

— J'ai été trahi par ceux en qui j'avais confiance, siffla-t-il. C'est ma façon de m'assurer que cela ne m'arrive plus.

— Trahi, répéta Ariane d'un ton neutre.

— Oui.

— Nous avons au moins une chose en commun, dit-elle en haussant les épaules. Mais est-ce suffisant pour se marier ?

— Nous n'avons d'autre choix que de nous marier.

Duncan se pencha en avant. Son regard était aussi dur que de la pierre.

— Serez-vous une épouse fidèle, demanda-t-il froidement, loyale à votre mari plus qu'à votre père normand ?

Ariane étudia l'expression féroce de Duncan pendant un moment avant de se tourner vers Ambre.

Elle lui tendit la main.

— Oui, dit-elle.

— Oui, répéta Ambre.

— Cela changera-t-il si je prends Ambre pour maîtresse, qu'elle vit dans ce château et que je partage ma couche avec elle quand bon me semblera ?

La discipline Érudite d'Ambre vola en éclats. Alors que le soulagement et l'espoir d'Ariane montaient en flèche, ses propres émotions submergeaient presque la vérité de ce qu'elle apprenait par le toucher.

— Pas du tout, dit Ariane. Je m'en réjouirai.

Duncan parut surpris.

— Je ferai mon devoir, dit Ariane d'une voix parfaitement calme, mais l'idée du lit conjugal me dégoûte.

— Votre cœur appartient-il à un autre ? demanda Duncan.

— Je n'ai pas de cœur.

Duncan haussa les sourcils.

— Ambre ? demanda-t-il.

Elle demeura silencieuse. Elle était trop occupée à maîtriser ses propres émotions pour parler.

« Maîtresse.

» Putain.

» Jour après jour, les ténèbres se condensent, détruisent…

» Tout. »

— Eh bien, sorcière ?

Ambre força l'air à pénétrer dans son corps rigide.

— Elle dit vrai, annonça-t-elle d'une voix rauque. Tout ce qu'elle dit est vrai.

Duncan se laissa tomber en arrière avec un sec hochement de tête et une expression aussi froide que l'hiver.

— Alors c'est fait, dit-il. Nous nous marierons au matin.

Comme pour répondre à son assertion, le hurlement d'un loup retentit au-delà des murs du château.

Ambre et Cassandra pivotèrent vers ce cri.

Alors même qu'elles se retournaient, un autre hurlement se fit entendre, celui d'un faucon outré. Avant même que ce cri ne se soit évanoui, Erik pénétra dans la pièce. Il était seul, avec pour seule compagnie son épée, à sa taille. Sous sa longue cape pourpre, il portait une cotte de mailles. Un heaume cachait son visage, dont on ne voyait plus que la barbe dorée.

Duncan se leva d'un mouvement brusque. D'une main, il ramassa son heaume posé sur son fauteuil. Dans l'autre apparut son fléau d'armes. Il mit lentement son heaume.

Comme Erik, il était désormais vêtu d'acier des pieds à la tête.

— Salutations, Duncan de Maxwell, dit Erik. Comment va votre femme ?

— Je n'ai pas de véritable femme.

— L'Église approuve-t-elle ?

— Oui, dit Dominic depuis le pas de la porte.

Erik ne se retourna pas. Il observait Duncan avec le regard impassible d'un faucon.

— Est-ce fait, alors ? demanda-t-il.

La douceur de sa voix donna envie à Ambre de crier gare à tous ceux qui étaient présents.

— J'ai seulement à apposer mon sceau sur le document, dit Dominic.

Erik ne quittait toujours pas Duncan des yeux.

— Et vous, Duncan, dit Erik. Approuvez-vous ?

— Oui.

Le loup hurla de nouveau, et le cri aigu du faucon lui répondit. Erik sourit avec rage.

— Je demande le droit du sang, dit-il. Un combat singulier.

— Vous n'avez pas de famille ici, dit Duncan.

— Vous avez tort, *bâtard*. Ambre est ma sœur.

Un silence choqué se répandit dans le sillage de ses mots. Ambre était la plus stupéfaite de tous.

Erik la regarda pour la première fois depuis qu'il avait pénétré dans la grande salle. Souriant presque tristement, il lui tendit la main.

— Touchez-moi, ma sœur. Apprenez la vérité. Enfin.

Ahurie, Ambre s'approcha de lui et posa ses doigts au creux de sa main.

— Vous êtes la fille de Lord Robert et d'Emma la Stérile, dit-il. Vous êtes née quelques minutes après moi. Nous sommes jumeaux, Ambre.

La véracité de ses paroles la traversa comme le tonnerre dans un vallon encaissé, bouleversant tout.

— Mais pourquoi… ? murmura-t-elle.

Elle ne pouvait en dire davantage.

— Pourquoi vous a-t-on nié votre droit de naissance ? demanda Erik.

Elle hocha la tête.

— Je ne sais pas, dit-il. Mais je pense que c'était le prix de ma conception.

— Que je sois reniée ?

— Que vous soyez donnée à l'Érudite qui ne supporterait pas un homme assez longtemps pour avoir un enfant.

Cassandra poussa un cri étouffé.

Erik la regarda un instant. Puis, il reporta son regard sur la femme dont il avait découvert la véritable ascendance la première fois qu'il avait regardé le problème avec des yeux Érudits.

— Est-ce vrai ? demanda Ambre à Cassandra.

— Lorsque vous êtes née…

La voix de Cassandra se brisa pour laisser place au silence.

— La prophétie, encouragea Ambre.

— *La mort inéluctablement viendra frapper.*

— Oui. La prophétie d'ambre, soupira Cassandra. Emma la craignait. Elle vous craignait. Elle a refusé de vous allaiter.

Ambre ferma les yeux. Sur ses cils, baissés sur ses joues pâles, les larmes brillaient.

— Mais je vous ai aimée dès que je vous ai vue, dit Cassandra avec passion. Vous étiez si petite, si parfaite ! Je pensais que si je vous enseignais suffisamment l'Érudition, la richesse de la vie vous inonderait.

Le rire d'Ambre était plus triste encore que ses larmes.

« Vous auriez mieux fait de me laisser aux loups. »

Mais elle ne prononça pas ces mots à haute voix, car elle n'avait aucune envie de blesser la femme qui avait recueilli un bébé non désiré et l'avait élevé comme son propre enfant.

— Au final, mon incapacité en Érudition a condamné vos espoirs, dit-elle.

— Le problème venait de mon incapacité à enseigner, répliqua Cassandra.

Ambre se contenta de secouer la tête.

Au bout d'un moment, elle ouvrit les yeux, regarda Erik… et vit son frère pour la première fois. Les larmes coulèrent de nouveau, mais elles étaient différentes. Elle toucha ses joues, ses cheveux, ses lèvres, laissant sa vérité se répandre en elle.

— La rivière coule toujours dans la mer, dit-elle, peu importe comment on essaie d'arrêter sa course. Laissez aller, mon frère.

Avant qu'Erik ne réponde, le faucon vola contre les volets partiellement fermés qui le séparaient de son maître. Son cri était aussi perçant que la voix d'Erik était douce.

— Jamais, dit Erik.

— Je ne veux pas que vous fassiez cela !

— Je sais. Mais cela doit être fait.

— Non ! s'écria Ambre en attrapant le bras d'Erik d'une main.

— Une jeune femme douce, à l'abri, a appelé l'âme de Duncan des ténèbres, dit-il.

Soudain, les liens d'une chaîne de métal se mirent à entonner un chant mortel. Ils glissaient les uns contre les autres tandis que Duncan faisait bouger le fléau entre ses mains.

— Ensuite, continua Erik implacablement, la femme a donné sa propre âme à Duncan pour remplir le vide en lui. Pour ce don inestimable, il fera d'elle une putain.

Les liens d'acier cliquetèrent et se tordirent, comme animés par la rage qui bouillonnait en Duncan.

Erik souleva les doigts froids qui enserraient son bras, les embrassa et se détacha d'Ambre. Pour la première fois, il se retourna pour faire face à Dominic le Sabre. La broche qui fermait sa cape brillait férocement.

— Comme vous le voyez, Loup des Druides de la Vallée, dit Erik, le lien du sang est clair.

— Oui.

— Alors, vous allez donner la permission à votre vassal de me rencontrer en combat singulier.

— Duncan est mon égal, pas mon vassal.

— Ah. Ainsi, cela est également vrai. Je me posais la question, dit Erik avec un sourire sardonique. Vous êtes vraiment un tacticien formidable, Dominic le Sabre.

— Tout comme vous. Personne d'autre n'aurait pu tenir trois propriétés sur les Terres contestées avec une poignée de chevaliers et la réputation d'être un sorcier.

Erik voulut se retourner vers Duncan, mais les mots secs de Dominic l'arrêtèrent.

— Le penchant que vous avez d'entrer dans les châteaux par des trous de boulon connus de vous seul sert sans doute votre réputation.

— Sans doute, dit gentiment Erik.

— Mais il n'y aura pas de problèmes, à l'avenir.

— Vraiment ? Pourquoi ?

— Malgré toute votre perspicacité, vous n'avez pas laissé Duncan *vous* défier en combat singulier. Vous êtes un homme mort, Erik, fils de Lord Robert.

Dominic dévia son regard d'Erik au Fléau Écossais.

— Dans la mesure où vous étiez autrefois mon vassal, dit-il, je vous implore de choisir le fléau d'armes pour vous battre.

Le corps de Cassandra tressaillit comme si on l'avait fouettée.

D'un air absent, Duncan regarda l'arme qui tremblait au bout de sa laisse d'acier, impatiente de se mettre en action. Avant cet instant, il n'avait pas été conscient de tenir le fléau.

— Erik est invaincu à l'épée, dit Dominic, mais on ne le connaît pas pour son talent au fléau. Et j'ai besoin que vous soyez vivant.

Surpris, Duncan se tourna vers lui.

— Sans vous pour tenir Stone Ring, dit simplement Dominic, il y a peu de chances pour que Blackthorne survive ces prochaines années. Accordez cette faveur à celui qui fut autrefois votre seigneur.

Duncan regarda de nouveau le fléau d'armes qui attendait à portée de main, et qui faisait autant partie de lui que son propre bras.

Puis il se tourna vers Ambre.

Elle avait les yeux écarquillés, sauvages, et les mains pressées sur sa bouche comme pour s'empêcher de crier. Peu importait qui allait gagner le combat. Elle allait perdre.

Et il le savait aussi bien qu'elle.

— Pendant que vous y réfléchissez, ajouta Dominic, rappelez-vous qu'Erik est le seigneur bien né qui pensait qu'un bâtard avait si peu d'honneur qu'il ne remarquerait pas qu'il était parjure.

Les liens de métal grincèrent et grondèrent alors que Duncan jouait avec le fléau d'armes. Les personnes dans la pièce étaient si immobiles que chaque mouvement de la chaîne résonnait fortement.

— Qu'il en soit ainsi, dit Duncan. Je vais me battre avec le fléau d'armes.

Ambre ferma les yeux.

Erik hocha la tête. Il n'était pas surpris.

— Qu'on m'amène un fléau de l'armurerie, dit-il.

— Si vous le souhaitez, dit Duncan avec insouciance. Mais si vous choisissez de vous battre avec épée et poignard, vous pouvez le faire.

Un hurlement s'éleva au-delà des murs, la gorge d'un loup criant la joie d'Erik.

— Épée et poignard, dit-il simplement.

Duncan sourit férocement.

— Simon, dit-il, apportez-nous des boucliers.

Sans un mot, Simon quitta la pièce. Il revint vite, portant deux longs boucliers en forme de goutte. L'un d'eux portait le blason noir du Loup des Druides de la Vallée sur un fond d'argent. L'autre portait la tête argentée d'un loup sur fond noir.

Deux loups tournant en rond, se jaugeant.

Cassandra se rapprocha d'Ambre tandis que l'aumônier confessait les deux hommes.

— Je prendrais votre place si je le pouvais, dit-elle à voix basse. Je vivrais dans votre peau, ressentirais vos émotions, sècherais vos larmes, hurlerais vos cris, endurerais votre douleur…

— Quoi qu'il se passe, ce n'est pas de votre faute, dit Ambre. Ni la mort qui arrive comme une sombre rivière. Et qui, comme une rivière, se déversera inévitablement.

Le son de sa voix fit tressaillir l'Érudite. Elle entrelaça ses doigts et essaya de trouver quelque réconfort dans son Érudition.

Lorsque Duncan et Erik se furent confessés, Dominic s'approcha des deux hommes.

— Vous avez défié Duncan, Erik, fils de Lord Robert. Voulez-vous faire quartier ?

— Non.

— Qu'il en soit ainsi. Pas de quartier.

Dominic recula avec une rapidité qui fit tournoyer les pans de sa cape.

— Que le combat commence ! s'écria-t-il.

Erik bondit en avant avec une telle rapidité que toute l'assemblée retint son souffle. Son épée décrivit un arc si vivement qu'on la distinguait à peine.

Duncan eut tout juste le temps de se protéger de son bouclier. Le métal s'écrasa sur le métal d'une force qui retentit dans toute la pièce.

Cette attaque soudaine aurait mis à terre un homme plus faible. La force du coup fit tituber Duncan. Il mit un genou à terre avant de se rattraper.

L'épée d'Erik siffla et s'abattit encore avec une vitesse diabolique. Il était clair qu'il souhaitait mettre fin au combat avec ce coup.

Duncan leva de nouveau son bouclier, sans perdre un seul instant. Mais cette fois-ci, il était préparé au coup. Tout en l'amortissant, il se mit à tourner l'autre bras avec puissance.

Le fléau se mit à chanter.

L'étrange gémissement d'acier frémit dans la salle, et Ambre sentit ses cheveux se dresser sur sa tête. Bien qu'elle ait les yeux fermés, la chanson de mort du fléau lui indiquait que Duncan avait survécu à l'attaque incroyablement rapide d'Erik.

Elle garda les yeux fermés quand le métal résonna de nouveau sur le métal. Elle n'avait pas voulu voir l'attaque d'Erik, sa rapidité inhumaine qui tuait avec la vitesse du faucon. Elle ne voulait pas voir non plus Duncan attaquer, le fléau d'armes au poing, tournant à une vitesse vicieuse, menée par la puissance extraordinaire de son bras.

Elle n'avait pas besoin de voir l'un des deux hommes mourir pour *savoir* qu'il était mort.

La chanson du fléau s'arrêta dans un fracas d'acier qui arracha des cris à l'audience. L'impact du coup fut si puissant qu'il cabossa le bouclier d'Erik, qui tomba à terre. Il roula au sol et se releva avec une telle rapidité que Simon jura de surprise.

Le fléau d'armes s'abattit de nouveau. Erik tourna avec son bouclier, évitant le coup alors qu'il tombait. En tournant, il donna un grand coup d'épée.

Duncan tira brusquement son bouclier pour se protéger, mais pas aussi rapidement qu'auparavant. C'était comme si son bras avait été engourdi par la punition qu'il avait déjà reçue.

Un sourire diabolique se dessina sur les lèvres d'Erik. L'épée sifflait et frappait coup après coup sur le bouclier de Duncan, le poussant à reculer contre un mur. Une fois le fléau d'armes à portée du mur, il était aussi inoffensif qu'une poignée de cailloux. Duncan ne pourrait pas faire tourner le fléau s'il était dos à un mur.

Un autre coup d'épée le mit à genoux. La chanson du fléau faiblissait. Erik bondit en avant, lançant son épée pour couper Duncan en deux.

Mais soudain, le fléau d'armes fouetta l'air avec une force nouvelle. Et il venait de la direction opposée, à moins d'un empan du sol.

La chaîne s'enroula autour des chausses en acier d'Erik. Duncan tira un coup sec pour le faire tomber. Erik toucha le sol avec une telle force que son heaume s'envola, le laissant le souffle coupé.

Avec un cri rauque, Duncan tira son poignard et s'agenouilla sur Erik avant qu'il ne puisse se relever. Incapable de respirer, encore moins de se battre, Erik regarda dans les yeux du sombre guerrier qui était sur le point de le tuer.

Une main en cotte de mailles se leva lentement, brandissant un poignard brillant, et subitement, l'acier éclatant descendit tandis que le cri d'une femme déchirait le silence.

Au dernier moment, Duncan dévia la lame.

Le poignard frappa le plancher de bois avec tant de puissance que la lame traversa la planche massive et se cassa au niveau de la poignée.

— Je ne peux tuer un homme qui me regarde avec les mêmes yeux qu'Ambre ! ragea Duncan. Je vous le donne, Dominic. Faites-lui ce que vous voudrez !

Sur ces mots, il se releva et jeta le manche de son poignard à l'autre bout de la pièce. Le manche frappa le mur avec tant de force que la pierre s'ébrécha. Duncan donna un coup sec du poignet pour libérer les chevilles d'Erik de la chaîne.

Ambre aurait voulu rejoindre les deux hommes, mais Cassandra l'en empêcha.

— Ce n'est pas encore fini, souffla-t-elle. Nous allons maintenant voir si Dominic est vraiment digne de porter le Loup des Druides de la Vallée sur sa cape.

La harpe qu'Ariane tenait toujours entre ses mains laissa échapper un étrange son lorsque la jeune femme se détendit. Ce fut le seul signe extérieur qui trahit une quelconque émotion de sa part relativement au combat.

Dominic tira son épée et la pointa sous le menton d'Erik.

Pendant longtemps, les deux hommes se jaugèrent.

— Je préfèrerais une alliance à un enterrement, dit enfin Dominic.

— Non, fit Erik d'une voix rauque.

— Si vous mourez, votre père sera tiraillé par les rivalités de ses clans. Ce sera la guerre entre le Loup des Druides de la Vallée et les clans du Nord.

— Et les Érudits seront les premiers à se battre, jura Cassandra. Je les mènerai moi-même !

À entendre sa voix, personne ne pouvait douter de sa parole.

— Vous perdrez, dit Dominic. Le roi Henri ne laissera pas ses lisières du nord aux Saxons ou aux Écossais.

— Nous n'aurons peut-être pas le choix, dit Erik.

— Peut-être. Mais Henri a tenu chaque fragment de terre pour laquelle il s'est battu.

Erik ne dit rien.

— Si Ariane est rejetée, ce sera aussi la guerre, continua Dominic. Le baron Deguerre est un noble fier. Le roi Henri est très satisfait de cette union.

Ariane se raidit, mais ne dit rien.

— Certes, dit Erik d'un air féroce. Mais si vous avez des alliés au nord, vous pourrez gagner cette guerre contre Henri et Deguerre.

Dominic hocha légèrement la tête et attendit, sans atténuer la pression de la pointe de son épée sur la gorge d'Erik.

— Sans alliés, vous perdrez, fit remarquer Erik, car vous serez pris entre deux ennemis. Moi à la frontière du nord, et les alliés du baron Deguerre au sud.

— Vous réjouissez-vous à l'idée de la guerre ? demanda Dominic avec curiosité.

— Non. Pas plus que je ne me réjouis que ma sœur devienne la putain de Duncan.

Dominic plissa les yeux.

— La sorcière a joué un rôle dans la trahison de Duncan.

— Perdre Duncan est un châtiment plus grand pour Ambre que vous puissiez l'imaginer.

— Et vous ? Comment allez-vous être puni pour avoir arrangé les choses de manière à ce que Duncan soit parjure ?

— Assister à ce qui arrivera à Ambre sera ma punition. Cela conviendra à un point que seuls les Érudits peuvent comprendre.

Dominic se tourna vers Cassandra. Elle hocha brièvement la tête, mais ce fut la douleur qui se lisait sur son visage qui lui dit ce qu'il voulait savoir.

— Et le châtiment de Duncan ? demanda doucement Dominic à Erik. Car vous souhaitez également le punir, je suppose.

Un faucon cria sauvagement au-delà des murs, de triomphe et de rage.

Le sourire d'Erik était aussi cruel que ce cri.

— Erik ! s'écria Ambre. Non ! Duncan ne comprend pas ! Vous ne pouvez pas l'opprimer pour cela !

— Duncan sera le premier à connaître son châtiment, dit Erik sans détourner son regard du Loup des Druides de la Vallée. Et il le saura trop tard pour faire quoi que ce soit d'autre que de rager contre lui-même pour avoir été aussi stupide.

Le silence régna dans la grande salle tandis que Dominic mesurait Erik de ses yeux vif-argent.

— Duncan survivra-t-il à son châtiment ?

— Je ne sais pas.

— Peut-il y survivre ?

— Je ne sais pas.

Délicatement, Dominic laissa s'enfoncer un peu plus la pointe de son épée dans la chair d'Erik.

— Que savez-vous, fier seigneur ?

— Que Duncan et Ambre sont unis par des liens qui défient la nature. En la reniant, il se renie lui-même. En l'humiliant, il s'humilie. En lui faisant du mal…

— Il se fait du mal à lui-même, l'interrompit Dominic. Un homme blessé peut survivre. Un homme ne peut survivre dans les Terres contestées sans argent pour acheter des chevaliers.

— Ambre est dans le sang même de Duncan, dit Erik. Dites-moi, Loup des Druides de la Vallée, combien de temps peut vivre un homme sans son sang ? Combien de temps pourrait-il vouloir vivre ?

Dominic regarda Duncan. Le Fléau Écossais lui tournait le dos. Il n'avait visiblement plus aucun intérêt pour ce qui se passait entre Dominic et Erik.

Le Loup des Druides de la Vallée regarda Ambre. La pâleur de son visage et la peur saisissante qui dansait dans ses yeux en disaient plus que ce qu'il voulait savoir. Dominic rangea son épée d'un coup puissant et fluide.

— Vous me devez la vie, dit-il à Erik. Servez-vous-en pour aider Duncan. Il doit rester en vie et au pouvoir au château de Stone Ring. Il n'y a qu'ainsi que nous pourrons éviter la guerre.

Erik ne dit rien.

— Je ne suis miséricordieux qu'une seule fois avec un même homme, dit-il froidement. Si la guerre éclate, vous mourrez. Vous avez ma parole.

Immobile sur le sol, l'épée toujours en main, Erik mesurait le Loup des Druides de la Vallée du regard. Il pouvait l'attaquer, peut-être même le tuer, pour ensuite mourir sans doute lui aussi, ou bien accepter les termes offerts.

— Si l'Érudition peut aider Duncan, alors il aura de l'aide.

Le rire doux de Cassandra surprit tout le monde.

— En effet, monsieur, vous êtes à même d'accepter le Loup des Druides de la Vallée, dit-elle calmement.

— Vous avez sept jours pour trouver une solution au problème de Duncan, dit simplement Dominic. Ensuite, j'apposerai mon sceau sur l'annulation de mariage et laisserai le diable reprendre son dû.

— Seulement sept jours ?

— Oui.

— D'accord.

Erik se remit sur ses pieds lestement, l'épée en main.

Simon bondit en avant avec une rapidité aussi surprenante que celle d'Erik. Erik rangea son épée avec un léger sourire aux lèvres. Il se tourna vers Dominic.

— Vous avez ma parole, dit-il. Ambre va s'en assurer.

— Ce n'est pas nécessaire, dit Dominic.

— Cela assurera les Érudits que ma parole est donnée librement, et qu'en tant que telle, elle doit être honorée par *tous* les Érudits.

Dominic parut surpris. La prochaine fois que Meg lui ferait une leçon au sujet des Érudits, il l'écouterait plus attentivement.

— Ma sœur, dit Erik en tendant la main.

— Vas-y, dit Cassandra à Ambre. Accepte le cadeau que le Loup des Druides de la Vallée a cru bon de te donner.

Ambre s'avança en titubant. Mais au lieu de prendre la main d'Erik, elle jeta ses bras autour de lui et se serra contre son corps comme s'il était une ancre dans la tempête. Erik la serra contre lui en retour, sentant ses larmes chaudes dans son cou.

— Je vous aime, mon frère, dit-elle.

— Tout comme je vous aime, ma sœur. J'honorerai ma parole.

— Oui, dit-elle, secouée par tout ce qu'elle ressentait en lui. Cela fait tempête en vous. Vous le voulez profondément.

Elle s'écarta doucement de lui, sans s'éloigner vraiment de ce frère fraîchement découvert.

Cependant, c'était Duncan qu'Ambre suivait des yeux. Elle voulait le rejoindre, le prendre dans ses bras, s'assurer de manière élémentaire qu'il était en vie.

Mais Duncan ne l'avait pas regardée une seule fois depuis qu'il avait épargné la vie d'Erik.

Simon rangea l'épée qu'il avait dégainée à l'instant où Dominic avait rangé la sienne. Duncan pendit le fléau d'armes sur son épaule en position de repos. Dominic alla voir Meg et lui sourit de manière rassurante.

Cassandra observait tout cela de ses yeux impitoyables.

— Étrange, n'est-ce pas, Loup des Druides de la Vallée ? demanda-t-elle.

— Que la vie d'Erik soit épargnée ?

— Non. Que vous tous acceptiez la parole d'une femme à qui on a profondément fait du tort.

Dominic haussa les épaules.

— Je n'ai qu'à regarder Ambre pour savoir qu'elle ne trahirait jamais Duncan.

— Oui, dit Cassandra à voix basse. Vous savez ce que le fier guerrier ne veut reconnaître. Ambre aime Duncan.

— Elle a participé à sa trahison.

— Sans cette « trahison », Duncan serait pendu, ou en guerre. La mort sinistre plutôt que la vie riche.

— Oui.

— Alors dites-moi, continua Cassandra, de quelle façon Ambre a-t-elle trahi son guerrier ?

— Demandez-le à Duncan, répondit calmement Dominic. C'est lui qui lui tourne le dos. C'est lui qui veut à la fois femme et maîtresse.

— Duncan, dit Cassandra.

On ne pouvait ignorer son appel. Duncan se tourna vers l'Érudite d'un geste brusque.

— Laissez Ambre partir.

— Jamais. Elle est *à moi*.

Cassandra soupira douloureusement. Lorsqu'elle parla de nouveau, sa voix était douce. Et elle résonnait dans toute la salle comme le son d'une épée que l'on tire de son fourreau d'acier.

— Ambre m'a dit la même chose, murmura-t-elle, et de la même façon, lorsque j'ai suggéré de vous ramener à Stone Ring avant que vous ne vous réveilliez.

Duncan frissonna si légèrement que seul quelqu'un qui cherchait ce mouvement en lui pouvait le voir.

Cassandra le guettait avec les yeux d'un faucon en chasse.

— Dites-moi, continua-t-elle. Déshonorer Ambre va-t-il sauver votre honneur... ou seulement le blesser davantage ?

Duncan ne répondit pas.

— Laissez-la partir, répéta-t-elle.

— Je refuse.

Cassandra sourit avec une telle violence que Dominic eut envie de dégainer son épée à nouveau.

— Vous refusez ? répéta-t-elle d'un air moqueur. Non. Vous ne *pouvez pas* la laisser partir.

Duncan, immobile, ne répondit pas.

— Autrefois, je pensais que je vous détruirais une fois que vous auriez fini de ravir l'âme d'Ambre à son corps. Maintenant, je sais que je ne le ferai pas.

— La clémence de la sorcière Érudite ? demanda Duncan, tout aussi moqueur.

— Clémence ? demanda Cassandra en riant.

Son rire était pire que son sourire.

— Non, sombre guerrier. Je préfère vous laisser vivre et apprendre, trop tard, ce que vous avez fait.

Duncan s'immobilisa.

— Ensuite, dit-elle, je regarderai votre âme mourir comme vous êtes en train de tuer celle d'Ambre… à petit feu.

21

Ambre était éveillée, allongée dans le lit luxurieux qui était le sien depuis qu'elle avait épousé Duncan. Chaque fois que le vent changeait, que la neige battait contre la pierre, ou qu'une voix s'élevait de l'étage inférieur, les battements de son cœur s'accéléraient.

Puis, elle retenait son souffle et tendait l'oreille, immobile, attentive de tout son être, pour écouter si des pas s'approchaient de sa porte.

« Duncan viendra me voir ce soir.

» Il le doit.

» Venez à moi, sombre guerrier. Laissez-moi vous toucher de la seule façon dont vous vous permettez d'être touché.

» Laissez-moi de nouveau ne faire qu'un avec vous.

» Juste une fois.

» Je toucherai votre âme si vous me laissez faire.

» Juste une fois… »

Mais aucun des bruits qu'elle entendait n'étaient les pas de Duncan dans l'escalier en colimaçon qui menait à sa chambre.

Au fur et à mesure que la nuit s'allongeait et que la neige d'automne frappait la pierre, Ambre comprit qu'elle allait rester seule dans la tempête. Duncan ne viendrait pas à elle cette nuit parmi toutes ces nuits, alors qu'il avait failli périr des mains d'Erik et avait trouvé son appréciation de la vie renouvelée, le plaisir d'être simplement en vie.

Ce soir, Duncan serait vulnérable à sa sorcière d'ambre d'une manière qu'il ne voulait pas.

Elle le savait.

Et lui aussi.

Elle se redressa d'un coup et écarta les riches couvertures. Le lin fin et fragile de sa chemise de nuit brillait d'une lueur spectrale, reflet du feu mourant dans l'âtre. Les pendentifs d'ambre qu'elle portait luisaient avec retenue, comme des braises disséminées.

Ses yeux miroitaient de la même façon, voilés par des ténèbres qui n'avaient rien à voir avec la nuit.

Ambre s'enroula dans sa cape, mit sa capuche et se mit en route pour la chambre du seigneur du château. Elle n'avait pas besoin de lumière ni de bougie pour éclairer son chemin. La présence de Duncan était un feu qui brûlait dans la nuit, guide aussi sûr que l'était l'aurore pour la journée qui suivait.

Le chemin menant à lui aurait aussi bien pu passer par une étrange forêt ou un sombre marais. Cela n'aurait rien changé pour elle. Le chemin était clair. Certain.

Il n'y avait personne dans la grande salle. Les voix des sentinelles sur les remparts étaient les seuls sons qui n'étaient pas produits par la tempête. Les pieds d'Ambre bougeaient sans bruit sur le plancher. Sa cape se soulevait et dansait autour de ses chevilles à chacun de ses pas.

Il n'y avait pas d'écuyer devant la porte de Duncan. Il n'avait pas encore eu le temps de choisir un jeune garçon parmi ceux qui désiraient être initiés aux manières de la guerre par le légendaire Fléau Écossais. La porte de la chambre était ouverte, annonçant la confiance du guerrier qui y dormait.

Ambre parcourut la chambre des yeux. Duncan avait dû se coucher tard. Les flammes flamboyaient toujours dans la cheminée. Les bougies brûlaient encore dans leurs candélabres. Sur un coffre près du lit, une lampe à huile se consumait doucement, répandant un parfum de romarin dans la chambre. À côté de la lampe, un fléau d'armes reposait fin prêt, luisant froidement sous les reflets du feu.

La lumière dorée des bougies vacilla légèrement lorsqu'Ambre pénétra dans la chambre et referma doucement la porte derrière elle. Duncan ne bougea pas. Elle ne s'attendait pas à ce qu'il le fasse. Bien qu'il ne soit pas entraîné, Duncan avait l'appréciation d'un Érudit pour détecter le danger.

Ou, en l'occurrence, l'absence de danger.

La cape d'Ambre glissait au sol avec un bruit étouffé, suivie de sa longue chemise de nuit, qui était comme un nuage sur le sol. Ses cheveux d'or frémissaient dans la lumière du feu. L'ambre doré luisait entre ses seins. Aussi silencieuse que la flamme d'une bougie, elle se glissa dans le lit de Duncan.

La peau de Duncan avait un subtil parfum d'épices. Il avait dû chercher quelque réconfort dans un bain chaud avant d'aller se coucher, seul. La peau d'Ambre avait la même fragrance, car elle aussi avait cherché l'étreinte apaisante de l'eau.

Mais ce qu'elle désirait vraiment, c'était une étreinte moins douce, plus fiévreuse… Elle voulait Duncan dans son corps.

Elle écarta habilement les couvertures. Le dos de Duncan luisait dans la douce lumière. Il était allongé sur le côté, lui tournant le dos. La puissance nue de ses épaules était à la fois attirante et menaçante.

Sombre guerrier, qui pouvait faire chanter le fléau comme personne d'autre.

Avec la délicatesse d'un papillon, elle le caressa du bout des doigts de la nuque au bas du dos. Bien qu'elle ait eu irrésistiblement envie de le toucher, cela lui était douloureux. Même endormi, le conflit déchirant son âme se déchaînait sans relâche, vérité contre vérité.

Et vous dites ne jamais m'avoir trahi. De telles machinations doivent être enseignées aux Érudits, afin que rien ne reste, si ce n'est le déshonneur.

Mon corps vous connaît. Il vous répond comme à personne d'autre.

Nous sommes perdus, sorcière. Votre âme a été vendue au diable il y a bien longtemps.

Vous êtes un feu dans mon sang, dans ma chair, dans mon âme.

Pourtant, lorsque toutes les vérités étaient pesées et mesurées, l'une d'elles restait sans que les autres puissent s'y mesurer : les mots du Loup des Druides de la Vallée qui résonnaient comme le tonnerre dans le silence.

Au-delà de tout doute, au-delà de toute tentation, vous êtes un homme de parole. Et vous me l'avez donnée.

Pour Duncan, revenir sur ce serment serait se détruire lui-même. Tenir parole serait détruire Ambre. Aucune des solutions n'était supportable.

L'une des deux était inévitable.

Si je l'aimais, je ne pourrais pas faire ce qui doit être fait.

La douleur, qui était à la fois celle de Duncan et la sienne, la transperça, cinglante, entaillant son âme.

— Comme je le craignais, murmura-t-elle, cela vous détruira.

Si Duncan ne ressentait pas autant qu'elle le besoin de la toucher, d'être avec elle, de se perdre en elle jusqu'à ce qu'il soit trop épuisé pour se battre contre lui-même… Si Duncan ne ressentait pas cela, le toucher serait aussi insoutenable pour elle que de mettre sa main dans le feu.

Ainsi, toucher Duncan était un supplice doux-amer qui la transperçait jusqu'au sang.

Et ne pas le toucher la transperçait aussi jusqu'au sang.

Goutte par goutte, elle saignait dans les ténèbres.

« Et comme je le craignais, cela me détruit. »

Pourtant, elle ne retira pas sa main. La peau de Duncan était lisse, souple, chaude. Ses muscles, saillants de chaque côté de sa colonne vertébrale, l'attiraient follement. Elle caressa la chair résistante, savourant sa puissance pure, et ignorant sa propre souffrance.

— Vous êtes fort de tant de façons, sombre guerrier, murmura-t-elle. Pourquoi ne pouvez-vous pas être assez fort pour accepter ce qui ne peut être changé ?

Vous êtes un feu dans mon sang, dans ma chair, dans mon âme.

Ses muscles bougèrent et s'enroulèrent tandis que Duncan roulait sur le dos. Il tourna la tête vers elle. Elle retint son souffle, mais il ne se réveilla pas.

— Si vous pouviez accepter, continua-t-elle, alors vous pourriez m'aimer en dépit des vérités sues trop tôt et énoncées trop tard.

La respiration régulière et profonde de Duncan resta égale. Le pendentif d'ambre qu'il portait se soulevait et luisait à chaque respiration.

Ambre soupira et céda à la tentation de caresser les poils frisés entremêlés sur son torse. Le tapis piquant la chatouillait et l'excitait, et sa main frissonnait sous l'effet d'une sensibilité exacerbée.

Elle baissa la tête, embrassa l'épaule de Duncan et posa sa joue contre la chair qui recouvrait son cœur. Le son de la vie qui battait si proche d'elle l'envahit.

— Si seulement je pouvais vous toucher. *Juste une fois.*

Quelque part dans son esprit, Duncan était conscient de sa présence. Elle le savait. Quelque chose changeait en lui, les arguments sauvages s'évanouissaient, étouffés par la vague sensuelle qui s'élevait en lui, appelée par son toucher.

Bien que Duncan n'ait autorisé qu'un contact physique élémentaire entre elle et lui depuis qu'il avait appris son véritable nom, il avait autrefois apprécié qu'elle le caresse ainsi. Il avait tenu son propre désir en échec simplement pour savourer avec son amante un échange de caresses moins pressant.

Dans son sommeil, Duncan aimait qu'elle le caresse de nouveau. Il absorbait le plaisir d'Ambre de le toucher aussi avidement qu'un sol sec absorbe la pluie.

— Cela vous a manqué à vous aussi, murmura-t-elle. Vous aussi, vous avez ardemment désiré partager la tendresse aussi bien que le feu.

Elle était soulagée. Elle avait eu peur que les ténèbres qui grandissaient dans son cœur n'aient détruit toute douceur en lui. Elle se pencha et effleura de nouveau sa peau de ses lèvres.

Soudain, une main lui agrippa les cheveux avec force. Duncan était réveillé.

Et furieux.

— Je ne vous veux pas, dit-il, les dents serrées. Je ne veux même pas vous toucher.

Malgré les torrents de désir entre leurs corps qui bafouaient ses mots, son refus lui fit mal.

— Est-ce une promesse? demanda Ambre d'une voix douce.

— Quoi donc?

— Que vous ne me toucherez pas ce soir.

— Oui, sorcière. Je ne vous toucherai point!

Le sourire triomphant d'Ambre était aussi primitif que la lueur dans les yeux de Duncan. S'il avait été moins énervé, il aurait été plus prudent. La cruauté féminine d'Ambre était presque tangible.

— Alors, ôtez vos mains de moi, dit-elle clairement, ou vous serez parjure avant même d'avoir pu vous en rendre compte.

Duncan la lâcha comme si elle était en feu.

— Sortez, fit-il d'un ton catégorique.

Ambre se contenta de le regarder un moment. Puis, avec une rapidité qui égalait celle de Simon, elle écarta de la main les couvertures qui couvraient encore le corps de Duncan. Il était comme elle : entièrement nu à l'exception du pendentif d'ambre.

Son désir était tout aussi nu. Rigide, érigée, sa chair tremblait à chaque pulsion de son cœur.

Ambre poussa un soupir de plaisir quasiment félin.

— Sortez.

Sa voix était désormais glaciale.

Avec un léger sourire, Ambre fit descendre ses doigts sur son torse, son nombril… s'approchant doucement du centre de son besoin.

Duncan voulut attraper la main d'Ambre, puis il se rendit compte qu'il ne le pouvait pas.

Pas sans être parjure.

— *Sorcière.*

Furieux et férocement excité, Duncan regarda les doigts taquins d'Ambre se rapprocher de sa chair tendue. Au dernier moment, elle dévia de sa trajectoire.

— Vous pourriez appeler Simon, suggéra-t-elle.

Son sourire montrait combien elle se délectait du dilemme de Duncan. Ses doigts parcouraient toujours le pli qui se formait entre son torse et sa cuisse.

Duncan siffla entre ses dents serrées.

— Simon ne me fait pas confiance, dit-elle. Et il m'apprécie encore moins.

Elle enfonça légèrement ses ongles dans la peau tendue de ses cuisses. Elle sentit le désir exploser en lui.

Il enfonça ses ongles dans le matelas. Il s'obligeait à ne rien ressentir.

Ambre rit doucement. Elle savait tout ce qu'il ressentait. Peu importait ce que disait son esprit, son corps savait ce dont il avait besoin.

Bientôt.

— Simon serait ravi de me tirer de votre lit, murmura-t-elle.

Elle posa sa paume sur la cuisse de Duncan, savourant ouvertement sa force. Le contraste entre ses doigts gracieux et la puissance brute de son corps excitait Duncan. Il étouffa à peine son râle de plaisir.

— Mais cela ne me réjouirait pas qu'on m'écarte de vous, continua-t-elle en se penchant sur lui.

Ses cheveux tombèrent en cascade sur ses cuisses. Il grogna malgré sa détermination à ne pas répondre.

Ambre sourit tout en mordillant doucement l'intérieur de sa cuisse. Le centre de sa morsure était la chaleur de sa langue.

Le frisson qui secoua Duncan la traversa également.

— Ce soir, vous êtes comme un vin d'hiver pour moi, dit-elle à voix basse. Sombre, puissant.

Duncan soupira lourdement.

— Je voudrais vous goûter des pieds à la tête, murmura-t-elle.

Elle traça une ligne de feu de ses genoux à son nombril.

— J'aimerais… tout faire.

Duncan se tendit avec un son étranglé et se couvrit de ses mains pour éviter plus d'intimité.

— Ne préféreriez-vous pas que ce soit mes mains qui vous tiennent ? demanda-t-elle.

— Non, fit-il entre ses dents.

— Vraiment ? Est-ce pour cela que vous devenez plus impressionnant à chaque seconde ? Vous espérez me faire peur ?

Duncan n'avait pas de réponse, à l'exception de celle qu'il essayait de cacher ou d'ignorer.

Ambre le savait aussi bien que lui. Mieux même. Son désir et le sien unis.

— Cela ne fonctionnera pas, sombre guerrier. Peu importe à quel point vous grandissez, je peux vous rengainer. Vous le savez aussi bien que moi.

Puis elle rit doucement.

— Non, vous connaissez mon fourreau mieux que moi, car vous l'avez bien étudié.

La seule réponse de Duncan fut un bruit sourd qui n'était que frustration. Elle l'acculait avec ses seuls mots. Son corps savait ce qu'il voulait. Il le réclamait.

Et son corps savait où trouver ce qu'il devait avoir.

— Enlevez vos mains, dit Ambre d'une voix rauque. Donnez-moi la liberté que nous voulons tous deux.

— Non ! Je ne vous veux pas !

Ambre ne put se retenir de rire malgré la douleur qui l'atteignait à chacun de ses refus.

— Allons, timide chevalier. Vous pouvez à peine cacher votre désir de vos deux mains.

Et il ne pouvait pas cacher à Ambre le feu qui brûlait en lui. Chaque fois que leur peau se rencontrait, son désir le traversait avant de passer en elle, une vérité indéniable par le toucher.

Et Ambre faisait en sorte que leur peau se touche constamment.

Elle se mit à essayer d'écarter les mains de Duncan de son intimité en riant. Elle le mordillait avec effronterie. Elle l'effleurait cruellement de ses lèvres. Elle l'entourait de son souffle, de sa chaleur sensuelle. Elle parcourait du bout de la langue chaque ligne qui séparait ses doigts fermement serrés.

Puis, de la main, Ambre rechercha la ligne sombre entre les cuisses serrées de Duncan, le caressant au même rythme que sa langue qui sondait entre ses doigts. Puis, elle attrapa son petit doigt entre ses dents et le tira dans sa bouche. Les mouvements de sa langue lui offrirent, en silence, une autre caresse, encore plus intime.

Un râle s'échappa du plus profond de Duncan. Le désir le secoua, à en faire trembler ses mains. Aussitôt, Ambre glissa l'une de ses mains sous les siennes. Ses longs doigts fins s'enroulèrent de manière possessive autour de lui. Son corps fut secoué d'un nouveau tremblement, comme s'il était frappé d'un fouet et non d'une tendre caresse.

— Ambre, siffla-t-il. Non !

— Si, murmura-t-elle d'une voix rauque. Mon Dieu, oui !

Sa main bougea sous la sienne, puis son souffle, puis sa langue.

— *Ambre.*

— Oui, sombre guerrier. C'est Ambre. Et ceci…

Sa langue tourna encore, goûtant et caressant d'un seul geste sa virilité.

— … est magnifique. Chaud comme un chat. Dur comme un poing. Déferlant comme une tempête.

Lorsque sa langue tourna autour de lui pour le tourmenter davantage, il fit un dernier effort pour lui échapper en roulant sur le côté.

Mais elle fut aussi rapide. Elle roula avec lui, glissant sur lui comme une pluie chaude.

Ce fut alors que Duncan se rendit compte qu'il ne pouvait plus lui échapper. Il était pris au piège entre la bouche d'Ambre et sa main, qui remontait entre ses cuisses. Elle le prit dans le creux de sa main, le soupesa et rit avec plaisir de sa disposition.

— Tout en vous est dur, dit-elle. Vous brûlez très chaudement, sombre guerrier, mais je vais vous rendre encore plus chaud.

Elle se pencha sur lui, le prit contre sa langue avec un soin aimant et le caressa jusqu'à ce que la sueur luise sur son corps comme de la pluie.

— Arrêtez, dit-il d'une voix enrouée.

— Arrêter ? fit-elle avec un rire sauvage et enchanté. Non, mon guerrier borné. Vous avez à peine commencé à vous consumer.

— Je ne pourrai pas — me retenir — encore très longtemps.

— Je sais.

Elle fut secouée d'un délicieux frisson.

— J'aime le savoir.

— Sorcière, souffla-t-il.

Mais désormais, il y avait plus de plaisir que de colère dans sa voix.

Les dents d'Ambre se refermèrent doucement sur lui. Duncan dit quelque chose de sombre en luttant contre le désir qui le consumait à chaque souffle, à chaque battement de cœur, à chaque caresse.

Pourtant, alors même que l'extase était sur le point de vaincre sa retenue, Ambre s'arrêta. Déchiré entre le soulagement et la déception, Duncan prit une profonde respiration pour tenter de calmer la violence de son désir.

Tendrement, de manière apaisante, Ambre écarta de ses caresses les cheveux qui étaient collés au visage de Duncan et embrassa ses joues comme s'il était un enfant qu'elle cherchait à calmer. Les griffes de la passion cédèrent enfin en lui. Il pouvait respirer tranquillement. Avec un râle, il se remit sur le dos.

Ambre lui sourit, embrassa ses épaules et glissa comme le feu vers le bas de son corps.

Et comme le feu, elle le brûlait.

Bientôt, Duncan eut plus chaud encore qu'auparavant, il était plus dur, tremblant de ce que lui coûtait de ne pas céder à Ambre. Lorsqu'il ne fut plus qu'à un souffle de l'extase, elle s'arrêta et le calma de nouveau.

Pour le faire brûler encore une fois quelques secondes plus tard.

— Finissez-en, dit-il entre ses dents. Vous allez me rendre fou !

— Bientôt, murmura-t-elle.

— Bientôt je serai fou !

Elle planta ses ongles en riant dans ses cuisses et entre ses jambes ; jamais il n'avait été aussi haut, et pourtant, elle savait toujours quand le retenir de céder à sa sensualité.

La sueur perlait sur le bas-ventre de Duncan. Ambre la goûta, la trouva bonne et la goûta encore, ailleurs. Elle était aussi bonne.

Le feu se déversa en Duncan, le brûlant jusqu'à la moelle. Jamais il n'avait connu Ambre ainsi, menant une séduction si sensuelle et déterminée, et sur chaque fragment de son corps. Elle le voulait, et elle avait bien l'intention de l'avoir.

De l'avoir entièrement, de toutes les manières possibles.

— Libérez-moi de ma promesse, dit-il.

La chaleur du rire d'Ambre le submergea.

— Pas encore.

— Cela va au-delà de la raison. Je dois vous toucher !

— Comment ?

Le mot était autant un ronronnement qu'une question. Grave, rauque, haletante de désir, sa voix fit frissonner Duncan de plaisir.

Soudain, elle se mit à califourchon sur ses cuisses, et il la sentit s'ouvrir à lui. Elle irradiait de chaleur et suintait de désir. Son parfum le rendait fou.

Pourtant, Ambre resta où elle était, en suspens juste au-dessus de lui, effleurant la chair qu'elle avait tourmentée si minutieusement.

— Finissez-en, répéta-t-il d'une voix rauque. Vous me voulez autant que je vous veux. Je le sens.

— Cela ne changera jamais tant que je respirerai.

— Alors, laissez-moi vous prendre et mettre fin à ce supplice !

— Ce n'est pas votre main que je sens sur ma cuisse, me poussant vers le bas, si ? demanda-t-elle.

Duncan retira vivement sa main en jurant.

— Je ne voulais pas, dit-il.

— Je sais. J'ai senti votre surprise.

— N'ai-je donc aucun secret pour vous ? demanda-t-il d'un air furieux.

— Si, beaucoup. Mais un seul qui compte.

— Lequel ?

— Votre âme, sombre guerrier. Elle m'est inaccessible.

— Comme la vôtre l'est pour moi.

— Non, murmura-t-elle. Ce soir, je vous la donne, un souffle à la fois.

Quoi que Duncan ait voulu répondre, ses mots se perdirent dans son râle de plaisir lorsqu'Ambre glissa sur lui, l'accueillant en elle dans une lente caresse.

Avant même que l'acte ne soit fini, Ambre trouva l'extase. Sa chair frémissante et ses gémissements ondulants firent également jouir Duncan. Alors même qu'elle le prenait totalement, il se donna à elle dans une succession de pulsations profondes qui le laissèrent tremblant.

Et cela recommença.

La tentation et la taquinerie, les caresses intimes et le doux supplice. Mots chuchotés et touchers qui firent tressaillir Duncan de plaisir. Baisers inattendus, morsures d'amour qui piquaient et donnaient à la fois un plaisir intense.

Tandis que les bougies crépitaient et que les flammes vacillaient, Ambre brûlait toujours intensément, se déversant en Duncan aussi sûrement que lui se déversait en elle, brûlant avec elle, car il ne pouvait faire autrement, la consumant aussi certainement que lui se consumait.

Un appel murmuré, une parole rendue, et les mains de Duncan furent enfin libres de toucher, sa bouche d'embrasser, son corps de plonger profondément dans la violence qu'était le feu d'Ambre. Elle buvait sa passion et la lui rendait redoublée, les menant tous deux de plus en plus haut, lui parlant dans un silence sauvage, décrivant un amour qui ne pouvait être formulé, exprimant un besoin indicible.

« Laissez-moi vous atteindre comme vous m'avez atteinte.

» Alors, une vie riche pourrait se déployer. »

Lorsque toute leur passion fut satisfaite, lorsque les deux amants furent si fourbus qu'ils glissèrent de l'extase bouleversante au sommeil en l'espace d'une seconde, Ambre s'accrochait toujours à Duncan, désireuse de partager ses rêves aussi profondément qu'elle avait partagé et offert le reste de son corps.

« Laissez-moi toucher votre âme.

» Juste une fois. »

Mais ce furent les rêves de Duncan qui furent partagés, et son désarroi, noir, redoublé plutôt que soulagé par ce qu'Ambre lui avait sauvagement pris et donné.

Bientôt, Ambre se réveilla, tirée de son sommeil par le conflit qui se déchaînait dans l'âme de Duncan. Lorsqu'elle se rendit compte de ce qui avait été mis en jeu et de ce qui avait été perdu, le froid l'envahit.

La dernière partie de la prophétie s'était réalisée.

Et pourtant, Duncan était plus loin d'elle que jamais auparavant, prisonnier de la bataille incessante qu'il livrait contre lui-même. Il avait donné sa parole.

Pas à Ambre.

Mais il faisait partie d'elle.

Les ténèbres qui se rassemblaient, goutte à goutte, soupir après soupir, une âme donnée, une âme condamnée. Inaccessible.

« Cassandra a tort. Son âme ne se flétrira pas, car il ne m'aime pas. »

Lentement, Ambre s'écarta de Duncan et se glissa hors du lit, incapable de supporter davantage la douleur de son contact. Les mains tremblantes, elle retira son pendentif d'ambre et le posa sur la chaîne enroulée du fléau d'armes qui avait donné son nom à Duncan. Elle tendit la main vers lui une dernière fois, sans toutefois le toucher.

— Que Dieu soit à vos côtés, sombre guerrier, murmura-t-elle, car je ne peux y rester.

Meg regarda son mari, assis en face d'elle. Leur petit déjeuner froid, composé de pain, de viande et de bière, restait largement ignoré sur la table de la grande salle. Dominic était adossé à sa chaise, l'air soucieux. Il suivait, en battant doucement ses doigts sur sa cuisse, le rythme de la mélodie envoûtante qu'Ariane jouait sur sa petite harpe.

Simon coupa une autre tranche de chevreuil, remplit une coupe de bière et posa le tout devant la jeune femme.

— Arrêtez de faire pleurer cette harpe et mangez, ordonna-t-il.

— Encore ? J'ai l'impression d'être une oie qu'on gave en vue d'un festin, marmonna-t-elle.

Malgré ses protestations, elle posa la harpe et se mit à manger. C'était plus facile que de discuter avec Simon lorsqu'il avait cet air si déterminé dans les yeux.

— Avez-vous rêvé, Meg ? demanda soudain Dominic.

— Oui.

— Des rêves de Druide de la Vallée ?

— Oui.

Elle n'en dit pas plus. Cela signifiait que ces rêves n'étaient pas heureux… et qu'ils n'avaient offert aucune solution. Il caressa sa joue du revers de la main.

— Petit faucon, dit-il à voix basse, je dois trouver le moyen de ramener la paix à Blackthorne. Je veux que notre enfant voie le jour dans un temps et dans un monde qui ne soient pas déchirés par la guerre.

Meg embrassa la paume de Dominic et le regarda, les yeux luisants d'amour.

— Quoi qu'il arrive, Loup des Druides de la Vallée, murmura-t-elle, jamais je ne regretterai de porter votre enfant.

Ignorant les autres personnes présentes dans la pièce, Dominic souleva Meg et l'installa sur ses genoux. Les clochettes dorées tressées dans ses cheveux carillonnèrent. Il la serra tout contre lui, murmurant son amour à son oreille.

Après un moment, le cri envoûtant de la harpe reprit, sa belle musique décrivant toutes les ombres de la tristesse.

— Quelle joyeuse réunion, se moqua Erik en pénétrant dans le hall, son faucon au poignet. Jouez-vous souvent pour les enterrements, Lady Ariane ?

— C'est l'un de ses morceaux les plus gais, dit Simon.

— Dieu nous vienne en aide, marmonna Erik. Sortez, madame. Vous allez faire pleurer mon faucon.

L'oiseau en question ouvrit brièvement les ailes avant de s'immobiliser pour observer avec une curiosité inhumaine les hommes réunis dans la pièce.

— Je vous aurais cru avec Duncan, dit Dominic, à enfoncer l'Érudition dans son crâne épais.

— Ma sœur a tenté une approche plus sûre, dit Erik avec un petit sourire. Elle est allée voir Duncan la nuit dernière.

Le sourire de Dominic était le reflet parfait de celui d'Erik.

— Cela explique leur absence à la chapelle ce matin.

— En effet.

— Cela a-t-il servi ma quête de paix ?

Erik hésita. Puis il haussa les épaules. Le faucon ne cessait de bouger sur son poignet, faisant tinter les clochettes d'argent attachées à l'anneau de ses jets.

— Quelque chose est différent, dit Erik. Je le sens. Mais j'ignore ce qui a changé.

— Permettez-moi de vous éclairer, intervint Cassandra derrière lui.

Le ton de la voix de l'Érudite imposa le silence dans la pièce.

Erik s'écarta afin de laisser passer Cassandra. Il vit que sa chevelure, d'ordinaire tressée et dissimulée sous son capuchon, était lâchée, splendeur d'argent ondulant librement sur sa cape écarlate. D'antiques pierres de runes en argent luisaient au creux de ses mains.

Le faucon déploya de nouveau ses ailes et poussa un cri intense.

— Vous venez tout juste de lire les runes d'argent, dit Erik d'une voix monocorde.

Cassandra ne répondit pas. Ce n'était pas nécessaire. Les jalons martelés qu'elle tenait dans ses mains parlaient d'eux-mêmes.

— Qu'avez-vous appris ? demanda Erik.

— Plus que je ne le souhaitais. Moins que je ne l'espérais.

Cassandra s'approcha de Dominic et Meg et se posta devant eux.

— Sorcière des Druides de la Vallée, dit Cassandra avec cérémonie, rêvez-vous ?

Un seul regard dans les yeux d'argent de Cassandra fit bondir Meg sur ses pieds.

— Oui, dit-elle. Je rêve.

— Voulez-vous partager vos rêves ?

— Un cri de la couleur de l'ambre. L'obscurité qui se déchire comme un tissu résistant, une fibre à la fois.

Cassandra baissa la tête un instant.

— Merci.

— Pourquoi ? Il n'y a ni réconfort ni réponse dans mon rêve.

— C'était une confirmation que je cherchais, pas le réconfort.

Meg regarda l'autre femme avec curiosité.

— Lorsque mes émotions sont impliquées, dit Cassandra avec calme, je dois me montrer prudente en jetant les pierres. Parfois, je vois ce que je veux plutôt que ce qui est.

— Qu'avez-vous vu ? demanda Meg. Voulez-vous le partager ?

— La prophétie d'ambre est achevée. Elle a donné son cœur, son corps et son âme à Duncan.

— Vous n'aviez pas besoin de jeter les pierres d'argent pour savoir que cela allait arriver, fit remarquer Erik.

Cassandra hocha la tête.

— Alors pourquoi l'avoir fait ? demanda-t-il. On ne doit pas les utiliser à la légère.

— En effet.

Cassandra regarda en silence Erik, puis Dominic. Ensuite, elle ne regarda plus personne.

— Erik, fils de Robert, dit-elle. Dominic, Loup des Druides de la Vallée. Si vous vous mettez en guerre aujourd'hui, c'est que vous le voulez. Ambre n'est plus votre excuse. Elle s'est…

— Qu'êtes-vous en train de dire ? l'interrompit Erik abruptement.

— … retirée de vos équations masculines de fierté, de pouvoir et de mort.

— *Qu'a-t-elle fait ?* demanda Erik.

— Elle a donné son pendentif d'ambre à Duncan.

Le faucon cria, comme si son sang s'était transformé en feu.

Mais même le cri du faucon ne put couvrir le hurlement de rage masculine qui résonna dans la grande salle du château depuis l'étage supérieur.

Cassandra pencha la tête sur le côté, comme si elle savourait ce son. Son sourire était aussi cruel que l'hiver.

— La souffrance de Duncan a commencé, dit-elle doucement. Celle d'Ambre va bientôt prendre fin.

Dominic regarda tour à tour l'Érudite et Erik.

— De quoi parle-t-elle ? demanda-t-il.

Erik se contenta de secouer la tête, incapable de parler ou de calmer les cris sauvages de son faucon. On aurait dit qu'il avait été frappé d'un poing armé de cotte de mailles.

Un nouveau cri de colère leur parvint. Avant que l'écho ne s'évanouisse, ils perçurent des bruits de casse, de choses qu'on brise, qu'on frappe et qu'on déchire, comme si on menait une bataille dans la chambre seigneuriale.

— Simon, dit Dominic en se levant d'un bond.

— Oui !

Côte à côte, les deux frères gravirent l'escalier de pierre au pas de course pour rejoindre la chambre de Duncan. Ce qu'ils y virent les arrêta net sur le pas de la porte.

Duncan était comme possédé. Nu, à l'exception de deux talismans d'ambre, il était debout, le fléau d'armes à la main. Il montrait les dents dans une grimace de douleur ou de rage — ou des deux, se mêlant dans une communion contre nature.

Soudain, il bondit en avant, arracha les couvertures du lit et les jeta dans l'âtre. La fumée s'éleva en un nuage avant de se transformer en flammes sauvages, qui brûlaient encore plus haut qu'auparavant.

Le fléau siffla et bourdonna telle une image floue mais mortelle, motivé par la puissance démente du bras de Duncan. Le fléau descendit, une table en bois explosa, et il poussa violemment les débris dans le feu. Puis, le fléau reprit son chant, décrivant des cercles autour de la tête de Duncan, son gémissement créant un duo épouvantable associé au cri de rage de son maître. Le cadre du lit fut réduit en petit bois et donné au feu vorace.

Dominic avait déjà vu des hommes agir ainsi, dans le feu du combat, lorsqu'ils étaient départis de toute humanité et que seule la rage demeurait.

— On ne pourra pas le raisonner, dit-il doucement à Simon.

— En effet.

— Nous devons l'arrêter avant qu'il ne s'en prenne aux gens du château.

— Je vais aller chercher de la corde à l'armurerie.

Dominic tira son épée.

— Ne tarde pas, mon frère.

Il se parlait à lui-même. Simon dévalait déjà l'escalier.

Il revint très vite, une corde à la main. Dominic l'attendait sur le pas de la porte, sa lourde cape noire dans une main, son épée dans l'autre. Dès qu'il vit Simon, il rengaina son épée.

— Lorsque j'entortillerai le fléau dans ma cape, dit-il, jette autant de corde sur Duncan que pour retenir un ours.

Alors que Dominic s'avançait, il sentit Meg arriver derrière lui. D'un geste vif du bras, il l'empêcha de pénétrer dans la pièce.

— Restez là, dit-il à voix basse. Duncan est dans une rage folle. Il ne reconnaît personne. Encore moins lui-même.

Le fléau d'armes gémissait et fouettait l'air. Le bois se brisait comme de la poterie. Le coffre fut détruit d'un seul coup et jeté d'un coup de pied dans le feu. Tout ce qui restait dans la chambre était un coffre plus petit et une armoire.

Dès que le fléau se remit à tourner dans les airs, Dominic l'attaqua. Sa cape bloqua le fléau. Avant que Duncan ne puisse le libérer, Dominic se jeta sur lui avec force et le fit basculer à terre. Il tomba avec fracas et en eut le souffle coupé.

Toutefois, cela ne suffit pas à contenir Duncan. Si Simon n'avait pas été aussi rapide, Duncan aurait balayé l'attaque avec la force de la folie qui s'était emparée de lui.

Mais finalement, les deux frères réussirent à ligoter Duncan comme un poulet qu'on voudrait embrocher.

Duncan poussa un dernier cri, terrible, et se débattit jusqu'à ce que son visage soit noir. Même sa grande force ne lui suffit pas pour se débarrasser de Dominic, de Simon et des cordes qui le retenaient. Lentement, la violente tension commença à quitter le corps de Duncan.

Respirant lourdement, Dominic et Simon essuyèrent la sueur de leurs visages et se levèrent péniblement. Duncan était allongé à terre, immobile, les yeux ouverts, perdus dans le vague. Dominic récupéra sa cape et l'étendit sur la nudité de Duncan.

— Maintenant, Meg, dit Dominic. Il vous connaît mieux.

— Duncan, dit Meg avec douceur. *Duncan*.

Lentement, Duncan tourna la tête jusqu'à ce qu'il puisse la regarder.

— Meggie ? demanda-t-il.

— Oui, Duncan. Que se passe-t-il ?

La dernière lueur de folie quitta les yeux de Duncan, ne laissant plus aucune lumière.

— Partie, dit-il simplement.

— Quoi ?

Il ne répondit pas.

Meg s'avança et s'agenouilla à côté de l'épaule de Duncan. Avec douceur, elle balaya de son front les mèches collées par la sueur.

— Ambre ? demanda Meg. Elle est partie ?

— La lumière…

L'immense corps de Duncan fut parcouru d'un frisson.

— Elle a pris la lumière avec elle, Meggie.

22

— Le pont-levis est remonté, dit Simon à Dominic. La porte est scellée. Ambre ne peut pas être partie.

— Tous les châteaux ont au moins une issue secrète.

— Alors, elle n'a pas dû aller loin, reprit Simon. Elle est partie dans la nuit et en pleine tempête.

Un rire froid leur parvint depuis le couloir. Les deux frères se retournèrent. C'était Erik. Il regardait Duncan avec un mélange de colère et de pitié dans les yeux.

— Ambre est une Érudite, dit-il. Si vous clignez des yeux, elle disparaît. Si vous clignez de nouveau, elle est loin, hors de portée.

— Envoyez vos chiens à sa poursuite, dit Dominic.

— Comme vous voudrez, dit Erik en haussant les épaules.

— Vous ne semblez pas enthousiaste à l'idée de retrouver votre sœur, fit remarquer Simon.

— Elle va aller en terre sacrée. Les chiens ne la suivront pas dès lors qu'elle pénètrera un cercle de pierres.

Simon marmonna quelque chose à propos des sorcières, mais il ne discuta pas. En côtoyant Meg, il avait appris que les antiques cercles de pierres renfermaient des secrets qui ne cédaient pas aux étrangers.

— Nous devons essayer, dit Dominic.

— Pourquoi ? demanda Erik.

— Je ne veux pas être en guerre contre vous.

— Ce ne sera pas le cas.

— Dans six jours, continua Dominic, j'apposerai mon sceau sur le décret annulant le mariage d'Ambre et Duncan.

— Dans six jours, cela n'aura plus d'importance.

— Pourquoi ?

— Pourquoi vous en souciez, Loup des Druides de la Vallée ? La guerre a été évitée.

Erik tourna les talons et se dirigea vers l'escalier. Cassandra l'attendait en haut des marches.

Dominic observa Erik alors qu'il prenait les mains de l'Érudite entre les siennes. Bien qu'aucun des deux ne pleurât, leur deuil était presque tangible. Inquiet, il se tourna de nouveau vers Duncan.

La souffrance de Duncan a commencé. Celle d'Ambre va bientôt prendre fin.

La lumière… Elle a pris la lumière avec elle, Meggie.

Soudain, Dominic eut peur d'avoir compris ce que Cassandra voulait dire et ce que serait la souffrance de Duncan.

Cela ne devait pas arriver.

— Simon, dit-il brusquement.

— Oui. Les chevaux de guerre ?

— L'un de nous devrait rester ici.

— Meg va-t-elle y aller ?

Dominic regarda par-dessus son épaule. Meg était toujours agenouillée auprès de Duncan, à caresser son front. Des larmes coulaient lentement le long de ses joues. Duncan avait les yeux ouverts, mais il ne voyait rien, sauf ce qu'il avait perdu.

— Meg, dit Dominic avec douceur.

Elle leva les yeux vers lui.

— Nous allons lancer les chiens sur la trace d'Ambre, dit-il. Si cela se termine dans un lieu sacré, serez-vous capable de retrouver sa trace ?

— Si Gwyn l'Ancienne était là, elle le pourrait peut-être, souffla-t-elle avant de regarder Duncan. Je ne sais pas si j'en suis capable. Je sais que Duncan a besoin de… quelque chose. Et je suis une guérisseuse Druide de la Vallée.

— Reste ici et veille sur ta femme, dit Simon à son frère. Elle vaut plus que toutes les Terres contestées.

— Et ta sécurité ? Sven est toujours en pleine campagne à juger du caractère de nos gens.

— Je prendrai Erik avec moi.

— Il pourrait t'attaquer.

Simon sourit férocement.

— Ce serait dommage, n'est-ce pas ?

Dominic éclata de rire et ne dit rien de plus.

Il cria ses ordres. Bientôt, trois chevaux traversaient avec fracas le pont-levis baissé. Deux d'entre eux étaient des étalons de guerre montés par des chevaliers en cotte de mailles. Contre toute habitude, l'un d'eux portait un faucon au poignet. Le troisième cheval était un étalon blanc monté par une Érudite, dont les longs cheveux d'argent flottaient sans retenue dans le vent.

Un grand chien de chasse les attendait de l'autre côté du pont. Il n'y avait pas de maître-chien en vue.

— Un seul chien ? demanda Simon.

— S'il y a une piste, dit Erik, Stagkiller la trouvera. Si la piste peut être suivie, il la suivra.

Au signal invisible de son maître, Stagkiller se mit en quête de l'odeur d'Ambre. Il la trouva dans un fourré de saules à une cinquantaine de mètres des murs du château.

— Est-ce la sortie du tunnel secret ? demanda Simon sans détour.

Si Erik répondit, sa réponse se perdit sous l'aboiement de Stagkiller alors qu'il suivait les traces d'Ambre. Le chien à poil dur courait tel un loup, faisant de longues enjambées constantes, infatigable. Les chevaux suivaient au même rythme.

Les serfs et les manants levèrent la tête lorsque le trio de chevaux passa devant eux au galop. Quand les hommes virent les cheveux défaits de Cassandra, ils se signèrent et se demandèrent qui avait été assez stupide pour s'attirer le courroux de l'Érudite.

Les chevaux galopèrent sans relâche sur la route de campagne, jusqu'à ce que la piste emprunte un chemin zigzaguant entre les champs et les chaumières. La boue se soulevait sous les lourds sabots des équidés et collait aux palissades de pierre sèche qui s'élevaient du sol pour encadrer le chemin.

Bientôt, les derniers bocages du château furent derrière eux. Ils pénétrèrent abruptement dans la forêt qui surgissait soudainement de la terre brumeuse, dans des nuances de bois pâle et de bruns riches, d'orange, de jaunes et de rouges persistants, et du vert saisissant du houx et du lierre.

Stagkiller poursuivait la piste avec une vive intensité. Jamais il ne ralentissait, malgré les cahotements du chemin et la végétation. Au bout d'un moment, des collines auréolées de brume s'élevèrent tout autour d'eux, et un ruisseau étincela sombrement tout en serpentant entre les collines.

Une longue et basse crête apparut lentement sous les sabots des chevaux. Lorsqu'ils la gravirent, ils virent le cercle de pierres qui se trouvait au-delà. Le nez au sol, Stagkiller courut jusqu'au lieu antique.

Puis, le chien s'arrêta net, comme s'il avait foncé dans un mur.

Avec un hurlement de déception, Stagkiller se tourna vers son maître. Erik lança son faucon dans les airs d'un mouvement sec du bras.

— Cherche, ordonna-t-il sèchement au chien.

Stagkiller se mit à renifler le sol à la recherche de la piste autour du cercle de pierres. Il était évident qu'il n'y avait rien à trouver.

— Bon Dieu, siffla Simon. C'est comme à Blackthorne.

Cassandra le regarda avec curiosité.

— J'ai suivi Meg un jour jusqu'à un lieu sacré, dit Simon sans détourner le regard de Stagkiller. Les chiens ont perdu sa trace.

— L'ont-ils retrouvée ? demanda Erik.

— Non.

— Avez-vous fouillé les lieux ?

— Non.

— Pourquoi pas ? demanda Cassandra.

— Je suis revenu sur mes pas. Je savais déjà où Meg se trouvait.

Cassandra et Erik se regardèrent.

— Fouillez Stone Ring, dit Erik.

Simon conduisit son cheval jusqu'aux pierres, mais son étalon refusa de passer entre celles-ci. Simon fit le tour du cercle et essaya d'y pénétrer à plusieurs reprises, éperonnant son cheval. Cependant, quel que soit l'endroit où il menait son cheval, et malgré son insistance, l'animal refusait d'avancer.

Simon descendit de cheval et monta avec prudence jusqu'au cercle de pierres. Il regarda à l'intérieur. Il n'y avait rien d'extraordinaire. Des rochers. Des herbes folles. Des pierres couvertes de mousse. Une petite butte. De la brume s'élevant en mille voiles d'argent.

Simon poussa un juron impatient, avant de pénétrer dans le cercle de pierres à pied. Tous les instincts qu'il avait en lui étaient sur le qui-vive, tremblants de vigilance. Pourtant, il ne voyait rien. Il n'entendait rien.

Il n'y avait d'autres traces que les siennes dans l'herbe trempée par la brume. Il fit rapidement le tour de la butte et se rendit jusqu'à son sommet. Il n'y avait aucune entrée, ni de rocher assez grand pour s'y cacher.

Soulagé, Simon fit demi-tour et se dirigea vers les dolmens où l'attendait nerveusement son étalon de guerre. Alors qu'il tendait la main vers les rênes, il suspendit son geste. Il se rappela ce qu'on lui avait dit lorsqu'il était venu pour la première fois à Stone Ring, en tant que chevalier en mission.

— Est-ce ici que vous avez trouvé Duncan ? demanda-t-il à Erik.

— Oui. En haut de la colline, au pied du sorbier, à l'intérieur du deuxième anneau de pierres.

Simon retourna vers la butte. Il plissa les yeux, car le soleil, pâle et pourtant si étrangement brillant, le gênait. Un instant, il crut voir l'élégante silhouette du sorbier, mais ce n'était qu'une volute de brume.

Il regarda de nouveau autour de lui, mal à l'aise. Comme il l'avait pensé, il n'y avait qu'un seul cercle de pierres. Cependant, il ne cessait de voir, du coin de l'œil, un deuxième cercle, fantomatique.

Pourtant, quand il regardait directement dans cette direction, il n'y avait rien d'autre que la brume.

Avec un juron impatient, Simon se remit en selle et rejoignit Cassandra et Erik où ils l'attendaient avec un Stagkiller profondément découragé.

— Ce ne peut être ici que vous avez trouvé Duncan, dit-il. Il n'y a aucun sorbier, et seulement un anneau de pierres.

— Si vous le dites, alors ce doit être vrai, dit Cassandra.

— Qu'en dites-vous ? demanda Simon à Erik.

— Parfois, les yeux Érudits voient différemment.

— Alors, pour l'amour de Dieu, *allez voir.*

Sans un mot, Erik et Cassandra chevauchèrent jusqu'au cercle de pierres. Leurs chevaux remuèrent vivement la queue et avancèrent entre les pierres avec difficulté, mais sans protester davantage. Une fois à l'intérieur du cercle, ils se calmèrent. Lorsque les cavaliers mirent pied à terre, les deux animaux se mirent à brouter comme s'ils se trouvaient dans une prairie familière.

Simon observa les deux silhouettes alors qu'elles gravissaient la butte. À contre-jour devant le ciel brillant et brumeux, ils étaient presque invisibles. Simon mit sa main en visière au-dessus de ses yeux pour se protéger de la lumière, à la fois douce et si intense que les larmes lui montaient s'il regardait directement dans leur direction. Il réussit enfin à y voir clair.

Erik et Cassandra avaient disparu.

Il frissonna avant de se rendre compte qu'ils avaient dû descendre de l'autre côté de la colline, hors de sa vue. Il jura, cligna des yeux et regarda de nouveau dans le cercle de pierres.

Il n'y avait personne sur la colline.

Son cheval s'ébroua et tira sur les rênes. Simon regarda l'étalon, vit qu'il voulait simplement brouter et reprit son observation.

Cassandra et Erik se détachaient de nouveau sur le ciel. Leur contour vacilla un instant, comme s'ils n'étaient qu'un reflet sur un étang dont l'eau ondoyait légèrement.

Simon cligna encore des yeux.

Lorsqu'il regarda de nouveau la colline, Cassandra et Erik marchaient dans sa direction, parlant à voix basse. Un faucon descendit en flèche du ciel gris pour atterrir sur le poignet d'Erik.

— Qu'avez-vous trouvé ? demanda Simon avec impatience.

— Ambre était ici, dit Cassandra.

— Et ?

— Elle est partie, ajouta Erik.

— Mais votre chien n'a pas trouvé sa piste, objecta Simon.

— Vos chiens ont-ils fait mieux au château de Blackthorne ?

Simon grogna.

— Où est Ambre ?

Erik se tourna vers Cassandra. L'Érudite tressait ses cheveux, les mains tremblantes.

— Où est Ambre ? répéta durement Simon à l'intention de Cassandra.

— Je ne sais pas.

— Que vous dit votre Érudition ? demanda-t-il.

— Quelque chose que j'ai peine à croire.

— Bon Dieu, siffla Simon. Qu'est-ce donc ?

— Elle a pris la voie des Druides, répondit-elle simplement.

— Alors suivons-la !

— Nous ne pouvons pas.

— Pourquoi ?

Cassandra se tourna vers Simon et l'observa de ses yeux d'argent.

— Vous n'avez pas l'Érudition nécessaire pour comprendre, dit-elle. Et vous ne le souhaitez pas. Vous méprisez tout ce qui est moins tangible qu'une épée.

Simon grogna et sauta sur son cheval de guerre. Bientôt, les trois cavaliers retournaient au château de Stone Ring, encore plus vite qu'ils ne l'avaient quitté.

— Comment va Duncan ? demandèrent d'une seule voix Simon et Dominic à Meg.

Depuis la grande salle où elle était assise, Meg leva les yeux vers le seigneur des lieux, juste à côté. Duncan était là, à table, et écoutait les mélodies mélancoliques d'Ariane tout en fixant l'antique et précieux pendentif qu'Ambre avait autrefois porté.

C'était du moins ce qui retenait son attention aux yeux de Meg. Il tenait le talisman au creux de ses mains, le protégeant, le dissimulant comme une faible flamme dans le vent.

— Duncan est le même qu'hier, dit-elle. Si je parle assez fort, il répondra. Sinon, il ignore tout le monde excepté Dominic, envers qui il se sent redevable.

— Bon sang, dit Simon en grimaçant. On dirait qu'il n'a pas…

— D'âme ? suggéra Meg.

— Pas d'émotions, voilà qui est sûr, dit Dominic.

— C'est le prix à payer pour avoir repoussé une grande partie de soi-même afin de survivre, dit-elle. Vous devriez comprendre cela, mon époux. Vous avez fait la même chose autrefois.

— Certes. Mais je ne vous avais pas encore rencontrée. Duncan a déjà rencontré sa sorcière. S'il supprime une si grande partie de lui-même pour vivre…

Il haussa les épaules.

— J'ai peur que cela ne devienne comme une blessure empoisonnée, sans remède, si ce n'est la mort.

Simon marmonna quelque chose, maudissant la bêtise de donner tant de soi-même à une femme. Puis, il s'approcha du seigneur des lieux, suivi de Meg et de Dominic. Même lorsque tous trois furent devant lui, Duncan n'interrompit pas sa contemplation du pendentif d'ambre.

— Il est ensorcelé, dit durement Simon.

— Il n'est pas plus ensorcelé que ne l'est Dominic, dit Meg. Le cœur, le corps et l'âme de Duncan ont choisi une femme malgré ses vœux. Cette femme n'est pas Ariane.

— Oui, dit simplement Dominic. J'ai bien peur que vous n'ayez raison.

« La souffrance de Duncan ne fait que commencer. »

Simon regarda l'héritière aux yeux violets qui tirait tant de tristesse des cordes tendues de la harpe.

— Ne connaissez-vous pas d'airs joyeux ? demanda-t-il. Vous pourriez faire pleurer la pierre !

Ariane le regarda et posa la harpe sans un mot.

— Duncan, dit Dominic.

Bien qu'elle soit calme, la voix de Dominic exigeait l'attention de Duncan, qui leva les yeux du pendentif toujours dissimulé entre ses mains.

— Je ne peux vous regarder mourir. Je vous délivre donc de toute obligation que vous auriez envers moi, dit clairement Dominic. Votre union avec Ambre est intacte. Elle restera ainsi.

Duncan resserra ses doigts sur la chaîne du pendentif, faisant tressauter l'ambre caché contre la table. Il baissa de nouveau les yeux sur la gemme. Elle était ternie, comme s'il l'avait trop portée.

Pourtant, il ne l'avait touchée qu'une seule fois. La tristesse qu'il avait alors ressentie l'avait mis à genoux.

Il avait bien pris garde de ne plus toucher l'ambre.

— Je ne suis délié d'aucune obligation, dit-il.

Sa voix, tout comme ses yeux, manquait de vie. Toutefois, ni sa voix ni ses yeux ne manquaient de conviction. Il pensait ce qu'il disait.

— Ne soyez pas…

— Sans le château de Stone Ring à vos côtés, continua Duncan sans prêter garde à la tentative de Dominic, Blackthorne sera bientôt en guerre contre les Terres contestées.

Dominic aurait voulu le nier. Il ne pouvait pas. Il avait réellement besoin d'alliés, car il ne pouvait se permettre d'engager de nouveaux chevaliers avant d'avoir sorti Blackthorne de la ruine dans laquelle son précédent propriétaire l'avait plongé.

— Sans la dot d'Ariane, je ne peux tenir le château de Stone Ring, dit Duncan. Et vous ne pouvez pas me donner d'argent sans dépouiller complètement Blackthorne.

Un juron fut la seule réponse de Dominic.

— Dans cinq jours, j'épouserai Ariane, conclut Duncan.

— Non ! Je ne vous laisserai pas vivre comme un homme à demi mort, dit Dominic d'un ton grave. Ou pire.

— Vous n'avez pas votre mot à dire en la matière. Vous n'êtes plus mon seigneur.

— Je refuse d'apposer mon sceau sur l'annulation.

— Ce n'est qu'une formalité, dit Duncan, l'air indifférent. L'Église ne s'en souciera pas. L'aumônier du château nous mariera. Je suis seigneur de ce château, pas vous.

Dominic ouvrit la bouche pour protester, mais la main de Meg sur son poignet le retint.

Duncan ne le remarqua pas. Il regardait de nouveau l'ambre et semblait perdu dans ses profondeurs nuageuses. Parfois, il croyait presque y voir Ambre.

Parfois…

Un faucon cria doucement. Le trille était trop doux pour venir de la gorge d'un faucon. Il flottait dans l'air comme une lumière transformée en musique.

Duncan leva les yeux.

Erik se trouvait tout près, son étonnant faucon sur le poignet.

— Je vais égaler la dot d'Ariane, dit Erik.

Pendant un instant, la vie jeta une brève lueur dans les yeux de Duncan. Puis, la lueur mourut, le laissant plus sombre encore qu'auparavant.

— C'est généreux de votre part, dit Duncan d'une voix sans ton, mais le baron Deguerre entrerait en guerre si sa fille était répudiée par un bâtard écossais. Au final, cela reviendrait au même. Blackthorne serait perdu à cause d'un serment brisé.

Erik interrogea Dominic du regard.

Le Loup des Druides de la Vallée hocha la tête, à contrecœur.

— Deguerre était furieux de devoir marier sa fille à un chevalier bâtard et sans nom, dit lentement Dominic. Si Duncan refuse Ariane, Deguerre nous déclarera la guerre à tous deux. Et il aura la bénédiction du roi Henri.

— Ariane et moi serons unis dans cinq jours, répéta Duncan. Cela n'a pas d'importance. *Ambre est partie.*

Pendant un instant, le silence régna. On entendait seulement le craquement du bois dans l'âtre et le gémissement lointain du vent. Puis, Ariane se remit à jouer. Sa mélodie reprenait l'atmosphère de la salle avec une justesse étrange : frustration et tristesse, piège froid se fermant irrévocablement, écrasant la vie et l'espoir entre ses dents cruelles.

Simon regarda son frère avant d'observer l'héritière normande à l'écart du groupe. Ses lèvres s'étendirent en un étrange sourire. Il se tourna de nouveau vers Dominic.

— J'épouserai la jeune Normande, dit-il soudain.

Bien que Duncan ne levât pas la tête, la musique émanant de la harpe cessa dans un tintement de notes étonnées.

— Qu'as-tu dit ? demanda Dominic.

— Nous le présenterons au monde comme un mariage d'amour, continua Simon en appuyant avec sarcasme sur ces derniers mots. Une union de deux cœurs qui se termine en fugue amoureuse, défiant autant le roi que le père. *Par amour*, bien sûr.

L'ironie qui pointait dans la voix de Simon fit grimacer Meg, mais elle ne protesta pas.

— Qu'en pensez-vous ? demanda Erik à Dominic.

— Le roi Henri ne s'y opposera pas, car il aura ce qu'il voulait, dit lentement Dominic.

— C'est-à-dire ?

— Que la fille de Deguerre épouse un noble qui soit loyal au roi, dit Simon sans détour.

— Et Deguerre ? Va-t-il s'y opposer ? demanda Erik.

— Non, répondit Dominic. Simon est mon frère et mon puissant bras droit. En tant que tel, c'est un époux plus avantageux que Duncan de Maxwell.

— Lady Ariane, dit Erik. Qu'en dites-vous ?

— Je comprends désormais pourquoi Simon se fait appeler « le Loyal », répondit-elle. Quel trésor doit être une telle allégeance, plus précieuse que des rubis…

Ariane pinça deux cordes. La pureté de leur harmonie vibra dans la pièce un moment, avant de s'évanouir en un murmure obsédant.

— Je préfèrerais le couvent au lit marital, dit-elle, mais ni mon père ni Dieu n'ont jugé bon de m'offrir cela.

— Nous non plus, dit Dominic avec franchise.

— « Une union de deux cœurs… », répéta-t-elle.

Sa main bougea vivement, ses doigts balayèrent les cordes, et des notes dissonantes remplirent le silence.

— Duncan. Simon.

Ariane haussa les épaules.

— Un homme est pareil à un autre. Aussi fier que cruel. Je ferai mon devoir.

— Tu mérites une meilleure femme que cette froide héritière normande, dit Dominic à Simon.

— Blackthorne mérite mieux que la guerre, mon frère. Et toi aussi, dit Simon en souriant. Le mariage ne peut pas être pire que l'enfer sarrasin que tu as enduré pour me libérer.

Dominic donna une tape sur l'épaule de son frère.

— Je ferai ce que je peux pour t'adoucir la vie, dit-il simplement. J'avais espéré meilleur mariage pour toi.

— Tu ne trouveras pas plus riche ni plus utile qu'Ariane, fille du baron Deguerre, dit Simon.

— Je voulais dire que je pensais te trouver une femme qui t'aime en plus de t'apporter ses richesses.

— M'aimer ? Bon sang.

Simon regarda son frère de biais.

— Lorsque je pourrai tenir l'amour entre mes mains, le voir, le toucher et le peser, je m'inquièterai de son absence dans ma vie. En attendant, je me contenterai d'une belle dot et m'estimerai heureux.

Désabusé et heureux à la fois, Dominic se tourna vers l'homme qui devait encore accepter cette solution.

— Duncan ? demanda-t-il.

Duncan ne leva pas les yeux de la pierre précieuse qui reposait sur la table, sous ses mains, protégée du regard de tous excepté du sien.

— Duncan, dit clairement Dominic. Consentez-vous au mariage de Simon et Ariane ?

— Faites comme bon vous semble, dit-il, indifférent. De toute façon, *Ambre est partie*. Même les Érudits ne parviennent pas à la trouver.

— En effet, dit Erik. Mais peut-être pourrez-vous l'atteindre, Duncan.

Duncan releva lentement la tête. L'espoir luttait contre le désespoir dans ses yeux.

— Vous êtes son sombre guerrier, et elle est votre lumière dorée, continua Erik. Le sorbier vous a donné à Ambre, et Ambre à vous.

Les mots transpercèrent Duncan comme le tonnerre. Il se leva précipitamment, tirant le pendentif avec lui. Lorsque l'ambre froid effleura sa main, il poussa un cri, comme s'il avait été griffé par des serres d'acier.

Pour la première fois, Erik vit le pendentif terne. Son visage perdit toutes ses couleurs. Le cri que poussa le faucon était pure lamentation.

Soudain, Cassandra apparut à l'entrée de la grande salle, sa robe écarlate flottant autour d'elle. Un simple regard au pendentif lui indiqua pourquoi le faucon avait crié.

Instinctivement, Meg se leva et resta debout auprès du Loup des Druides de la Vallée.

— Qu'y a-t-il ? demanda-t-elle. Que s'est-il passé ?

— Ambre, dit Cassandra. Prendre la voie des Druides ne fait que lui coûter la vie.

Duncan tira Erik pour qu'il soit face à lui.

— Dites-moi comment atteindre Ambre, dit-il durement.

— Bon sang, dit Erik. Regardez le pendentif ! Il est trop tard. Elle se meurt.

— Dites-moi ce que je dois savoir, exigea Duncan. Maintenant !

— Vous n'êtes pas Érudit, dit Cassandra. Le seul chemin est la voie des Druides, et même moi…

— Apportez le pendentif près du feu, l'interrompit Erik.

Cassandra voulut protester, mais un simple regard dans les yeux sauvages d'Erik arrêta ses mots dans sa gorge. Elle noua ses mains et laissa ses longues manches cacher ses doigts.

Duncan suivit promptement Erik près du feu.

— Prenez le pendentif au creux de vos mains, ordonna Erik.

Le souffle de Duncan siffla entre ses dents alors qu'il s'exécutait. L'ambre était froid, mais il brûlait brutalement.

— C'est comme tenir un charbon ardent, dit Duncan d'une voix tendue.

— Vous savez désormais pourquoi elle est partie, dit Erik.

— Quoi ?

— C'est la douleur d'Ambre que vous ressentez.

Mais la voix d'Erik n'était pas dénuée de compassion, car il savait que la douleur était également devenue celle de Duncan.

Cela lui donna de l'espoir.

— Respirez doucement au-dessus du pendentif, dit Erik. Ne soufflez pas. Ouvrez simplement la bouche et laissez sortir l'air jusqu'à ce que l'ambre se voile du souffle de votre propre vie.

Duncan ferma les yeux, luttant contre la douleur comme si c'était un ennemi en chair et en os, puis expira doucement dans ses paumes.

— Encore, dit Erik.

Tout le monde regardait la scène dans un silence tendu. Cassandra était la plus attentive, car ce que faisait Erik n'avait jamais été tenté avec quelqu'un qui n'était pas un Érudit.

— L'ambre est-il embrumé ? demanda Erik.

— Oui, répondit Duncan.

— Tenez-le juste au-dessus des flammes. Pensez à Ambre tandis que la brume disparaît. Puis dites-moi ce que vous voyez.

Les sourcils froncés, essayant de dépasser la douleur brutale qui brûlait toujours au creux de ses mains, Duncan laissa le pendentif pendre au-dessus des flammes. Lorsque la brume se dissipa, il regarda dans l'ambre et…

— Je ne vois rien, dit-il.

— Encore, dit Erik.

Duncan reprit l'ambre dans ses paumes, grimaçant de souffrance lorsque la pierre toucha sa peau.

— Ignorez la douleur, dit Erik d'un ton brusque. Comme elle l'a fait. Pensez à la femme qui vous a donné son cœur, son corps et son âme.

L'ambre brûlait si intensément dans les mains de Duncan qu'il s'attendait à ce qu'il prenne feu.

— Ne lui avez-vous rien donné d'autre que votre corps ? continua Erik sans relâche. Une part de vous n'est-elle pas partie avec elle ? Libérez votre esprit. Laissez-le partir à sa recherche et vous rendre complets tous deux.

Les mots d'Erik résonnaient dans la tête de Duncan, noyant les cris de son corps. Il expira difficilement, donnant le souffle de sa vie à l'ambre qu'il tenait au creux de ses mains.

— Encore, ordonna Erik. Pensez à Ambre. Vous devez la vouloir plus que tout. Comprenez-vous ? *Vous devez la vouloir plus que vous ne voulez vivre.*

De nouveau, Duncan respira tendrement sur l'ambre, infusant sa surface qui brûlait froidement de sa propre chaleur.

— Au feu, dit Erik. Vite ! Lorsque la brume se lèvera, vous verrez Ambre.

Duncan laissa la gemme glisser sur sa chaîne jusqu'à ce qu'elle soit à peine hors de portée des flammes. Il regarda profondément dans le talisman, là où les ombres bougeaient et se tordaient. Il fouilla chaque ombre à la recherche d'Ambre, fixant le pendentif jusqu'à ce que plus rien ne soit réel à l'exception des ténèbres et des fragments d'or furtifs…

Le cri perçant et interrogateur d'un aigle fendant l'air.

La brume qui se lève puis retombe, la vision étourdissante de collines et de crêtes, d'arbres accrochés aux falaises et d'un vallon qui descend vers une mer invisible.

Et au-dessus de tout, renfermant tout, les mille murmures du vent dans un marécage d'automne.

Elle est là, au cœur du silence, entourée de murmures qu'elle ne peut entendre.

— … m'entendez ? demanda Erik en le secouant avec vigueur. Duncan !

Il leva lentement la tête, brisant l'enchantement de l'ambre. Son visage perlait de sueur. Ses mains tremblaient.

— Bon sang, dit brutalement Erik. Je croyais qu'on vous avait perdu.

Duncan respira lourdement.

— Ambre.

— L'avez-vous vue ?

— Non.

— Reposez-vous, dit Erik, déçu. Nous réessaierons plus tard.

— Je sais où elle est, dit Duncan comme si Erik n'avait pas parlé.

— Où ? demandèrent d'une même voix Erik et Cassandra.

— À Ghost Glen.

Erik se tourna vers Cassandra. Elle haussa les épaules.

— On ne peut qu'essayer, dit-elle.

— Que voulez-vous dire ? demanda Duncan.

— Les lieux sacrés nous acceptent ou nous rejettent, expliqua Cassandra. Depuis que je suis née, Ghost Glen n'a accepté personne d'autre qu'Ambre.

— Mais j'y suis allé ! protesta Duncan.

— Oui, dit Erik. Avec Ambre.

Duncan referma sa main autour du pendentif. La douleur se propagea dans sa main, son bras, son corps. Il accueillit cette souffrance.

Elle lui indiquait qu'Ambre était toujours en vie.

— J'y retournerai, jura Duncan. Avec Ambre.

— Nous viendrons avec vous, Cassandra et moi, dit Erik.

— Simon aussi, dit Dominic. Il est allé préparer les chevaux. Il amène également Whitefoot. Ambre aura besoin d'une monture.

Personne ne dit ce que tous craignaient. Qu'Ambre leur était inaccessible, perdue à jamais.

— Ce sera un trajet éreintant, dit Erik. Ghost Glen pourrait ne pas se révéler à Duncan. Ou à nous.

— Peu importe à quel point vous serez tous envoûtés, Simon ne verra que ce qui est réel. C'est son don.

— Cela ressemble plus à une malédiction, marmonna Erik.

Un chien hurla tel un loup tout près du château. Un faucon cria, sommant le début de la chasse.

— Faites ce que vous pouvez pour Duncan, dit Dominic à Erik. Je l'estime autant que vous estimez votre sœur.

— Vous avez ma parole, Loup.

— Je tiendrai le château pour quiconque reviendra, dit Dominic. Vous avez ma parole.

— Le pendentif, dit Erik. Comment vous affecte-t-il ?

— Il me dit qu'Ambre est toujours en vie.

Erik ne posa plus de questions. La ligne pâle des lèvres de Duncan sous sa moustache noire en disait assez long. Les mots qu'Ambre lui avait dits autrefois, à l'âge d'or, avant que sa mémoire ne revienne, n'avaient cessé de le hanter.

— *Précieuse Ambre. Que ferais-je sans vous ?*

— *Vous vous en sortiriez mieux que moi sans vous. Vous êtes le cœur qui bat en moi.*

Ce souvenir était encore plus douloureux que l'ambre incandescent.

— Défaites-le de votre peau, conseilla Erik.

— Non. La douleur est tout ce qui reste entre nous, désormais. Nier cette douleur, c'est nier Ambre. Je ne ferai plus cette erreur. Jamais.

Simon regarda tour à tour Duncan et Erik, puis Cassandra. Personne ne parla pendant de longs kilomètres, jusqu'à ce que Cassandra arrête brusquement son cheval.

— Il y a quelque chose d'étrange devant nous, dit-elle.

Erik regarda la terre qui s'offrait à ses yeux et hocha lentement la tête.

— Oui.

Sans s'arrêter, Duncan fit avancer son cheval avec hâte. Il fixait des yeux la corniche qui semblait rocailleuse et infranchissable de ce point de vue, mais qui s'était révélée bien plus facile à emprunter lorsqu'Ambre avait choisi le chemin.

Juste en dessous de la crête, le cheval de Duncan recula. Il força l'étalon à avancer, mais le cheval s'y refusait toujours.

Sans un mot, Duncan sauta à terre avant de bondir sur la selle vide de Whitefoot, qu'il mena sur le même chemin. La jument hésita et baissa les oreilles, mais elle avança tout de même. En quelques instants, elle avait passé la crête et était hors de vue.

Le cri majestueux d'un aigle déchira la brume comme un trait de lumière. Duncan y répondit comme il l'avait déjà fait, d'un cri de chasse qu'on lui avait appris il y a longtemps.

L'aigle ne cria plus.

— Je savais que Duncan pouvait trouver le chemin ! s'écria Erik d'un air triomphant. Érudit ou pas, je le savais ! Le sorbier n'aurait pas donné à Ambre un être inférieur.

— Borné, obstiné, fier, marmonna Cassandra.

— Courageux, fort, honnête, contra sèchement Erik, se rappelant ce que lui avait dit Ambre un jour. En clair, un homme bon.

Cassandra se signa, souffla une prière silencieuse et lança sa propre monture en avant.

L'étalon blanc refusa de suivre ce chemin.

Tout comme celui d'Erik.

Et celui de Simon.

Des trois, Simon fut le seul à en être surpris. Ce qui le surprenait davantage, c'était que, même lorsqu'il mit pied à terre, il ne parvenait pas à voir le chemin que Duncan avait emprunté. Le brouillard tourbillonnait, se levait, tourmentait, troublait, dissimulait… et Simon se retrouvait là d'où il était parti.

Ni Erik ni Cassandra ne firent mieux. Ghost Glen demeurait tel qu'il avait toujours été pour eux.

Fermé.

Duncan ne remarqua pas que personne ne l'avait suivi sur la corniche jusqu'à Ghost Glen. Il savait seulement que le chemin devenait plus clair à chaque pas.

Sans se soucier de sa sécurité, Duncan faisait aller Whitefoot de plus en plus vite. Bientôt, la jument galopait hâtivement dans la vallée, sautant par-dessus les ruisseaux et les branches tombées, contournant les cercles sacrés, dévorant le sol comme si elle était née dans le seul but de dévaler la tranquillité antique du vallon.

Peu à peu, presque secrètement, le martèlement rythmé des sabots fut couvert par la myriade de cris d'oies. Leur clameur s'élevait et retombait, se dressait et tournait, poussée par le vent agité. Des réponses se liaient à ces cris, d'autres réponses s'élevaient, des voix sauvages, innombrables, tissant une tapisserie de sons sur le marécage et la mer.

Devant lui, un dolmen se dressa dans la brume devant lui. Duncan savait à quoi ressemblerait cette pierre alors qu'elle n'était qu'à un empan. Il connaissait la texture de l'épais coussin de choses vivantes au pied de la pierre, savait que, de tous les lieux au monde, c'était ici qu'Ambre l'attendrait, se souvenant comme lui se souvenait de la sensation merveilleuse de brûler ensemble dans un feu d'or qui ne connaissait aucune douleur, seulement la passion.

Duncan sortit ses pieds des étriers et descendit de selle avec l'habileté d'un chevalier, atterrit sur ses pieds et se mit à courir. Mais ce n'était pas une épée qu'il tenait dans sa main, ni un fléau d'armes. C'était un pendentif aussi ancien et vénérable que la terre elle-même.

Et il brûlait comme seul l'espoir brûle.

— Ambre! cria-t-il.

Rien ne lui répondit, si ce n'est les milliers d'oies qui s'élevaient dans la brume, leurs ailes noires battant férocement l'air.

— Ambre, ne vous cachez pas! C'est Duncan!

Le cœur battant à tout rompre, Duncan s'arrêta devant l'antique pierre, attendant une réponse, l'oreille tendue.

Il eut beau appeler jusqu'à ce que sa gorge soit en feu, la réponse ne vint jamais.

Hébété, il resta debout sans bouger, tenant le pendentif qui l'avait tant guidé. Mais pas assez. Il avait été si sûr qu'Ambre serait ici, à l'attendre.

Tellement sûr.

Et il avait eu tellement tort.

Puis soudain, il la vit du coin de l'œil, debout devant la vieille pierre. Son image ondula, comme s'il la voyait à travers un écran d'eau.

— *Ambre*, cria Duncan en tendant les bras vers elle pour l'attirer à lui.

Mais ses doigts ne touchèrent que la pierre trempée par la brume.

Au cri désespéré qui sortit de sa gorge, de nouveaux nuages d'oies fendirent l'air dans le marécage, leurs ailes battant sombrement, leurs voix résonnant, disant à Duncan qu'il avait appris la vérité d'Ambre trop tard.

Elle était hors de portée.

Il prit le pendentif au creux de ses mains pour essayer de la trouver encore. Il ne trouva rien d'autre que les larmes qui l'aveuglaient.

Il enfouit son visage dans ses mains, connaissant sa vérité trop tard. Il voulait ce qu'il avait lui-même éloigné et il le voulait plus qu'il ne voulait vivre.

— *Ambre ! Revenez-moi !*

Cette fois-ci, aucune oie ne s'envola en réponse à son cri. Aucune aile ne fendit l'air. Le vent ne fit pas trembler les herbes sèches du marécage. Il n'y avait aucun bruit.

Le silence étrange de Whispering Fen toucha Duncan comme aucun cri n'aurait pu le faire. Il se leva et regarda fiévreusement autour de lui.

Ce qu'il vit était un marais tel qu'il n'en avait jamais vu.

Là où il y avait eu une myriade d'oiseaux, il n'y avait rien. Là où avait soufflé le vent, il n'y avait qu'immobilité. Là où avait brillé une lumière argentée se trouvait désormais de l'or pur.

Et il y avait le silence. Total, parfait.

C'était comme si le marais avait été détaché du temps et de la vie, enfermé comme une bulle dans l'ambre sacré, non touché par le monde et ne le touchant pas non plus.

Duncan ferma les yeux et se demanda si c'était à cela que ressemblait la mort.

— Sombre guerrier…

Le doux murmure fit s'effondrer la terre sous les pieds de Duncan. Il se retourna.

Elle était là, à portée de main, enveloppée dans ses robes d'or, l'observant de ses yeux trop sombres pour son visage trop pâle. Elle avait l'air céleste, plus fragile qu'une flamme.

— Ambre, dit-il en tendant la main vers elle.

Au moment où il allait la toucher, elle se recula.

— Il suffit, murmura-t-elle. Je vous en prie. Assez. Je ne peux le supporter.

— Je ne vous ferai aucun mal.

— Vous n'en aurez pas l'intention. Mais vous m'en ferez.

— *Ambre.*

Elle recula alors qu'il avançait.

— Vous devez quitter cet endroit, dit-elle précipitamment. C'est trop dangereux pour vous. Erik et Cassandra n'auraient jamais dû vous mener jusqu'ici.

— Ils ne l'ont pas fait.

— Ils ont dû le faire. Il n'y a pas d'autre possibilité.

Duncan ouvrit la main. Le pendentif d'Ambre reposait sur sa paume.

— C'est vous qui m'avez guidé, dit-il simplement.

— C'est impossible. Nous ne sommes pas unis par ce lien profond et irrévocable.

— Et pourtant, si. Je suis ici. Si vous ne repartez pas avec moi, je resterai avec vous dans ce silence d'ambre.

Ambre ferma les yeux et lutta contre le chagrin et l'espoir qui la détruisaient à égale mesure.

— Je suis désolée, sombre guerrier. Je veux que vous soyez libre.

— Sans vous, il n'y a nulle liberté, si ce n'est la mort.

Elle sentit son mouvement et se serait de nouveau retirée, mais elle était adossée à la pierre antique. Avec ce qui lui restait de force, elle se concentra pour ne pas crier lorsqu'elle serait touchée.

Ce qu'elle ressentit fut le pendentif, remis délicatement entre ses doigts. Lorsqu'elle sentit le poids dans sa main, elle ouvrit brusquement les yeux. Ce n'était pas seulement son pendentif qui lui avait été donné.

Duncan lui avait aussi donné le sien.

— Reprenez-les ! s'écria-t-elle. Vous allez mourir ici !

— Souffle de mon souffle, murmura Duncan. Cœur de mon cœur. Âme de mon âme. *Touchez-moi.*

Ambre leva lentement la main. Lorsque ses doigts effleurèrent la paume de Duncan, elle cria.

De plaisir, pas de souffrance.

Un plaisir plus exquis qu'aucun auparavant.

Pleurant et riant à la fois, elle jeta ses bras autour de son sombre guerrier et le serra contre elle, en toute simplicité, se noyant dans la vérité éclatante que son contact révélait.

Autour d'eux l'air vibra et s'altéra. Le son se déversa soudain, comme si on avait éclaté une bulle. La vie revint d'un coup, les oies crièrent, le vent balaya les herbes jusqu'à ce que le marais soit inondé de murmures et de soupirs, répétant les mêmes mots sans fin, prononçant un sort qui ne connaissait pas de frontière, ni de temps, ni d'espace…

« Je vous aime. »

Au centre d'un anneau sacré, au loin, un sorbier fleurit pour la première fois en mille ans.

ÉPILOGUE

Le château de Stone Ring prospéra grâce aux bienfaits du sorbier sacré. Les cultures étaient abondantes dans les champs, les poissons et la volaille tournoyaient dans les eaux et les airs, et le rire des enfants traversait les prairies verdoyantes tandis qu'ils jouaient à chat avec le soleil doré.

Duncan et Ambre allaient souvent à Stone Ring et au sorbier sacré. Ils restaient au pied du sorbier, partageant l'émerveillement constant qu'un arbre fleurisse en toute saison, en tout temps, contre toute logique, honorant une promesse si ancienne que seul le sorbier se rappelait à qui il l'avait faite, et pourquoi.

La légende du seigneur et de la dame du château de Stone Ring se répandit dans les Terres contestées, le conte d'une sorcière d'ambre qui aimait trop et d'un sombre guerrier qui refusait d'être parjure malgré la force de la tentation.

C'était une histoire de perte et d'audace, d'un guerrier non Érudit bravant la voie des Druides entre le temps et l'espace, la vie et la mort. Cela parlait d'un chevalier disparaissant dans la brume lors d'une quête dangereuse et qui en revenait avec une dame dans les bras. C'était une histoire d'amour qui fleurissait comme fleurissait le sorbier sacré, contre toute attente, conférant la vie à tout ce qu'il touchait.

Le sorbier grandit toujours dans le cercle de pierres sacrées, car la promesse avait été faite pour aussi longtemps que les fleuves se jetteraient dans la mer.

Avec le temps, d'autres honnêtes hommes viendront dans l'obscurité à d'autres femmes braves qui risqueront leur cœur, leur corps et leur âme…

Et eux aussi trouveront un lieu où il n'y a pas d'ombres, seulement le feu et le sorbier qui fleurira éternellement.

Ne manquez pas le tome 3

Enchanté